古代の和歌言説

Yoshino Tatsunori
吉野樹紀

翰林書房

古代の和歌言説◎目次

凡例

一、引用文の表記は、原則として参照した文献の表記に従ったが、適宜表記を改めた個所がある。
二、原典の引用は次の諸本によった。

- 万葉集以外の和歌は原則として『新編国歌大観』（角川書店）によった。
- 万葉集・日本書紀・古事記・風土記・土左日記・源氏物語・竹取物語・大和物語・落窪物語は『新編日本古典文学全集』（小学館）によった。
- うつほ物語は『うつほ物語　全』（おうふう）によった。
- 祝詞・懐風藻・文華秀麗集・菅家文草・和漢朗詠集は『日本古典文學大系』（岩波書店）によった。
- 凌雲集・經國集は小島憲之『国風暗黒時代の文学』（塙書房）によった。
- 新撰万葉集・新撰朗詠集は『新編国歌大観』（角川書店）によった。
- 千載佳句は金子彦二郎『平安時代文學と白氏文集　句題和歌・千載佳句研究篇』（培風館）によった。
- 歌論は原則として『日本歌学大系』（風間書房）によった。『日本歌学大系』に収められていないものや、古今集の古注釈類に関しては、そのつど出典を記した。
- 毛吹草は岩波文庫によった。
- 文鏡秘府論は興膳宏訳註『弘法大師空海全集　第五巻』（筑摩書房）によった。
- 遊仙窟は八木沢元『遊仙窟全講』（明治書院）によった。
- 文選は、原則として『足利學校秘籍叢刊　文選』（汲古書院）によったが、適宜『中国古典文學叢書　文選』（上海古籍出版）を参照した。

●毛詩正義は阮元校勘『十三經注疏附校勘記　第二巻　重栞宋本毛詩注疏附校勘記』（中文出版社版）によった。
●文心雕龍は詹鍈『文心雕龍義證』（『中国古典文學叢書』上海古籍出版）によった。
●玉台新詠は穆克宏『玉台新詠箋注』（中華書局）によった。
●白氏文集は朱金城『白居易集箋校』（『中国古典文學叢書』上海古籍出版）によった。
●樂府詩集は『中國古典文学基本叢書　樂府詩集』（中華書局）によった。
●楚辞は湯炳正他注『楚辭今注』（『中国古典文學叢書』上海古籍出版）によった。
●荀子は沈嘯寰・王星賢點校『荀子集解』（『新編諸子集成　第一輯』中華書局）によった。
●礼記は沈嘯寰・王星賢點校『禮記集解』（『十三經清人注疏』中華書局）によった。
●『初學記』『全唐詩』『全唐詩外篇』『太平廣記』『史記』『隋書』『先秦漢魏晉南北朝詩』は中華書局版によった。
●『藝文類聚』は中文出版社版によった。
●漢詩文の訓読に際しては、適宜『新釈漢文大系』（明治書院）、『和刻本文選』（汲古書院）、『和刻本漢詩集成』（汲古書院）、『和刻本漢籍随筆集』（汲古書院）、『藝文類聚訓讀付索引』（大東文化大学東洋研究所）、『國譯漢文大成』（國民文庫刊行會）、『續國譯漢文大成』（國民文庫刊行會）を参照した。

序章

I

この論文では、主に万葉集から古今和歌集時代の和歌言説を修辞という観点から考察することを通して、古代の和歌のあり方について論述した。特に、和歌を日常言語とは異質な文学の言葉として扱うという立場から、詩的言語としての和歌の特質を明らかにしようとしてきた。考察の対象は万葉集・古今和歌集時代の和歌を中心としたが、古今和歌集以後の勅撰集・私家集にも目を配るようにした。考察にあたっては、個々の和歌言説を万葉集から古今和歌集へ至る歌風の変遷の中に位置づけてとらえたり、さらに平安中期以降の和歌とも比較するという、和歌史的な視点を念頭に置いた。万葉集・古今和歌集の和歌を単に和歌の歴史から取り出して孤立的に扱うのではなく、それらが和歌の歴史の中で生成されているものとして動態的にとらえるためである。

またこの論文では、従来和歌の研究に用いられてきた「表現」「歌ことば」というタームではなく、あえて「和歌言説」というタームを使用した。それは、後にも述べるように、「作品」「表現」が暗黙裡に前提としている「作者の意図」という神話や、「歌ことば」が前提としている、テクスト自身が意味を持っているという認識の呪縛から離れたところで和歌について考察するための方略である。その意味で、この論文は一九八〇年代以降、日本文学研究の様々な領域に取り入れられながらも和歌文学の研究においては未だ顧みられていないテクスト理論・読者論の成果をふまえている。

Ⅱ

一九七〇年代から八〇年代にかけて、古代文学、特に歌を中心とした研究領域において、それまでの研究の理論や方法を見直そうとする動きが活発になる中で、「表現論」が重要な研究テーマとして取り上げられた。「表現論」は、「歌（詩）の問題を中心に、それを歴史や民俗や思想（意識構造）に還元することなく、言語表現そのものとしてどこまで形式化（理論化）できるか」[1]を主要な課題とした。この、歌を「言語表現」としてあつかうとか、表現の論理として分析するということは、一見すると自明のことのようにみえるが、それまでの歌に対する研究史への異議申し立てを背景に持つという意味で、これも一つの歴史的存在であった。

古代文学の研究方法としては、戦前の時代からの「文芸学的方法」「民俗学的方法」をはじめとして、「歴史社会学的方法」「比較文学的方法」など、様々に提唱されてきた。その中で、七〇年代になって伊藤博『古代和歌史研究』[2]、橋本達雄『万葉宮廷歌人の研究』[3]、渡瀬昌忠『柿本人麻呂研究　島の宮の文学』[4]などが発表された。これらは、万葉集を客観的・実証的に研究するという立場と、歌の背景に宮廷などの歌の「場」や宮廷歌人という存在を想定するという点で共通していた。歌が詠まれた場を具体的に想定することによって、歌人たちの表現意識や連作構成意識を論じようとするものである。こうした方法は、歌群を連作として相互を関連づけてとらえたり、歌群が形成される場を想定する可能性を開いたという点で一定の成果をあげたが、野田浩子が宮廷詞（歌）人論について、

宮廷詞（歌）人論は文学史的観点から出された概念で、要は万葉歌の成立の問題としてあり、その状況はかなり具体的に解明したといえるが、果して作品の解明に有効な方法となり得るかという点では、未だしの感がある

……時間的及び空間的広がりの中で表現そのもののつながりや孤立性を明らかにしえぬものならば、作品を通してその歌人と時代の状況を想定し、作歌の場を解明したことで……既にその用を終えたことになろう[5]。

と述べたことに象徴されるように、場の理論は歌の読みをテクスト外のものに解消してしまうという批判や、恣意的に解釈すればどんなものでも連作になってしまうという批判から、「作品」そのものを分析して価値をさだめていくことが求められるようになった。文学研究は「作品」そのものを科学的に分析しなければならないという姿勢である。

たとえば、雑誌『国文学　解釈と鑑賞』における「万葉集の新しい解釈」というシンポジウムの中で、森朝男が「作品論」を論じながら、

ここに挙げたのは人麿の挽歌なんですが、それがどういう構成法をとってでき上っているか、またそういう構成を人麿が採用した理由は何だったのかということを作品の内容から検討してみたわけです[6]。

と述べたように、「作品そのものを出来上った一つの客体的なものとして」あつかうという考え方である。古代の歌は恣意的に解釈できるため、「研究」も多様に恣意的なものになってしまう。とはいえ、研究・学問であるというためには普遍性を持たせなければならない。そして、その普遍性を保障するのが「言語の表現の価値」だと考えた。古橋信孝が、

作品そのものの言語表現の構造がどうあるのかという分析によってしか、科学性は保証できない。それが作品論がでてくる一番根本の問題だというふうに思います[7]。

というように、「言語の表現の価値」が客観的な評価としてあるとするのである。だが、ここで森が「そういう構成を人麿が採用した理由は何だったのか」を考えていることに端的にあらわれているように、「作品論」は「作者の意

図」を探ろうとするものであった。しかし、「作者の意図」は「表現」の上に出るわけではない。むしろテクストは作家の意図を超えて時代や社会・無意識など様々な要素によって織り込まれており、作者の問題から無意識を抜きにすることはできない。そうした問題意識の中で展開されたのが「発生論」である。

「発生論」は折口信夫『國文學の發生』[8]、風巻景次郎『文学の発生』[9]、西郷信綱『詩の発生』[10]、吉本隆明『言語にとって美とは何か』[11]などをふまえながら、テクストの背後に抱え込まれている失われたものへ眼差しを向けることを課題とする中から出てきたもので、文学をその発生・始源の姿を考えることによって明らかにしようとするものであった。前近代の文学を成り立たせているものを「様式」ととらえ、そこから歌を考える。例えば、人麻呂の挽歌についていえば、そこから人麻呂の意図を読み取ろうとするのではなく、人麻呂の挽歌の存在以前に妻の死をうたう表現・型があったと想定し（様式）、その表現にのっとって人麻呂の挽歌が存在すると考える姿勢である。というよりも、前近代文学における言語表現は様式としてあらわれると考え、様式にのっとって歌うことが個別的な思いを共同性へ転移する根拠になるとする。これによって、それまで歌の表現について叙情とか作者の思いのあらわれとして語られていたものを、古代の側から光をあてて読むという視点が導かれた。藤井貞和の『古日本文学発生論』[12]をふまえ、沖縄の古歌謡の分析をとおして、古橋信孝は『古代歌謡論』[13]、『古代和歌の発生』[14]、『万葉集を読みなおす』[15]などの一連の著作の中で発生論を展開した。

このようにして展開してきたのが七〇年代以降の研究状況の大まかな流れであるが、作品論にしろ発生論にしろ、これらには文学における言語表現とは何かという問題意識が常につきまとっていた。そうした問題意識をひきうけながら、八〇年代には文学における言語表現そのものを論じることが研究の課題としてクローズアップされてきた。古代の歌がなぜ詠まれたのか、歌とは何か、ということを「表現の論理」として論じるということである。こうした動きに大きな影響を与えたのが、吉本隆明『初期歌謡論』[16]や鈴木日出男「古代和歌における心物対応構造——万葉から平安和歌へ——」[17]である。これらは、歌の歴史をその発生から平安期の和歌へと表現そのものが展開する様相として記述しようとしたという点で画期的なものであった。

歌を言語表現そのものとして理論化するという問題意識は、既に述べたように七〇年代後半に古代文学会が主催した「シリーズ古代の文学」の中に示されていたが、八四年から再開された古代文学会夏季セミナーにおいて改めて提起された。

〈様式論〉はぼくらに表現をもたらす〈共同性〉を教え、表現を個別性の側からのみみて、価値を見出す文学主義的な発想を転換させた……〈言語表現とは何か〉……個体が懐疑され、歴史が疑われた現在において、ぼくらは〈言語表現〉を凝視し直すことしかないだろう。文学研究から他の領域に奪われるもの、たとえば民俗学、人類学、歴史学、言語学、心理学と剥いでいって、なにが残るのだろう。そこから考え直さねばならない[18]。

この共同研究は八八年まで続けられ、毎年の成果が『表現としての斉明紀』『家持の歌を〈読む〉』『家持の歌を〈読む〉Ⅱ』『表現としての〈作家〉』『総括・表現論』としてまとめられた[19]。「表現論」は「表現史」の記述から、「家持の歌」という個々の具体的な歌の表現構造を明らかにすることを目指すようになったが、「表現としての〈作家〉」というテーマを設定したことからも伺われるように、同時に「作家」の問題にもつきあたることとなった。それは「表現」が expresion の訳語であることからも明らかなように、表現する主体を前提としたものであることとも通底する。「表現論」は歌の分析において、歴史状況や作家の経歴などはノイズとして排除する方向にあったが、表現の主体と向き合わざるをえないところで、共同性と歌い手との距離をどう見さだめるか、表現論をふまえた「作歌論」「うたい手論」はいかにして可能かといった課題を残しながら、運動としての「表現論」は八八年をもって幕を下ろすこととなった。「表現論」の立場から古代文学の「表現」を分析することを目指し、「表現」という語をタイトルに冠したものとして多田一臣『万葉歌の表現』[21]『大伴家持　古代和歌表現の基層』[22]『古代和歌表現史論』[23]、佐藤和喜『平安和歌文学表現論』[24]などの著作がある。これらは前述の古代文学会の活動などを通して、「発生論」をふまえながら「表現」そのものを分析することによって古代文学の展開を記述しようとしたものである。

一九九〇年には、「和歌の歴史を、文学史固有の論理として跡づけ」るために「表現の史的動態として把握する試み」としてまとめられた鈴木日出男『古代和歌史論』[25]が刊行された。鈴木は、万葉から平安時代の和歌へいたる和歌の歴史を、心物対応構造の展開という視点を中心に置きつつ、表現そのものの流れとして動態的に把握することによって、個々の和歌を和歌史の中に位置づけようとした。

さて、九〇年代になって、古代文学会の夏季セミナーでは、右に述べたそうした表現論の限界をひきうけるようにして「現場論」が提唱された。

発生論が「始源」「神」「様式」という「普遍的」なものを想定することによって古代の表現を読もうとしたのに対し、「現場論」は「古代」を表現行為によってその都度生成されるものとして、その生成の「現場」を論じようとしたものである。

> 宗教・政治・生活・国家・制度・科学技術・芸能……あらゆる局面で起こりつつある表現変動の中に言語表現の問題を置いてみるということである……これこそが聖武帝にとっての「国」であるとか、これこそが霊異記の「家族」であるとかいうものが作り出される過程こそが見出すべきものであって、歴史や宗教や律令の理念があらかじめ外側に環境としてあるわけではない[26]。

「現場論」にはその当初から、場の理論といかに違いを鮮明に示すかが課題としてつきつけられていたが、第二期にいたって「〈歌の実践者〉は可能か」（九六年）、「コトバへの覚醒」（九七年）、「覚醒するテキストたち」（九八年）というテーマを設定し、テキストが生み出される「現場」を問うところへ至った。「いわゆるテクスト論のように読者の数だけあるテクストを考えるわけではなく、古代のある時期に生成されてしまった『テキスト』を問うのである」[27]というようにして、テクストそのものへのまなざしを向けたのである。この論文の関心からいうならば、テキストが生成する「瞬間」を「覚醒」というタームを透かしてみることによって、「古代のある時期に生成されてしまった『テキスト』」といったときにつきまとう（言語表現が前提とする）作者の意図というシェーマを、どのように脱構築するかが「現場論」にとっての課題となるだろう。

こうした研究状況と並行しながら、古代文学における「文字」「書くこと」にこだわる研究も積み重ねられていった。言葉における音声と文字の交渉の位相、歌と書くことの交渉、口承と漢語の交渉の位相、歌と仮名の交渉など、言葉がエクリチュールと出会うことから文学が生み出されるという視点である。文字と文学との関係については、既に稲岡耕二『万葉表記論』[28]によって論じられているが、神野志隆光『柿本人麻呂研究』[29]は書くことにこだわりながら、歌・宣命・律令といった多面的な言語表現が織りなすものとして古代の言語表現を読み解こうとしている。また、八〇年代から九〇年代に、万葉集や古今和歌集の歌と中国文学との関連を問う研究が多く発表されたのも、こうした「文字」をめぐる研究の動きと連動するものとして位置づけられる。[30]日本の歌が中国文学の強い影響を受けて成立していることを論じるものとしては、既に小西甚一「古今集的表現の成立」[31]、中西進『万葉集の比較文学的研究』[32]、小島憲之『上代日本文學と中國文學』[33]などの優れた研究が蓄積されていたが、ここに至って、歌は文字（漢詩文や儒教・仏教・道教という東アジア世界からやってきた、「歌の本質とは異和を奏でる言語表現」[34]）との緊張関係の中で変質を迫られたという視点が語られるのである。渡辺秀夫『平安朝文学と漢文世界』[35]、辰巳正明『万葉集と中国文学』[36]

『万葉集と中国文学 第二』[37]『万葉集と比較詩学』[38]などの研究も、そうした流れの中に位置づけることができるだろう。

Ⅲ

文学をめぐる知の流れは、おおまかにいって、作家の意図・作者の意図を求めようとすることから、文学の意味はテクストそのものに織り込まれているとみなす構造主義、テクストの意味は読者の読書行為によって生み出されテクストの最終的意味決定はできないという読者論的認識へと変遷してきた。

歌人の伝記がほとんど詳かでない古代文学（歌）の研究においては、文学をあからさまに作家の実人生と結びつけようとする研究は、ある時期から主流となることはなくなり、「発生」「様式」「制度」という普遍的なものに歌の根拠を求めることが主流となった。「発生論」が前近代文学の言語表現は様式としてあらわれると考え、その延長として「言語表現そのもの」の理論をめざして「表現論」が提唱されたことは、ある意味では構造主義的なことで、歌の意味をテクストそのものから探ろうとしたものと位置づけることができよう。だが、既に述べたように、作者を前提とした「表現」というタームを用いたことが象徴しているように、「表現論」は「作者」「作家」の問題と向き合わざるをえないところに課題を残すこととなった。「表現論」的なものへの批判として、「歌ことば」というタームを用いてテクストの自立をはかる考えかたも生み出された。小町谷照彦『源氏物語の歌ことば表現』[39]『古今和歌集と歌ことば表現』[40]『王朝文学の歌ことば表現』[41]など、「歌ことば」という考えによってテクストの作者からの自立をはかったものである。しかし、テクスト自身が意味性を帯びているとする構造主義的解釈によると、たとえば歌の意味は古今和歌集として献上された紙の中にあるということになってしまうだろう。

作家・作者の意図からもテクスト自体からも意味を求めることができないことから、読者の読者行為において意味が生成されると考えるのが「読者論」である。とすると、テクストの意味は読者によって異なり、最終的な意味決定はできないことになる。作者が無意識・イデオロギー、発想といった様々なものによって織りこまれているのと同じように、読者も様々なものによって織りこまれている。そうした読者による読みは、あらゆる読みが誤読ということになるが、それを認めつつ、それまでの読みが構築してきた意味性をいかに脱構築していくかに研究・批評の価値がかかっていると考えるところに生まれたのが「言説分析」という考え方であった。この論文が、あえて「和歌言説」というタームを用いたのは、そうしたテクスト理論・読者論の成果をふまえながら古代の和歌について考えていくことを意図したからである。そしてこの論文では、和歌に関してそうした視点からもいくつかの新しい解釈を提示したつもりである。

Ⅳ

第一部「古代和歌の方法」においては、主に万葉集の歌における喩のありかたについて論述した。第一部第一章「古代和歌における喩の根源」では、古代の歌の多くが寄物陳思型の構造を持ち、心をあらわす言葉と事物をあらわす言葉を喩として結びつけることによってなりたっていることの根拠について、発生論をふまえながら、「神の意思」とその「解釈」という古代に普遍的な構造の問題として論述した。第一部第二章「寄物陳思歌における比喩――『音声』と『意味』のダイナミズム、あるいは比喩としての歌の言葉の系譜」では、寄物陳思歌の典型的な構造である上下の対立が変容していく過程について論述した。

第二部「古今和歌集歌の歌風」では、古今和歌集時代の和歌の特質について、言葉の虚構が心をあらわす詩的言語のメカニズムと、仮名で書くことによる達成という側面から論述した。第二部第一章「古今和歌集歌の言葉」では、技巧的であるとか観念的であるといわれている古今和歌集歌の歌風について分析した。詩的言語としての和歌言説は、この世にあるあらゆる「事柄」を、「音声」や「仮名連鎖」あるいは「漢字の形象性」「漢詩文」といった様々な位相で抽象化し、歌の言葉の秩序の中に位置づけることを可能にしたのであり、そうして技巧を凝らして言葉を集め、比喩を一首の中に凝縮させることが心をあらわすというところに成立したのが古今和歌集の和歌であることを論述した。第二部第二章「仮名言葉の文学としての和歌」では、成立期の仮名文と同時代的存在であった古今和歌集の和歌が、仮名で書くことによって同音異義語の持つ多義性を自覚的に方法化したことを、仮名物語である『竹取物語』が到達したものと共通するところに位置づけて分析した。多義的なもの、比喩といった言葉の持つ「対話性」が古今和歌集歌の特徴なのである。

第三部「和歌文学の修辞技法」では、掛詞・見立て・縁語という和歌の修辞技法について論じた従来の論考といかに異なった視点を導入するかを自己の課題とし、和歌の修辞技巧に対する観点の組みかえを試みた。第三部第一章「掛詞論Ⅰ——掛詞の生み出す言葉の重層性——」では、掛詞の特質についてエクリチュールの形象性と音声の相互作用の中で和歌言説が生成するダイナミズムを論述した。音声言語による歌では、音の連鎖や繰り返しによる意味の展開はあるが、展開したものが前の部分に回帰することはない。一方、掛詞によって二重化された和歌では前の部分が後の部分によって規定され、有機的に響き合う。これは歌うことを本質とした歌の言葉に対する異化作用である。第三部第二章「掛詞論Ⅱ——掛詞の基層——」では、掛詞について、この世の事象を意味づけ関連させていく言葉の力という側面から論述した。それは、掛詞の中に「言葉」の呪力といった古代的なものをみようとする試みでもある。同じように一首を重層化し錯綜する意味のネットワークを作り出す古今集時代の掛詞にあって、抽象度の高い漢詩文的な言葉に支えられた観念性と、「古代性」とが層をなして存在しているのである。第三部第三章「見立て論」では、和歌文学における「見立て」という考え方について、古今集の時代に「見立て」という修辞技法があったわけではなく、古今集の時代になって漢詩文との関係の中で生み出されるようになった、事物と事物を比喩として結びつける新しい認識の中で戯れる和歌を後世の人々がそう呼んできたのだということを論述した。第三部第四章「縁語論」では、縁語がそれを解釈する側の問題であることを歌合せの判詞とも関わらせて論じながら、中世の歌論における縁語論を間テクスト性の視点から読み直し、さらに和歌が縁語を必要とした理由が和歌の求心性にあることを論述した。縁語は掛詞とともに和歌の中で意味の凝縮された核を形成するが、二重性を与える修辞である縁語・掛詞が三十一文字の定型の中で和歌に求心性を与えるという逆説の中に、和歌の特質が表れている。

第四部「和歌文学の言説」では特定の歌語、様式化された詞句、一首の和歌にこだわりながら、和歌文学の言説分析を試みた。第四部第一章「歌い手論——歌う主体と和歌主体の成立、あるいは一義性の文学としての和歌——」では、歌う対象に対する歌い手の感慨を言語化したものである歌が、それがどのような状況におかれるかで解釈が異なってくるということの意味について論述した。だが、それは「解釈可能性の幅」や多義性ではない。状況や詞書きが歌の解釈を規定しているのである。というより、その状況の中で読者がどう解釈するかにかかわっているのであって、歌というテクストを成り立たせている要素のうち何を前景化するかが鍵を握っているのである。第四部第二章「〈紅葉の歌〉攷——古今集前夜における和歌の文芸化——」では、紅葉を「錦」に喩える比喩を中心に、紅葉を詠んだ和歌言説について分析した。第四部第三章「あやかしのすすき——古今和歌集二四三番歌攷——」では、古今和歌集二四三番歌について、任氏伝との関連だけでなく、この当時漢詩文的なものとのかかわりの中で育まれていった、事物と事物の間に新たな関係を生み出すことを可能にする認識の枠組の中で、「はなすすき」を「招く袖」と意味づけることによって、平安期の和歌における「招くすすき」として累積されていく言葉の出発点となっているところにその重要性があるということについて論述した。第四部第四章「『わたつみの深き心』攷」では、土左日記の和歌「棹させどそこひも知らぬわたつみの深き心を君に見るかな」について李白の「贈汪倫」や忠岑の和歌との影響関係だけでなく、この和歌の背後に、古今集撰者時代の歌人たちの動向、すなわち、伊勢、躬恒、忠岑、貫之、友則といった撰者時代の歌人たちが歌語を共有しながら和歌を詠みあった時代の雰囲気が深く影をおとしていることについて論述した。これらの章では、比較文学的観点や古代の習俗を視野にいれながら、和歌を単に漢詩文や先行する和歌との影響関係でとらえるのではなく、歌人が和歌を支えている言葉の累積と対話し、同時に自らも言葉の共同性を再生産していく行為の中に位置づけた。そこに、享受者の「よみ」がさらなる「よみ」を生み出していく、和歌言説が生成されていくメカニズムをみることができる。

V

テクストが読者の解釈行為によって現象すると考えるということは、たとえば前にあげた例でいえば、テクストの意味は献上された古今和歌集という紙の中にあるのではなく、古今和歌集という紙を読む時にあらわれると考えるということである。これは、特に仮名によって書かれたテクストである古今和歌集の歌にとって、揺るがすことのできない性質である。第三部第三章「縁語論」において論述したように、同じ和歌に関して何を縁語と認定するかが評者によって異なるのは、縁語の基準が明確でないというよりも、縁語とは実は解釈する側の問題であるということ。第四部第一章「歌い手論――歌う主体と和歌主体の成立、あるいは一義性の文学としての和歌――」で論述したように、歌が状況や詞書きによって解釈が異なるのは歌というテクストを成り立たせている要素のうち何を前景化するかその解釈の鍵を握っているからだということ。第四部の第二・三・四章の各章において、解釈共同体が同時に和歌を詠む共同体になっている和歌文学の特質について論述したことなど、現在の文学研究において課題となっている事柄についても、読者論的視点から改めて論述したつもりである。

本来同化の文学である歌の研究では、九〇年代においても読者論的視点が顧みられることは無かったといってもよい。本稿では、右に述べてきた理由から従来の和歌に関する研究との相違を鮮明にするために、あえて『古代の和歌言説』を表題とした。

注

（1）呉哲男「『シリーズ・古代の文学』終刊にあたって」（古代文学会編『シリーズ・古代の文学7　古代詩の表現』武蔵野書院　昭和五十七年十月五日）

（2）伊藤博『古代和歌史研究1　萬葉集の構造と成立　上』（塙書房　昭和四十九年九月三十日）、『古代和歌史研究2　萬葉集の構造と成立　下』（塙書房　昭和四十九年十一月十日）、『古代和歌史研究3　萬葉集の歌人と作品　上』（塙書房　昭和五十年四月十日）、『古代和歌史研究4　萬葉集の歌人と作品　下』（塙書房　昭和五十年七月十日）、『古代和歌史研究5　萬葉集の表現と方法　上』（塙書房　昭和五十年十一月二十日）、『古代和歌史研究6　萬葉集の表現と方法　下』（塙書房　昭和五十一年十月三十日）、『古代和歌史研究7　萬葉集の歌群と配列　上』（塙書房　平成二年九月十日）、『古代和歌史

研究8　萬葉集の歌群と配列　下』（塙書房　平成四年三月二十日）
（3）橋本達雄『万葉宮廷歌人の研究』（笠間書院　昭和五十年二月二十五日）
（4）渡瀬昌忠『柿本人麻呂研究　島の宮の文学』（桜楓社　昭和五十一年十一月三十日）
（5）野田浩子「詞人・宮廷歌人論」（『国文学　解釈と鑑賞』第四十六巻九号　一九八一年九月）
（6）古橋信孝・森朝男・呉哲男「シンポジウム　万葉集の新しい解釈」（『国文学　解釈と鑑賞』第四十六巻九号　一九八一年九月）
（7）注（6）に同じ。
（8）折口信夫の発生論は大正十三年四月の「國文學の發生（第一稿）」（『日光』第一巻第一號）以来第四稿まで書き継がれ、のちに『古代研究　國文學篇』（大岡山書店　昭和四年四月十日）としてまとめられた。その後、岩波書店の『講座日本文學』に収めた「日本文學の發生　――その基礎論――」（昭和七年四月）をはじめとして「日本文學の發生」と題した論稿がいくつか発表されており、それらは『折口信夫全集　第七巻　國文學篇1』に収められている。
（9）風巻景次郎『文学の発生』（昭和十五年）。後に『風巻景次郎全集　第三巻　古代文学の発生』（桜楓社　昭和四十四年八月二十五日）にまとめられた。
（10）西郷信綱『詩の発生』（未来社　昭和三十五年六月二十五日）
（11）吉本隆明『言語にとって美とはなにか　第Ⅰ巻』（勁草書房　昭和四十年五月二十日）、『言語にとって美とはなにか　第Ⅱ巻』（勁草書房　昭和四十年十月五日）
（12）藤井貞和『古日本文学発生論』（思潮社　一九七八年九月十五日）
（13）古橋信孝『古代歌謡論』（冬樹社　昭和五十七年一月二十日）
（14）古橋信孝『古代和歌の発生　歌の呪性と様式』（東京大学出版会　一九八八年一月十日）
（15）古橋信孝『万葉集を読みなおす　神謡から〝うた〟へ』（日本放送出版協会　昭和六十年一月二十日）
（16）吉本隆明『初期歌謡論』（河出書房新社　昭和五十二年六月二十五日）

(17) 鈴木日出男「古代和歌における心物対応構造――万葉から平安和歌へ――」（『國語と國文學』第四十七巻第四号　昭和四十五年四月）

(18) 古橋信孝「いまこそ文学研究そのものが問われている！　セミナーに結集して文学研究の再構築を！」（古代文学会セミナー委員会編『セミナー古代文学'84――〈表現としての斉明紀〉――』昭和六十年四月二十日）

(19) 古代文学会セミナー委員会編『セミナー古代文学'84――〈表現としての斉明紀〉――』（昭和六十年四月二十日）、『セミナー古代文学'85　家持の歌を〈読む〉』（昭和六十一年七月三十日）、『セミナー古代文学'86　家持の歌を〈読む〉Ⅱ』（昭和六十二年八月一日）、『セミナー古代文学'87　表現としての〈作家〉』（昭和六十三年八月三十一日）、『セミナー古代文学'88　総括・表現論』（一九八九年十一月三十日）

(20) 古代文学会の夏期セミナーは八二年度は「古代文学の表現史」、八三年度は「なぜ表現は変わるのか――古代文学の表現史2――」をテーマとした。

(21) 多田一臣『万葉歌の表現』（明治書院　平成三年七月十日）

(22) 多田一臣『大伴家持　古代和歌表現の基層』（至文堂　平成六年三月二十日）

(23) 多田一臣『古代文学表現史論』（東京大学出版会　一九九八年十二月四日）

(24) 佐藤和喜『平安和歌文学表現論』（有精堂　一九九三年二月二十日）

(25) 鈴木日出男『古代和歌史論』（東京大学出版会　一九九〇年十月二十五日）

(26) 猪股ときわ「'92夏季セミナー報告　テーマ『古代文学の〈現場〉へ！――その方法の探究――』'92セミナー報告」（『古代文学』第三十二号　一九九三年三月六日）

(27) 太田善之「夏期セミナー　発表報告　テーマ古代文学の〈現場〉へ！　Ⅱ　――覚醒するテキストたち――　夏期セミナー　発表および全体討論報告」（『古代文学』第三十八号　一九九九年三月一日）

(28) 稲岡耕二『万葉表記論』（塙書房　昭和五十一年十一月三十日）

(29) 神野志隆光『柿本人麻呂研究』（塙書房　一九九二年四月二十日）

（30）猪股ときわ「万葉集」（『古代文学講座十二　古代文学研究史』勉誠社　平成十年四月二十五日）
（31）小西甚一「古今集的表現の成立」（『日本学士院紀要』第七巻三号　昭和二十四年十一月）
（32）中西進『万葉集の比較文学的研究』（南雲堂桜楓社　昭和三十八年一月十九日）
（33）小島憲之『上代日本文學と中國文學　上　――出典論を中心とする比較文學的考察――』（塙書房　昭和三十七年九月十五日）、『上代日本文學と中國文學　中――出典論を中心とする比較文學的考察――』（塙書房　昭和三十九年三月三十日）、『上代日本文學と中國文學　下　――出典論を中心とする比較文學的考察――』（塙書房　昭和四十年三月三十日）
（34）注（30）に同じ。
（35）渡辺秀夫『平安朝文学と漢文世界』（勉誠社　平成三年一月二十二日）
（36）辰巳正明『万葉集と中国文学』（笠間書院　昭和六十二年二月二十日）
（37）辰巳正明『万葉集と中国文学　第二』（笠間書院　一九九三年五月十日）
（38）辰巳正明『万葉集と比較詩学』（おうふう　平成九年四月二十五日）
（39）小町谷照彦『源氏物語の歌ことば表現』（東京大学出版会　一九八四年八月二十五日）
（40）小町谷照彦『古今和歌集の歌ことば表現』（岩波書店　一九九四年十月二十四日）
（41）小町谷照彦『王朝文学の歌ことば表現』（若草書房　一九九七年四月三十日）

第一部　古代和歌の方法

第一章　古代和歌における喩の根源

Ⅰ　歌の伝統的様式としての寄物陳思

古代の歌には、心情を直叙したものが非常に少ない。短歌は全心を集中させて直接の表現をおこなわなければならないとする考え[1]、あるいは情報伝達の効率という観点からみても、まったくの余計なものにみえる言説を持った「物に寄せて思ひを陳ぶる歌」、すなわち「寄物陳思」型の歌が古代以来、歌の大部分を占めている。たとえば、万葉集の巻十一と十二では、数多くの歌が「寄物陳思」として分類されて採録されている。

物に寄せて思ひを陳ぶる

娘子らを袖布留山の瑞垣の久しき時ゆ思ひけり我は（万葉巻十一　二四一五）
石上布留の神杉神さぶる恋をも我は更にするかも（万葉巻十一　二四一七）

だが、それ以上に、万葉集の全体を通覧してみると、その多くが事物を表す言葉と心情を表す言葉とが対応させられたものだと分かる。

それに対して、心情を直叙した歌、すなわち「正述心緒（正に心緒を述べたる歌）」は、奈良朝以後になって増えてくる。もちろん、それ以前に心情を直叙した歌がなかったわけではないが、奈良朝以後の「正述心緒歌」は、よく知られているように、漢詩文を受容する中で、観念的な恋歌が中・下層官人の教養を媒介として流行したことと深い関係がある。たとえば、巻十二に「正述心緒」として分類されている、

愛しと思ふ我妹を夢に見て起きて探るになきがさぶしさ　（万葉巻十二　二九一四）

とか、あるいは「正述心緒」に分類されてはいないが、やはり心情を直叙した、

大伴宿禰稲公、田村大嬢に贈る歌一首　大伴宿奈麻呂卿の女なり

相見ずは恋ひざらましを妹を見てもとなかくのみ恋ひばいかにせむ

右の一首、姉坂上郎女の作なり。　（万葉巻四　五八六）

などが、当時流行した『遊仙窟』によったものであることは有名である。前者は、

少時坐睡、即夢見二十娘一。驚覺攬レ之、忽然空レ手。心中悵怏、復何可レ論。（少時にして坐睡すれば、即ち夢に十娘を見る。驚き覺めて之を攬れば、忽然として手を空しくす。心中悵怏として、復何ぞ論ずべけんや）。（『遊仙窟』）

をもとにし、後者は、

元來不レ見、他自尋常、無レ事相逢、卻交二煩惱一。（元來見ざれば、他は自ら尋常なりしならんも、事無くして相逢ひ、卻つて煩惱せしむ）。（『遊仙窟』）

によっている。前者には、

（更に大伴宿禰家持が坂上大嬢に贈る歌十五首）

夢の逢ひは苦しかりけりおどろきて掻き探れども手にも触れねば　（万葉巻四　七四一）

という類想の歌があるが、それだけでなくこの家持の十五首はいずれも『遊仙窟』をふまえたものである。しかもそれらには同様に『遊仙窟』をふまえたとみられる類想の歌があり、当時いかに『遊仙窟』が流行したかを伺うことができる。だが、こうした心情を直叙した歌は、歌の歴史の中ではむしろ少数派だったといってもよい。

古今集の時代には、「歌語」として様式化されてはいるが、花鳥風月を媒介として歌が詠まれている。このように、「寄物陳思」は古代の歌の歴史を貫いていた伝統的な様式であった。後に詳しく論述することになるが、序歌形式の歌は序詞に詠み込まれた景物が心情を表す言葉と結びつくことによって成り立っているものであり、

（題しらず）　小野小町
花の色はうつりにけりないたづらにわが身世にふる　ながめせしまに　（古今巻二春歌下　一一三）

（題しらず　僧正へんぜう）
今こむといひてわかれし朝より思ひくらしのねをのみぞなく　（古今巻十五恋歌五　七七一）

などの掛詞は、心の文脈と事物の文脈を言葉によってつなぎとめるものである。さらに、

（題しらず）　読人しらず
かたいとをこなたかなたによりかけてあはずはなにをたまのをにせむ　（古今巻十一恋歌一　四八三）

（題しらず　読人しらず）
唐衣ひもゆふぐれになる時は返す返すぞ人はこひしき　（古今巻十一恋歌一　五一五）

にみられる縁語は、各々関連の深い語群（事物に関する言葉）の糸を心象の文脈の中でよりあわせている。これらはみな「寄物陳思」型の歌に分類することができるが、[2] かといって、まったく同じものでもない。また、表層にあらわれた言葉だけでなく、歌の中に詠みこまれた事物を表す言葉の性質も変わってきている。そこに、古代から歌の伝

統的な様式であった「寄物陳思歌」の歴史をみることができるだろう。本稿では、和歌言説を分析する起点を「比喩」という視点に置きながら、「寄物陳思歌」としての諸相を分析することを出発点とする。

ところで、「寄物陳思」型の構造が古代の歌にとって主要な様式であったとするならば、なぜ歌はそうした型をとらなければならなかったのだろうか。そのことを古代の歌の「發想法」の問題としてとらえたのが折口信夫であった。

> 古代の律文が豫め計畫を以て發想せられるのでなく、行き當りばつたりに語をつけて、或長さの文章をはこぶうちに、氣分が統一し、主題に到着すると言つた態度のものばかりであつた事から起る。目のあたりにあるものは、或感覺に觸れるものからまづ語を起して、決して豫期を以てする表現ではなかつたのである。
>
> 神風の　伊勢の海の大石（オヒシ）に　這ひ廻（モトホ）ろふ細螺（シタダミ）の　い這ひ廻（モトホ）り、伐ちてしやまむ　（神武天皇――記）
>
> 主題の「伐ちてしやまむ」に達する爲に、修辭效果を豫想して、細螺（シタヾミ）の様を序歌にしたのではなく、伊勢の海を言ひ、海岸の巖を言ふ中に「はひ廻ろふ」と言ふ、主題に接近した文句に逢着した處から、急轉直下して「いはひもとほる」動作を自分等の中に見出して、そこから「伐ちてし止まむ」に到着したのである。(3)

折口の論は、古代の歌が事物を表す言葉からはじまっていることを、歌が本来持っている性質だとみなす重要な視点をはらんでいる。折口はそれを「發想法」と呼んだ。「豫め計畫を以て發想せられるのでなく、行き當りばつたりに語をつけて、或長さの文章をはこぶうちに、氣分が統一し、主題に到着する」という言葉に如実にあらわれているように、折口は、歌い手が目に触れる事物をたどりながら次第に自分の歌いたい「こころ」をいい表すところへ到達すると考えた。たしかに、既にいくつか挙げた例からも分かるように、事物を表す言葉からはじまって心を表す言葉に至るのが古代の歌の常套的な方法であることは明らかである。しかし、その「方法」とは歌い手が自己の心を言語化するための「發想法」というよりも、古代の歌が生成される「様式」なのである。そしてこの事物は、「目のあたりにあるものは、或感覺に觸れるものからまづ語を起して、決して豫期を以てする表現ではなかつた」というような、目につくものを手当たり次第に詠み込んでいくことによって生み出されたものでもない。単に目についたものを次々と詠み込んでいったとしたならば、そのような偶然生み出された言葉が文字の存在しないこの時代に伝承され、残されてきたはずがないからである。この場合、歌われた事物は、神話的・伝承的に伝えられた事柄、あるいは祭式の場における呪物、いずれにしても共同体にとって重要な事物だったのである。「神風の～」の「細螺」について、古橋信孝は、

敵を打ち破るのになぜ小さな貝に自分たちを見立てるのだろうか。われわれにはすでに不明だが、ここにはなにか細螺の呪力がなければならない。細螺の呪力を身につけるから敵に負けないとかんがえざるをえない。おそらく久米氏は細螺を食べて戦いに勝った伝承をもっているにちがいない。(4)

と論じている。「久米氏は細螺を食べて戦いに勝った伝承をもっているにちがいない」というのは、いわば想像でしかない。だが、この想像は、古代の歌に詠み込まれた事物は、歌い手によって恣意的に選ばれた偶然の産物ではなく、詠み込まれる必然性があって詠まれているのだという、古代の歌の論理に基づいた想像なのである。

古代の歌が、事物を表す言葉と心を表す言葉とを対応させることから成り立っているのは、この神話的・伝承的に伝えられたという重みによって「こころ」のリアリティを保障した様式だったのである。

元来、歌とは「共同性」にからめとられたものであった。というよりも、「共同性」の言語化が歌であった。別に個人の感情がこめられているわけではなかった。

たゞ今、文學の信仰起源説を最、頑なに把つて居るのは、恐らくは私であらう……音聲一途に憑る外ない不文の發想が、どう言ふ訣で、當座に消滅しないで、永く保存せられ、文學意識を分化するに到つたのであらう。戀愛や悲喜の激情は、感動詞を構成する事はあつても、文章の定型を形づくる事はない。又、第一、傳承記憶の値打ちが何處から考へられよう。口頭の詞章が、文學意識を發生するまでも保存せられて行くのは、信仰に關聯して居たからである。(5)

折口が文学の発生の根拠として「信仰」を挙げた理由は、文字のなかった時代に詞章がなぜ後世に残され伝承されたのかという問題に答えるためであった。詞章が後世に残され伝承されるためには、それが他者に伝えられ、しかも繰り返されなければならない。それを可能にした力を「信仰」と呼んだのである。この視点を持つことによって、文学の発生に「個人」的な要素が入りこんでくるのを排除することが可能になる。

文学や詩歌は「個人」の悲喜の感情や情熱から生み出されるという素朴なロマンティシズムがある。しかし、もし文学がそのように個体に固有の感情から生まれるものならば、文字のなかった時代に他者に伝えられ繰り返され伝承されるはずがなかった。個体に固有の感情はあくまで「個人の思い」であり、他者が共同化しうるものではないからである。百歩譲って、その場に居合わせた者やその状況を知悉している数人には「個人の思い」を共同化することが可能だったとしても、それが時間を隔てて伝えられることは不可能であった。逆にいえば、詞章が伝承されるためにはそれが共同化される必要があった。共同化しうる詞章、「共同性」をもった詞章でなければ、伝承される必要もなかったし、また、伝承することもできなかった。このようにして「文学の発生」の問題は「共同性」の問題として措定される。折口は、この「共同性」を「信仰」という言葉で表したのであった。そして折口は、文学の発生点を祭式において語られる「神授（と信ぜられた）の呪言」においた。祭式とは、自然の秩序や現実を抽象化し再構成した非日常の時空間である。非日常の場で語られる言葉であるがゆえに、神の言葉（呪言）は、非日常の様式化された言葉であった。その非日常性は、畳語や対句、文意転換といった律文としてあらわれた。ここに、様式化された歌の発生が想定される。折口は、この律文化の要因を、祭式における巫覡の神がかり状態においた。そして、それが「神語」として固定化していく流れを想定している。

一人稱式に發想する敍事詩は、神の獨り言である。神、人に憑つて、自身の來歷を述べ、種族の歷史・土地の由緒などを陳べる。皆、巫覡の恍惚時の空想には過ぎない。併し、種族の意向の上に立つての空想である……昂ぶつた内律の現れとして、疊語・對句・文意轉換などが盛んに行はれる……此神の自敍傳は、臨時のものとして、過ぎ去る種類のものもあらう。が、種族生活に交渉深いものは、屢くり返されて居る中に固定して來る。此敍事詩の主なものが、傳誦せられる間に、無意識の修辭が加る。口拍子から來る記憶の錯亂もまじる。併しながら、「神語」としては、段々完成して來るのである。[6]

巫覡が神憑りの恍惚状態で発する律文が、繰り返され伝誦されるうちに固定化していったのだということになる。だが、ここで注意しなければならないのは、古代の祭式において巫覡が神憑りの状態で発した言葉（神の言葉）を、そのまま、様式化された「神語」や歌へと横すべりさせてはならないということである。折口もこのことについては注意深く言葉を選んでいるようだが、巫覡が神憑りの状態で発する言葉と、繰り返し伝誦される言葉との間には、質的な断層が存在するはずだ。

すでに述べたように、歌の起源として想定される神の言葉（呪言）は、祭式という非日常の時空間で語られる非日常の言葉であった。しかし、ここでいう神の言葉（呪言）は様式化された言葉であり、巫覡が狂乱し、変態した時の錯乱した言葉そのままを指しているのではない。確かに、始源的には、神の言葉は神憑りした巫覡が口走る錯乱した言葉であったはずだ。だが、古橋信孝が、

神のことばは人間のことばとは違っていたはずだ。神懸りした人、つまり神がしゃべることばは意味不明だった。その神のことばを翻訳したものが神の呪言である。だから神の呪言は神のことばと見なしうるように装わねばならなかった。日本の場合、後に五七音を基本とする音数律と、その五七音を一行としたばあい、その一行を別のいい方で繰り返す繰り返しが神の呪言であることの装いだった。(7)

と論じたように、「神の言葉」を人間に理解できる言葉に翻訳したものが「神の呪言」であり、「神の呪言」は始源的な「神の言葉」そのものではないから、祭式において「神の言葉」とみなされるために「神の言葉」であることを装わなければならなかった。それが「疊語・對句・文意轉換」を基本とした様式、さらにいえば、五七音の音数律とそれを基本とした繰り返しの構成なのである。

この様式化された言葉によって人は神を装い、従って、神に転位することが可能になった。そして、歌は様式にのっとることによって神の言葉を装うものだった。

Ⅲ　喩の根源――神の意思のあらわれ（景）とその解釈（心）

折口は、また、このようにも述べている。

> 神語即託宣は、人語を以てせられる場合もあるが、任意の神託を待たずに、答へを要望する場合に、神の意思は多く、譬喩或は象徴風に現はれる。そこで「神語」を聞き知る審神者――さには――と言ふ者が出來るのである。(8)

ここで述べていることは、神の意思が象徴的に表わされ、それを解釈する者が神の意思を人間へ伝えるという構造に読みかえることができる。この、神の意思のあらわれと、人間による解釈は、古代の伝説における普遍的なパターンであった。

> 此の天皇の御世に、役病多た起りて、人民尽きむと為き。爾くして天皇の愁へ歎きて神牀に坐しし夜に、大物主大神、御夢に顕れて曰ひしく、「是は、我が御心ぞ。故、意富多々泥古を以て、我が前を祭らしめば、神の氣、起らず、国も、亦、安らけく平らけくあらむ」といひき……即ち意富多々泥古命を以て、神主と為て、御諸山にして、意富美和之大神の前を拝み祭りき……此に因りて、役の氣、悉く息み、国家、安らけく平けし。
>
> （『古事記』中巻）

崇神天皇の御世に疫病が流行し、人民が数多く死亡した。それを嘆いた天皇が、神の託宣を請うために忌み清めた床で眠ったところ、夢に大物主大神が現れ、疫病の流行は自分の心のあらわれであり、オホタタネコを以って自分を祀らせたならば疫病は終息するだろうという神託があった。そこでオホタタネコという人物を捜し出して大物主大神を祀らせたところ、疫病は終息し国は安らかになったという、大三輪神社の起源伝説である。ここでは、疫病が流行したことが大物主大神の意思（心）の象徴的な表れであり、「さには」としての天皇が神牀で神託を請うたことによって、大物主大神の意思（心）が明らかにされるという形をとっている。

この、神の意思が何らかの事象によって象徴的に表され、神の意思を伺う人間（「さには」）がその意味（心）を解釈するという関係は、普遍的な型としていきわたっていた。たとえば、次のような叙景歌がこれに相当する。

狭井河よ　雲立ちわたり
畝火山　木の葉さやぎぬ
風吹かむとす

（『古事記』中巻　歌謡二〇）

一首の意味は、狭井河の方から雲が一面に湧き起こり、畝火山は木の葉がざわざわと鳴り騒いでいる、風が吹こうとしているのだ、となる。これは、神武天皇の死後、皇位争いで当芸志美々命が三人の異母弟を殺そうとしているのを、神武天皇の嫡后伊須気余理比売が歌を以って諷したものとされている。『日本古典文学大系』の頭注にもあるように、この歌は、物語から切り離すと叙景歌のように見え、古事記の物語にあてはめると危急を知らせる諷喩の歌となる。古橋信孝が、

木の葉のざわつきに風の吹こうとすることを知るのであるから、風が凶事そのものとなる。しかし木の葉の微妙なさやぎは風が起すものであり、風が凶事の暗喩となっている。(9)

と述べているように、ここでは「風」が（当芸志美々命が異母弟を殺すという）危急の出来事のメタファーとなっている。それはこの歌を古事記の物語にあてはめることによってはじめて可能になる解釈である。では、このような叙景の歌が凶事の喩となりうるのはなぜなのか。

それは、この歌が、狭井河の方から雲が一面に湧き起こり、畝火山の木の葉がざわざわと鳴り騒いでいるという現在の事象から、「風が吹こうとしているのだ」と未来を予想する言説によって成り立っていることに由来する。そして、この、景と解釈の関係は、すでに述べたような、神の意思のあらわれである「景」と人間による解釈という構造として読みかえることができるのである。(10)

そもそも、古代において、自然現象はおしなべて何らかの神の霊威のあらわれとされてきた。まず雲であるが、雲は天地の間に盛んに沸き上がってくるところから、大地の霊威が盛んに活動していることのあらわれとして受け取られていた。

八雲立つ　出雲八重垣
妻籠みに　八重垣作る
　その八重垣を
（『古事記』上巻　歌謡一）

これは、記紀神話で須佐之男命が櫛名田比売と結婚しようとして出雲の須賀の地に宮を作った時に歌ったものであるが、本来は新室寿ぎの歌謡であったと考えられている。「八雲立つ出雲」というのは、出雲に雲が盛んに沸き上がっていること、すなわちその土地の神の霊威が盛んであることを称える（土地ぼめの）詞章。「妻籠みに八重垣作る」以下は、そのように素晴らしい土地で婚舎を作って妻を置くのだという、家ぼめ・宮ぼめの詞章である。こうした歌が家ぼめ・宮ぼめになるのは、沸き上がる雲（土地の神）の霊威によって祝福しているからである。さらにいえば、自然現象に対するこうした受け取り方は日本だけのものではなく、漢語でも雲気という熟語があり、

雲（気）――それは陰陽の精気の集まったものであるという〈史記正義・天官書注〉――は、偉大なる神格、霊威あるもののしるしであり、未然の大事を占うに足る人知を超えた神意や形而上的なさとしの露呈・兆候と

いうわけである。[11]

という中国からもたらされた観念も広く受容されながら古代日本における雲のイメージを作り出していた。

また、「狭井河よ雲立ちわたり」「八雲立つ」というように、「雲」が沸き上がることを「立つ」と歌っていることも重要である。「立つ」は、沸き上がる雲の躍動する姿を神の霊威が躍動している姿としてとらえたものである。雲以外にも、

東の野にかぎろひの立つ見えてかへり見すれば月傾きぬ　（万葉巻一　四八）

昨日こそ年は果てしか春霞春日の山にはや立ちにけり　（万葉巻十　一八四三）

天の川霧立ち上る織女の雲の衣の反る袖かも　（万葉巻十　二〇六三）

ひさかたの天の香具山この夕べ霞たなびく春立つらしも　（万葉巻十　一八一二）

のような例をはじめ、「波・秋・（秋）風・虹・煙」など、「立つ」で表される自然現象は数多い。というよりも、自然現象そのものが神霊の活動によって引き起こされると受け取られており、自然の不可思議な霊威あふれる現象は「立つ」で表された。「立つ」で表された現象は、その背後に神霊の存在が感じられるものだったのである。[12]

「畝火山木の葉さやぎぬ」は畝火山の木の葉がざわめいているさまを歌ったものであるが、この「さやぐ」も神霊の霊威が活動している様子を表している。

是(ここ)に、天忍穂耳命(あめのおしほみみのみこと)、天(あめ)の浮橋(うきはし)にたたして、詔(のりたま)はく、「豊葦原千秋長五百秋水穂国(とよあしはらのちあきのながいほあきのみづほのくに)は、いたくさやぎて有りなり」と、告(の)らして、更(さら)に還(かへ)り上(のぼ)りて、天照大神に請(まを)しき。　（『古事記』上巻）

葦原中国の統治を委任された天忍穂耳命が天の浮橋から地上を見下ろした様子を天照大神に報告した時の言葉である。そこで天照大神は、安の河原に神々を集めて、

此の葦原中国は、我が御子の知らさむ国と、言依して賜へる国ぞ。故、此の国に道速振る荒振る国つ神等が多た在るを以為ふに、是、何れの神を使はしてか言趣けむ。

（『古事記』上巻）

といって、神々に相談させた。ここから分かることは、「道速振る荒振る国つ神等が多た在る」状態、すなわち、荒ぶる神によって混乱した状態を呈しているのを「いたくさやぎて有りなり」と表していることである。古代の神話では、

彼の地に、多に蛍火なす光る神と蝿声なす邪神と有り。復、草木咸能く言語有り。

（『日本書紀』神代下第九段正文）

葦原中国は、磐根・木株・草葉も猶し能く言語ふ。夜は熛火の若に喧響ひ、昼は五月蝿如す沸騰る。

（『日本書紀』神代下第九段一書第六）

豊葦原の水穂の國は、晝は五月蝿なす水沸き、夜は火瓮なす光く神あり、石ね・木立・青水沫も言問ひて荒ぶる國なり。

（『出雲國造神賀詞』）

などにみられるような、ざわざわとした無秩序な様子を表す場合に「さやぐ」が用いられている。一方、同じ風にそよぐ草の葉の音でも、

葦辺なる荻の葉さやぎ秋風の吹き来るなへに雁鳴き渡る〈一に云ふ、「秋風に雁が音聞こゆ今し来らしも」〉

（万葉巻十　二一三四）

のような、明るく澄んだイメージを表している場合もある。この、「さやぐ」の二面性については、これまでにも多く論じられている。「さやぐ」は「さや」なる状態であることを意味する。「さや」なる状態とは霊威が発動するさ

までであり、「狭井河よ……」の例のように制御の及ばないものや、神話の荒ぶる神々のように秩序化されないものの威力の現れの場合には不安や恐れの表出となり、快適な情景の場合には称うべき状態の表出となる。[13]「狭井河よ……」の歌が物語の中で凶事の予兆となりうるのは、この不安感の表出によるものであった。

このように、雲が沸き上がってくるのも、木の葉の葉擦れの音がするのも、風によって引き起こされるのだが、その背後には神霊が活動している。そして、「伊勢の国」にかかる枕詞として「神風の」という言葉があり、「はやち（疾風）」「こち（東風）」を構成している「風」の意の語素「ち」が、「みづち（水霊）」「のづち（野霊）」「をろち（大蛇）」の「ち」、すなわち、神や自然の霊を表す言葉に通じていることからも分かるように、風もまた神そのものなのである。

このように考えてくると、「狭井河よ雲立ちわたり／畝火山木の葉さやぎぬ／風吹かむとす」は、いづれの句も自然現象を歌っていると同時に、神の意思や霊威の存在をも歌っているとみることができる。「雲立ちわたり」も「木の葉さやぎぬ」も「風」によって引き起こされるものであり、そう歌うことが既に「風」の存在を包含している。だから、この歌は同じことを別々の言い方で繰り返しているのである。しかし、それにもかかわらず、「狭井河よ雲立ちわたり／畝火山木の葉さやぎぬ」→「風吹かむとす」と継起的関係として結びつけられているのはなぜか。野田浩子は、

「雲立ち渡り」「木の葉さやぎぬ」が見えるものであるのに対して〝風〟は不可視のもの、見えるものと隠れてあるもの、〈こころばせ〉と〈こころ〉の関係である。普通には見えないものだから特別な力（この場合は歌がそれにあたる）によって明らかにされる。占によって神意が明かされるのと同じである。[14]

のように論じているが、要するに、景物や自然現象に象徴的に表された神の意思を解釈するという普遍的な構造が、

こうした叙景歌の根底を形成しているからなのである。

狭井河の方から雲が一面に湧き起こり、畝火山の木の葉がざわざわと鳴り騒いでいるという景は、（風を吹かそうという）神の意思の象徴的なあらわれであり、神の意思を伺う人間（さには）がその意味（心）を解釈して、風が吹くと解き明かしている。この「景」と「心」という普遍的な構造が、物語にはめ込まれた時に、危急の出来事の諷喩へと転位するのである。

雲を詠む

痛足川川波立ちぬ巻向の弓月が岳に雲居立てるらし　（万葉巻七　一〇八七）

この歌も、痛足川に川波が立ったという眼前の景に対して、弓月が岳に雲が出たようだと想像している。この想像は、「雲居立てるらし」と「らし」があることによって確信を持った強い推定となっている。清水章雄は、「らし」について「他界について強い確信を伴った『推量』を示す」として、

〈らし〉は古代に固有な語である。他界について強い確信を伴った「推量」を示す……〈らし〉の確信の根拠は「感覚」による。ただし、古代のそれは他界からこちら側にいやおうなしに依り憑くものと考えられていた……他界からの霊威は……視覚にも現れてくる。(15)

と論じているが、右に挙げた万葉歌に関しても同様のことがいえる。巻目の弓月が岳は神聖な山であり、そこに雲が立つのは神の霊威による。そして、弓月が岳に雲を湧き上がらせた神の霊威（意思）が、痛足川に波が立つという事象に象徴的にあらわれているのである。歌い手は眼前にある痛足川に波が立つという「景」から、弓月が岳に雲を湧き上がらせる神の霊威（意思）を感じ取っている。いいかえれば、痛足川に波が立つという「景」を、神の「心」として解釈しているのである。この「景」と「心」の関係を、右に挙げた歌にあてはめると、

狭井河よ　雲立ちわたり
畝火山　木の葉騒ぎぬ　──　景（神の意思の象徴的なあらわれ）
　風吹かむとす　──　心（神の意思）

痛足川川波立ちぬ　──　景（神の意思の象徴的なあらわれ）
巻目の弓月が岳に雲居立てるらし　──　心（神の意思）

のように対比することができる。そして、見方をかえれば、この二つは同じ内容を別の言葉でいいかえたものでもある。「狭井河よ　雲立ちわたり／畝火山　木の葉騒ぎぬ」は風が吹く「予兆」をはらんだ現在の「景」であり、このように言語化すること自体が「風が吹く」と「予想」することになる。そして、「風吹かむとす」はその「予想」そのものを言語化したものである。すなわち、「狭井河よ雲立ちわたり／畝火山木の葉騒ぎぬ／風吹かむとす」は「風が吹く」という「予想」を別のいい方で繰り返すことによって成り立った歌なのである。これは、「痛足川……」の歌に関しても、同様にいうことができる。

このように、同じことを別の言い方で繰り返すことが、歌において「景」と「心」として言語化されるのが、寄物陳思歌における比喩であった。

Ⅳ　歌謡から万葉短歌へ

これまで、古代和歌における比喩の構造を、古事記歌謡と万葉短歌をとりあげて述べてきた。これらは、同じことを「景」と「心」の繰り返しとして言語化するという点で同様の性質を持っていると同時に、この二つの歌の差異が、歌謡と万葉短歌の質の差をも示している。

「狭井河よ雲立ちわたり／畝火山木の葉騒ぎぬ」は風が吹く「予兆」をはらんだ現在の「景」である。こう言語化することが「風が吹く」ことを予想することになり、「風吹かむとす」はその「予想」を言語化したものであることは既に述べた通りであるが、この場合は「風」が危急の凶事の喩となっている。そして、その凶事はこの古事記の文脈にあてはめれば当芸志美々命の謀反のことになる。このように読むことができるのは、この歌が未来を予想する言説によって成り立っているからであるが、そこには、自然現象に神霊の霊威を感じ取る共同的な感性が基盤としてある。自然現象は共同体の利益関心に沿うように解釈され、それを言語化した詞章も共同体の関心に従って解釈される。それと同じことが、物語にあてはめられた歌についてもおこなわれる。ここに、ある自然現象が別の事柄の喩となる記紀歌謡の特質が表れているといえよう。

一方、「痛足川川波立ちぬ巻目の弓月が岳に雲居立てるらし」に詠まれた景では、そうした別の事柄の喩である喩性が薄らいでいるようにみえる。それは、「狭井河よ……」のように物語に結びつけられていないから、そのように感じられるというのではないだろう。鈴木日出男は、この万葉短歌を古事記歌謡と比較して、

> 雲や風に超越的な力を感取しながらも、その神秘な力を背後に遠ざけて、眼前のざわめく山川の景を描いていることになる……記紀歌謡一般に認められる言葉の比喩的な象徴性を残存させながらも、叙景歌特有の映像性にその比重がかかっている。[16]

と述べている。歌われた自然現象が別の事象を表していると読める度合いが薄らいでいる分、叙景的な度合いが強くなっているのである。

このように、歌われた自然現象の質を問うことによって、叙景という観点で歌謡から万葉短歌への道筋を示すこ

とができるだろう。

注

（1）島木赤彦「歌道小見」（『現代日本文學大系』筑摩書房　昭和四十八年六月十五日）
（2）鈴木日出男『古代和歌史論』（東京大学出版会　一九九〇年十月二十五日）では、掛詞や縁語を歌における心物対応構造の一環として位置づけている。
（3）折口信夫「敍景詩の發生」（『折口信夫全集　第一巻　古代研究（國文學篇）』中央公論社　昭和五十年九月十日）
（4）古橋信孝『万葉集を読みなおす　神謡から〝うた〟へ』（昭和六十年一月二十日　日本放送出版協会）
（5）折口信夫「國文學の發生（第四稿）」（『折口信夫全集　第一巻　古代研究（國文學篇）』中央公論社　昭和五十年九月十日）
（6）折口信夫「國文學の發生（第一稿）」（『折口信夫全集　第一巻　古代研究（國文學篇）』中央公論社　昭和五十年九月十日）
（7）注（4）に同じ。
（8）注（6）に同じ。
（9）古橋信孝『古代歌謡論』（冬樹社　昭和五十七年一月二十日）
（10）この歌を「景（神の意思のあらわれ）」と「心（人間による解釈）」の問題としてとらえて論じたものとしては、注4文献および注9文献のほか、多田一臣『古代文学表現史論』（東京大学出版会　一九九八年十二月四日）などがある。
（11）渡辺秀夫『詩歌の森――日本語のイメージ』（大修館書店　一九九五年五月一日）
（12）保坂達雄「たつ」（古代語誌刊行会編『古代語誌――古代語を読むⅡ』桜楓社　一九八九年十一月十日）
（13）高野正美「さや」（古代語誌刊行会編『古代語を読む』桜楓社　一九八八年一月二十日）。なお、「さや」「さやぐ」に関しては、野田浩子「『さやけし』の周辺――〈清なる自然〉試論2――」（『古代文学』二十四号　昭和六十年三月一日）、中西進『万葉集一』（講談社　昭和五十三年八月十五日）の一三三番歌脚注にも同様の指摘がある。
（14）野田浩子「〈景〉あるいは〈物〉と〈こころ〉――〈寄物陳思〉序説」（『古代文学』二十九号　一九九〇年三月一日）

（15）清水章雄「らし」（古代語誌刊行会編『古代語誌――古代語を読むⅡ』桜楓社　一九八九年十一月十日）

（16）鈴木日出男『王の歌　古代歌謡論』（筑摩書房　一九九九年十月五日）

第二章　寄物陳思歌における比喩

――「音声」と「意味」のダイナミズム、あるいは、比喩としての歌の言葉の系譜

Ⅰ　祭式と神の言葉

折口信夫は、文学の発生点を「神授（と信ぜられた）の呪言」においた[1]。神が時を定めて現れ、豊饒を予祝する「呪言」を語っていく。「呪言」は祭式の中で語られた。いうまでもなく、祭式とは、人間が自然との関係において生じる異和を解消するために、自然の秩序を抽象化し再構成した非日常の時空間であった。祭式の最も基本的な本質は、現実の抽象的な再構成という点にある。J・E・ハリソンは、現実が反復的に再現されながら抽象化され、そこから祭式、さらには芸術へと移行する過程を想定している[2]。また、折口も「春田打ち」の民俗行事を例に、農耕儀礼の構造について、

春田打ちは、種播きから穫り入れまでの、一年中の田の行事を、物眞似で行ひながら、口で今年の農作物の出來を讃めるのである……農事祝ひの根本の考へは、春田打ちの時に、農家一年中の行事をやつて見せ、土地の魂を感染（カマケ）させて、行事に示された通りの成果を生じさせる、と言ふことである[3]。

のように述べている。一日あるいは数日といった短い時間に、農耕の一年間の行事を行ってみせる。一日のうちに一年間を現出してしまうのが、春田打ちのような農耕儀礼である。それによって豊作を祈る。それは、抽象化したものではあるが、農耕に関しての「あるべき作業」を現出することによって、期待される「あるべき結果」としての豊作を現出することである。このように、自然の秩序や農耕の過程を抽象化し象徴的に再現するのが祭式であり神話である。

そして、非日常の場で語られる言葉であるが故に、「呪言」は非日常の様式化された言葉であった。その非日常性は「畳語・對句・文意転換」などの律文化によって保障された。ここに、様式化された歌の発生が想定されるのである。この、神の「呪言」の片鱗は、たとえば地名起源神話の中にかいまみることができる。

（仁多の郡）
仁多と号くる所以は、天の下造らしし大神大穴持の命、詔りたまひしく、「この国は大きくも非ず小さくも非ず。川上は木の穂刺し加布。川下は阿志婆布這ひ度る。是は尓多志枳小国なり」と詔りたまひき。故れ、仁多と云ふ。

（『出雲国風土記』仁多の郡）

歌の発生に、神の一人称の語りである「神謡」という概念を置く古橋信孝は、この地名起源神話について、

地名をもたらした神のことばを、「大きくもあらず、小さくもあらず」の繰り返し、「川上は……、川下は……」の対というように日常言語とは異なった秩序の構成、つまり神謡らしくみせている。神のことばは日常言語＝人間のことばではないから、それなりの構成をもち、それは神謡と同一になるわけである(4)。

と述べている。古橋によれば、神の言葉は村落共同体の根拠であった。本章では、この、共同体の根拠である「神の言葉」の重みを、歌の「言葉」という視点から、もう少し別の文脈の中に位置づけてみたい。

仁多の郡は適度な広さで、植物が生い繁り、農耕にも適した湿地帯であるというのは、この土地に対する誉め言葉であった。神に誉められたこの土地は、村落共同体にとって最上の土地である。ここに村落共同体の根拠があるのだが、同時にそれは、神の言葉によって、この土地が農耕に適した土地であると意味づけられたということでもある。共同体にとって、自然を意味づけることが重要なことだった。

神話において、始源の世界は、

天地初めて発れし時に、高天原に成りし神の名は、天之御中主神……次に、国稚く浮ける脂の如くして、くらげなすただよへる時に、葦牙の如く萌え騰れる物に因りて成りし神の名は、宇摩志阿斯訶備比古遅神。

（『古事記』上巻）

高天の神王高御魂の命の、皇御孫の命に天の下大八島國を事避さしまつりし時に、出雲の臣等が遠つ神天のほひの命を、國體見に遣はしし時に…… 返事申したまはく「豊葦原の水穂の國は、晝は五月蝿なす水沸き、夜は火瓮なす光く神あり、石ね・木立・青水沫も事問ひて荒ぶる國なり……」……

（『出雲國造神賀詞』）

などにみられるように、混沌、あるいは無秩序な「モノ」としてとらえられていた。そして、共同体の成立（それは幻想でしかないが）は、このような「五月蝿なす」無秩序な世界に秩序を与えることによってなされたのである。それは、混沌とした「モノ」の世界を「コト」にすることでもあった。西郷信綱が、

言語に精霊がひそみ、その力によって事物や過程がことば通りに実現されるのを期待する考えが古くから行われていたことはまちがいない。コトダマを「事霊」とかいた例があるのなども、言=事という魔術等式が生きていたしるしである。[5]

と述べているように、「コト」は「事」であり「言」である。「コト」にするとは、無秩序な世界をコト（言）によ

って分節し、意味を与える（ことむけやはす）ことなのである。いいかえれば、言葉によって世界を概念化し、それによって世界を「知り」「所有し」「支配」することにほかならない。祭式は、この共同体による、モノの概念化を再現するものであり、祭式においてモノの世界に意味を与えるのが神の言葉であった。それゆえ、分節された外界を表す言葉は、共同体にとって共同体自身の存在にかかわる神聖な言葉であった。同時に、言葉によって切り取られ分節された外界を表す言葉は、それだけで共同体の存在にかかわる重要な意味を持つものとして了解されたのである。

　古代の和歌言説の歴史は、この「言葉」の変容していく系譜として記述できるだろう。

Ⅱ　寄物陳思歌の構造

　古形の短歌形式は、上句に事物を表す言葉を置き下句で心を表すというように、上句と下句の転換によって構造化されている。この所謂寄物陳思歌は、現在文献に残されているものだけでも種々雑多なものがある。そして、その雑多な和歌言説の混沌の中に、喩的な言葉のメカニズムが埋もれている。

　吉本隆明は、このような上句と下句の関係について、「上句と下句とが共時的におなじ意味をもって繰返される」ものを「初原」におき、上句と下句の転換が崩壊して「喩」が消滅していく過程として論じている。吉本は「短歌謡」の比喩としての「構造的な移りかわり」を「虚喩→暗喩→直喩→無喩（喩消滅）」のように変化する過程としてとらえている(6)。

　本章でも、吉本が「虚喩」として位置づけたような、心象が共同幻想に同一化することによって成り立っている比喩を和歌言説の分析の出発点に措定している。だが、ここでは、上句と下句の関係が「意味」と「音」によって変容させられながらも、比喩という方法において共同幻想を志向しつつ和歌言説を生成していくダイナミズムとしてとらえるところに眼目がある。

駿河の海おしへに生ふる浜つづら汝を頼み母に違ひぬ〈一に云ふ、「親に違ひぬ」〉（万葉巻十四　三三五九）

上句と下句の転換によって構造化された典型的な短歌であるが、上句と下句の関係は不明瞭で了解しづらいものとなっている。上句は「地名＋景物」という、ある土地の名と、その土地を象徴していると考えられる景物の組みによって成り立っている。が、その景物の様態は、言葉としてはまったく示されていない。上句と下句の意味の関連の不明瞭さはここに起因する。こういった場合、景物はその土地にとって深いかかわりのあるものであり、その景物が何を象徴しているのか、それを歌の言葉にすることがどのような意味を持つのか、といったことが自明のこととして了解されていたはずだ。共同体の近くにある磯辺と、そこに生えている蔓草をとらえて「駿河の海おしへに生ふる浜つづら」と分節化した時に、既に何らかの意味あるものとして意味づけられているのである。その意味とは、一人一人が景物に対して個別に抱くものではなく、共同体的認識としての意味（共同幻想）に他ならない。そして、「汝を頼み母に違ひぬ」という心象と同型の構造を共同幻想の中に見いだすことによって、上句は下句の比喩としての位置を獲得するのである。

蔓草は生命力の強い植物である。このように、長々と伸びていく植物は繁栄と永続の象徴としてうけとられた。例えば、蔓草ではないが、右に引用した仁多郡の地名起源神話の「川下は阿志婆布這ひ度る」という詞章は、葦の根の伸びていく生命力から植物の繁栄を寿ぐものであった。この場合も「浜つづら」が長々と伸びていく生命力の永続性（植物の繁栄）の共同幻想の中に、「汝をいつまでも頼みにする」という心象と同型の構造を見いだすことによって、比喩が形成されていると考えられる。いいかえれば、心象が共同幻想に同一化している。
こうした上句と下句の構造は、「意味」と「音声」の問題に分化していく。

木綿包み〈一に云ふ、「畳」〉白月山のさな葛後も必ず逢はむとそ思ふ〈或本の歌に曰く、「絶えむと妹を　我が思はなくに」〉
（万葉巻十二　三〇七三）

この上句も、基本的には「駿河の海おしへに生ふる浜つづら」と同じ質の言説によって成り立っている。ここでは、蔓草が伸びていってその先で出会うというイメージとの同一性によって上句は下句の比喩になっている。だが、「さな葛」が「後に逢ふ」という意味の連接は、「駿河の海……」の歌の場合に比べるとはるかに了解しやすいものである。
この関係は、次の歌ではさらにはっきりとした形でみることができる。

（五年戊辰、大宰少弐石川足人朝臣遷任し、筑前国の蘆城の駅家に餞する歌三首）
大和道の島の浦廻に寄する波間もなけむ我が恋ひまくは
（万葉巻四　五五一）

「打ち寄せる波」は、たとえば「垂仁紀二十五年」の件り、伊勢神宮の発祥伝説、

時に天照大神、倭姫命に誨へて曰はく、「是の神風の伊勢国は、則ち常世の浪の重浪帰する国なり。傍国の可怜し国なり。是の国に居らむと欲ふ」とのたまふ。故、大神の教の随に其の祠を伊勢国に立て、因りて斎宮を五十鈴川の上に興てたまふ。
（『日本書紀』垂仁天皇二十五年三月）

における、天照大神の神託にみられるように、常世の国から絶え間なく打ち寄せ、時に来訪神を運んでくる神秘的なものとして受け取られていた。ところが、ここでは、下句で表される心象が上句の景物といかなる点で同型のイメージを持つのかが「間もなけむ」というように説明されている。これは、いいかえれば、心象の側からの、共

同幻想の象徴である景物に対する意味づけでもある。景物に対して、その属性をもとにして説明を加えることによって、比喩としてのリアリティを保証しているのである。

この、心象の側からの共同幻想に対する意味づけは、「フルコト」に対する解釈が「本縁譚」という形でつけ加えられていくこととパラレルな関係にある。折口信夫は、風俗諺と本縁譚との関係について、

其々の地方に於いては、其々の風俗諺や、風俗歌の起源などは、周知の事だから、段々省略する風が行はれて、とゞのつまりは、唯諺や、歌ばかりを傳へるだけになり、其中には、本縁譚なる物語までが失はれ、忘られてしまうて、類似の古物語を求めて、其處に第二次の本縁物語が出來上るのであつた。(7)

のように論じた。「白遠ふ—新治の國」とか「薦枕—多珂の國」といった詞章は、現在ではなぜその二つの語が結びつけられるかが分からなくなってしまった。「白遠ふ」と「新治の國」との結びつきは、論理的な脈絡をたどることを拒否しているようにみえる。いいかえれば、「白遠ふ」と「新治の國」の間には、現在の私達には分からない空隙が存在する。その空隙を埋めようとするものが、折口の論じるような「本縁譚」なのである。ただ、折口も「本縁譚なる物語までが失はれ、忘られてしまうて、類似の古物語を求めて、其處に第二次の本縁物語が出來上る」と述べているように、現在残されている資料をもとにするならば、「古語」をはじめとする固定化して伝承された詞章と本縁譚の関係は、本縁譚の方が後からつけ加えられたとみなさなければならない場合が多い。

この、固定化して伝承された詞章と本縁譚の関係が、歌において、共同幻想の象徴である物象を表す言葉と、その解釈である心象を表す言葉との関係にも想定することができるだろう。心象を表す言葉が共同幻想の象徴である物象の解釈であるならば、当然、この「意味づけ」は、個々の歌において「ずれ」を生むことになる。万葉集に数多くみられる類歌の様相は、この、意味の「ずれ」の諸相としてとらえることができるのである。

酢蛾島の夏身の浦に寄する波間も置きて我が思はなくに　（万葉巻十一・二七二七）

みさご居る沖つ荒磯に寄する波行くへも知らず我が恋ふらくは　（万葉巻十一・二七三九）

打ち寄せる波を上句においで恋をうたいながら、心象部における上句の意味づけが相違しているものを引用してみた。類歌のはらむ問題点には、単に歌いまわしを変えたとか、すでにある詞句を利用したなどというだけにとどまらない重要性がある。鈴木日出男は、類歌を「言葉としての集団性」という概念を立ててとらえ、決まり文句のような類似語句を歌にとりこむということは、その類同の言葉に導かれることによって歌を歌として詠むことができる、逆にいえば、人々が自らの歌を詠むために類同の言葉を用いている……表現という次元からいえば、人々が自在に歌を詠むための表現形式であったともみることができよう(8)。

と論じている。

では私達は、うたうことと（類同の）言葉との関係をどのようにとらえたらよいのだろうか。うたい手が（類同の）言葉に支えられてうたうという関係がまず考えられる。だが、同時に、うたうことが（類同の）言葉へ働きかけることになる関係をも想定することができるのではないだろうか。「駿河の海……」を分析した時に述べたように、短歌形式における比喩は、心象が共同幻想に同一化することによって成立した。しかし、このような心象と共同幻想の結びつきは、いつまでも静的な関係にとどまっているわけではなく、様々に変奏されていく。心象は物象の属性の一面を媒介として、物象を表す言葉と比喩の関係を結ぶようになる。

「大和道の……」を例にとれば、心象は「絶え間がない」という属性を媒介として「打ち寄せる波」の中に同一の構造を見いだした。心象を表す言葉は、比喩であることによって、「打ち寄せる波」が始源的に持っていたはずの「共同幻想」へと同一化しようと志向する。だが、逆に、「共同幻想」の側からいえば、それは「絶え間がない」という契機によって心象の側から規定され変容させられる過程でもある。比喩とは、何らかの契機を媒介として、「喩えるもの」と「喩えられるもの」の外延と内包の全体を結びつけるのである。そして、この結びつきは、歌において「打ち寄せる波」で「恋情」をうたうという様式として表出された。

ところで、個々の歌はあくまで個別的なものとして表出されるので、心象と景物を結びつける契機は個々に変容する。「酢蛾島の……」の歌は「波は絶え間なく打ち寄せる」という属性を契機とし、「みさご居る……」の歌では「波の行方がわからない」という契機によって比喩が形成されている。が、比喩を形成する契機は個々に異なっているが、「大和道の島の浦廻に寄する波間もなけむ我が恋ひまくは」と同じ経過をたどって、「打ち寄せる波で恋情をうたう」という様式として表出される。このように、「類同の言葉」をうたうことは、始源の「共同幻想としての意味」を志向しながらもそれを変容し、同時に自らも「類同の言葉」の一つとして累積を加えていくことなのである。

地名と景物のかかわりに関して、

娘子らが袖布留山の瑞垣の久しき時ゆ思ひき我は

（柿本朝臣人麻呂が歌三首）　（万葉巻四　五〇一）

をとりあげてみたい。ここで重要なのは「娘子らが袖布留山」という地名と、「瑞垣」という景物・「久し」という属性を表す言葉との関係である。布留の石上神社には少女が袖を振る神事があったのだという。[9] 袖を振ることは領布を振るのと同じで、たまふり・鎮魂を象徴する。「振る」は、霊威を招き寄せ、ふるい立たせようとする行為である。

爾くして、其の大神、出で見て告らししく、「此は、葦原色許男命と謂ふぞ」とのらして、即ち喚し入れて、其の蛇の室に寝ねしめき。是に、其の妻須勢理毘売命、蛇のひれを以て其の夫に授けて云ひしく、「其の蛇咋はむとせば、此のひれを以て三たび挙りて打ち撥へ」といひき。故、教の如くせしかば、蛇、自ら静まりき。故、平らけく寝ねて出でき。亦、来し日の夜は、呉公と蜂との室に入れき。亦、呉公と蜂とのひれを授けて教ふること、先の如し。故、平らけく出でき。

（『古事記』上巻）

ここで、須勢理毘売命は夫である葦原色許男（大国主神）に、「ひれ（比禮）」を振って蛇の害や呉公・蜂の害をのがれる術を授ける。「ひれ（比禮）」を振ることが、害をのがれる霊威を招き寄せることになる。また、

是に、天之日矛、其の妻の遁げしことを聞きて、乃ち追ひ渡り来て、難波に到らむとせし間に、其の渡の神、塞ぎて入れず……故、其の天之日矛の持ち渡り来し物は、玉津宝と云ひて、珠二貫、又、浪振るひれ、浪切るひれ、風振るひれ、風切るひれ、又、奥津鏡、辺津鏡、并せて八種ぞ〈此は、伊豆志の八前の大神ぞ〉。

（『古事記』中巻）

に、「浪振るひれ、浪切るひれ、風振るひれ、風切るひれ」とあって、波や風を起こしたり鎮めたりする「呪力」を持った「ひれ（比禮）」のことが記されている。これは、「ひれ（比禮）」を振ることに自然（神）に働きかける「呪力」がそなわっていたことを示す。さらにいえば、袖や領布を振ることは、鎮魂祭で女蔵人が天皇の魂代である御衣の入った箱を振り動かす儀礼とも通じるのである。

このように、少女が袖を振るという神聖な神事のおこなわれる「布留」の「瑞垣」だから、それは神聖なもので、太古の昔からずっと青々としていた。それゆえ、「久しき時ゆ思ひき」という心象の比喩として結びつけられるのである。だが、単に常に青々としている植物なら、どこにでもある松や柏でもよかったはずだ。それにもかかわらず、「布留山の瑞垣」が選ばれたことが重要なのである。この「娘子らが袖布留山」という言説は、

或るひと曰へらく、倭武の天皇……手を洗ひたまひしに、御衣の袖、泉に垂れて沾ぢぬ。すなはち袖を漬す

> 義に依りて、この国の名と為す。風俗の諺に、筑波岳に黒雲挂り、衣袖漬の国と云ふは、是れなり。
> （『常陸国風土記』総記）

といった、掛詞による、地名起源神話や風俗諺と同じ方法下にある。三谷邦明は「地名起源説話」について、

> 神あるいは英雄の事蹟が過去の出来事として語られながら、地名起源の部分に……「今」つまり現在に現存するという意識が強く働いている……神の事蹟は虚構であるかもしれないが、地名という現在の現実的事実が存在するが故に、神の事蹟もまた過去の事実であったという事実化の機能を地名起源を述べる部分が果しているわけである。と同時に、一方では、神の事蹟のある土地であるが故に、その土地は神聖なものであるという、逆の機能が働いていることも忘れてはならないだろう。[10]

と述べ、「地名起源説話」は、神話・カタリゴトの始源性を回復しようとする試みであると論じている。この「始源性の回復」の機能が、「娘子らが袖布留山の瑞垣の久しき時ゆ思ひき我は」の場合にも、布留山や、そこにある「垣」を神聖化し共同体的な意味を持った景物へと転化させ、比喩としてのリアリティを与えている。「垣」は誰かがある時に見た恣意的な存在としての景物ではなく、誰もがみな「久し」いものだと知っている、「あの布留山の瑞垣」になるのである。

このように、

> （柿本朝臣人麻呂が歌三首）
> 娘子らが袖布留山の瑞垣の久しき時ゆ思ひき我は　（万葉巻四　五〇一）
>
> （五年戊辰、大宰少弐石川足人朝臣遷任し、筑前国の蘆城の駅家に餞する歌三首）
> 大和道の島の浦廻に寄する波間もなけむ我が恋ひまくは　（万葉巻四　五五一）

酢蛾島の夏身の浦に寄する波間も置きて我が思はなくに　（万葉巻十一　二七二七）

みさご居る沖つ荒磯に寄する波行くへも知らず我が恋ふらくは　（万葉巻十一　二七三九）

木綿包み〈一に云ふ、「畳」〉白月山のさな葛後も必ず逢はむとそ思ふ〈或本の歌に曰く、「絶えむと妹を　我が思はなくに」〉　（万葉巻十二　三〇七三）

駿河の海おしへに生（お）ふる浜つづら汝（いまし）を頼み母に違（たが）ひぬ〈一に云ふ「親に違ひぬ」〉　（万葉巻十四　三三五九）

といった歌は、共同幻想の始源的な神聖さを志向することによって、比喩のリアリティを保証する様式としてうたわれている。このようにしてうたうという方法によって、うたわれる景物が既に共同体によって了解されているものであれ、新しく作られていくものであれ、歌を作ることが共同幻想を再生産していくことになる。これは、歌を作ることによって共同幻想と対話していくことにほかならない。

同じように地名を詠みこむ場合でも、

（周防国玖河郡の麻里布の浦を行く時に作る歌八首）

家人は帰りはや来（こ）と伊波比島（いはひしま）斎（いは）ひ待つらむ旅行く我を　（万葉巻十五　三六三六）

犬上の鳥籠の山なる不知哉川（いさやがは）いさとを聞こせ我が名告らすな　（万葉巻十一　二七一〇）

のような、同音の繰り返しは、さらに微妙な所に位置づけされる。この言説の持つ重要さは、「音」が歌にとってどのような位置を占めるかという問題を生み出すところにある。

前者は「周防国玖河郡の麻里布の浦を行く時に作る歌八首」という題詞のある歌群の一首である。ここでは「伊波比島」の音をとって「斎ひ待つらむ」と繰り返す、同音の繰り返しによって一首が構成されている。この「伊波比島」が一首の内実とどのようにかかわっているかは、微妙なところに位置づけられる。それは、これが旅の歌であるという点に由来する。古代には、旅にある者の無事を祈るために、家に残る者（主に女性）がさまざまな形で潔斎する習俗があった。[11] このことから、「家人は帰りはや来と伊波比島斎ひ待つらむ旅行く我を」の歌は次のように読みとることができる。旅人は旅の途上に「いはひ島」という名の島をみる（名を聞く）。その名は旅の無事を祈願する「斎ふ」ことに通じる。そしてそれは、家郷で自分の無事を祈りながら潔斎している家人への思いにつながる。だから、旅人は「伊波比島」という名にひかれながら、家郷で自分の無事を祈っている家人をうたうことによって、家郷の家人と魂を通わせる。それが、同時に自らの旅の安全を祈願することになるからである。このように読むと、「伊波比島」という名は、音として要求されていると同時に、歌の心を呼びおこすものとしても深く一首の内実にかかわっていると考えることができる。

一方、「犬上の鳥籠の山なる不知哉川いさとを聞こせ我が名告らすな」では、「不知哉川」は一首の心とどのようにつながっているかがとらえにくい。それだけに、「不知哉川」の名が、音を通して「いさ」という別の意味によみかえられるために詠みこまれているとみなしうる度合いが強くなっている。元来、土地の名は神の霊力の宿る神聖な名辞であった。このような言説は、土地の名が神話的な意味から遊離し、音として抽象化されつつあったところに成立した。

宇治川の瀬々のしき波しくしくに妹は心に乗りにけるかも　（万葉巻十一　二四二七）
鎌倉の見越の崎の岩くえの君が悔ゆべき心は持たじ　（万葉巻十四　三三六五）

ここでは「地名＋景物」の景物を表す言葉が同音の反復によって繰り返されている。「宇治川の……」において、うち重なる宇治川の「しき波」は、妹が幾重にも重なって心を占めていることの比喩である。だが、もし妹を思う心を幾重にも重なる波と比喩の関係に結びつけようとするだけなら、例えば、「駿河の海おしへに生ふる浜つづら汝

を頼み母に違ひぬ」と同じ構造で「波」と心象を等価のものとして対置しても十分だった。あるいは、

明日香川瀬々の玉藻のうちなびく心は妹に寄りにけるかも　（万葉巻十三　三二六七）

と同じように、景物の様態を説明する言葉を契機として比喩の関係を結んでもよかったはずだ。瀬々にうち重なる波は、十分具象的なイメージを持つからである。それにもかかわらず、「しくしくに」という様態を表す言葉を、同音の反復によって心象に結びつけていく。ここでは、「音」の確かさが歌にとって重要な要素となっているのである。一方、「鎌倉の見越の崎の岩くえの君が悔ゆべき心は持たじ」は、「岩くえ」が「悔ゆ」と同音関係であることによって成り立っている。同じ同音の繰り返しであっても、「宇治川の……」において「しき波」と「しくしくに」が、なお同一線上の関係にあるのに対し、ここでは景物の音がまったく別の言葉によみかえられている。これは、「言葉」の「音」としての要素が、景物の「意味」とは別の位相で歌を規定していることを示す。

同音の繰り返しによる言説は、つきつめると、地名や景物を表す言葉の「音」としての要素だけが要求されるというところにいきついてしまう。それは、土地や景物を表す言葉にまとわりついていたはずの「共同幻想としての意味」から「音」が遊離していることを示す。それゆえに、「音」によって多様に意味をよみかえていく自在さが生み出されたのである。このことは、古橋信孝が、

> 序詞は、〈音〉を〈意味〉から分離させることによって可能になったのだが、その〈意味〉は先に述べたように〈共同性〉としての〈意味〉であったのだから、その〈意味〉から自由になって〈音〉だけの働きをもったとき、にもかかわらずことばは〈意味〉を放棄できないから、うたい手の個別的な情況の側に〈音〉が引き寄せられて、あらたに個別的な〈意味〉が附与されることになった。だが、もちろん序詞であることは〈共同性〉を様式としてもつことである。(12)

と述べていることと重なるであろう。

すると、ここで一つの疑問が生じる。なぜ歌は、それにもかかわらず、このようにして地名や景物をよみこまなければならなかったのだろうか。うたい手が、うたいたい心象にかかわらせるために、似た音を持った任意の地名や景物を選んだのだとも考えられるかもしれない。だが、それだけの理由であるならば、音をひきだすためだけに一首の半分をも費やすというのは不可解ですらある。むしろ、地名や景物をうたうことそのものが必要なことだったと考えなければならない。「駿河の海おしへに生ふる浜つづら汝を頼み母に違ひぬ」を分析したところでみたように、寄物陳思歌における比喩は、土地や景物にまとわりついていた「共同幻想としての意味」へ心象を同一化させることによって成り立つものであった。比喩が比喩としてリアリティを持ちえたのは、心象が共同幻想と同一の構造を持つからであった。歌の歴史において、「共同幻想としての意味」は様々に変奏されたが、この関係は様式として歌を規定し続けた。逆にいえば、歌はその様式の中でうたうことによって、共同幻想への同一化を志向したのである。比喩は、この共同幻想との関係性の上に、比喩としてのリアリティを持つことができたのだといえる。

Ⅲ「音声」と「意味」の相互作用

これまで、上句と下句の関係が「意味」と「音声」の問題に分化していく経緯を述べてきた。もちろん、「意味」と「音声」が完全に分離してしまうわけではない。両者は互いにからまりあいながら一首の中に存在し、比喩を形象しているからである。

「音」のたしかさは、地名や景物の「共同幻想としての意味」から「音」としての要素を分離し、まったく別の意味によみかえる方法を可能にした。だが、歌そのものは共同幻想の始源的な意味を志向する様式でうたわれている。この相反する関係は、「音」によってよみかえられた「意味」を比喩的な言葉に転化する。そして、「よみかえ」という方法さえも様式に転位させる。ここでも、共同幻想の再生産と共同幻想との対話が生み出されるのをみることができる。

　　大伴坂上郎女の歌一首

夏の野の繁みに咲ける姫百合の知らえぬ恋は苦しきものそ　（万葉巻八　一五〇〇）

道の辺の草深百合の後もと言ふ妹が命を我知らめやも　（万葉巻十一　二四六七）

ここにうたわれているのは、特定の土地に固有の景物ではない。どこにでもありうる、そういう意味では任意の存在である。このように、身近な何気ない風物をえがく歌が成り立つのは、共同体にとって普遍的な存在である土地や景物をよみこんだのと同様にして事物と心象を等価のものとして結びつける様式があったからである。この様式が、任意の景物を選んで心象に結びつけることを共同的なものへと転位させるのである。

　景物と心象の関係には、景物の具象性を心象の比喩とするものがある。前者は上句と下句の始源的な関係が、「意味」の方に分化して、何を景物として選ぶかという選択において自在さを獲得した位相にあるものとして位置づけられる。

　ここでは、夏草の繁みに「姫百合」が人知れず咲いているという具象的なイメージから「知らえぬ」をひき出して、下句の秘めた恋情に結びつけている。ここで景物を表す言葉は、比喩であることによって、単に「知らえぬ」をひき出すために選ばれたという以上の形象を生み出している。だが、「夏の野の繁みに咲ける姫百合」という景物と「知らえぬ」の間に、それが関係づけられねばならない必然性が生み出されるまでの共同性をみることは難しい。

「知らえぬ」をひき出すために、人目につかないものを任意に選んだ（仮構した）といえる。おそらく、同様のイメージを生むものならばどのようなものにもさしかえが可能だった筈だ。また、「夏の野の繁みに咲ける姫百合」という景物の持つイメージが「人知れず咲いている」に限られるわけでもない。だから、ここで「夏の野の繁みに咲ける姫百合」が「知られぬ」に結びつけられたのは、歌い手の任意であった。それが、景と心を比喩として関係づけるという様式の中にとりこまれた時、「姫百合」は「知らえぬ恋」に苦しむうたい手と同様に、人知れず咲くむなしさに苦しみながら咲いているものとして形象化されるのである。

寄物陳思歌における比喩は、共同幻想の中に心象と同じ構造をみい出すことによって成り立っていた。そこでは比喩の意味は、景物にまとわりついていた共同幻想の側にあった。だがここには、逆に、比喩によって景を表す言葉が心象との関係の中で意味を付与されるという転倒がみられるのである。

後者は、歌が選ぶ景物の任意性と、景物の名を音によってよみかえていくことのできる自在さの接点に位置づけられる。これは「夏の野の繁みに咲ける姫百合の知らえぬ恋は苦しきものそ」と同じく「百合」をうたいながらも、「姫百合の知らえぬ」という結びつきとは違って「百合（ユリ）」の音と同音の関係で「後（ユリ）」に結びつけている。

ここで「音」はどのような働きをしているだろうか。「道の辺の草深百合の」は、一見「後（ユリ）」に続けるためだけに選ばれてきたようにみえる。だが、一首全体の中で「道の辺の草深百合」の像は、「後に」といって男を拒否する妹の比喩としても像を結んでいる。「道の辺の草深百合の後」（ゆりのゆり）という連接は、それだけを取り出せば、単なる同音の繰り返しに過ぎない。だが、このように「音」の同一性によって結びつける様式によって、「道の辺の草深百合」と「後にと言ふ妹」は像的な比喩として結びつけられる。この二重の結びつきの効果は、同音の繰り返しという様式において、音が景物に意味を付与していく機能によって生み出されている。

同音の繰り返しは、一般的には繰り返される音をひき出すために景物を選んだという点にばかり注目されるが、ここでは、音の繰り返しの効果は、同時に景を比喩へと転化させる。音は決して「音」としてのみ存在しているわけではないからである。

Ⅳ　「音声」と「意味」が生み出す言葉の「累積」

「音」のたしかさと、具象性における選択の自在さは、和歌言説を地名や景物の神話性から遊離させ、言葉そのものを共同幻想に転位させた。そもそも、うたうことは共同幻想への回帰であると同時にずらしでもあった。個々の歌は、個々の歌であるという意味において共同幻想のずらしであり、様式の中でうたわれるという意味において共同幻想を志向するものであった。こうして個々の歌は、累積する歌の言葉にもう一つ累積を加えていく。この歌の言葉の累積が、「言葉」そのものを自立させ、累積される「言葉」は共同幻想に転位された。そして、歌は共同幻想としての「言葉」との関係の中で和歌言説を紡ぎ出していくようになる。

我妹子に逢坂山のはだすすき穂には咲き出でず恋ひ渡るかも　（万葉巻十　二二八三）

「我妹子に逢坂山（わぎもこにあふさかやま）」は、「娘子らが袖布留山（をとめらがそでふるやま）」を分析したところで述べたように、地名起源神話や風俗諺と同じ方法で「逢坂山」やそこにある「はだすすき」を恋にかかわる比喩としてリアリティを与えるものとして機能している。片桐洋一はこの歌を、

吾妹子に逢うという名を持っている逢坂山の、あのはだすすきならば、穂を出すように、思いを外に示し得る

のであるが、私ははだすすきではないので、思いを示せないままに、ただただ恋い慕うばかりであるよ。

と訳し、「吾妹子に逢坂山のはだすすき」が「一つに凝縮して一首全体の発想と表現を統括する序詞となっている」と論じている。(13) この、「はだすすき穂」という言説は、

三月の壬申の朔に、皇后、吉日を選ひて斎宮に入り、親ら神主と為りたまひ……亦問ひまをさく、「是の神を除きて復神有すや」とまをしたまふ。答へて曰はく、「幡荻穂に出し吾や、尾田の吾田節の淡郡に居す神有り」とのたまふ。

（『日本書紀』神功皇后摂政前紀）

（内舎人石川朝臣広成の歌二首）

めづらしき君が家なるはだすすき穂に出づる秋の過ぐらく惜しも　（万葉巻八　一六〇一）

はだすすき穂には咲き出ぬ恋を我がする玉かぎるただ一目のみ見し人故に　（万葉巻十　二三一一）

新室のこどきに至ればはだすすき穂に出し君が見えぬこのころ　（万葉巻十四　三五〇六）

（娘子等が和ふる歌九首）

はだすすき穂にはな出でそと思ひたる心は知らゆ我も寄りなむ〈七〉　（万葉巻十六　三八〇〇）

などの例にみるように、本来「形があらわれる」ことを表す様式化された言説であったが、「我妹子に逢坂山の……」の歌で、上句に描かれた景物が比喩として一首の中に緊密に位置づけられるのは、様式と「我妹子に逢坂山→逢ふ」という連想を生む「音」のたしかさであったといえよう。

この方法は普遍的なものとしていきわたっていた。例えば、

石上大臣、従駕して作る歌

我妹子をいざみの山を高みかも大和の見えぬ国遠みかも　（万葉巻一　四四）

我妹子にまたも近江の安の川安眠も寝ずに恋ひ渡るかも　（万葉巻十二　三一五七）

のように、同じ「我妹子を（に）」という言葉から「いざみの山」「またも近江」と、様々な地名へ結びつけられる。こういった方法が固定化すれば、もはやそれは地名でなくてもよい。

我妹子に楝の花は散り過ぎず今咲けるごとありこせぬかも　（万葉巻十　一九七三）

ここでは「あふちの花」という普通名詞が、音を通して「逢ふ」に意味をよみかえられて「我妹子に」に結びつけられている。この言説の重要さは、任意に選ばれた花の名が、歌の中で、「音」という位相において地名と等質のものとしてあつかわれている点にある。「音」のたしかさは、景物から「音」を抽出して、「音」というレベルにおいて均質化された歌の「言葉」を生み出したのである。言葉が神話的幻想を通して自然とからまりあっていた時には、こういった抽象化は不可能だった。そして、均質化された「歌の言葉」は、その音ゆえの「意味」を持つものとして、様々な言葉との結びつきを生み出していくのである。

ところで、これ以降の章で論じることを先取りすることになるが、古今集歌は、まさにこの「均質化された言葉」の果てに成立している。言葉を「均質化」させる要因としては、その他に「仮名で書く」ことが重要な契機であったと考えられる。この特質は、例えば、

よどがは　（つらゆき）
あしひきの山べにをれば白雲のいかにせよとかはるる時なき　（古今巻十物名　四六一）

といった物名に端的にあらわれている。「いかにせよとかはるる」に「よどがは」が隠されており、しかもそれが一首の意味とことさらかかわりを持っているとはみえない。地名はもはや音としての価値しかないという以上に、抽象的で透明な記号となってしまっている。この「抽象化」は仮名で書くことを通しておこなわれている。そして、

抽象化された言葉がエクリチュールとして歌の中にちりばめられているのである。掛詞という、歌の線条性を破壊して、多義的なものを響き合わせる和歌言説もこれゆえに可能になった。

さて、これまでみてきた「わぎもこに―あふ」という結びつきと比べて、次のような言葉のつながり方はどうだろうか。

君が世にあふさか山のいはし水こがくれたりと思ひけるかな
（壬生忠岑）
（古今巻十九雑体　一〇〇四）

ここでは「逢坂山」に結びつけられる語の方が「君が世」に代えられている。「逢坂山」が音を通して「逢ふ」によみかえられて固定化したことが、「逢ふ」に関するものならばどのような言葉でも「逢坂山」に結びつけることを可能にした。この歌は、「ふるうたにくはへてたてまつれるながうた」という詞書きのつけられた長歌の反歌である。このように、聖帝の御代に出逢って時を得た喜びをうたうというモティーフをもてば、「〜に逢ふ」という連想から「君が世にあふさか山」という組みあわせを作るのは、そう難しいことではなかったはずだ。「我妹子に逢坂山」という和歌言説の累積、「逢坂―逢ふ」という音の連想が、歌を生み出す根源となっているのである。このような歌の累積の果てに、「逢坂」は、「我妹子に逢坂山」「君が世にあふさか山」というような他の言葉とのかかわりの中で「逢ふ」という意味を付与されるのではなく、それ自体で「〜に逢ふ」という意味を内側に抱え込むようになる。そして、「言葉」としての「逢坂」が核となって様々な言葉をひきつけてくる。

これが歌枕の成立する過程であることはいうまでもないだろう。片桐洋一は、歌枕について

土地（地名）という自然的事物事象について、特定の観念、特定の人事的事象を結合させてこそ歌枕となり得る……作者や享受者に、その地名と観念の結合が一般的なものとしてとらえられた時に、始めて歌枕が成立した

ということになるのである。[14]

と述べている。また、鈴木日出男も片桐の論を「歌言葉一般にまで適応しうる」ものと評価しながら、これらの「連想を記号化する言葉」は、

いわば集団的・社会的に承認された約束事としての類型的な言葉であり、したがって歌の自己表出に客観的な根拠を与える言葉であった。[15]

と論じている。「逢坂（山）」の連想としての記号化がさらに進んだものとして、次のような例が挙げられる。

藤原のこれをかがむさしのすけにまかりける時に、おくりにあふさかをこゆとてよみける
つらゆき
かつこえてわかれもゆくかあふさかは人だのめなる名にこそありけれ
（古今巻八離別歌　三九〇）

ここでは「あふさかは人だのめなる名」とあるように、地名が「名」としてとらえられている。「我妹子に逢坂山」が言葉と言葉の関係の中で音を通して「逢坂山―逢ふ」という連想を生成しているのに対して、この和歌言説は、「逢坂は逢ふを意味する」という、いわばメタ言語としての意味が歌の中にとりこまれている。

歌の言葉がここまでいきつけば、歌は眼前の景物からでも、仮構された景物からでも、あるいは、「言葉そのもの」からでさえ、心が選ぶ限りの自由な言葉をとりいれて歌を作ることができるようになる。前代までの歌が、神話的幻想の共同性に支えられながら、あるいは、支えられているかのように振る舞うことによって成り立っていたのに対して、ここでは、積み重ねられていく「言葉の累積性」を共同性として歌は生み出されていくのである。

注

（1）折口信夫「國文學の發生（第四稿）」（『折口信夫全集　第一巻　古代研究（國文學篇）』中央公論社　昭和五十年九月十日）
（2）J・H・ハリソン著／佐々木理訳『古代芸術と祭式』（筑摩書房　一九九七年九月十日）
（3）折口信夫「年中行事」（『折口信夫全集　第十五巻　民俗學篇一』中央公論社　昭和五十一年十一月十日）
（4）古橋信孝『万葉集を読みなおす　神謡から〝うた〟へ』（日本放送出版協会　昭和六十年一月二十日）
（5）西郷信綱『増補　詩の発生　文学における原始・古代の意味』（未来社　一九六四年三月二十五日）
（6）吉本隆明『初期歌謡論』（河出書房新社　昭和五十二年六月二十五日）
（7）折口信夫「日本文學の發生序説」（『折口信夫全集　第七巻　國文學篇1』中央公論社　昭和五十一年二月十日）
（8）鈴木日出男『古代和歌史論』（東京大学出版会　一九九〇年十月二十五日）
（9）中西進訳註『万葉集一』（講談社　昭和五十三年八月十五日）
（10）三谷邦明「古代叙事文芸の時間と表現―物語的言説の展開あるいは源氏物語における時間意識の構造」（『物語文学の方法Ⅰ』有精堂　一九八九年三月三十日）
（11）野田浩子「旅」（古橋信孝編『ことばの古代生活誌』河出書房新社　一九八九年一月十日）／吉田修作「いはふ」（古代語誌刊行会編『古代語誌――古代語を読むⅡ』桜楓社　一九八九年十一月十日）
（12）古橋信孝『古代和歌の発生　歌の呪性と様式』（東京大学出版会　一九八八年一月十日）
（13）片桐洋一「概説　歌枕　歌ことば」（『歌枕歌ことば辞典　増訂版』笠間書院　一九九九年六月二十日）
（14）片桐洋一「歌枕の成立―古今集表現研究の一部として―」（『國語と國文學』昭和四十五年四月号）
（15）注（8）に同じ。

第二部　古今和歌集歌の歌風

第一章　古今和歌集歌の言葉

Ⅰ

古今集について「貫之は下手な歌よみにて古今集はくだらぬ集に有之候」といったのは、明治時代に短歌革新運動を領導した正岡子規であった。子規は、

先づ古今集といふ書を取りて第一枚を開くと直ちに「去年とやいはん今年とやいはん」といふ歌が出て来る、実に呆れ返つた無趣味の歌に有之候。日本人と外国人との合の子を、日本人とや申さん外国人とや申さんとしやれたると同じ事にて、しやれにもならぬつまらぬ歌に候。此外の歌とても大同小異にて、駄洒落か理窟ツぽい者のみに有之候。(1)

というように、古今集の歌は「駄洒落」か「理窟ツぽい者」だと考えた。このように、古今集の和歌が言葉の遊びになっているという考え方は、賀茂真淵など江戸時代の国学者の言葉にもあった。子規の言葉は、そうした国学者的な言説が明治において短歌革新という文脈の中で、短歌革新という要求を万葉集の歌に投影しながら再生してき

たものであった。真淵のいわゆる万葉集は「ますらおのてぶり」で古今集は「たをやめのてぶり」だという万葉礼讃にせよ、香川景樹のような古今集評価にせよ、古今集の歌の特色が言葉の技巧にあるという点では共通している。それをどのように評価するかにおいて正反対の考え方が生み出されたのであり、各々の立場の言説が客観的な評価という姿勢をとりながら、一方ではアララギ派的な言説として、もう一方では窪田空穂が古今集の和歌の歌風として「人事と自然の渾融」「事象を時の推移の上に浮かべて大観する傾向」「理知的な事」をあげて評価したような言説[2]として再生し続けているのである。

Ⅱ

寄物陳思型の短歌は、上句と下句が併置される構造を持っていた。そこでは、歌の言葉は上句から下句へと直接に接続されるのではなく、上句と下句の間で一度断絶させられていた。原理的にいえば、和歌言説を発生からの距離として考えていくと、その流れは、上句と下句の間の断絶が崩壊していく過程としてあらわれた。そして、古今集歌はその断絶が一旦崩壊したところを出発点として生み出されていったというのが、大まかな和歌史的な理解である。

では、古今集時代の和歌は、いわゆる「繰り返し」や「上句と下句の転換」の構造が崩壊した一首の全体性の中でどのような様相を獲得したのであろうか。いいかえれば、前代までの歌うことを基本的な性質とした歌を、どのように脱構築したのであろうか。例えば、

雪の木にふりかかれるをよめる　　　　素性法師

A春たてば花とや見らむ白雪のかかれる枝にうぐひすのなく　（古今巻一春歌上　六）

という歌は、竹岡正夫が、

「春―立つ」「白雪の―かかれる」「鶯ぞ―鳴く」と、三回も主述関係の文相当句が含まれていて、きめの細かな、屈折の多い表現となっている。「春立てば（已然形＋バ）」と《理（ことわり）》を述べて、「花とや見らむ」と作者の推察を表現して切れる。原因→結果とつながれた散文的表現になっているのである。(3)

と述べたように、一首を作りあげる構成意識が歌の全体を統括し、はじめから終わりまでをひと続きにまとめあげている。もちろん、一首が全体性を獲得すること自体は、すでに述べたように万葉の後期には可能になっていた。では、古今集歌は、それらとどのような相違があるだろうか。

鈴木日出男が「古今的表現」の特色について、

『古今集』にあっては詠歌の対象が何であろうと、それを事実のままで表現しようとしない。(4)

と述べているように、古今集時代の和歌においては、事物がその実際のあり方から切り離され、言葉のレベルで書き改められている。Aの和歌でも、そこに詠み込まれたものを事柄として分析するならば、単に雪のつもった枝で鶯が鳴いているというだけのことである。それを、雪を花（白梅）になぞらえた上で「雪を花（白梅）と見間違えたから鶯がなく」と因果関係の文脈の中に位置づけている。だが、この和歌をいわゆる「見立て」によって鶯の鳴く理由をいった機知の歌とのみ解釈するのは十分ではない。「うぐひすのなく」という連体止めの詠嘆で「雪の中に鶯が鳴く」と描出することによって、「立春を過ぎて降る雪」という構図の中に揺れ動く微妙な季節感をうかび出させているのである。

雪を花（白梅）に喩えるのは、

落梅飛四注、翻霙舞三襲。（落梅は四注に飛び、翻霙は三襲に舞ふ）。
（『藝文類聚』巻二・天部下・雪・梁簡文帝・雪朝詩）

看花言可折、定自非春梅。（花を看て折るべしと言ふも、定めて自ら春の梅にあらざらん）。
（『藝文類聚』巻二・天部下・雪・梁簡文帝・詠雪詩）

拂草如連蝶、落樹似飛花。（草を拂ふは連蝶の如く、樹に落つるは飛花に似たり）。
（『藝文類聚』巻二・天部下・雪・梁裴子野・詠雪詩／『初學記』巻二・天部下・雪、にもあり）

縈空如霧轉、凝階似花積。（空に縈るは霧の轉ずるが如く、階に凝るは花の積むに似たり）。
（『藝文類聚』巻二・天部下・雪・梁呉均・詠雪詩／『初學記』巻二・天部下・雪、にもあり）

のように『藝文類聚』や『初學記』に収められた六朝以来の漢詩文に多くみられる比喩である。日本でも、

柳絮未飛蝶先舞、梅芳猶遲花早臨。（柳絮も未だ飛ばねば蝶先づ舞ひ、梅芳猶し遲く花早く臨む）。
（『懐風藻』二十二・正五位上紀朝臣古麻呂・「七言、望雪」）

雲霞未辭舊、梅柳忽逢春。（雲霞未だ舊を辭らぬに、梅柳忽ちに春に逢ふ）。
（『凌雲集』七十一・従五位上行式部少輔菅原朝臣清公・「冬日汴州上源驛逢雪」）

如花梅下亂、似絮柳前縈。（花の如くに梅下に亂る、絮に似て柳前を縈る）。
（『経国集』巻十三・一六六・平城天皇・「五言、舊邑對雪一首」）

など『懐風藻』や勅撰漢詩集に多く取り入れられているほか、空海がこの当時招来されていた詩論を抄出した、ある意味ではこの時期の漢詩文受容の水準を示しているともいえる『文鏡秘府論』でも、九種類の詩語を詠むにあた

って規範となる比喩を列挙した「九意」の中の「雪意」に、

朝疑柳絮、夜似梅花……凝階似粉、凍木如梅。（朝に柳絮かと疑ひ、夜に梅花に似る……階に凝りて粉に似、木に凍りて梅の如し）。（『文鏡秘府論』地巻・九意・雪意）(5)

とあり、平安初期の日本漢詩における最もポピュラーな比喩の一つとなっていたと考えることができる。

雪と花（白梅）の比喩は、漢詩文だけでなく万葉集においても、

巨勢朝臣宿奈麻呂の雪の歌一首

我がやどの冬木の上に降る雪を梅の花かとうち見つるかも　（万葉巻八　一六四五）

忌部首黒麻呂が雪の歌一首

梅の花枝にか散ると見るまでに風に乱れて雪そ降り来る　（万葉巻八　一六四七）

山高み降り来る雪を梅の花散りかも来ると思ひつるかも〈一に云ふ、「梅の花咲きかも散ると」〉　（万葉巻十　一八四一）

のような例をみることができる。とはいえ、梅が八世紀になってから遣唐使船などによって渡来したと推定されている(6)新来の植物であり、万葉集では天平二年（七三〇年）の日付のある「梅花歌三十二首　并せて序」と題された太宰府の大伴旅人邸における宴席での歌が梅を詠んだ歌の初めであることをを考えると、こうした雪と花（白梅）の比喩を詠んだ歌は、梅が渡来した後に漢詩文の影響の中で生み出されたものとみなすことができる。

春の最初に鳴く鳥（春つげ鳥）とされた鶯が梅と結びつけて詠まれるのも、

（梅花の歌三十二首　并せて序）

梅の花散らまく惜しみ我が園の竹の林にうぐひす鳴くも　少監阿氏奥島　（万葉巻五　八二四）

我がやどの梅の下枝（しづえ）に遊びつつうぐひす鳴くも散らまく惜しみ　薩摩目高氏海人　（万葉巻五　八四二）

花を詠む

うぐひすの木伝ふ梅のうつろへば桜の花の時かたまけぬ　（万葉巻十　一八五四）

（十一日に、大雪降り積みて、尺に二寸あり。因りて拙懐を述ぶる歌三首）

うぐひすの鳴きし垣内ににほへりし梅この雪にうつろふらむか　（万葉巻十九　四二八七）

などのような後期万葉の歌から始まることで、これも同様に、梅の渡来と漢詩文の影響を受けたものである。辰巳正明は、

鶯は外来と違い古来から日本にいて鳴いていた鳥であろうが、これが文学の中に登場するのはやはり新しい時代であったように思われる。むしろ、鶯は梅の花への関心の中で文学の中に登場することになったように思われる。(7)

と述べ、日本における梅と鶯の詩と歌（「梅花の宴」の歌）が楽府詩の「梅花落」をふまえることからはじまったことを論じている。「梅花落」とは梅の花が散るのを詠んだもので、多くの場合散る梅の花を白い雪に喩えているが、その中で特に鶯との取り合わせで詠まれたのが、隋の江総の「梅花落」で、その中に、

落梅樹下宜歌舞。金谷萬株連綺甍、梅花隱處隱嬌鶯。（落梅樹下宜しく歌舞すべし。金谷萬株綺甍に連なり、梅花の隠るる處嬌鶯を隠す）。

（『藝文類聚』巻八十六・菓部上・梅・隋江総・梅花落詩／『先秦漢魏晋南北朝詩』では陳の江總の作とあり）

という詩句がある。このようにして生み出された「梅（花）と雪」「梅と鶯」「梅と雪と鶯」の取り合わせが、さらに多くの歌人に詠まれることを通して、古今集の頃には初春の景物として定着したのである。なお、こうした歌材

としての初春の鶯は、これまでみてきたように六朝詩を受容する中で生み出されてきた。それに対して、特に古今集時代によく詠まれるようになった、

　　寛平御時きさいの宮の歌合のうた　　　　　　　　おきかぜ

こゑたえずなけやうぐひすひととせにふたたびとだにくべき春かは　　（古今巻二春歌下　一三一）

のような、晩春に春を惜しんで鳴く鶯という歌材は「三月尽」の発想をはじめとした白居易の詩の影響を受けたものであったことには注意する必要がある。(8)

　このように、

　　雪の木にふりかかれるをよめる　　　　　　　　素性法師

A春たてば花とや見らむ白雪のかかれる枝にうぐひすのなく　　（古今巻一春歌上　六）

の和歌には、六朝以来の漢詩文や万葉集以来の季節の歌にかかわる様々な要素が流れ込んでいる。小島憲之は「雪」と「花・柳絮」の比喩について、

　平安歌人たちの前には、雪に對する「たとへ」方の材料が既に和漢の先行の詩の中に示されてゐたのである。歌人はこれを歌にすれば事は足りたのであつた。(9)

と述べている。だが、和歌が先行する漢詩をプレテクストとしたことを漢詩文の焼き直しにすぎないというように矮小化してとらえるべきではない。古今集時代の和歌をそのようにみなす見方は、ある意味で、

　立春といへば、霞が立つとか、氷が解けるとか言ふ。それが必しも悪いのではありません。併し、立春といへば、必ず霞が立ち氷が解けねばならぬもののやうに歌の上に取り扱はれて来れば、その霞と氷は段々に直観的意味から遠ざかって、観念的なものになり、形式的なもの、概念的なものになつて、個性の特色を失つてしま

ふのであります……斯様な歌は実感に対する熱がありません。熱がなくて歌を作すのでありますから、所謂詞の上のこねくり（この語左千夫の用語）をして、そのこねくりの上に面白みを求めようとします。古今集以下勅撰集の多くの歌が、真実から離れて詞の遊戯に堕ちて行つたのは、病弊全くこゝにあります。[10]

といったアララギ派的な言説を裏返して再生したものになってしまうだろう。そうではなく、先行する漢詩や歌をふまえながら詠まれたことにどんな意義があり、それによって何がどのように詠まれたのかを問うことが重要なのである。「焼きなおし」というような言い方から一般に考えられているのとは違って、引用とはすこぶる創造的な行為である。何をどのように引用するかという選択そのものが創造であり、享受者はそこに歌の心を読み取ることができる。では、Aにこめられた歌の心とはどのようなものであろうか。いくつかの注釈書の中からこの歌についての評をみてみると、

＊木の枝に降る雪を花に見立て、しかも、鶯がそのような錯覚を起こしていると空想するほどの余裕をもった都人の歌となっている。[11]

＊人間と同様に、鶯も、暦の上に春が来たというだけで、心がはずみ、梅の枝にかかっている白雪が花のように見えてしまったのだろうと言っているのである。前歌に応酬する形で、立春を迎えた鶯の心の喜びを好意的に説明しているとも解し得る。[12]

のような言葉がある。雪と花の見立てや鶯が雪を花とみちがえると詠むことを余裕をもった都人の空想だというところなど、アララギ派的な言説の裏返しともいえるが、では木の枝に降る雪を花に見立てることをどのようにとらえているのであろうか。前者にははっきりと述べられていないが、「余裕をもった都人の歌」などというところをみるとみやびな発想ととらえているのであろうか。後者は、立春になった喜びで「心がはずみ」、そのために雪が花に

見えてしまったという解釈で、立春を迎えた鶯の心の喜びを「好意的」に説明したものだという。たしかに立春になったことを否定的にとらえているわけではないが、だからといって「立春を迎えた鶯の心の喜び」とか「好意的」と一概にいってしまうことにはやや疑問が残る。

「雪の木にふりかかれるをよめる」という詞書きがもっと注意深く扱われることが必要だろう。この歌に詠まれているのは、立春になっても雪が降っているという情景である。雪が降っていても、立春になればそれだけで嬉しいのだろうか。たしかに、寒い冬においては、春の到来は待ち遠しく心待ちにされるものである。しかし、立春になってもまだ冬のなごりの雪が降っていれば、早く本格的な春らしい春になってほしいと思うのが自然であろう。

宇米能波那(うめのはな)　胡飛都都遠礼婆(こひつつをれば)　敷留由岐乎(ふるゆきを)　波那可毛知流居(はなかもちると)　於毛飛都留何毛(おもひつるかも)

（日本後紀巻第九逸文　桓武天皇）

に、梅の花を恋しく思っていたので降る雪が梅の花の散るように思われたとあるように、鶯が雪を花と間違えた、雪が花に見えるということの背後には、花の咲く本格的な春の到来を心待ちにする心が込められているのである。花を待ち望んでいるから雪が花に見える。そこまでいうのはいい過ぎだとしても、雪が花に見えると歌にすることによって、言葉の上だけでも花が咲いたことにできるという呪術だといえる。雪が花に見えると歌にすることによって、実際に花が咲いたのと同じになる、同じになるといっては語弊があるならば、花が咲くのを予祝するといいかえてもよいが、そうした呪性を歌は持っているのである。古橋信孝はこの歌について、

春なのに雪があるという異常な状態を、雪を春のものである花と見なすことで、宇宙の運行通りにあらしめようとしているとみることができる。ことばのうえで春とすることで、人々は安心するわけだ。そしてもちろん、人々は神に向かってこの歌をうたい掛け、神に納受してもらい、季節の運行を正しく直そうとしている。(13)

と述べ、こうした見立ての歌は、春は花という季節感を前提に景をイメージの側に合わせているのだと論じている。「見立て」の歌とは、ただあるものを別のものに見立てて興趣を感じているというものではなく、したがって景そのものを見ているわけではないというのである(14)。

すでに述べたように、Aは、六朝以来の漢詩文や万葉集以来の季節の歌にかかわる様々な要素を組み合わせながら「立春を過ぎて降る雪（を梅の花とみなす鶯）」という構図を構築した。そうした選択そのものの中に、これまで述べてきたような季節感が総合的に浮かびあがらせられているのである。

Ⅲ

Aと同様に雪を花に見立てた歌として、次のような例がある。

ゆきのふりけるをよみける　　きよはらのふかやぶ

B冬ながらそらより花のちりくるは雲のあなたは春にやあるらむ　（古今巻六冬歌　三三〇）

この場合でも、そこに詠み込まれたものを事柄として分析するならば、単に雪が降っているというだけのことである。それを、空から降ってくる雪を春の「花」になぞらえた上で、花の降ってくる「雲の上は春だろう」と、現実を超えて、その向う側に想像力を働かせている。この想像力はまったく新しいものであった。たしかに、事物に喚起されて別のものに思いをはせるという想像力は前代にもあった。

雲を詠む

痛足川川波立ちぬ巻向の弓月が岳に雲居立てるらし　（万葉巻七　一〇八七）

ここでは、眼前の「痛足川」に波が立っている「景」をもとに「弓月が岳」に雲が立っているのだろうと想像している。だが、すでに述べたことではあるが、この「想像力」は、「らし」に示されるように「冬ながら空より花の散りくるは雲のあなたは春にやあるらむ」を生み出している「想像力」とは異質なものである。「らし」は他界について強い確信を伴った推量をあらわす語である(15)。それゆえ、ここには「神の意思のあらわれ」である「景」とその解釈である「心」の間に、共同性に支えられた強い確信と調和がある。一方、Bの降る雪を花と見ることの背後には春を待望する心が込められており、その心が、雪が降ってくる雲の向う側は春なのだろうという想像を支えている。だが、それだけではなく、この想像力には、雪が降る情景という「事柄」をつきぬけていく観念の虚構とでもいうべきものがあった。

この歌は壬生忠岑の選とされる『和歌體十種』において「高情體」として分類されている。『和歌體十種』には「高情體」について、

> 此體、詞雖二凡流一義入二幽玄一、諸歌之爲二上科一也、莫レ不レ任二高情一。仍神妙、餘情、器量皆以出二是流一。而只以二心匠之至妙一難三強分二其境一。待二指南於來哲一而已。（此の體は、詞は凡流なりと雖も義は幽玄に入る、諸歌の上科を爲すなり、高情に任せざるは莫し。仍て神妙、餘情、器量皆以て是の流れより出づ。而して只だ心匠の至妙なるを以て強ひて其の境を分かち難し。指南は來哲を待つのみ）。
> （『和歌體十種』）

という注記がある。これによれば、「高情體」とは歌の心が「幽玄」の境地に入ったものだという。「幽玄」とは、本来老荘思想や仏教の教義のはかりしれない深遠さをいう言葉であるが、和歌の興趣のありかたとしては、山水自然の間の脱俗的な雅情が奥ゆかしく絶妙であることをいうものとして用いられた(16)。この他にも、「高情體」の例歌として挙げられたものに、

北宮のもぎの屛風に　　源公忠朝臣

C行きやらで山ぢくらしつほととぎす今ひとこゑのきかまほしさに　（拾遺巻第二夏　一〇六）

というものがある。時鳥の声をもう一声ききたいばかりに山道で日を暮らしてしまったという主旨の屛風歌である。この歌は「公忠集」の詞書きに「このみやのみくしげの御屛風に、やまをこゆる人の郭公ききたるといふに」とあることから、山越えの旅人の立場になって詠んだものだということがわかる。小沢正夫が、

俗界を逃れて自然界に遊ぶのを幽玄の境地と考え、これを表現した歌を高情体と名づけたのであろう。(17)

と述べているように、世俗を離れた神秘的な奥深さを感じさせるものが「高情體」であった。「行きやらで……」の和歌を「幽玄」の境地に入った「高情體」の歌とみなすことは、時鳥の声に執着して山道で日を暮らしてしまったという趣きに「山水自然の間の脱俗的な雅情」をみているということでもある。だがそれは、単純に人の世を離れ大自然の懐に抱かれているというような現実的な感性を意味してはいない。屛風歌という虚構の中で世俗を離れて自然界に遊ぶ境地を作ること、いいかえれば虚構の中で生み出された感性なのである。これらの和歌について、吉本隆明は、

「雲のあなたは春」というとき、大地を占めてゆく自然の変化ではなく、虚空に描かれる幻想の季節がうたわれている……空から降ってくる雪を花になぞらえ「雲のあなたは春」と表現するためには、なにかが犠牲になっていなければならないはずである。この犠牲は人間感情の或る部分であり、また通常の価値感(ママ)の放棄にひとしいものである。(18)

と述べ、また、

時鳥の一声をきくために山路にとまって日をくらすというのは、風狂にしか通じない価値感(ママ)である……屛風絵

をみて口さきだけで詠んだものだから虚構なのではない。ほととぎすの一声をきくために日を消費してもよいという表現にかれらを駆りたてた動機のなかに、虚構の質がかくされている。

とも述べている。この、「虚空に描かれる幻想の季節」とか「通常の価値感の放棄」「風狂にしか通じない価値感」という言葉が、これらの和歌を支えている虚構の質をよくいいあてている。そこにあるのは、日常の感性や事柄としての自然とは別の位相に、言葉の秩序を構築することによって成り立っている歌の言葉なのである。

ところで、ほととぎすはよく知られているように「しでの田長」とも呼ばれ、田の神の使者として訪れ農事を勧める鳥であると考えられていた。田の神は春になると常世から訪れてきて秋には常世に帰り山の神となるのだが、ほととぎすはその田の神のいる時期に鳴くものとされていた。ほととぎすの声を聞きたいと裳着を祝う屏風歌に詠むことの背後には、ほととぎすの鳴く時期の農作業の結果が豊作であることを願う予祝行為という意味もある。そうした豊作をもたらす時を屏風の持ち主が所有することによって、持ち主はそのめでたい時空を生きることを予祝されるのである。そして、都に生きる貴族たちが、収穫の祈りをこめた和歌を詠み、屏風を所有するという行為は、そうすることによって国がよくなるという「風」の思想につながるものであった。国ぶりの歌を集めて国を安寧に治める、それが王権を支える勅撰集という思想である。

これから述べていくように、古今集時代の和歌を成り立たせている言葉は、詩的言語として高度に抽象化された「言葉」の世界を形づくっている。そうした和歌の言葉の背景に、同時にこのような王権へとつながるものが潜在していることをみることによって、和歌の言葉をより深くとらえることができることにも留意する必要があるだろう。

さて、これまで述べてきた「言葉の秩序」は、また、

亭子院歌合歌　　　　つらゆき

さくら花ちりぬる風のなごりには水なきそらに浪ぞたちける

（古今巻二春歌下　八九）

のような和歌言説を生み出した。一首の心は、桜の花を散らした風の名残りとして、本来なら水のあるはずのない空に、立つはずのない波が立っているということで、一陣の風が過ぎたあとに桜の花弁が舞っているのを花弁が波に浮かんでいると見立てたものである。

この「波が立」つという言説の背後には「波のホ」が立つというイメージがある。折口信夫が桜の呪術的な働きについて「一年の生産の前触れとして重んぜられた」[19]と述べているように、桜の花は秋の豊作を占うものであり、花見（桜狩り）は紅葉狩りと同様に国見的な要素を持った行事であった。ここには、桜の散ったなごりとして秋には波の「ホ」が立つような稲穂の波が立って欲しいという願いが込められているのである。この歌は「亭子院歌合」という歌合わせで詠まれている。すなわち、歌合わせの歌のようなハレの歌にはこうした予祝性を持った歌を国ぶりの歌として詠むという役割があった。古今集がそうした国ぶりの歌を収めているというところに、歌によって王権を支える勅撰集としての性質を見ることができる。ここに詠まれた、幻想の波にはそうした、予祝性が発想として込められていることをおさえておきたい。

さて、波と花の比喩は、

白花浪濺頭陀寺、紅葉林籠鸚鵡洲。（白花浪は濺ぐ頭陀寺、紅葉林は籠む鸚鵡洲）。

（『白氏文集』巻十五・盧侍御與崔評事、爲予於黄鶴樓致宴、宴罷同望）

風翻白浪花千片、雁點青天字一行。（風は白浪を翻して花千片、雁は青天に點じて字一行）。

（『白氏文集』巻二十・江樓晩眺景物鮮奇吟玩成篇寄水部張員外）

のように、風に砕ける白波を花に喩えるなど漢詩文にも例は多い。また、この和歌については、昔から、

＊心は、空にちりまがふ花の浪に似たればかくいふなり。水なき空とは、たゞ波のえんにいひ出たる也。（『両度聞書』[20]）

＊はなのちりぬるが。風にさはぎて。空に波のたつと見えたるなり。（『栄雅抄』[21]）

＊水ナキソラニ浪ソタチケルト云ハ落花ヲ浪ニ似テイヘル也。（『毘沙門堂本　古今集注』[22]）

＊風の吹やみたるすなわち、花の波はたつなり。さて、かぜのなごりにちる花のなみに成たるやうなるとよめり。風ふく時なみのたつ事、申におよばず。（『宮内庁本　古今集抄』[23]）

＊此歌は、花のちる比の風のなこりには、水もな（き）空も、花のちりて浪のたつやうにみゆるとよめり。（『京都大学蔵　古今集註』[24]）

などのように、舞い散る桜の花の様子を波にたとえたものと解釈されてきたことからも分かるとおり、直截的には桜の花弁が舞っている様子を詠んだものである。だが、この場合はそうした具象的な比喩にとどまらない、微妙な色あいを読みとらなければならない。ここで焦点があてられているのが、花を散らした風そのものではなく、風の「なごり」であることに着目する必要がある。「なごり」とは、本来、浜にうちよせた波が引いたあとに浜に残っている海水をいうが[25]、

その夜南の風ふきてなこりの波いとたかし。（『伊勢物語』八七段[26]）

とあるように、風が吹いて海が荒れたあと、風がおさまった後もなおしばらく立っている波をいうこともあった。いわば、風の残像としての波である。

この和歌の言説を逐一たどっていくと、概ね次のようになるだろう。「さくら花ちりぬる風」という歌い出しは、一面に舞い散る落花の鮮やかな色彩のイメージを造形する。しかし、「風のなごりには」とつづくことによって、そ

のイメージは急速に消えて残像だけが残る。大岡信が、

「なごり」は「名残り」であると同時に「余波」である。この、もともとは語源を共有し、影像としても互いに惹き合うところをもっている二つの語が、一つに融け合って一首のかなめの位置に置かれる。一首全体は、この微動する一語の周囲にゆらめいていて、何度読みかえしても、かっちりした「像」が眼底に結ばれるという感じはない。風に散り遅れた桜花の幾ひらかが、水なき空の波の引きぎわにちらちらとさまよっている、その影像さえ、ともすればふと見えなくなって、あとにはゆらめいている心の昂ぶりの、その痕跡だけが、名残りの余韻を引いていつまでも棚引いているという感じである(27)。

というような感想を述べているのも、この和歌のこうした言説の構造と深く結びついているといえよう。そして、「水なきそら」で虚空がイメージされ、「(水なき空に)波ぞたちける」と続くことによって虚空の空間に波が立つという、不可視ではあるが、虚構のイメージを表象させる。詠まれたのはあくまで舞い散る花の姿でありながら、水なき空の浪という虚構をイメージさせるようなしかたで、この和歌の言説はある。

「雲の上の春」「水のない空の波」というのは観念としてしか表象できないものである。こうした観念のイメージを仮構する言語意識が、現実の景としての「自然」とは別の位相に「言葉」のレベルに秩序づけられた世界を形づくる。その言葉の秩序の中で、歌は多様な和歌言説の可能性を切り開いていったのである。

Ⅳ

観念の虚構を可能にした言語意識はまた、和歌の中に次のような具象的でない比喩を生み出した。それは、言葉

による自然と人事の結びつきでもあった。

（題しらず）　きのつらゆき
Dはつかりのなきこそわたれ世中の人の心のあきしうければ
（古今巻十五恋歌五　八〇四）

（題しらず　よみ人しらず）
Eしぐれつつもみづるよりもことのはの心のあきにあふぞわびしき
（古今巻十五恋歌五　八二〇）

「心のあき」には掛詞で「秋」と「飽き」がいいかけられており、「人の心の飽き」と季節の「秋」とが比喩として結びつけられている。比喩であるということは、「心の飽き」と「秋」とが等価のものとして扱われているということである。

ひとくちに「比喩」というとき、私達はそれを様々な意味あいのこもったものとして使っている。いま、詩歌にとって「比喩」とは何かを考えたとき、便宜的にではあるが、比喩を二つの側面からとらえることができる。

ひとつは、たとえば、

花ざかりに京を見やりてよめる　（そせい法し）
みわたせば柳桜をこきまぜて宮こぞ春の錦なりける
（古今巻一春歌上　五六）

という和歌で「宮こ」は「春の錦」のようだと喩えているように、明示的に言葉として表されたたレベル、すなわち、詩の技法としての「比喩」の側面である。

そしていまひとつは、詩精神にかかわるもの、いうなれば、発話の原理としての側面である。「比喩」を前者の意味でのみとらえる限り、文飾とか、ものごとをより詳しく説明するためのもの、言葉の遊びとしてしかみることができず、それ以上のひろがりを読みとることができなくなってしまう。だが、本来は、後者があるために詩の技法も成り立つのであり、前者によって言葉が顕在化されるから後者がありうるというように、この二つの側面は相補的なものである。

このことを、比喩という修辞の構造を明らかにしながら、もう少しつきつめて考えてみたい。比喩を論じる場合によくひきあいに出される例であるが、

彼はライオンのような男だ。

という言説の持つ構造は、「彼」と「ライオン」というまったく異なったものを、何らかのレベルで共通する性質（たとえば「勇敢さ」とか「攻撃性」）に注目して結びつけたものとみることができる。

D・サピアはメタファーを構成する要素を分析して、

メタファーは三つの基本的な部分から構成されている。それは、別々の領域からの二つのタームと、共有する諸相の仲介部分である。この三つの構成部分で、私達はメタファーの作用する過程がはっきりとわかる。まず、一つのタームから出発し、次に暗に含められた諸意味、或いは仲介的な意味のグループを通ってもう一つのタームへと移動する。(28)

と述べている。この「共通する性質」は、しばしば発話者の意図とは別に、多様なふくらみを持たされて解釈されることがある。たとえば、

毛むくじゃらの猿のようなやつ。

という言説に対して、それが単に毛深いことに注目して発話されたものであるにもかかわらず、私達はその人に対して、前かがみで歩くとか、素早いとか、ずるい、凶暴だといった、猿に対して人々が抱く様々なイメージを想起することがある。D・サピアはこれを、感覚的類似性を指摘するメタファーが別の性質を示唆する例として説明し

ているが、このように、比喩においては二つの用語の共有する部分が拡大されていく中で多義的なものが生まれていく。それゆえ、

彼女はバラのような人だ。

という表現を読むとき、私達は「彼女」を「バラ」というものの全体像、すなわち「鮮やかな色あい」であるとか、「美しいがトゲがある」などといった、バラから表象されるもの全体とのかかわりの中で、「バラ」と等価のものとしてとらえなければならないのである。この表象されるもの全体の中には、漢詩文や先行する和歌言説のテクストの累積によって作られた文学的イメージも含まれていることはいうまでもない。

ところで、比喩には、自分の内面を比喩によってあらわすものがある。このとき、私達は感情や情緒を直観的にあらわすために他の形象（外物）を呈示し、その中に自己をみいだそうとする（外物を精神的なものに転化する）のである。それは、古代においては共同の幻想（神話的幻想・説話的なもの）でもありうる。すなわち、共同体の幻想と同型のものとして比喩の関係を結ぶことによって内面を表現することができた。これは、まさに、詩精神あるいは発話の原理としての比喩の問題だといえる。

「彼女はバラのような人だ」という具象物と具象物の結びつきにせよ、心と具象物の結びつきにせよ、あるいは、心と共同幻想との結びつきにせよ、比喩とはAとBとが何らかのレベルにおいて等価の関係に結びつけられたものをいう。だがその内実は、サピアのいうような、意味をAからBへ移動させる作用などといった単純なものではない。比喩の構造の中では、「たとえるもの」と「たとえられるもの」がお互いにお互いを規定しながら新たなるイメージを構築していく。「彼女」は「バラ」に喩えられることによって、バラの持つさまざまなイメージを付与される。そして、同時に「バラ」も彼女と結びつけられることによって、発話者が「彼女」に対して持つイメージが投影さ

れ、彼女の持つ性質が付与され人間化されるのである。この相互規定性は、

（題しらず）　　きのつらゆき

Dはつかりのなきこそわたれ世中の人の心のあきしうければ　（古今巻十五恋歌五　八〇四）

（題しらず）　　よみ人しらず

Eしぐれつつもみづるよりもことのはの心のあきにあふぞわびしき　（古今巻十五恋歌五　八二〇）

の「心のあき」という比喩によくあらわれている。この言説が重要なところは、もちろん、「秋―飽き」という掛詞でもあるが、この掛詞が生み出している比喩の構造にある。「心」は、自然界に秋がきてものみな衰えていくのと同じように、「あき（飽き）」がきて情熱が枯れていく。そして、自然界も「あき（秋）」がきてそれまでの生命の充実感を失っていくのは、飽きのくる人間の心の動きと同じである。というように、ここでは、「心」という人事に関するものと、「秋」という天然気象にかかわるものとが、互いに浸透しあいながら言葉のレベルで融合させられているのである。吉本隆明はDの「心の秋」や、

（題しらず）　　読人しらず

Fはやきせに見るめおひせばわが袖の涙の河にうゑましものを　（古今巻十一恋歌一　五三一）

中務のみこの家の池に舟をつくりておろしはじめてあそびける日、法皇御覧じにおはしましたりけり、ゆふさりつかたかへりおはしまさむとしけるをりによみてたてまつりける　　伊勢

G水のうへにうかべる舟の君ならばここぞとまりといはましものを　（古今巻十七雑歌上　九二〇）

にある「涙の河」「舟の君」といった比喩のありかたについて、

こういう暗喩が観念と物とのあいだに成り立ったのは、表現の秩序が自然の秩序の外側に信じられたからである……自然にことよせて心をうたうというのではこういう暗喩はできない。自然の構造と人間の心の構造のあいだに、まったく別個に同型のイメージが喚びおこされたとき、はじめてこういう暗喩は成りたったのである。〈心〉の状態に形象的なイメージをあたえ〈自然〉の背後にメタフィジカルな構造をおもいうかべる喚起力がぜひとも必要であった。[29]

のように論じている。吉本のいう「自然の秩序の外側に信じられ」ている「表現の秩序」とは、いわば詩的言語としての和歌の言葉である。「心（涙・君）」の状態に「形象的なイメージ」を与え、「秋（河・舟）」の背後に「メタフィジカルな構造」を思いうかべ、しかもそれらが同型であるということは、この詩的言語の持つ抽象性が可能にしたことであった。日常の言葉とは異質なところに成立する詩的言語の抽象性があって、「心」と「秋」、「涙」と「河」、「君」と「舟」とは各々等価なものとして比喩によって結びつけられるのである。

では、この詩的言語としての和歌の言葉の「抽象性」はどのようにして生みだされたのであろうか。例えば、「心のあき」についていえば、「心の飽き」と「季節の秋」とが等価のものとして結びつけられる根拠となっているのは、同じ「あき」という音・仮名連鎖を持つという点にある。これは、

冬の歌とてよめる　源宗于朝臣

H山里は冬ぞさびしさまさりける人目も草もかれぬと思へば　（古今巻六冬歌　三一五）

年のはてによめる　在原もとかた

Iあらたまの年のをはりになるごとに雪もわが身もふりまさりつつ　（古今巻六冬歌　三三九）

のような場合にもあてはまる。掛詞を用いることによって、Hでは「人目も離れぬ―草も枯れぬ」、Iでは「雪も降

りまさり―わが身も古りまさり」という二重の文脈を重ね合わせ、「人目＝草」「雪＝わが身」を等価のものとして比喩として結びつけている。しかも、「人目も草もかれぬ」「雪もわが身もふりまさりつつ」というように一つの線条としてじかに結びつけている。ここでも「人目＝草」「雪＝わが身」であるとみなす根拠は、人目も草もどちらも「かれ（離れ・枯れ）」るものであって、雪もわが身も「ふり（降り・古り）」まさるものだという、同じ音・仮名連鎖を持つという点にある。ここでは和歌の言葉は「音」あるいは「仮名連鎖」によって導かれる意味をもとにして〈事柄〉を抽象化し再構成する詩的言語の側面を示している。

ところで、先に述べた「あき」に関していうと、元来日本では「秋」はCやDのような憂いや悲しみを呼び起こすイメージを持ったものではなかった。むしろ、秋は「実りの秋」であり、めでたい季節であった。そして、秋が「飽き」の意であることは間違いない。「飽き」は、作物の豊かな実りを讃えた表現である。この国土が「秋津州」と呼ばれ、アキヅ（蜻蛉）が豊作のしるしと考えられた（中西進『万葉集一』講談社文庫）ことも、この秋の意味をよく示している(30)。

というように、もともとは同じ音を持った「秋」と「飽き」は相通じるものであり、「飽き」も満ち足りた状態を表す言葉であった。CやDにおいて、「心のあき」というように「秋」「飽き」とが重ねられていることには、同じ音を持った「飽き」が「秋」に通じるという性質がその根底にある。第三部第二章「掛詞論Ⅱ――掛詞の基層――」で詳しく論述したように、同じ音や仮名連鎖を持つものは同じ性質を持つと考えられていたからである。しかし、それだけでは「心のあき」が「憂」きものや「わびしき」ものとして詠まれるまでには至らない。そこには「あき」に関する何らかの意味の変容がもたらされなければならなかった。「秋」は実りの秋であったが、同時に田の神が山へ帰って行く季節でもあった。そこで田の神が帰っていく寂しさを歌うところに悲しい歌として詠まれる「発想」

が生まれる。そこに漢詩文の「悲秋」の観念が融合して、めでたい秋を悲しいと詠む歌が作られるようになったのである。「心のあき」というように「秋」と「飽き」を重ねあわせて「心」と結びつけ、しかも「憂」きものや「わびしき」ものとして詠むためには、「秋」と「飽き」が同じ音・仮名連鎖のレベルに解体されてとらえられていることと、「秋」の含意するものが変容させられていることが不可欠であった。CやDの和歌は、そうした言語環境の中で詠まれている。

また、Iのように一年の終わりにはわが身も年を重ねるという歳末における嘆老のモチーフは、

窮陰急景坐相催、壮齒韶顔去不廻。舊病重因年老發、新愁多是夜長來。（窮陰急景坐に相催し、壮齒韶顔去つて廻らず。舊病重ねて年の老いたるに因つて發し、新愁多くは是れ夜の長きより來る）。（『白氏文集』巻十七・歳暮）

のように、漢詩文に由来するものであり、漢詩文に従って〈事柄〉を抽象化し再構成しているという側面もある。元来めでたい季節である秋を悲しいものとみなす「悲秋」の観念や、Fの「涙の河」、Gの「舟の君」も同様に考えることができる。Fでは、

猶有涙成河。（猶ほ涙の河を成す有り）。（『全唐詩』巻二一七・杜甫・得舎弟消息）

のような例がある。この涙を河に喩えるというのは、古今集の時代に流行したらしく、

人不識（ヒトシレズ）　下丹流留（シタニナガルル）　涙河（ナミダガハ）　堰駐店（セキトドメテム）　景哉見湯留砥（カゲヤミユルト）（新撰万葉集上巻　二一七）

毎宵流涙自然河（まいせうながるるなみだじねんにかはたり）　早旦臨如作鏡何（さうたんにのぞめばかがみをつくることいかん）
撫瑟沈吟無異態（しつをなでちんぎんしてことなるわざなし）　試追蕩客贈詞華（こころみにたうきやくをおひてしくわをおくる）（新撰万葉集上巻　二一八）

などのように、『新撰万葉集』においては、和歌と漢詩の双方にわたってそうした例がいくつも残されている。また、

「舟の君」については、

　君者、舟也。庶人者、水也。水則載舟、水則覆舟。（君は、舟なり。庶人は、水なり。水は則ち舟を載せ、水は則ち舟を覆す）。（『荀子』巻第五・王制篇第九）

という、水を臣下、舟を主君とする比喩に基づくものといわれている。荀子の著作は藤原佐世の『日本国見在書目録』に「孫卿子十巻」と載せられており、この時代にはすでに日本に渡来していたが、この比喩については、それだけでなく、

　孫卿子曰、孔子對魯哀公曰、君者舟也、庶人者水也、水則載舟、水則覆舟、君以此思危則不危焉。（孫卿子曰はく、孔子魯の哀公に對へて曰はく、君は舟なり、庶人は水なり、水は則ち舟を載せ、水は則ち舟を覆す、君此を以て危を思はば則ち危ふからずと）。（『藝文類聚』巻二三・人部七・鑒戒）

にみられるような類書からの知識が大きな影響を与えていたと考えたほうがよい。もっとも、宇多法皇（宇多院）を舟に喩えた言説についていえば、『和歌初學抄』の「物名」の項目に、

　院　ムナシキフネ　ハコヤノ山（『和歌初學抄』「物名」）

という記述がある。契沖の『古今餘材抄』に、

　うかへる舟は荀子云君者舟也。庶人者水也。水能載舟、亦能覆舟。此心にはあらす。荘子に虚舟來觸、喩あり。今は法皇なれは荘子の意なり。（『古今餘材抄』）(31)

とあるように、『荘子』（山木）の、虚舟を理想の虚無の境地の比喩とした個所をふまえたものとみなすこともできる。世俗を離れ自由の身になった宇多法皇を「虚舟」に喩えたという考え方である。いずれにしても、このような漢詩文をもとにした比喩においては、〈事柄〉を抽象化し再構成する詩的言語としての機能は、漢詩文によって導かれた

意味や、漢文訓読の言葉に由来している。

これが、古今集時代の和歌のいきついた一つの到達点である。和歌の言葉は、「心」に関するものも「自然・事物」に関するものも、言葉のレベルにおいて等しく扱うことのできる抽象性を獲得したのである。

V

前節で論述したように、抽象化された、詩的言語としての和歌言説は、この世にあるあらゆる〈事柄〉を、「音」や「仮名連鎖」あるいは「漢字の形象性」「漢詩文」といった様々な位相で抽象化し、歌の言葉の秩序の中に位置づけることを可能にした。そこでは、技巧をこらして言葉を集め、比喩を一首の中に凝縮させることが心を表すことになっている。和歌のリアリティは、歌い手がどのような経験をし、言葉をいかに経験に密着させたかという点にあるのではなく、歌い手の感性がいかに言葉の秩序に同調させられているかにかかっているという逆転がおこる。それゆえ、すでに述べたように、言葉の次元で仮構されたものが「心」の象徴になりうるのである。

（題しらず）　　　　つらゆき

さ月山こずゑをたかみ郭公なくねそらなるこひもするかな　（古今巻十二恋歌二　五七九）

恋のもの思いで泣く声もうつろである（そらなる）ということと、ほととぎすが高い梢にいるのでその声が「そら」高く聞こえるということを序詞形式で結びつけたものである。「ほととぎすなくねそらなる」という言葉の続きぐあいは滑らかで、序詞を用いた比較的わかりやすい和歌のひとつと考えられているだろう。しかし、この和歌を構成している言説のありようはそれほど単純ではない。

「ほととぎす」を「恋」と結びつけることは、

恋ひ死なば恋ひも死ねとやほととぎす物思ふ時に来鳴きとよむる　（万葉巻十五　三七八〇）

旅にして物思ふ時にほととぎすもとなな鳴きそ我が恋増さる　（万葉巻十五　三七八一）

のように、万葉以来いくどとなく繰り返され、ほととぎすの鳴く声に物思いへとかりたてられるという発想として受け継がれていた。また、

ほととぎす汝が初声は我にこせ五月の玉に交へて貫かむ　（万葉巻十　一九三九）

五月山卯の花月夜ほととぎす聞けども飽かずまた鳴かぬかも　（万葉巻十　一九五三）

などの如く、ほととぎすは五月になって訪れる鳥とされていた。五月の長雨の時期は農耕のための物忌みの時であり（「ながめ忌み」）、異性と会うことが禁じられていた。ほととぎすの声は、そうした長雨の物思いを彷彿とさせるものとして詠まれていると考えなければならない。「さ月山こずゑをたかみ郭公なくねそらなるこひもするかな」の和歌も、表面的には「梢が高いので時鳥の声が空高く聞こえる」ということから、「大空」の「空」と同音の関係で、虚脱状態で物思いをしているという意味の「そら」を引き出していると読むことができる。だが、それ自体「恋の物思い」と密接に結びついてイメージされる「ほととぎす」の声や、「さ月山」という、長雨が降る五月の「物思い」を彷彿とさせる言葉を取り入れることが、すでに「恋の物思い」を表出することを志向しているとわかるのである。このような和歌にとって重要だったのは、ほととぎすの声を聞いたとか、屏風絵をみたとかいう、作者の体験でない。鶯や雁が鳴くのではなく「ほととぎす」が鳴くと詠むこと、他の季節でなく「五月」を詠み込むことが、更にいえば「五月にほととぎすが鳴く」という、恋の物思いのイメージを抱え込んだ構図を選択することが重要だった。そして、それらを選択して、言葉として並べる和歌を詠む心がこの一首を支えているのである。

VI

古今的な和歌の世界では、「言葉」として仮構された「観念」としての景物が「心」の比喩としてあった。逆にいえば、そのようにして「言葉」を集め、虚構をイメージすることが、同時に「心」を表現することになった。そういうところに成立したのが、古今的な和歌だった。このような性質が、正岡子規や島木赤彦のような立場からすれば「駄洒落か理窟ツぽい者」であり「直観的意味から遠ざか」った「詞の遊戯」と受け取られたのであった。だが、彼らには、たとえば雪を花に見立てることが春の訪れに対する祈りであり、ほととぎすの声が恋の物思いを彷彿とさせる重みを抱え込んだものであることが分からなかった。その意味で、彼らが古今集以降の和歌が「実感の範囲から抜け出し」たものばかりだと考えた[32]のはあたらない。和歌は自然とののじかな接触を失って言語の遊戯に堕したのではない。この世にある〈事柄〉を「音」や「仮名連鎖」あるいは「漢字の形象性」「漢詩文」「歌の言葉の累積」といった様々な位相で抽象化し、人事に結びつけながら再構成したのである。いいかえれば、抽象化された言葉の秩序の中で自然も人事も再構成することを可能にした詩的言語が古今和歌の言葉だったのである。

注

（1）正岡子規「再び歌よみに与ふる書」（『日本近代文學大系　正岡子規集』角川書店　昭和四十七年十二月二十日）
（2）窪田空穂『窪田空穂全集　第二十巻　古今和歌集評釋Ⅰ』（角川書店　昭和四十年八月三十日）
（3）竹岡正夫『古今和歌集全評釈　上　増補版』（右文書院　昭和五十六年二月十日）

(4)鈴木日出男『古代和歌史論』(東京大学出版会　一九九〇年十月二十五日)
(5)興膳宏訳注『弘法大師空海全集　第五巻』(筑摩書房　昭和六十一年九月十五日)
(6)平田喜信・身崎壽『和歌植物表現辞典』(東京堂出版　平成六年七月十日)
(7)辰巳正明『万葉集と中国文学　第二』(笠間書院　一九九三年五月十日)
(8)菊川恵三「晩春の鶯――『古今集』を中心とした鶯歌の変遷と漢詩――」(『國語國文』第五十八巻第五号　平成元年五月)
(9)小島憲之『上代日本文學と中國文學　下　――出典論を中心とする比較文學的考察――』塙書房　昭和四十年三月三十日)
(10)島木赤彦「歌道小見」(『現代日本文學大系　三十九』筑摩書房　昭和四十八年六月十五日)
(11)小沢正夫・松田成穂校注・訳『新編日本古典文学全集　古今和歌集』(小学館　一九九四年十一月二十日)
(12)片桐洋一『古今和歌集全評釈　上』(講談社　一九九八年二月十日)
(13)古橋信孝「歌の可能性」(『現代短歌　雁』十九号　雁書房　一九九一年七月)
(14)古橋信孝「朝の景――和語の誕生　完――」(『新潮』第八十八巻第四号　新潮社　一九九一年四月)
(15)清水章雄「らし」(古代語誌刊行会編『古代語誌――古代語を読むⅡ』桜楓社　一九八九年十一月十日)
(16)日本古典文学大辞典編集委員会編『日本古典文学大辞典　第六巻』(岩波書店　一九八五年二月二十日)
(17)小沢正夫『古代歌学の形成』(塙書房　一九六三年十二月十日)
(18)吉本隆明『初期歌謡論』(河出書房新社　昭和五十二年六月二十五日)
(19)折口信夫「花の話」(『折口信夫全集　第二巻　古代研究(民俗學篇1)』中央公論社　昭和五十年十月十日)
(20)片桐洋一『中世古今集注釈書解題　三』(赤尾照文堂　昭和五十六年八月十九日)
(21)注(3)に同じ。
(22)片桐洋一編『毘沙門堂本　古今集注』(八木書店　平成十年十月二十八日)
(23)注(20)に同じ。
(24)佐竹昭広編『古今集註　京都大学蔵』(臨川書店　昭和五十九年十一月三十日)

(25) 日本大辞典刊行会編『日本国語大辞典〔縮刷版〕第八巻』(小学館　昭和五十六年五月二十日)
(26) 塗籠本の本文は、池田亀鑑『伊勢物語に就きての研究(校本篇)』(有精堂　昭和三十三年三月三十日)により校訂した。
(27) 大岡信『日本詩人選7　紀貫之』(筑摩書房　昭和四十六年九月二十五日)
(28) D・サピア「メタファーの解剖」(『現代思想〈特集・メタファー〉』昭和五十六年五月号)
(29) 注(18)に同じ。
(30) 多田一臣「一年」(古橋信孝編『ことばの古代生活誌』河出書房新社　一九八九年一月十日)
(31) 久松潜一他校訂『契沖全集　第八巻』(岩波書店　昭和四十八年三月三十日)
(32) 注(10)に同じ。

第二章　仮名言葉の文学としての和歌

I　仮名言葉の文学――「書く」ことと「読む」こと――

表音文字としての仮名（平仮名）は、日本の古代文学の重要な転成期とほぼ時を同じくして成立した。『源氏物語』の中で「物語の出で来はじめの祖」と呼ばれた『竹取物語』は、三谷邦明が、

『竹取物語』では、「今は昔……けり」という枠でまず語り手を設定していると言えよう。この語り手は……虚構としての過去と日常的現在との間を往還して、枠内の物語を語っているのだが、それと同時に、『竹取物語』では筆録者らしき語り手を更に大枠として設定するのであって、それが〈たり〉という助動詞を用いているのである……短文ではあるが〈たり〉を用いた語り手を物語の末尾に設定したのは、〈作者〉を零化・無化するためなのであって、この無化作用によって『竹取物語』は〈書かれた本文（テクスト）〉として真に自立できたと言えよう。(1)

と述べたように、仮名散文で「書く」ことによって虚構の世界を方法化する中で生み出されたものであった。この物語において、仮名散文が従来の表記とはまったく異なって新しく獲得したものの一つとして、口語体を表すこと

ができるという性質を挙げることができる。たとえば、

いまはむかし、たけとりの翁といふものありけり。野山にまじりて竹をとりつつ、よろづのことにつかひけり。名をば、さぬきのみやつことなむいひける。（『竹取物語』）

この子いと大きになりぬれば、名を、御室戸斎部の秋田をよびて、つけさす。秋田、なよ竹のかぐや姫と、つけつ。このほど、三日、うちあげ遊ぶ。よろづの遊びをぞしける。（『竹取物語』）

などの、「なむ……ける」「ぞ……ける」といった係結びによる強調表現は、野口元大が、『竹取物語』の文章は、二種類の異質の様式の文章の複合から成っている。一つは漢文訓読調の文章であり、他は非漢文訓読調の文章であるが、後者においては、係助詞の「なむ」「ぞ」の使用が目立ち、また文末に「けり」が用いられることが多い。つまり、非訓読調の文章とは、聴き手に向って語り聞かせる話し手の姿勢がうかがえる「物語る」という叙述様式にふさわしいものである。(2)

と述べたように、物語るスタイルの言説である。また、

この子いと大きになりぬれば、名を、御室戸斎部の秋田をよびて、つけさす。秋田、なよ竹のかぐや姫と、つけつ。（『竹取物語』）

立て籠めたる所の戸、すなはちただあきにあきぬ。格子どもも、人はなくしてあきぬ。（『竹取物語』）

といった、言葉の繰り返しも、口承文芸に由来する文体であるといえよう。そして、この、音声言語を自在に表せるという特質は、「修辞」という側面からとらえるならば、

我朝ごと夕ごとに見る竹に中におはするにて知りぬ。こになり給ふべき人なめり。（『竹取物語』）

さる時よりなむ、「よばひ」とはいひける。（『竹取物語』）

の「こ（子・籠）」「よばひ（婚姻・夜這ひ）」などの掛詞や、擬語源説に顕著にあらわれている。仮名文字は、漢字の持つ表意性を捨象して表音性を抽出したものである。それゆえ、より音声的なものの側に傾いた表記法であり、同音異義語などを利用した掛詞や物名といった修辞を表現するのに適しているといえるだろう。だが、ここで注意しておかなければならないのは、音声的なものが根源にあって、仮名はそれを単に写すものとして用いられているわけではないということである。たしかに、たとえば「はぢを捨つ（鉢・恥を捨つ）」といった掛詞は、音声的なものに還元された時に効果を発揮するものではある。しかし、『竹取物語』におけるこれらの言説は、仮名によって「書」き「読」まれる時に一つ一つの音がうかびあがってくる作用に保証されたものであり、この時、言葉は音声言語の特質を尖鋭化しながら「書」き「読」むものとしての水準を獲得している。このことは、近代における「言文一致」が、「言」を「文」に近づけるのでも、「文」を「言」に近づけるのでもなく、新しい文体の創造であったことに相似するともいえよう。

石作の皇子の章段をみてみると、はじめは、

海山の道に心をつくしはてないしのはちの涙ながれき（『竹取物語』）

のように、「（石の）鉢」と「血（の涙）」が掛けられている。それが、話が進むうちに、

かぐや姫、光やあると見るに、蛍ばかりの光だになし。

置く露の光をだにもやどさまし小倉の山にて何もとめけむ

とて、返し出だす。鉢を門に捨てて、この歌の返しをす。

白山にあへば光の失するかとはちを捨てても頼まるるかな

とよみて、入れたり。かぐや姫、返しもせずなりぬ。耳にも聞き入れざりければ、いひかかづらひて帰りぬ。

かの鉢を捨てて、またいひけるよりぞ、面なきことをば、「はぢをすつ」とはいひける。
（『竹取物語』）

と、「鉢」と「恥」が掛けられる形に転換してしまう。ここにも、この章段の持つ滑稽性の一端がみられるわけだが、仮名で書くということは、このようにして同音異義語の持つ多義性を尖鋭化しながら方法化することを可能にした。すなわち、一つの言葉に多義的な意味あいをこめること、そして多義的な意味あいをこめたまま叙述を展開していくことができるということである。

また、この場合には、「はぢをすつ」という言説をみたあとでもう一度和歌の修辞の持つ効果をとらえかえすことによって、その滑稽性をより一層強く感じることができる。いいかえれば、『竹取物語』の和歌は「書」き「読」まれるものとして、はっきりと作品の中に位置づけられているのである。

このように、あとから出てきたものをみたうえで、もう一度前に出てきた修辞の効果をとらえかえすことを可能なものとして方法化したのは、まさに〈書かれたテキスト〉の特質である。そして、「書」かれることによって尖鋭化されたこれらの修辞の効果は、逆に音声面を強調するかのように働く。

仮名散文が口語体を表すことのできる表記法であったことはすでに述べた。しかし、これは単に音声言語を文字に写したというものではない。仮名散文は、従来の漢文脈的文章・漢文訓読的文章・口承文芸的文章を内在的に組織することによって、新しく生み出されたものであった。それゆえ、仮名散文で書かれた『竹取物語』には、これらの文体の痕跡をみることができる。

と同時に、いま一つつけ加えておかなければならないことは、仮名散文が漢詩文的な抽象性をも抱え込んでいるということ。これによって、日本語の水準はおしあげられ、物と心を言葉の次元でつなぎとめる掛詞や縁語といった修辞も可能になっているのである。

Ⅱ　仮名と和歌の結びつき

前節では、成立期の仮名言葉の文学の特質について論述した。では、そのような成立期の仮名文の世界と同時代的存在としてあった、古今的な和歌はどのような様相を獲得したであろうか。

まずいえることは、和歌が同音異義語の持つ多義性を方法化したということである。これは、うたうことを本質とする歌の特性を「書く」ことが追求し方法化していったことに由来する。「書く」ということには必ず表裏一体に「読む」ということがはりついている。仮名によって「書」き「読む」ことを通して歌の言葉の一つ一つの音がうかびあがってくるところに多義的なものを意識的に構築していく契機が生まれるのであり、一つの言葉に多義的な意味あいをこめたまま複雑にからまりあう文脈を展開させていく和歌言説も可能になったのである。

その基盤となったのは、すでに述べたように、

やまとうたは人のこころをたねとしてよろづのことのはとぞなれりける

（『古今和歌集』仮名序）

という、『古今和歌集』仮名序の「こころ」と「ことのは」の対比に中にかすかに読みとることのできる、「言葉」が「心」を表すという、「言葉」に対する明確な認識ではないだろうか。仮名序における、言葉に対する意識について、野村精一は、

かなによる表現意識の確立とは……「ことば」を「こころ」から切り離して対象化し、内部と外界をそれぞれ相対的なるものとして把握したということを示すのだ。これこそ日本言語思想史上の一画期だったのである。

このことがすなわち、〃万葉歌の直接的な感動陳述〃を、平安和歌史から放逐し、かつは、縁語・懸け詞・序詞

その他さまざまないわゆる〝言語技巧〟を発達せしめる、最大唯一の要因だったのである。[3] と述べている。万葉歌の性質を「直接的な感動陳述」であるとみなしている点など、野村が活躍した時代に由来する限界が存在するとはいえ、古今的な和歌が「心」から自立した「言葉」によって詠まれているという認識は重要である。

（題しらず）　　素性法師

おとにのみきくの白露よるはおきてひるは思ひにあへずけぬべし　　（古今巻十一恋歌一　四七〇）

古今的修辞の特質が最も尖鋭な形であらわれている和歌の一つである。この和歌の眼目は、消えていく白露を詠むことだけにあるのでもないし、恋心を詠むために菊の露を描写したというのとも少し違う。ここにみられるのは、掛詞や縁語という技巧を駆使しながら日の光にあたって消えていく露を描写するかのように集められた言葉が、同時に心の動きをあらわしていくという、和歌言説のメカニズムなのである。「露」は物思いに消えいりそうな「われ」の喩的形象であるが、このように技巧をこらして言葉を集め、比喩を一首の中に凝縮させることが心を表すことになる。そして、このことは、歌人たちに「言葉」によって和歌言説の可能性を限りなく拡大し重層化することができるという意識を与えたのであった。

このように、古今的な和歌は、歌が「言葉」そのものを問題にしたところに成り立っている。次に、和歌が多義的なもの、複雑に錯綜する文脈を構成していく経緯を検討する。ここでは、「物名」という和歌言説について分析することからはじめたい。

うぐひす　　藤原としゆきの朝臣

心から花のしづくにそほちつつうくひずとのみ鳥のなくらむ　　（古今巻十物名　四二二）

掛詞を利用して「憂くひず」に「鶯」を詠み込んだ物名歌である。ここでは、「鶯」という鳥の名前だけでなく、「鶯」の鳴き声を「うぐひす」と聞きなしたうえで、更に「憂くひず」と解釈していると考えることができる。隠し題が二句にまたがっていないので、一見単純な構成であるかのようにみえるが、決してそうではない。書かれたものを読むという行為を経過することによって、「鶯」が落花の雫にぬれている鳥を表す言葉として歌全体の様相にかかわってくるのである。この性質を更につきつめていくと、

　　ほととぎす　　　　　　　　　　　　　　　（藤原としゆきの朝臣）
くべきほどときすぎぬれやまちわびてなくなるこゑの人をとよむる　　（古今巻十物名　四二三）
　　すもものはな　　　　　　　　　　　　　　　（つらゆき）
今いくか春しなければうぐひすもものはながめて思ふべらなり　　（古今巻十物名　四二八）
　　うつせみ　　　　　　　　　　　　　　　在原しげはる
浪のうつせみればたまぞみだれけるひろはばそでにはかなからむや　　（古今巻十物名　四二四）

などのように、二句にまたがって隠し題を詠み込んだ物名になる。「くへきほととときすきぬれや」に「ほととぎす」、「うくひすもものはなかめて」に「すもものはな」、「なみのうつせみれはたまそ」に「うつせみ」を詠み込んだという効果は、表意性を捨象した仮名によって書かれたものを読むことを通して感受できる性質のものではないだろうか。書かれた歌を仮名連鎖として読むという視覚的な像が一首の表す世界にふくらみを与えるように働く。「来べきほど……」では「待ちわびて」いる人々が待っているのが「ほととぎす」の声であるし、「いま幾日……」でも、行く春を惜しんで鳴いている「鶯」と「すもも」の白い花のとりあわせが浮かび上がってくる。春の終わりに鶯が物思いをしているようだという中心の文脈が、物名の技巧によって、春の終わりを告げるといわれる「枝に残ったす

ものの白い花」の情景を取り込みふくらみを持たされるのである。また、「波の打つ……」では、「波の打つ瀬」に掛けられた「うつせみ」が、岸辺に乱れ散る波の玉のはかなさの喩として働いている。このように、掛詞や物名といった技巧は、和歌の文脈に二重性を与えることによって、一首の作り出す世界を色づけしていくのである。

　　からことといふ所にて春のたちける日よめる　　　安倍清行朝臣

浪のおとのけさからことにきこゆるは春のしらべや改るらむ　（古今巻十物名　四五六）

ここでは、「からこと（唐琴）」という地名が物名として詠みこまれている。この場合、「（立春がきたので）波の音が今朝から異（こと）に、すなわち昨日とはうって変って聞こえる」という意味と、「波の音が今朝、からことという場所に聞こえてくる」という意味が二重化されていることは、それほど無理なく了解できるだろう。更にいえば、「からこと」は「春の調べ」との関係で、楽器の「唐琴」をも連想することができるのである。

　　からさき　　　あほのつねみ

かの方にいつからさきにわたりけむ浪ぢはあとものこらざりけり　（古今巻十物名　四五八）

ここでも、「唐崎」という地名を物名として詠みこみ、「いったいいつ唐崎という所に渡ったのだろうか」と「いつから、先のほうへ渡ったのだろうか」という意味を二重化している。こういった物名の技巧の特色は、歌の中で土地の名が「音」として要求されていることである。

土地の名が一つ一つの解体された「音」、あるいは、抽象的な仮名の連鎖として要求されている例は、すでに万葉集の中にも存在した。だが、それは、

犬上（いぬかみ）の鳥籠（とこ）の山なる不知哉川（いさやがは）いさとを聞（き）こせ我が名告（の）らすな　（万葉巻十一　二七一〇）

というように、上句の言葉がそこで歌われた土地の名を契機として下句の心象を表す言葉へ転換していくものとして位置づけられたものであり、古今集の物名とはまったく異質なものであった。物名の持つこの性質は、

　かみやがは　　　　　　　　　　　　つらゆき
うばたまのわがくろかみやかはるらむ鏡の影にふれるしらゆき　　　　（古今巻十物名　四六〇）
　よどがは　　　　　　　　　　　　　（つらゆき）
あしひきの山べにをれば白雲のいかにせよとかはるる時なき　　　　（古今巻十物名　四六一）

の例に、更にはっきりとあらわれている。前者では「くろかみやかはるらむ」に「紙屋川」が、後者では「いかにせよとかはるる」に「淀川」が隠されており、しかもそれらが一首の意味とは殊更かかわりを持っていないようにみえる。ここでは歌の眼目は地名を隠し題として詠み込んだという、まさにその点にあるとさえいえる。この場合、地名はもはや抽象的で透明な「記号」となってしまったのである。

　　ほととぎす　　　　　　　　　　　　（藤原としゆきの朝臣）
くべきほどときすぎぬれやまちわびてなくなるこゑの人をとよむる　　　　（古今巻十物名　四二三）
　あふひ、かつら　　　　　　　　　（よみ人しらず）
かくばかりあふひのまれになる人をいかがつらしとおもはざるべき　　　　（古今巻十物名　四三三）

「くべきほどときすぎぬれや」に「郭公」を、「かくばかりあふひのまれに」に「葵」、「いかがつらしと」に「桂」を詠みこんでいる。

これまで挙げた物名の和歌を通していえるのは、土地の名も「郭公」「葵」「桂」といった普通名詞も、物名としては等しく記号として同じレベルで扱われているということである。では、このようにして物の名前が記号化され

るのはなぜなのだろうか。仮名言葉によって「書く」という自覚的な行為が、これを可能にしたに他ならない。

すでに述べたように、「書く」という行為には「読む」ことが表裏一体にはりついている。仮名によって「書」き「読む」ことを通して一つ一つの音がうかびあがってくるときに、「かみやがは」「よどがは」「ほととぎす」「あふひ」「かつら」などの語を一つ一つの音に分解し抽象化することができるのである。この抽象化は、あくまで仮名という文字を通して実現される。当時、和歌がどのようにして朗詠されていたかを明らかにすることはできないが、たとえば、

かみやがは　　　　　　　　　　　　　　　つらゆき

うばたまのわがくろかみやかはるらむ鏡の影にふれるしらゆき　（古今巻十物名　四六〇）

を、頭から順に、一首の意味に従って読みあげたとしたならばどうだろうか。おそらくこの中に「紙屋川」という名前が隠されているとは分からないだろう。仮名文字によって書き、書かれたものを読むことを通して言葉を一つ一つの音に分解し対象化したとき、はじめて、その和歌の文脈とは直接関係はないが、その中に「かみやがは」という語が隠されていると了解できるのである。

もちろん、古今的な和歌とはいえ、本質的な部分では、音声に出して朗詠した時に音声としての和歌の言葉が一首の表す世界にふくらみを与えるというように、書かれた言葉と音声としての言葉の往還作用がある。しかし、それは、

からことといふ所にて春のたちける日よめる　　　　安倍清行朝臣

浪のおとのけさからことにきこゆるは春のしらべや改るらむ　（古今巻十物名　四五六）

のような言説に端的にあらわれているように、仮名によって書かれた言葉であるがゆえに生み出されるものである。古今的な和歌はエクリチュール化された歌なのである。

この特質をいかんなく発揮した修辞技巧が掛詞であった。

Ⅲ　二重化される「言葉」――異化作用としての掛詞――

掛詞によって意味が二重化される過程を、もう少し詳しく検討してみたい。

（題しらず　よみ人しらず）

わすれなむ我をうらむな郭公人のあきにはあはむともせず　（古今巻十四恋歌四　七一九）

ここでは、「あき」に「秋」と「飽き」を掛けることによって、「ほととぎすが秋を待たずに人里を離れていく（秋には逢おうとしない）」という文脈と「私はあなたに飽きられるのを待っていたくない（あなたの飽きに逢いたくない）」という二つの文脈がよりあわされている。そしてこの場合、第二部第一章「古今和歌集歌の言葉」でも論述したように、「あき」は季節の「秋」と人の心の「飽き」を、ともに、すべてがむなしくなっていくという点で等価なものとして結びつけていると同時に、「郭公」を「我」の比喩として一首の中に位置づけている。いいかえれば、「あき」という掛詞によって二重の比喩が形象されている。

こういった和歌言説が重要なのは、それが決して、歌の中心の文脈の外側に機知の働きによる添加物を何気なく添えたというようなものではないからである。掛詞は、普通一般に考えられているほどには、単純で通りいっぺんのものではない。

そもそも、言語において記号表現と記号内容との関係は恣意的なものである。「イヌ」という音声連続（記号表現）に対して、私達は「ワンワンと鳴く四本足の動物」（記号内容—以下「犬」と表記する）を思い浮かべる。だが、「イヌ」はあくまで単なる音声連続やインクの跡にすぎず、「犬」とはまったく別の存在である。同じものを指し示すのに、英語ではdog、ドイツ語ではHundという記号表現を用いる。すなわち、「イヌ」という記号表現と「犬」という記号内容とのつながりは、本来恣意的なものである。

ところが、日常言語では、この結びつきがあたかも必然であるかのように自動化されている。そして、日常言語は一義的な「言葉」である。掛詞は、この日常言語の一義性を破壊する。一つの記号表現の中に多義的な意味・文脈を並列させるのが掛詞である。

私達はここに、掛詞によって歌の内部に共時的に構成された範列的な「言葉」の世界が、お互いに共鳴しあいながら一首の内実を拡大していく過程を読み取ることができるのである。裏がえせば、これは、掛詞といった範列的な言葉が言語の線条的な秩序を破壊することによって一首の中に差異性を生み出していくことだともいえる。記号表現と意味が素直に対応する無邪気な一義性の世界が破壊されて、差異が生み出されるという異化作用がここにはある。

日常言語や音声言語による言説には、はじめから終わりへ向かう時間的な流れ（線条性）がある。この流れに対して範列的な言葉を響き合わせ、さらには、テクストの時間性を無視してあとから出てくる言葉が前の部分を規定することが可能になったのが、「書く」ことを方法化した古今的な和歌だったのである。

Ⅳ 「書く」ことが生み出した歌の言葉の対話性――響きあう喩的な言葉の創造

原理的にいえば、エクリチュール化されたテクストの特質は、エクリチュールの流れに逆らって了解することが可能だという点にある。テクストのはじめと終わりの往還作用、後の部分がテクストの流れに逆らって前の部分を規定するという、前後の有機的なつながりを方法化することが可能になったのである。

（題しらず）　　　　をののこまち

見るめなきわが身をうらとしらねばやかれなであまのあしたゆくくる

（古今巻十三恋歌三　六二三）

「みるめ」に「海松布」と「見る目（男に逢おうという気持ち）」、「うら」に「浦」と「憂（う）」が掛けられている。「私はあなたに逢おうという気持ちがないのに、あなたはそれを知らないのだろうか」という文脈と、「（漁師たちは）海松布の生えない浦だということを知らないのだろうか」という文脈が二重化されているのだが、この修辞の効果は下句があることによってより一層明確になる。すなわち、下句で相手の男の行動に喩えられた海人に関する言葉が表出されることによって、その下句のイメージが逆に前の部分にはねかえり、恋することのできない我が身という文脈に並行して作られた「海松布」の生えない海辺の情景が「我が身」の比喩としてとらえかえされ、一首の中で新たなる価値を与えられるのである。

この、前の部分が後に出てくる言葉によってとらえかえされるということは、

（題しらず）　　　　小野小町

花の色はうつりにけりないたづらにわが身世にふるながめせしまに

（古今巻二春歌下　一一三）

という和歌に顕著にあらわれている。この和歌の修辞について、一般的には、「花の色」に作者の容色を重ねあわせ、「ふる」に「降る」と「古る（経る、という説もある）」を、「ながめ」に「長雨」と「眺め」を掛けあわせることによって、花の移ろいと我が身の衰えという二重の文脈を重層化したものといわれているが、この和歌はもう少し微妙に読みとることができる。

「花の色はうつりにけりな」といううたい出しは、あくまで桜の花の視覚的な姿を詠んでいるという位相で詠まれている。ところが、「移ろいでしまった桜の花」を詠む言葉のうちに、我が身の衰えたことへの嘆きが導き出されてくる。それが次の「いたづらにわが身世にふるながめせしまに」という人事にかかわる言葉への結びつきを自然なものと感じさせることを保証しているといえよう。花の移ろいという文脈だけならば、「ながめ」は「長雨」であり、「ふる」は「降る」でしかない。ところが、「いたづらに」「わが身」という人事にかかわる言葉が出てくることによって、それらが同時に「物思いに耽る」ことであり、「ながめせしま」に我が身は古びてしまったという意味を持つようになる。

「いたづらに」について、竹岡正夫は、

折角存在し、あるいは折角それをしたのに、結局それが何にもなっていない、あってもないのに等しい、といった意の語であると了解される。(4)

と論じているが、古今集において「いたづらに」は、

かむなりのつぼに人人あつまりて秋のよをしむ歌よみけるついでによめる　みつね

かくばかりをしと思ふ夜をいたづらにねてあかすらむ人さへぞうき　（古今巻四秋歌上　一九〇）

さだやすのみこのきさいの宮の五十の賀たてまつりける御屏風に、さくらの花のちるしたに人の花見たるかたかけるをよめる　　　　ふぢはらのおきかぜ

いたづらにすぐす月日はおもほえで花見てくらす春ぞすくなき　（古今巻七賀歌　三五一）

（題しらず　　　　読人しらず）

夏虫の身をいたづらになすこともひとつ思ひによりてなりけり　（古今巻十一恋歌一　五四四）

（題しらず　　　　よみ人しらず）

いたづらに行きてはきぬるものゆゑに見まくほしさにいざなはれつつ　（古今巻十三恋歌三　六二〇）

題しらず　　　　よみ人しらず

あふことの　まれなるいろに……わたつみの　おきをふかめて　おもひてし　おもひはいまは　いたづらになりぬべらなり　ゆく水の　たゆる時なく……　（古今巻十九雑躰　一〇〇一）

（題しらず）　　　　よみ人しらず

なにをして身のいたづらにおいぬらむ年のおもはむ事ぞやさしき　（古今巻十九雑躰　一〇六三）

の例にみられるように、主に人事にかかわる言葉として用いられていた。とすると、ここでの「いたづらに」の働きは、次のように読みとることができる。すでに述べたように、「花の色はうつりにけりな」といううたい出しは、桜の花の視覚的な姿を詠んでいるという位相で詠まれている。その桜が、「いたづらに」によって、折角存在したのに結局それが何にもなっていないという心を込められる。このことが、桜の花の視覚的な姿を詠んだ言説を、むなしく衰えてしまった作者の容色という人事へとスムーズに接合していくことを可能にしたのである。

また、「ながめ」は折口信夫が、

萬葉にある「雨づゝみ」「長雨齋み(ナガメイ)」など言ふ語は、雨季の五月の居籠りを言ふので、雨の爲に出られずに、こもつている義ではない……ながめいみは、皐月の神となる物忌みだと言うた。而も、成年戒に關係深い事を述べておいた。萬葉では、意義合理化せられてゐるが、女にあはぬ長い間の禁欲生活といふ義を含んでゐた證據を一つあげる……古事記にある「長目を經しめたまふ」と言ふ語が、其である。主上の、快からぬ貢女に施された冷遇法であつた。媾を斷つて久しい事が、ながめを言ふと説くか、欲情生活の空虚から來る、つれづれな憂鬱(ナガメ)を思ひ知らしめた事で、ながめは、

花の色は　移りにけりな。いたづらに　我が身世に經る　ながめせしまに　（古今集巻二）

起きもせず　寢もせで　夜を明かしては　春の物とて　ながめ暮しつ　（古今集巻十二）

などのながめだと言ふかすれば、今の處、正しい説と見られるだらう。平安朝のながめは、禁欲或は、人に會ふを得ぬ不滿から起る、わびしさ、やるせなさを用語例としてゐる……ながめは、ながめいみから出て固定した語で、五月の「雨期(アマヅ)虔み」と言ふ語がある以上、ながめいみは、霖雨期に當つての、禁欲・不外出のつれぐを思ひ沁む、成年男子の毎年の經驗から來て、ながめと略しても訣る程、廣く久しく用ゐられて居た様である。(5)

と論じたように、「ながめいみ（長雨忌み）」の物思いから出た、人に逢うことができないわびしさ、やるせなさをあらわす言葉である。そして、ここで「ながめ」という言葉があることによって一首全体に独特の哀調がかもしださ れるのである。

いま、仮に、この和歌において「ながめせしまに」という言葉が表すものを分析的に書き出してみるならば、

●長雨……長雨に中で桜の花が色あせてしまった。

●みわたす（一）……桜の花がみるみるうちに色あせてしまった。

●みわたす(一二)……桜の花が色あせていくのを見ている、そんな短い時間のうちに我が身は古びてしまった。
●物思いに耽る……物思いに耽っているうちに我が身は古びてしまった。

というような意味あいが混在していることがわかる。そして、これらの意味の微妙な響きあいに共鳴して「花の色」が「我が身」の「容色」という意味をも表すようになるのであり、さらに、男と逢うことがなく物思いに鬱々としているうたい手の姿態がなやましくうかびあがってくるのである。

このように、この和歌は、一首の中にちりばめられた比喩が、前後の有機的なつながりの中で対話し反響しあい、その反作用として一首全体を多重化された新たなる言葉の世界として構築していくことによって成り立っている。そして、前後の有機的なつながりの中でのとらえかえしによる和歌の多重化は、仮名で「書く」という行為、書かれたものを「読む」という行為を意識的に方法化することを通して、和歌の修辞として確立していったのである。いいかえれば、多義的なもの、比喩といった、言葉の持つ「対話性」が古今的な和歌の特徴であった。

V　前後のとらえかえしに基づく縁語の技巧

縁語も掛詞と同じように、この前後のとらえかえしという行為の中に位置づけることができる。縁語も、決して、単なる言葉の遊びとして並べられただけのものではない。

(歌たてまつれとおほせられし時によみてたてまつれる　　つらゆき)
あをやぎのいとよりかくる春しもぞみだれて花のほころびにける
(古今巻一　春歌上　二六)
よしみねのつねなりがよそぢの賀にむすめにかはりてよみ侍りける

素性法師

よろづ世をまつにぞ君をいはひつるちとせのかげにすまむと思へば

（古今巻七賀歌　三五六）

前者では、「よりかく」「みだる」「ほころぶ」が、青柳にたとえた「いと」の縁語である。また、後者は良岑経也（経世か？）の四十の賀の折りに詠まれたものであるが、「待つ」に掛けられた「松」と、助動詞に掛詞じたてて隠された「鶴」という、ともに長寿を代表する言葉が縁語として結びつけられ、長寿をことほぐ役割りを果している。

（題しらず）　　をののこまち

みるめなきわが身をうらとしらねばやかれなであまのあしたゆくくる

（古今巻十三恋歌三　六二三）

でも、「みるめ」「うら」「あま」という海辺の風景に関する言葉を連ねた連想の世界が「わが身」に対する比喩に転位している。

このように、範列的な言葉の世界として構成された縁語の技巧も、「読む」という行為による前後のとらえかえしの中で比喩を構成し、その効果を最大限に発揮することができたのである。もちろん、掛詞を用いた詞章や、比喩という構成自体は万葉期の短歌にも存在している。だが、それは古今的和歌において可能になった掛詞・比喩とは異質なものであった。

Ⅵ　古今集以前の和歌言説

すでに何度か述べたように、万葉短歌における比喩は、

（磐姫皇后、天皇を思ひて作らす歌四首）

秋の田の穂の上に霧らふ朝霞　いつへの方に我が恋止まむ　（万葉巻二　八八）

駿河の海おしへに生ふる浜つづら　汝を頼み母に違ひぬ〈一に云ふ、「親に違ひぬ」〉　（万葉巻十四　三三五九）

筑波嶺の岩もとどろに落つる水　よにもたゆらに我が思はなくに　（万葉巻十四　三三九二）

などのように、上句に事物を表す言葉を置き下句でそれに対応する心を歌うという、上句と下句の転換によって構造化されたものであった。

また、掛詞に関しても、万葉短歌の場合には

水底に生ふる玉藻のうちなびく心は寄りて恋ふるこのころ　（万葉巻十一　二四八二）

明日香川瀬々の玉藻のうちなびく心は妹に寄りにけるかも　（万葉巻十三　三二六七）

のように、上句がそれを契機として下句の心情を表す言葉へと転換していくものとして働いている。このような掛詞の用法や、上句と下句の転換によって構造化された比喩は、本質的には音声言語によるもので、仮名で書かれた和歌のようにあとの部分が前の言説にはねかえって二重の意味あいを与えるとか、範列的に作られた言葉の世界が響きあいながらイメージを湊合していくことはない。言葉の持つベクトルは常に一定の方向を志向している。いうなれば、万葉短歌では、上句と下句の間に転換があるとはいえ、歌の言葉はなお線条的なのである。

繰り返すことになるが、うたうことを本質とした歌が仮名の世界と出会ったとき、仮名の持つ表音性と、「書く」こと、そして、「書く」ことと表裏一体の関係にある「読む」ことによる前後の有機的なつながりのとらえかえしが、逆に音声面での歌の本質を強調する方向で、言葉の二重性を湊合しながらイメージを作りあげていく方法を確立した。それは線条的な歌の言葉に対する異化作用として位置づけることができる。

それならば、歌がそのような異化作用を受けなければならなかった内実はどこにあったのだろうか。

そもそも、歌を歌として成立させている根本のものは、音声に出してうたうということであった。その音楽性が歌の持つリズムを支えていた。だが、うたわれるという歌唱性が失われると、歌は、言語そのもの、さらにいえば五七五七七という定型の持つリズムに依存せざるをえなくなった。おそらくこれが、歌における定型成立の根本をなす本質であろう。大久保正は「音を曲節に合わせて自由に延べも約めもして謡っていた段階では、定型句の自覚は起こりようがなかった(6)」と述べているが、このような点からも、定型の成立は反歌謡的なものだといえよう。

もちろん、定型の成立が歌謡との完全な断絶を意味するわけではない。大久保正は、文字であらわせば三音・四音、あるいは、六音・八音の句も、五音・七音で書きあらわされる短歌と同じ時間、同じ曲調でうたわれる歌唱形式が、五七五七七の短歌形式を生み出す母胎であったとし、定型成立の事情について次のように論じている。

> 五七音節定型句や短歌定型は文字化によって歌謡から断絶することによってはじめて確立したが、しかし、それはけっして歌謡の流れの外側から持ち込まれた形式なのではなく、歌謡の流れの内部に潜在していた動きが、文字化の契機に出会うことによって明確な形を与えられ、記載文学として確立した形式なのにほかならないということである(7)。

歌唱性の喪失といい、文字による記載といい、それ自体は反歌謡的なものであるにもかかわらず、音声としての歌の本質は保持され続けた。後に述べることを先取りすることになるが、この歌の歴史を通して保持され続けた音声性が、古今的和歌にいたって、「書く」ことによって新たな光を照射され、古今的修辞を生み出していくのである。

定型の確立によって、歌は各句が意味的にも語法的にも密接に結びつけられるようになった。上下の対立や繰り返しの構造が崩壊し、直線的な言説へと、歌の言葉は変わっていった。そして、この流れの中にこそ、掛詞のように、歌の持つリズムを取りかえし音声面へむかおうとする、反動としての異化作用が胚胎したのであった。

短歌形式は掛け合いの唱謡法を起源とするものであった。

爾くして大久米命、天皇の命を以て、其の伊須気余理比売に詔ひし時に、其の大久米命の黥ける利目を見て、奇しと思ひて歌ひて曰はく、

あめ鶺鴒　千鳥真鵐　など黥ける利目　（歌謡十八）

爾くして、大久米命の答へて歌ひて曰はく、

媛女に　直に逢はむと　我が裂ける利目　（歌謡十九）

（『古事記』中巻）

平群臣が祖、名は志毘臣、歌垣に立ちて、其の袁祁命の婚はむとせし美人が手を取りき。其の娘子は、菟田首等が女、名は大魚ぞ。爾くして袁祁命も、亦、歌垣に立ちにき。是に、志毘臣が歌ひて曰はく、

大宮の　彼つ端手　隅傾けり　（歌謡一〇五）

如此歌ひて、其の歌の末を乞ひし時に、袁祁命の歌ひて曰はく、

大匠　劣みこそ　隅傾けれ　（歌謡一〇六）

（『古事記』下巻）

古事記の中から、片歌の唱和（問答）とみなしうるものを引用してみた。これらの例で、それぞれの片歌の最終句に繰り返しがみられるのは、掛け合いにおける反復的唱和に由来するものである。この性質は、一人の作者によって歌が作られるようになったあとも、発想様式として継承され続けた。

倭方に　行くは誰が夫
隠り処の　下よ延へつつ　行くは誰が夫

（『古事記』下巻　歌謡五六）

朝霜の　御木のさ小橋
群臣　い渡らすも　御木のさ小橋

（『日本書紀』景行天皇十八年七月　歌謡二四）

天にはも　五百つ綱延ふ
万代に　国知らさむと　五百つ綱延ふ〈古歌に似たれども未詳なり〉
　右の一首、式部卿石川年足朝臣　（万葉巻十九　四二七四）

いずれも第二句と第五句に繰り返しの詞章がみられるが、これによって上下の対立の構造が作られている。この場合、上下の対立は上二句で提示されたものに対して下三句で説明を加えるという形に構成されていることと、第二句と第五句の繰り返しによって上二句と下三句が併置される構造になっていることから、掛け合いの初原性を強く残しているとみなすことができる。

多遅比野に　寝むと知りせば
立薦も　持ちて来ましもの　寝むと知りせば
（『古事記』下巻　歌謡七五）

味酒　三輪の殿の
朝門にも　出でて行かな　三輪の殿門を
（『日本書紀』崇神天皇八年十二月　歌謡十六）

ここでも、第二句と第五句は繰り返されている。だが、「寝むと知りせば」「三輪の殿の」という第二句の叙述は、「往くは誰が夫」「御木のさ小橋」「五百つ綱延ふ」の句がそこで終止しているのとは異なって、第二句と第三句のつながりを志向する性質が強まっている。そして、これらの歌は、上下の対立が崩壊していく過程の中に位置づけることができる。この延長として、

水門の　潮のくだり
海くだり　後も暗に　置きてか行かむ
（『日本書紀』齊明天皇四年十月　歌謡一一〇）

山代に　い及け鳥山

い及けい及け　吾が愛し妻に　い及き遇はむかも　（『古事記』下巻　歌謡五九）

のように、第二句と第三句に繰り返しのある例も同様に考えることができる。これらも、歌の内容としては、上二句で提示されたものに対して下三句で説明を加えたものだという点では「倭方に……」「朝霜の……」「天にはも……」の歌と共通している。だが、叙述の方向としては、第三句目を契機として上二句の文脈が下三句へと転換しながらつながっている。また、

大魚よし　鮪突く海人よ
其が離れば　心恋しけむ　鮪突く志毘　（『古事記』下巻　歌謡一一〇）

のように、第二句の言葉を第三句で指示語に置きかえてつなげていく方法も、第二句第三句繰り返しの展開として考えることができるだろう。

このように考えたときに、

道の後深津島山しましくも君が目見ねば苦しかりけり　（万葉巻十一　二四二三）
宇治川の瀬々のしき波しくしくに妹は心に乗りにけるかも　（万葉巻十一　二四二七）

のような、同音の繰り返しを利用した万葉序歌も、まったく同じではないにしても、第二句第三句繰り返しを基盤としたものとして位置づけることができるのではないだろうか。

第三句が、上二句と下三句のつながりの上でより重要な役割をになってきたとき、掛詞を利用した序詞が生まれてきた。

水底に生ふる玉藻のうちなびく心は寄りて恋ふるこのころ　（万葉巻十一　二四八二）
十五日に出でにし月の高々に君をいませて何をか思はむ　（万葉巻十二　三〇〇五）

たとえば、「水底に……」の歌では、「うちなびく」という第三句は、

水底に生ふる玉藻の うちなびく うちなびく 心は寄りて恋ふるこのころ

というように、上句の文脈にも下句の文脈にもかかわるものと位置づけることができる。そして、上句の文脈は掛詞を転回点として下句へと転換していく。

第三句が、さらに上二句の側に近づいて融合したものとして、

阿胡（あご）の海の荒磯（ありそ）の上のさざれ波 我（あ）が恋ふらくは止（や）む時もなし　（万葉巻十三　三二四四）

神さぶる荒津の崎に寄する波 間なくや妹に恋ひ渡りなむ　（万葉巻十五　三六六〇）

右の一首、土師稲足

のような序歌を考えることができる。上句全体が下句の「喩」として働くのである。ここでも、一首の構成は上句と下句の転換という様式によって構造化されている。また、同様にして上句全体が下句の「喩」となる歌として、序詞の終末部分が「の」の形をとる、

或本の歌一首

み吉野の三船の山に立つ雲の 常にあらむと我が思はなくに　（万葉巻三　二四四）

右の一首、柿本朝臣人麻呂が歌集に出でたり。

九月（ながつき）のしぐれの雨の山霧の いぶせき我（あ）が胸（むね）誰（た）を見ば息（や）まむ〈一に云ふ、「十月（かみなづき）しぐれの雨降り」〉　（万葉巻十　二二六三）

のような序歌を挙げることができる。この場合は、「の」という連接の語があることによって、上句と下句は断絶す

るのでもなく、かといって、なめらかに接続するのでもないという微妙な位相に置かれる。この「の」の持つ韻律的効果について、上田設夫は、「の」の直後にくる一瞬の時間的空白と、序詞と心情部との連結を円滑にする機能とを指摘している。

> 序詞の「の」の韻律的効果としてまず第一に指摘しなくてはならないのは、「の」の直後にくる一瞬の時間的空白である……この「の」によって将来される序詞と心情部との間の一瞬の空隙は、時間的にはきわめて短いものであるが、一首の序歌の詩的韻律においては重要な効果を発揮する瞬間である。この瞬間に、歌人の脳裡において序詞表現が具象化し、譬喩化するのである。波が単なる波でなく、藻が素材としての藻にとどまることなく、作者の感動と融合する準備がなされるのである……また、「の」のもたらす第三の効果として、序詞と心情部との連結を円滑化する機能を指摘しなくてはならない……序詞と心情部の関係は、「の」の存在によって両者が密着することなく、それぞれが独自の機能を有しつつ、しかも不即不離の関係で呼応しあう序詞固有の表現形態を「の」はもたらしているのである。(8)

「の」による序詞を持つ歌では、上句と下句の関係は、断絶（転換）と連接の微妙なあわいに揺れ動き、詩的にも一つの完成品となっている。おそらく、このあたりの形態が、寄物陳思歌としての万葉短歌が獲得した最も安定した姿だったのではないだろうか。

さて、このような上句と下句の分節は、次に、一首を全体として構成していく構成意識によって融合させられ、五つの句が意味の上からも語法の上からも密接に結びつけられるようになる。

獣に寄する

三国山木末（こぬれ）に住まふむささびの鳥待つごとく我（あれ）待ち痩せむ　（万葉巻七　一三六七）

落ち激つ片貝川の絶えぬごと今見る人も止まず通はむ
（万葉巻十七　四〇〇五）

右、掾大伴宿禰池主和へたり。四月二十八日

ここでは、下句に対する「喩」である上句が「ごとし」という繋辞で結びつけられ、上句と下句の関係がより密接になっている。吉本隆明は、こうした叙述の歌を「直喩」と位置づけ、

〈直喩〉の表現では、上句が、一首の意味の中心である下句を、誘導する役割からもつながっているし、意味の流れとしてもそのままつながっている。(9)

のように論じている。

これまでみてきたように、万葉期の寄物陳思型短歌は、母型である掛け合いの様式の継承として、はじめに上句で客観的な景物を提示し、下句で心象を表すという様式を持っていた。そして、それは上下の対立という、分節化された構造自体がもつリズムによって支えられていた。歌は、五七五七七の定型が確立していくにつれてこのリズムを失い、あたかも散文化するかのように変わっていった。万葉短歌において、この傾向をつきつめていったところに位置するのが、正述心緒歌である。

夕さらば君に逢はむと思へこそ日の暮るらくも嬉しかりけれ
（万葉巻十二　二九二二）

世の中に恋繁けむと思はねば君が手本をまかぬ夜もありき
（万葉巻十二　二九二四）

すでに述べたように、上句で客観的な景物を提示するのが寄物陳思歌であるのだが、これが、対象化された自己の内面の叙述に置きかえられると正述心緒歌となる。だが、そこでは上句と下句は継起的・因果的文脈によって論理的に結びつけられている。上下の対立はほとんど崩壊し、上から下までひと続きに統御される全体性の中に一首が構成されているのである。

この、上下の対立が崩壊し、全体性を獲得しながら意味性を充溢させていく過程は、歌が歌唱性によるリズムはもとより定型の持つリズムさえ失っていく過程でもあった。そして、古今的な和歌はここを出発点として和歌言説の可能性を切り開いていった。とはいえ、和歌の言葉が完全に単線的なものになってしまったわけではない。和歌にとって、仮名で「書く」ことが本質にかかわるものになったとき、「書く」という行為が逆に、浮かびあがってくる一つ一つの音をとらえかえしながら、歌の音声面を強調するように作用したのである。

もちろん、万葉の正述心緒歌においても、そうした傾向の中で、歌の持つリズムを取り返し音声面を強調しようとする傾向は存在した。だが、それは、

あづきなく　何の狂言（たはこと）
今更に　童言（わらはごと）する
老人（おいひと）にして　（万葉巻十一　二五八二）

思ひつつ　居れ（を）ば苦しも
ぬばたまの　夜（よる）に至らば
我こそ行かめ　（万葉巻十二　二九三一）

のように、全体性の中で構文の持つ分節性を利用したり、

ますらをの現し心も我はなし　夜昼といはず恋ひし渡れば　（万葉巻十一　二三七六）

のように、原因・結果の順序を入れ替えた倒置構文を利用して歌の持っていたリズムを回復しようとするものであって、それは、句のレベルにおいてなされるものであった。これも歌のリズムの回復に違いはないが、これは、歌がひとたび全体性を獲得し、音声性よりも意味性の側に傾いた後に位置づけられる。

それに対して、古今的な和歌は、一首が全体性を獲得した地点を基盤として、仮名で「書く」ことを自覚的に方法化したものである。そして、「書く」ということは同時に「読む」という行為をも要請する。いうまでもなく、書かれたものの特性は、前後が有機的なつながりを持つことであるが、それが「読む」という行為を経過することによって、三十一文字の構築するひとまとまりの言葉の全体の中で、掛詞や縁語といった範列的に構成された言葉の世界を響きあわせることによって多義的な和歌言説を作り出していったのであり、前後のとらえかえしによるイメージの湊合化を可能としたのである。これは言語の線条的な秩序（言葉の時間的な流れ）を破壊して、上と下とを響きあわせるという異化作用に他ならない。そして、その効果は、歌としての音声面を強調しながらも、上下の対立という構造の持つリズムとは異なった、錯綜する言葉によって作られるリズムを構成するのである。

古今的な和歌は、こうした和歌言説のしくみを方法化することによって、崩壊していく歌のリズムの流れの中から屹立し、和歌としての風姿を確立しているのであった。

注

（1）三谷邦明「竹取物語の表現構造――〈語り〉の構造あるいは絶望と挫折」（『物語文学の方法Ⅰ』有精堂　一九八九年三月三十日）
（2）野口元大「解説　伝承から文学への飛躍」（『新潮日本古典集成　竹取物語』新潮社　昭和五十四年五月十日）
（3）野村精一『源氏物語文体論序説』（有精堂　昭和四十五年四月二十日）
（4）竹岡正夫『古今和歌集全評釈　上　増補版』（右文書院　昭和五十六年二月十日）
（5）折口信夫「古代民謡の研究」（『折口信夫全集　第一巻　古代研究（國文學篇）』中央公論社　昭和五十年九月十日）
（6）大久保正『万葉集の諸相』（明治書院　昭和五十五年四月二十五日）

（7）注（6）に同じ。
（8）上田設夫『万葉序詞の研究』（桜楓社　昭和五十八年五月二十五日）
（9）吉本隆明『初期歌謡論』（河出書房新社　昭和五十二年六月二十五日）

第三部　和歌文学の修辞技法

第一章　掛詞論Ⅰ

――掛詞の生み出す言葉の重層性――

Ⅰ　掛詞という様式

古今的和歌と仮名表記の関係については、

さて前記の鈴木論文（吉野注―鈴木日出男「古今的表現の形成」『文学』昭和四十九年五月）には、和歌が漢詩の観念的思考性を受けつぐと同時に、それは漢詩の支えであった文章経国の理念などもたぬだけに官人集団を超えて貴族社会の社交の具となって風俗化するという二重性の経緯が照らし出されていた。古今集の表現技法――掛詞・縁語・擬人法・見立てなどの形成の問題、および総体としての類型的・抽象的な発想・趣向をその二重性の論理のうえに説明されたのだが、かな文字の普及という因子をこれに加えるとき、和歌が文字に表記される安定した客観的なかたちとして貴族社会の風俗とのなじみを深め、そのことが逆に生活感情や思考の和歌世界への積極的な転位作用を促進するものとなるであろうことも容易にうなずけることである(1)。

のように、仮名表記が古今集時代の和歌に安定した形をあたえたという秋山虔の論をはじめ、様々に論じられてき

た。そして、

掛詞、そしてそれをもととする縁語が同音異義語の多い日本語の特性に根ざすことは、いうまでもない。それがすでに上代に淵源するものであることもたしかである。けれども、掛詞・縁語が『古今集』に到って急激に盛んになったについては、それなりの決定的な理由があったはずである。それはまず、歌がすでに〝書く〟ものへと転生したことであり、しかもその表記が純然たる表音文字である平仮名に確定したことである。掛詞・縁語はアクセントを無視する。平仮名書きは掛詞・縁語を盛んにした不可欠の条件であった[2]。

という菊地靖彦の指摘からもうかがえるように、仮名表記による和歌言説の特質が端的にあらわれたものの一つとして、掛詞がとりあげられてきた。

だが菊地も指摘しているように、掛詞という「文脈による概念喚起の二重規定[3]」に基づく「表現様式」自体は、万葉集においても数多くみいだすことができる。だが、同じように掛詞をよみこんだものであっても、

我妹子(わぎもこ)にあふ坂山のはだすすきほには咲き出でず恋ひ渡るかも　（万葉巻十　二二八三）

（題しらず）　素性法師

おとにのみきくの白露よるはおきてひるは思ひにあへずけぬべし　（古今巻十一恋歌一　四七〇）

の二つには、明らかな質の違いがみてとれる。もちろん、その、古今的和歌の特質にまでつながる和歌言説の質の違いは、単純に仮名表記の問題だけに直結させられていたわけではない。「ことば」を「こころ」から切り離して対象化する「〈ことば〉という表現の思想[4]」とか、物象と心象の対応構造[5]、〈心〉の状態に形象的なイメージをあたえ〈自然〉の背後にメタフィジカルな構造をおもいうかべる喚起力[6]といった、「表現」としての「言葉」の問題として論じられてきた。そして、これらの指摘は基本的に首肯しうるものであった。

ただ、掛詞を成り立たせている「音」という観点からみると、万葉・古今のどちらにおいても、掛詞が音の同一性を契機に文意を転換させるものだということは、基本的には変わっていない。その音声性は、「神授（と信ぜられた）の呪言」(7) を発生点とする歌にとって、

幡荻穂(はたすすきほ)に出(で)し吾(あれ)や、尾田(をだ)の吾田節(あがたふし)の淡郡(あはのこほり)に居(ま)す神有り。

（『日本書紀』神功皇后摂政前紀）

風俗(くにぶり)の諺(ことわざ)に、水依ぶ(みづうつくし)茨城(うまらき)の国と云ふ。

（『常陸国風土記』茨城の郡）

のような、非日常の様式化された言語である呪言の律文にまで遡及できる。それは歌の歴史において、五音と七音の組みによる定型の中で意味を生成するものとして機能する様式であり続けた。しかし、それにもかかわらず、古今的和歌において、その言説の質は変わってしまっている。そこに仮名表記の問題がどのように位置づけられるかが重要なのである。

たとえば、音声性を根底に持つ歌の歴史を川にたとえ、そこに石を投げこむようにして仮名表記という要因を投げこむのでは十分ではない。歌の言葉に対して音声性と仮名表記の関係がどのような位置を占めるのかということに関していえば、古今的和歌の修辞を仮名表記がもたらしたというのも、音声性が根底にあって仮名はそれを写すものとして機能しているというのも、どちらも正鵠をえていない。すでに第二部第二章「仮名言葉の文学としての和歌」で述べたように、古今的和歌において、歌の言葉は「書き読むものとしての水準」にある。これは、言葉が、音声性を根底に持ちながらも、同時に、仮名表記というエクリチュールの形象性と音声性の相互作用の中に生成されるものだということを述べたものである。

たしかに、始源的に言葉は音の寄せ集めであり、音の問題が根底にあるから仮名の問題が生み出されるのだといえる。だが、仮名表記というエクリチュールの形象性と音声性の相互作用の中に生成される言葉において、音声は

すでに仮名表記というエクリチュールの形象性と関連している音声なのである。そしてそれは、同時に、言葉を、それを成り立たせている「音」のレベルにおいて音声性を強調するものとして現象するのである。

本章では、和歌言説としての掛詞の特質について、主に音との関係という視点から論述する。

Ⅱ　類音連鎖の様式

ここではまず、掛詞の基本的な姿を持つ類音の連鎖という様式について考えてみたい。

（柿本朝臣人麻呂が歌三首）

娘子(をとめ)らが袖布留山(そでふるやま)の瑞垣(みづかき)の久しき時ゆ思ひき我(あれ)は　（万葉巻四　五〇一）

我妹子(わぎもこ)に逢坂山(あふさか)のはだすすき穂(ほ)には咲き出でず恋ひ渡るかも　（万葉巻十一　二二八三）

前者の「娘子らが袖布留山」という言説について、諸注には「袖」までが「ふる」を起こす序であると述べられている。いうまでもなく、これは「袖」までがあって「布留山」の「ふる」が発想されたのではなく、「未通女等が袖振る」の「ふる」が類音の関係で「布留山」に連鎖させられたと解さなければならない。この、類音の連鎖によって地名を呼びおこす（地名に結びつける）という方法は、頗る普遍的なものとして流布していた。すなわち、

風俗の諺(ことわざ)に、握飯筑波(にぎりいひつくは)の国と云ふ。　（『常陸国風土記』筑波の郡）

風俗の諺に、筑波岳(つくはね)に黒雲挂(くろくもかか)り、衣袖漬(ころもでひたち)の国と云ふは、是れなり。　（『常陸国風土記』総記）

といった、風俗諺や地名起源神話と同じ方法である。既に様々に論じられているように、これらの古語（フルコト）は祭式の共同幻想によって様式化された言葉であった。

土橋寛は「握飯筑波の国」の「握飯」は祭式における「神供の飯」であったとし、「握飯斎く」から「筑波の国」に結びつけられたと論じているが、[8] このような類音の連鎖による言説の中に、祭式における律文の名残りをかいまみることができる。

また、「筑波岳に黒雲挂り衣袖漬の国」のような、本縁譚をともなった言説は、三谷邦明が論じたように、「地名という現在の現実的事実が存在するが故に、神の事蹟もまた過去の事実であったという事実化の機能」と「神の事蹟のある土地であるが故に、その土地は神聖なものである」とする二つの機能によって、神話・カタリゴトの始源性を回復しようとする試みである。[9] いいかえれば、土地の名を神聖化しようとする様式として表出されているのである。

注釈書では、この「娘子らが」が「娘子を思慕の対象として暗示する」と解釈されているが、[10] 通釈としてとらえようとする限りでは、この句はそれほど緊密な意味性を持っているとは考えられない。中西進によれば、布留の石上神社には少女が袖を振る神事があったという。[11] すでに述べたように、袖を振ることは、領布を振るのと同様、たまふり・鎮魂を象徴する。そして、「握飯筑波の国」の「握飯」が祭式における「神供の飯」であったのと同じように、少女の振る「袖」も祭式にかかわる神具であった。それを祭式における律文の様式に通じる類音の関係によって「布留山」に連鎖させたのである。だから、ここでは「娘子らが袖布留山」とうたうことそのものが重要だった。そうすることによって、布留山を神聖化しながら、布留山の「垣」をも神事にかかわるものとして神聖化する。神聖な「瑞垣」だから、それは「久し」いものであり、「久しき時ゆ」思ってきたという個別的な思いの比喩として根拠づけられる。いいかえれば、音の連鎖に牽引された律文の様式で、祭式にかかわる事物を土地の名に結びつけてうたうことによって、「久し」は祭式の神聖さの重みを装い、心の重みを保障するものとして機能してくる。

「我妹子に逢坂山」という言説も、類音による連鎖の様式化されたあり方を示している。ここでも、類音の連鎖による語の組みが、地名起源神話や風俗諺と同じ方法で「逢坂山」やそこにある「はだすすき」を神聖化し、比喩としてのリアリティを与える様式として表出されている。

この歌の修辞についてまずいえることは、上句が比喩として一首全体における緊密な意味をになっていることである。「逢坂山」に連鎖させるためにおかれている「我妹子に」という第一句さえ、「恋ひ渡るかも」という下句の心へ直接つながっていくかのようによむことができる。片桐洋一は、この三句までについて、

「吾妹子に逢坂山のはだすすき」が一つに凝縮して一首全体の発想と表現を統括する序詞になっていることをこそ重視すべきなのである。[12]

と論じているが、そのような読みを可能にするほど、意味的な全体性を獲得しているのである。そしてそれは、類音の連鎖という様式の生み出した効果でもあった。

「我妹子に逢坂山」について、注釈書は「吾妹子に逢ふといふ名の逢坂山」という釈を付している。[13]「逢坂山」の「あふ」が男女の「逢ふ」ことに通ずることは、ある程度の共同性を持っていたとも考えられるが、一首の中で「逢坂山」が恋にかかわるものとして機能しうるのは、「我妹子にあふ―逢坂山」という音の連鎖があるからでもある。この、音の連鎖に支えられた言葉の組みあわせが、「逢坂山」は「吾妹子に会うという名を持つ」という意味を生成するのであり、そういう「逢坂山」と結びつけられるがゆえに「はだすすき」も恋にかかわるものとして恋する心の比喩として位置づけられるのである。

ところで、この「はだすすき」も任意に選ばれた個別的な景物の描写ではなく、すでに述べたように「はだすすき穂（にいづ）」という形で流布していた類音の連鎖による様式化された言説である。「ホ」は「穂」であり「秀（外

に現れ出ること）」を意味し、「はだすすき—ほ」という連接以外にも、

門部王、難波に在りて、漁夫の燭光を見て作る歌一首　後に姓大原真人の氏を賜ふ

見渡せば明石の浦に燭す火のほにそ出でぬる妹に恋ふらく　（万葉巻三　三二六）

（抜気大首が筑紫に任ぜらるる時に、豊前国の娘子紐児を娶りて作る歌三首）

石上布留の早稲田の穂には出でず心の中に恋ふるこのころ　（万葉巻九　一七六八）

言に出でて言はばゆゆしみ朝顔のほには咲き出ぬ恋もするかも　（万葉巻十　二二七五）

志賀の海人の釣し灯せるいざり火のほのかに妹を見むよしもがも　（万葉巻十二　三一七〇）

漁夫の火光を見る歌一首

鮪突くと海人の燭せるいざり火のほにか出ださむ我が下思ひを　（万葉巻十九　四二一八）

などの用例があり、いずれも恋の思いが外にあらわれることを歌うものとして用いられている。「はだすすき穂」は、

「先日に天皇に教へたまひしは誰神ぞ。願はくは其の名を知らむ」……亦問ひまをさく、「是の神を除きて復神有すや」とまをしたまふ。答へて曰はく、「幡荻穂に出し吾や、尾田の吾田節の淡郡に居す神有り」とのたまふ。　（『日本書紀』神功皇后摂政前紀）

にみられるように、形を現すことの様式化された言説であった。さらにいえば、そのようにして形を現すと表現されるべきものは神であった。神の行為が類音の連鎖という様式によって表わされたのである。そして、このような言説は万葉集にも多くみることができる。

新室のこどきに至ればはだすすき穂に出し君が見えぬこのころ　（万葉巻十四　三五〇六）

ここでは、以前好意を示してくれた男を「はだすすき穂に出し君」と歌い、男の好意のあらわれを、神があらわれ

ることに重ねあわせている。これは、神と婚することが恋であると歌う様式にのっとったもの、神婚観念を背後にかかえこんだ言説といえるだろう。

これは「我妹子に逢坂山のはだすすき……」の歌についても同じことがいえる。「はだすすき」は「我妹子に逢坂山」に結びつけられることによって、「神が姿をあらわすようにはっきりと女を思う気持ちを外に示す」ものの比喩として明確に位置づけられる。そして、「自分は（逢坂山のはだすすきのようには）思いを外に示すことができず恋い慕うばかりである」という下句の心に、うたとしての共同性を与えているのである。

音の連鎖という様式は、神話的幻想の神聖さを志向しながら、同時に比喩としての意味を生成し、それぞれに個別的なものである心を表す言葉のリアリティを保証するものとして機能している。

我妹子に棟(あふち)の花は散り過ぎず今咲けるごとありこせぬかも　（万葉巻十　一九七三）

表層的にとらえるならば、一首の意味は「棟の花よずっと咲いていてくれ」という、花に対する願望をうたったものにすぎない。ところが、「我妹子にあふ―棟の花」という音の連鎖があることによって、「棟の花」は「いつまでも妻と逢い続けたい」と思う心のよりつくものに転化し、「棟はずっと咲いていてほしい」という表出は「いつまでも妻と逢い続けたい」と思う心に重ねられる。

ここでは、「我妹子にあふ」へ音の連鎖によって恋情にかかわるものとしてひきよせられているのは「棟の花」という花の名である。この言説は、一見、「我妹子に逢坂山のはだすすき……」の歌で「あふ」という音を持った土地の名（逢坂山）が結びつけられていたところに花の名を置きかえたにすぎないようにみえるが、問題はそれだけにとどまらない。「あふ」という音を持つことによって、類音の連鎖という様式の中で、土地の名も普通名詞である花の名も同じようにあつかわれていることが重要なのである。このことが意味しているものは何か。土地の名の側からいえば、神話的幻想を志向する地名の神聖さの解体を意味しているだろう。また、音の連鎖という様式においては、音のレベルにおいた時、言葉はみな等価のものとしてあつかいうることを意味している。さらにいえば、歌にとって、音の連鎖という様式は、音の連鎖によって意味を生成しうるという、まさにその点において歌の様式たりえていることを意味している。これらのことは、もちろん限界はあるにせよ、同じ音を持った言葉ならどのような言葉でも「類音の連鎖」によって結びつけることができ、それゆえに、音によって呼びおこされる意味を一首の中に展開していくことが可能になった歌の言葉の位相をあらわしている。

Ⅲ　抽象化される「音」と「意味」――「音」による「意味のよみかえ」が生み出したもの――

それでは、

我妹子に衣かすがの宜寸川よしもあらぬか妹が目を見む　（万葉巻十二　三〇一一）

のような、同音の繰り返しによる言説はどのように位置づけられるであろうか。ここでは「宜寸川」という川の名が「よし（縁）」というまったく別の意味によみかえられて繰り返されている。「吾妹子に衣かすがの」という、恋人同士が衣を貸しあう習俗によりかかった言説があることによって、「宜寸川」が恋にかかわるものに転位される様式としての共同性が生み出されているとはいえ、「宜寸川」が「恋人に会う縁がほしい」とうたう心に結びつけられるのは、「よし」という音の同一性がほとんど唯一の根拠であるといってもよい。土地の名が、その神話的幻想から遊離した時、言葉を形成する要素の一つである音が、土地と神話的幻想の結びつきから独立した。というよりも、歌の言葉が「言葉」と「モノ」の即融的な結びつきから自由になった音を分離しうるまでに抽象化された水準に達した時、地名は神話的幻想から自由になったのである。

「我妹子に衣かすがの」という様式化された言説は、「宜寸川―縁」という音による意味の転換を生む基盤であるというよりも、むしろ、音による意味の転換に歌としての共同性を付与するものとして機能していると考えた方がよいだろう。

> うぐひすの通ふ垣根の卯の花の憂きことあれや君が来まさぬ　（万葉巻十　一九八八）

ここでは、地名ではなく任意の景物である「卯の花」という花の名が「憂きこと」に意味をよみかえて繰り返されている。この、同音の繰り返しによる意味の転換は、「我妹子に棟の花」のような、音の連鎖によって意味が展開される様式よりも、さらに言葉が音と意味の自在さを獲得したところに位置している。

ところで、この「うぐひすの通ふ垣根の卯の花の」について、古橋信孝は、

> 〈巡行叙事〉の変型とみなしうる。鶯が毎春通う垣根の卯の花は、鶯（神）によって選ばれた最高にすばらしいものだからである。(14)

と論じている。また、森朝男は、鳥獣と季節の花との取り合わせの根底に「神婚観念」があるとし、

> 季節の花・動物の取り合せの究極には、両者を相愛の男女とする見立てがあった……その根底を窺えば、古代社会における男女関係の底にあるものは神婚観念である。神が来訪して巫女に婚する、その神婚の神の位置に鳥や鹿を、そして巫女の位置に花を置いているのではないのだろうか。(15)

と論じている。「うぐひすの通ふ垣根の卯の花の」の言説が、このような神婚観念を根底に持つことは、基本的に首肯しうることである。ただ、万葉集においては、卯の花は、

> 小治田朝臣広耳が歌一首

ほととぎす鳴く尾の上の卯の花の憂きことあれや君が来まさぬ

（万葉巻八　一五〇一）

のように、ほととぎすとの組みでうたわれることが多い。万葉集中、卯の花がうたわれたケースは、長歌も含めて二十四例ある。そのうち、ほととぎすとの組みでうたわれているものが十八例で、鶯との組みあわせはこの「うぐひすの通ふ垣根の卯の花の憂きことあれや君が来まさぬ」の一例しかない。そういう意味で、この歌の上句には万葉的な共同性とのズレがあり、そのズレがこの場合の「卯の花」を任意の景物にみせているともいえそうな気がする。もっとも、「鳥獣と季節の花の組みあわせ」という、より大きな枠組みからみれば、そのズレはそれほど大きなものではないともいえる。むしろ、重要なのは「卯の花―憂き」の意味の転換である。

鳥獣と季節の花の組みが神婚観念を根底に持つとすれば、「鶯が通ってきて鳴く花」という言説が持つ共同性は「男が女のもとに訪れる」ことが原型であったはずだ。だが、ここにうたわれているのは「男が訪れてこない」という、共同性への異和である。そして、その異和は単に「鳥は花を訪れるのにあなたは来ない」というストレートな否定や不在の表出によってではなく、男が訪れてこないことを「〈憂きこと〉があるからだろうか」と、「卯の花」の音を転換させることで生成される意味によって表出されている。それゆえ、共同性への異和を音による意味の転換を通してうたうところに、この歌の眼目があったようにすらみえる。そして、音のたしかさによって言葉が抽象化されている分だけ、上に歌われたものを任意の景物とみなしうる度合いが強くなっている。古橋は、

恋人の来ないことを怨む女の、ぼんやり垣根の卯の花をながめている一首全体の像は、上の句を客観的な描写にみせている(16)

と述べているが、この、古橋のいう「客観的な描写」は、しかし、ぼんやり物思いに沈んでいる女が、男の訪れてこない理由を思いつく契機、心のよりしろとしてのみ一首全体の中に位置づけられている。

この点が、次の和歌と比べてどのように違うのかが、古今和歌の質を問うにあたって重要な視点になってくる。

ともだちのひさしうまうでこざりけるもとによみてつかはしける

水のおもにおふるさ月の浮き草の憂き事あれやねを絶えてこぬ　みつね
（古今巻十八雑歌下　九七六）

この、古今集撰者の和歌は、「うぐひすの通ふ垣根の卯の花の憂きことあれや君が来まさぬ」と比べてどこがどう違うのだろうか。ちょっとみればわかるように、この二つはモティーフとしてはどちらもよく似ている。上句に事物を表す言葉をおき、同音の繰り返しによって相手の来ないことを理由づけている「うきことあれや」の言葉まで一致している。おそらく、作者の中に「うぐひすの通ふ垣根の卯の花の憂きことあれや君が来まさぬ」や「ほととぎす鳴く尾の上の卯の花の憂きことあれや君が来まさぬ」のような万葉歌にみられた言説が前提としてあっただろうことは想像に難くない。だが、それにもかかわらず、どこが違うのかということが重要な問題となる。吉本隆明は、この上句について、

どこにでもだれでも日常に眼に触れる五月ごろの水面の浮き草が択ばれて懸り言葉の役をはたしている。歌枕のような共同の景物ではないありふれた自然物が仮構され、そのリアリティを保証しているのは、だれでもどこでも日常眼にふれる対象が択ばれているということだけである。[17]

と論じている。ここで吉本は、「歌枕のような共同の景物ではないありふれた自然物が仮構され」と述べているが、この当時「浮き草」という歌語は、

竊哀兮浮萍、汎淫兮無根。（竊かに浮萍を哀れぶ、汎淫として根無し）。　（『楚辞』九懐・尊嘉）

揔揔都邑人、擾擾俗化訛。依水類浮萍、寄松似懸蘿。（揔揔たる都邑の人、擾擾として俗化に訛す。水に依れる浮萍に

類し、松に寄れる懸蘿に似たり）。

（『文選』巻二六・潘安仁・行旅上・河陽縣作二首）

浮萍寄清水、隨風東西流。結髮辭嚴親、來爲君子仇。恪勤在朝夕、無端獲罪尤。（浮萍清水に寄せ、風に隨って東西に流る。結髮嚴親を辭し、來つて君子の仇と爲る。恪勤朝夕に在り、端無くも罪尤を獲）。

（『玉台新詠』巻二・曹植・浮萍篇／『藝文類聚』巻四一・樂部一・論樂にもあり）

樂府詩二首　魏明帝

種瓜東井上、冉冉自踰垣。瓜を東井の上に種う、冉冉として自ら垣を踰ゆ。
與君新爲婚、瓜葛相結連。君と新に婚を爲し、瓜葛相結連す。
寄託不肖軀、有如倚太山。不肖の軀を寄託し、太山に倚るが如くなる有り。
菟絲無根株、蔓延自登緣。菟絲に根株無きも、蔓延自ら登緣す。
萍藻託清流、常恐身不全。萍藻は清流に託し、常に身の全からざらんを恐る。
被蒙邱山惠、賤妾執拳拳。邱山の惠を被蒙し、賤妾執つて拳拳たり。
天日照知之、想君亦俱然。天日之を照知せん、想ふに君も亦俱に然らん。

（『玉台新詠』巻二）

などの漢詩文や、

（題しらず）　ただみね
たぎつせにねざしとどめぬうき草のうきたるこひも我はするかな
（古今巻十二恋歌二　五九二）

にみられるように、常なく漂っているものだという、言葉としての共同性を生み出していた。だが、このように言葉を集めて一首を仮構するところに「修辞的な虚構の構造に立ち入る〈心〉までが詠まれている」のであり、「言葉を択ぶということ自体に美があるという意識が出来あがっていた」[18]のである。

では、ここでは、言葉を集めて仮構された一首の言説はどのような質にあると考えたらよいのだろうか。第一に、一首全体が比喩として緊密な繋がりを持っているということがあげられる。いうまでもなく、この和歌の眼目は「浮き草—憂きこと」という同音の繰り返しによって比喩が生成されるところにある。「浮き草」は音の同一性によって意味がよみかえられ「憂きこと」を呼び出すが、同時に、この「浮き=憂き」という二つの意味が響きあって、「浮き草」そのものも「憂きこと」を抱えて根なし草として漂っている存在となる。また、「絶えて」訪れてこない相手も、「根を絶えて」漂っている浮き草の像と重ねられる比喩が作られる。それにともなって、その相手は、浮き草が「憂きこと」を抱えて漂っているのと同じように、何か「憂きこと」を心に抱えているのだというところまで、一首の持つ含みがひろがっていく。

うぐひすの通ふ垣根の卯の花の憂きことあれや君が来まさぬ　（万葉巻十　一九八八）

のようには眼前の景物を眺めているうたい手の像は結ばないが、「浮き草の憂き」という同音の繰り返しにむかって集められた言葉が有機的に関係しあって緊密な比喩を生成する一首の全体性を構築している。このような和歌言説の質を可能にしたのは、仮名で書きよむというエクリチュールと音の相互作用、そして、万葉末期には実現していた一首の全体性であった。

ところで、「水のおもにおふるさ月の浮き草の憂き事あれやねを絶えてこぬ」では「浮き—憂き」という同音異義語が、繰り返しの言説として対置されているにもかかわらず、同じ音を持った別の意味の語として並存しているのではなく、二つの意味が響きあわされたところで比喩を形成している。そういう意味で、この和歌言説は、

文屋やすひでみかはのぞうになりて、あがた見にはえいでたたじやといひやれりける返事によめる　小野小町

わびぬれば身をうき草のねをたえてさそふ水あらばいなむとぞ思ふ
（古今巻十八雑歌下　九三八）

にみられる「憂＝浮き草」を経過した言説であるともいえるだろう。また、「浮く」と「憂し」は本来、一つの活用形において同じ音を持っているというだけで、意義的には別の言葉である。その別の言葉を、和歌において一体化させて脈絡を展開させていくのは、音のたしかさとエクリチュールの相互作用が生み出した効果である。

「わびぬれば身をうき草のねをたえて……」という和歌言説の重要性は二つある。一つは、この和歌が自己の心の表出からはじまっていること。いま一つは、掛詞が生む二重の文脈の接合のされ方である。ここでは「わびぬれば」という自己の心的状態をもってうたい出された言葉が「う（き草）」という掛詞に連鎖させられている。これは、外形的には類似していても、「娘子らが袖布留山」のような神話的幻想に支えられた言説とは異質なものである。また、

秋の野の尾花（をばな）が末の生（うれ）ひなびき心は妹に寄りにけるかも（お）
（万葉巻十　二二四二）

の寄物陳思歌のように、「物象表現」を通過することによってたどりついたといった類いの心的状態でもない。後述するように、「わびぬれば身を憂—浮き草の根を絶えて」の比喩が構成される根拠は、「う（き）」という記号表現の中に二つの意味が封じこめられているところにあった。ただ、

娘子らが袖布留山の瑞垣の久しき時ゆ思ひき我は
（柿本朝臣人麻呂が歌三首）
（万葉巻四　五〇一）

において、「娘子らが袖」という神話的幻想に支えられた言説が、「布留山の瑞垣」が「久し」いものだということに根拠を与えていたのと同じように、自分自身を「わびぬれば」と認識している言葉のリアリティが、一首の眼目である掛詞へ連接され、響きあう比喩を生み出すものとしてあつかわれていることが重要なのである。これは、いわゆる「物象」「心象」と呼ばれるものが、言葉の次元において等価のものとしてあつかわれていることを表してい

るといえるだろう。

さて、ここでは「水のおもにおふるさ月の浮き草の憂き事あれやねを絶えてこぬ」の歌にみられた「浮き草―憂き」という同音の繰り返しによる意味のよみかえが一つの記号表現の中に封じこめられている。「う・き」という連続は、上とのつながりで「憂（き）」の意味を持ち、下とのつながりで「浮（き草）」の意味を持つ。この二つの意味は、それぞれ「どうしようもない気持ちになっている我が身」と「根を断ち切ってしまう浮き草」という別個の文脈を生む。ところが、この二つの文脈は別個のものでありながら、「う（き）」という一つの記号表現によってつなぎとめられているゆえに、比喩として結びつけられる。いわば、比喩の構造が一つの記号表現の中に封じこめられているのである。ここに、掛詞によって二つの文脈を比喩として響きあわせながら湊合する方法の本質的な姿が露呈しているのである。

Ⅳ　二重化される「言葉」――異化作用としての掛詞

掛詞によって意味が二重化される過程を、さらに詳しく検討する。

（題しらず　　よみ人しらず）

うきめのみおひて流るる浦なればかりにのみこそあまはよるらめ　（古今巻十五恋歌五　七五五）

ここにあるのは、「身をうき草の」のような、音の連鎖による掛詞ではない。「うきめ」に「浮き海布（め）」と「憂き目」を、「ながるる」に「流るる」と「泣かるる」、「かり」に「刈り」と「仮り」をいい掛けることによって、「浮き海布のみ生ひて流るる浦なれば刈りにのみこそ海人は寄るらめ

「憂き目のみ　生ひて泣かるる　　仮りにのみこそ　　寄るらめ」
の二重の文脈を作り出している。

ところで、「うきめ」は必ずしもこのように掛詞として用いられるわけではなく、

　　うりむゐんにてさくらの花をよめる　　　　　そうく法し
　いざさくら我もちりなむひとさかりありなば人にうきめ見えなむ　　（古今巻二春歌下　七七）

のように「憂き目」としてのみ用いられる場合もある。「うきめ」が掛詞として用いられるのは、「うきめのみおひて流るる浦なればかりにのみこそあまはよるらめ」や、

　　題しらず　　　　　　　　　　　（よみ人しらず）
　我を君なにはの浦に有りしかばうきめをみつのあまとなりにき
　　この歌は、ある人、むかしをとこありけるをうなの、をとことはずなりにければなにはなるみつのてらにまかりてあまになりて、よみてをとこにつかはせりけるとなむいへる　　（古今巻十八雑歌下　九七三）

のように、「うら」や「あま」といった海辺の景にかかわるものと結びつけられた場合である。「うきめ」の「め」が「海藻」に通じることは、「みるめ」が「海松布」に通じるのと同様、周知のことであった。ただ、「みるめ」は「みる（見る）」が男女の逢うことを表す意味が強いため、ストレートに恋に結びつけられやすかった。

　　（題しらず　　　　　　　　　　　読人しらず）
　はやきせにみるめおひせばわが袖の涙の河にうゑましものを　　（古今巻十一恋歌一　五三一）
　　（題しらず　　　　　　　　　　　とものり）
　しきたへの枕のしたに海はあれど人をみるめは生ひずぞ有りける　　（古今巻十二恋歌二　五九五）

（題しらず）　　　　　　　　　　　　をののこまち

みるめなきわが身をうらとしらねばやかれなであまのあしたゆくくる　（古今巻十三恋歌三　六二三）

（題しらず）　　　　　　　　　　　　清原ふかやぶ

みつしほの流れひるまをあひがたみみるめの浦によるをこそ待て　（古今巻十三恋歌三　六六五）

（題しらず）　　　　　　　　　　　　よみ人しらず

おほかたはわが名もみなとこぎいでなむ世をうみべたにみるめすくなし　（古今巻十三恋歌三　六六九）

（題しらず　　　　　　　　　　　　　よみ人しらず）

いせのあまのあさなゆふなにかづくてふみるめに人をあくよしもがな　（古今巻十四恋歌四　六八三）

ここに示したように、古今集中に「みるめ」が詠まれた和歌は六首ある。そして、その六例のすべてが恋の和歌である。そして、「海松布」との関連によって、五例が海とのかかわりの中で掛詞として用いられており、海が詠まれていない五三一番歌も、「早き瀬」や「涙の河」という「水」にかかわるものとの関連で詠まれている。

これと同様に、「うきめ」も海との関連で「うら」「あま」と結びつけられた時に掛詞となっている。「うきめ」は「浮き海布」と「憂き目」の意味を持ちうるが、他の言葉との関連においてはじめて掛詞として機能させられるのである。このことは、「うきめ」が「海布」を呼びおこすことから、海にかかわる言葉がその周りに集められてくるといいかえてもよい。この二つは表裏一体のことであるからだ。そしてまた、この言葉相互の関係は他の掛詞についてもあてはまる。

「海人」や「浦」も、当時は、

（題しらず）　　　　　　　　　　　　小野小町

みるめなきわが身をうらとしらねばやかれなであまのあしたゆくくる　（古今巻十三恋歌三　六二三）

（題しらず）　在原元方

逢ふ事のなぎさにしよる浪なれば怨みてのみぞ立帰りける　（古今巻十三恋歌三　六二六）

のように恋にかかわる言葉として盛んにうたわれていた。こうした修辞をたとえていえば、「言葉」としての歌の言葉がいもづる式に「言葉」をたぐりよせて一首の言説を織りなしているという風にたとえられるだろう。そして、その契機となっているのが、掛詞が二重の意味を響かせているということである。「浮き海布―流る―（浦）―刈り―海人」という言葉の連続は海辺の風景にかかわるものだが、このような海辺の景をうたうことは恋の不可能性をうたうことでもあった。海辺の風景は掛詞を介して「憂き目―泣かる―心（うら）―仮り―海人（海人は不可能な恋をうたう中で登場する）」という、恋のむなしさへと転位する。

ところで、このような分析が可能であるにもかかわらず、この歌は、一見海辺の情景をうたったものであるかのように表出されている。「浮き海布のみ……」の文脈が表面に出て、「憂き目のみ……」の文脈は後景に退いているのである。この和歌が了解される過程を記述すると、概ね次のようになる。「うきめ」が掛詞であることはすぐに了解されたはずだ。だが、「うきめのみおひて流るる」という叙述は「浦なれば」によって統括されており、あくまで海辺の情景として表出されている。もちろん、掛詞はそれだけである程度の共同性を持っていたから、同時に何かあるのだろうという予感を持たせながら叙述は進んでいく。次に続く「かりにのみこそあまはよるらめ」も海辺の情景についての言説である。しかし、「あま」は恋にかかわる和歌言説であった。そして「刈りにのみ」寄る海人は、かりそめにやってくる男の比喩となる。ここまできた時に、それまで後景に退いていて予感としてのみ暗示されていたものが、「憂き目のみ……」の文脈であったのだと明確に了解される。ところが、この了解の過程を経過した途端に、二重化された文脈が響きあわされて生成される比喩の構造のすべてが、あたかも瞬時に形象化されるようにして像を結ぶ。このことは、和歌の言葉が書き読むものとしての水準を獲得していることを如実に表している。

原理的にいえば、エクリチュール化されたテクストの特質は、エクリチュールの流れに逆らって了解することが可能だという点にある。テクストのはじめと終わりの往還作用、後の部分がテクストの流れに逆らって前の部分を規定するという、前後の有機的なつながりを方法化することが可能になったのである。

掛詞による意味の二重化は、また、和歌の言説に言語としての秩序の破壊をもたらした。

（題しらず）　　素性法師

おとにのみきくの白露よるはおきてひるは思ひにあへずけぬべし　（古今巻十一恋歌一　四七〇）

音の連鎖とエクリチュールの相互作用、掛詞による文脈の二重化の効果が最も尖鋭にあらわれている和歌の一つである。この和歌の構造について、竹岡正夫の『古今和歌集全評釈』(19)は、掛詞による情と景の対応を分析して、

おとにのみ	聞く	………	夜は起きて昼は	思	火にあへず消	ぬべし	〈〈情〉〉
	↑		↓		↑		
	菊	の白露	夜は置きて昼は	…	日にあへず消		〈〈景〉〉

のように図示している。確かに、この和歌の言説の構造はこのような情と景の二重構造を持っている。しかし、叙述の過程という視点からみたらどうなるだろうか。仮りにこの和歌を音声だけで聞いたらどのようにして了解されるかを試みに分析してみると、たとえば次のようになるだろう。

音にのみ聞く
菊の白露夜は置きて昼は
日にあへず消ぬ
思ひにあへず消ぬべし
夜は起きて
（逆照射）

「おとにのみきく」といううたい出しは、あくまで「音にのみ聞く」の位相で受け取られる。が、これに「の白露」と続くことによって「おとにのみきく」の「きく」の残響に「菊」の意味あいが与えられる。そして、これに続く言葉は「（菊）の白露」との連続で「夜は置きて昼は」までが白露の様態をうたうものとして受け取られるだろう。ところが、最後になって、今度は「思ひにあへず消ぬべし」という情が表面に出た言説になってしまう。「音にのみ聞く」ではじまったものが、いつのまにか白露を表す言説にすりかわり、また情を表す言説へと転換してしまっている。いわば、情の言説と白露の言説が、論理的な秩序を破壊して溶接されているのである。

しかし、それにもかかわらず、私達は一首全体が表しているものを十全に了解することができる。これはどういうことだろうか。

この和歌を声に出してよみ下した時に受ける全体の印象には、これといって奇異なものはない。これは、言葉が五七五七七の定型の中に填め込まれていることによる効果である。また、仮名で書かれているという、エクリチュールの形象性が掛詞による比喩の構造を浮かびあがらせる。「昼は思ひにあへず消ぬべし」とのつながりで「夜は置きて」が同時に「夜は起きて」であり、白露の文脈の流れで「思ひにあへず消ぬ」が「日にあへず消ぬ」であることが了解できるのである。そして、この二重の文脈が並立されていることから、日の光にあたって消えていく菊の白露と、恋の物思いに消え入りそうな思いが比喩として結びつけられる。このように、ある意味では論理性の崩壊した切れ切れのフレーズのよせ集めとすらいえるものを言語として支えているものは、定型の中で機能する、音とエクリチュールの形象性との相互作用であった。

V　エクリチュールと音の相互作用のもたらしたもの

仮名は漢字の表意性を捨象して表音性を抽出したものであるが、仮名で書き読むという方法は、音を書き写すというレベルから一段飛躍した水準に言語の質をおしあげた。そこでは、エクリチュールの形象性と音声的なものの相互作用の中で、意味や和歌言説が生成するというダイナミズムが機能している。

いい古されたことだが、音声言語の本質は、発声とともに消えていく現在の累積によって成り立っているところにある。そこでは、

（柿本朝臣人麻呂が歌三首）

娘子らが袖布留山の瑞垣の久しき時ゆ思ひき我は　（万葉巻四　五〇一）

我妹子に衣かすがの宜寸川よしもあらぬか妹が目を見む　（万葉巻十二　三〇一一）

のように音の連鎖や繰り返しによる意味の展開はあるが、展開したものが前の部分へと回帰することはない。せいぜい、上句が下句に対する比喩になるくらいである。それに対し、

（題しらず　よみびとしらず）

うきめのみおひて流るる浦なればかりにのみこそあまはよるらめ　（古今巻十五恋歌五　七五五）

（題しらず）　　　　　　　　　　　　　　　　　素性法師
おとにのみきくの白露よるはおきてひるは思ひにあへずけぬべし　　（古今巻十一恋歌一　四七〇）

では、仮名によって二重化された意味が後の部分によって規定される。そして、規定されることによって生じた意味が並立する文脈を生み、さらにそれらが相互に関連しながら有機的に響きあう。これは、うたうことを本質とした歌の言葉に対する異化作用である。常に消えていく現在の累積である歌の言葉の線条性をせきとめ、脇道にそらすことによって和歌の言説を重層化するのである。そしてこのことは、エクリチュールと音の相互作用が五七五七七の定型という鋳型に填め込まれながら成り立っているがゆえに、音声に出した時に歌としてのリズムを強調するという、音声性へむかう逆の作用をも生んだのであった。

注

（1）秋山虔『王朝の文学空間』（東京大学出版会　一九八四年三月十日）
（2）菊地靖彦「掛詞・縁語――『古今集』におけるその様相――」（『論集　和歌とレトリック』笠間書院　昭和六十一年九月三十日）
（3）時枝誠記『國語學原論』（岩波書店　一九四一年十二月十日）
（4）野村精一『源氏物語文体論序説』（有精堂　昭和四十五年四月二十日）
（5）鈴木日出男『古代和歌史論』（東京大学出版会　一九九〇年十月二十五日）
（6）吉本隆明『初期歌謡論』（河出書房新社　昭和五十二年六月二十五日）
（7）折口信夫「國文學の發生　第四稿」（『折口信夫全集　第一巻　古代研究（國文學篇）』中央公論社　昭和五十年九月十日）
（8）土橋寛『古代歌謡論』（三一書房　一九六〇年十一月二十五日）

（9）三谷邦明『物語文学の方法Ⅰ』（有精堂　一九八九年三月三十日）
（10）小島憲之・木下正俊・佐竹昭広校注・訳『日本古典文学全集　万葉集一』（小学館　昭和四十六年一月二十五日）
（11）中西進訳注『万葉集一』（講談社　昭和五十三年八月十五日）
（12）片桐洋一「概説　歌枕歌ことば」（『歌枕歌ことば辞典』角川書店　昭和五十八年十二月二十日）
（13）澤瀉久孝『萬葉集注釈　巻第十』（中央公論社　昭和五十八年九月二十日）
（14）古橋信孝『古代和歌の発生　歌の呪性と様式』（東京大学出版会　一九八八年一月十日）
（15）森朝男「雑歌から四季へ——梅花の宴歌の考察を通して」（『古代文学』三十号　一九九一年三月二日）
（16）注（14）に同じ。
（17）注（6）に同じ。
（18）注（6）に同じ。
（19）竹岡正夫『古今和歌集全評釈　下　補訂版』（右文書院　昭和五十六年二月十日）

第二章　掛詞論Ⅱ

――掛詞の基層――

Ⅰ　はじめに

よく知られているように、掛詞は同音異義語を用いて和歌の文脈に二重（または多重）の意味を響かせる修辞技法である。だがその働きについては、限られた詩型（みそひともじ）の中に複雑な内容を盛り込む技法という観点から掛詞の生み出す「詩的な効果」に着目して論じられることが多く、掛詞によって二重化される二つの「意味」の関係そのものが取り上げられることは意外に少ないように見受けられる。

時枝誠記のいうように、掛詞が「文脈による概念喚起の二重規定[1]」であるならば、そこで二重化される文脈の関係をどう考えるかは、掛詞の本質に関わる重要な問いかけとなるだろう。

古代和歌を心物対応構造という視点を立てて論じた鈴木日出男は、掛詞も「心物対応の表現形式」をもった構造として序詞からの延長上にあると位置づけながら、掛詞について、

言葉それじたいに即す技法、それによって論理的脈絡、日常的事実の脈絡が断ち切られて、想像力がはるかに

飛翔する。そこには、詩的空間の広がりが構築される。(2)

と述べている。「詩的空間」という言葉を用いて掛詞を論じた鈴木のこの論文は、詩的言語としての和歌の言葉の特質を論述したという点で重要である。確かに掛詞のそうした側面は見過ごせないものであり、第三部第一章「掛詞論Ⅰ――掛詞の生み出す言葉の重層性――」においても、掛詞を日常言語や音声言語への異化作用という視点から詩的言語としての掛詞の尖鋭な部分について論述した。しかし、掛詞によって構築された言葉の世界が「論理的脈絡、日常的事実の脈絡」を断ち切っているとみるのは現代人の感覚でもある。そこには私達が「論理的脈絡」と考えるのとはまた違った「論理的脈絡」が存在した。というよりも、そこにはその結びつきを当然とみなす何らかの「論理」があったというべきだろう。掛詞にそういう側面のあったことを見落としてはならない。いわば掛詞の古代性である。和歌の中で甲と乙とが関係づけられているのを現実とみる、そういう脈絡を持った言語観・世界観を当時の歌人たちは生きていた。

本章では、和歌の伝統的な修辞技法としてあまりに有名な掛詞の働きについて改めて考えてみたい。

Ⅱ　外界を言葉で意味づけるということ

うくひす　　　　　　　　　　　　藤原としゆきの朝臣

A心から花のしづくにそほちつつうくひすとのみ鳥のなくらむ　　　（古今巻十物名　四二二）

古今集巻十（物名）の巻頭歌で、掛詞を用いて「憂く干ず」に「鶯（うぐひす）」を詠み込んだ物名歌である。隠し題が二句にまたがっていないだけ、単純な構成であるように思われがちだが、鶯（うぐひす）という鳥の名前をもじ

って「憂く干ず」と言い換えたところだけにこの和歌の眼目があるのではない。この和歌について、注釈書では、

＊自分の意志から花のしずくにしとどにぬれてはそのたびに、どうして、「いやなことに、乾かないわ」とばかりひたすら鳥が鳴いているのだろう。[3]

＊自分の意志によって、花の雫にびっしょりと濡れていて、どうして「うくひず（嫌なことに、乾かないよ）」とばかり言って鳥が鳴いているのだろうか。（要旨……「鶯（うぐひす）」という鳥の名を詠み込んで、その名の由来を述べた）[4]。

といった釈を付しているが、「憂く干ず」というのは、花の雫に濡れながら鳴いている鳥の名前であると同時に鳴き声そのものでもある。[5]いうなれば、「うくひす」という仮名連鎖と、「憂く干ず」という鳥の鳴き声の聞きなし、「鶯（うぐひす）」という物名（隠し題）が、相互に密接なつながりを持っていることが重要なのである。鶯の鳴き声は「うくひす」という仮名連鎖で記述できる言葉に聞きなされており、それが「鶯（うぐひす）」の名の由来になっている。その「鶯（うぐひす）」の名と鳴き声を、掛詞によって「憂く干ず」に読みかえたのだが、それによって「うくひす」という名を持つ「鶯」も憂いを抱えた存在となる。

鳥の鳴き声の聞きなしを詠み込んだ例は賀歌に多い。

（題しらず　　よみ人しらず）

しほの山さしでのいそにすむ千鳥きみがみ世をばやちよとぞなく　（古今巻七賀歌　三四五）

（延喜十九年東宮の御屏風の歌、うちよりめしし十六首）

空になく鶴をきける

千とせふとわがきくなへに蘆たづの鳴きわたるなる声のはるけさ　（貫之集第一　一三三）

「千代・八千代・千歳ふ」と声に出してうたうとそれが実現するという言語観のもとに作られるのが賀歌であるが、ここでは鳥の声をそのように聞きなしている。いわば外界の音を人間に関係するものとして意味づけている。そこには、この世の事柄は言葉に換えることができ、その言葉は音の類似や仮名表記の類似によって人間の生活に関連させせることができるという言語観が存在する。言い換えれば、世界は言葉によって意味づけられるのである。

例えば、神話において始源の世界は、

豊葦原の水穂の國は、晝は五月蠅（さばへ）なす水沸（みなわ）き、夜は火瓮（ほべ）なす光（かがや）く神あり、石（いは）ね・木立（こだち）・青水沫（あをみなわ）も事問（ことと）ひて荒ぶる國なり。

（『出雲國造神賀詞』）

にみられるように、ざわざわとした無秩序なものとしてとらえられていた。自然界は混沌としており、しかも人間にとって不可思議な意味不明な音に満ちていた。だから、人間にとっては、このような無秩序な世界に秩序を与えることが重要であった。それは、混沌とした「モノ」の世界を「コト」にすることであった。西郷信綱が、

言語に精霊がひそみ、その力によって事物や過程がことば通りに実現されるのを期待する考えが古くから行われていた……コトダマを「事霊」と書いた例があるのなども、言＝事という魔術等式が生きていたしるしである。(6)

と論じたように、「コト」は「事」であり「言」である。「コト」にするとは、無秩序な世界をコト（言）によって分節し、意味を与えることである。言い換えれば、言葉によって世界を概念化し、それによって世界を「知り」「所有し」「支配する」ことにほかならない。

このような、外部の音の聞きなしや言葉によって世界を人間に関係のあるものとして意味づけ秩序づけていく詞章は、古事記や風土記などの地名起源説話に多くみることができる。

B足柄の坂本に到りて、御粮を食む処に、其の坂の神、白き鹿と化りて来立ちき。爾くして、即ち其の咋ひ遺せる蒜の片端を以て、待ち打ちしかば、其の目に中てて、乃ち打ち殺しき。故、其の坂に登り立ちて、三たび歎きて、詔ひて云ひしく、「あづまはや」といひき。故、其の国を号けて阿豆麻と謂ふ。　（『古事記』中巻）

C生馬の郷。郡家の西北一十六里二百九歩なり。神魂の命の御子、八尋鉾長依日子の命、詔りたまひしく、「吾が御子、平明けくして憤まず」と詔りたまひき。故れ、生馬と云ふ。　（『出雲国風土記』嶋根の郡）

D手染の郷。郡家の正東一十里二百六十四歩なり。天の下造らしし大神の命、詔りたまひしく、「この国は、丁寧に造れる国なり」と詔りたまひて、故れ、丁寧と負せ給ひき。而るに、今の人猶ほ手染の郷と謂へるのみ。

（『出雲国風土記』嶋根の郡）

は神の事跡をもとにした地名起源説話である。Bは古事記中巻の倭建命の東征物語の一節。東征からの帰途、足柄の坂の麓で倭建命が亡き妻を追慕して「あづまはや」と言ったことが、足柄から東を「アヅマ」と称することの起源だとする。また、Cは「吾が御子、平明けくしていくまず」から「生馬（いくま）の郷」、Dは「この国は、たしに造れる国なり」から「手染（たしみ）の郷」という名がついたというもので、いずれも神が発した言葉が地名の起源となっている。

このような話は、三谷邦明の論じたように「地名という現在の現実的事実が存在するが故に、神の事蹟もまた過去の事実であったという事実化の機能」と「神の事蹟のある土地であるが故に、その土地は神聖なものである」とする二つの機能によって、神話・カタリゴトの始源性を回復しようとする試みであるが[7]、その本質は、音を媒介として土地（人間の生活に関わるもの）と神の事跡とを結んだという点にある。

神の言葉は、すでにさまざまに論じられているように、異界から訪れてくる不可思議な音であり、それだけでは人間には理解不能なものであった。その神の言葉の音を聞きなして解釈し、人間に関係のあるものとして意味づけることが人間にとって重要なことであった。そしてそれを可能にしているのが、聞きなす人間の「言葉」の「音」の確かさであった。言葉は、それだけなら意味をなさない音の連鎖を聞きなして意味づけ、人間の生活に関係するものとしてこの世の秩序の中に位置づけるのである。

異界から訪れてくる不可思議な「音」という点では、鳥や獣の鳴き声も同様であった。

E日岡。坐す神は、大御津歯の命の子、伊波都比古の命なり。み狩せし時に、一鹿この丘に走り登りて鳴く。その声比々といひき。故れ、日岡と号く。　（『播磨国風土記』賀古の郡）

F比也山と云ふは、品太の天皇、この山にみ狩したまひしに、一鹿、み前に立ちき。鳴く声は比々といひき。天皇、聞かして、すなはち翼人を止めたまひき。故、山は比也山と号け、野は比也野と号く。
（『播磨国風土記』託賀の郡）

G郡より西北のかた六里に、河内の里あり。本、古々の邑と名づく。俗の説に、猿の声を謂ひて古々と為す。
（『常陸国風土記』久慈の郡）

H法吉の郷。郡家の正西一十四里二百卅歩なり。神魂の命の御子、宇武賀比売の命、法吉鳥と化りて飛び度り、此処に静まり坐しき。故れ、法吉と云ふ。　（『出雲国風土記』嶋根の郡）

EとFは鹿の鳴き声の聞きなしが地名となったもの。播磨国風土記には、狩に追われて逃げる鹿を語る伝承がいくつか収められているが、その鳴き声が「比々」と記述されている。「比々」とあるのは、長音を表記するために同音を重ねたもので、

宇陀能　多加紀爾　志芸和那波留……亜々〔音引〕　志夜胡志夜　此者　伊能碁布曾〔此五字以㆑音〕　阿々〔音引〕

> 志夜胡志夜　此者　嘲咲者也　（宇陀の　高城に鴫罠張る……ええしやごしや　此は　いのごふぞ　ああしやごしや
> 此は　嘲咲ふぞ）　　（『古事記』中巻　歌謡九）

で、「音引」と注をつけて「亜々（音引）」を「ええ・えー」、「阿々（音引）」を「ああ・あー」と読ませているのと同様である。上代は、ハ行音はパ行に発音したと考えられており、「比々」は「ピイ・ピー」を写したものといえる。(8)鹿の「ピイ・ピー」という鳴き声を聞き取った言葉が、「日岡」「比也山・比也野」という土地の名となっている。鹿の鳴き声は、単に動物の声というだけではなく、異界から訪れてくる不可思議な音であり、その音をどのようにとらえて意味づけるかが重要な問題であった。それは、人間にとって理解不能な神の言葉を解釈して人間の生活に関係づける「さにわ」の働きにも通じる。このことはGの「古々（コオ・コー）」という猿の鳴き声についても同様にいえる。

Hでは、鳥の鳴き声は表にあらわれていないが、「宇武賀比売の命」が「法吉鳥」となってここに鎮座したことから「法吉の郷」という地名になったというもの。「法吉鳥」とは鶯のことをいうが、これも鶯の声の聞きなしがもとになっている。新編日本古典文学全集では、「法吉鳥」について、

> 鶯の鳴き声を擬した鳥名という説が多い。古代音でポポケキョ・ポッキョなどと聞こえたと考えるのも一説ながら、私見では春の来た歓びを告げるホキ（寿き・祝き）鳥の意とみたい。(9)

と解説しているが、これはやはり鶯の鳴き声の聞きなしと考えるべきだろう。「法吉鳥」が「ホキ鳥」である可能性もあるに違いないが、その「ホキ」自体が鳴き声の聞きなしにほかならない。春になると現れる鶯は春の訪れを告げるめでたい鳥であるが、その鳴き声は「ホキ（寿き・祝き）」と聞きなされるように鳴いており、鳴き声から「ホキ（寿き・祝き）鳥」と名づけられ春の訪れを告げるめでたい鳥とされるようになった、というように、音に基づく

名づけと人事的意味の往還作用がここにはある。名はその実体を表すように名づけられたのである。

Ⅲ　名づけと人事的意味の往還作用

前節でみたように、名はその実体を表すように名づけられた。それは「コト（言）」は「コト（事）」であるという言語観に基づいている。このような名づけと人事的意味の往還作用、すなわち名があるゆえにそのものも「名」の通りの属性を持つとされたものの最も端的な例の一つとして女郎花を挙げることができる。

僧正遍昭がもとにならへまかりける時に、をとこ山にてをみなへしを見てよめる

ふるのいまみち

をみなへしうしと見つつぞゆきすぐるをとこ山にしたてりと思へば　（古今巻四秋歌上　二二七）

ここでは、「男山」の名から連想される「をとこ」と、「女郎花」の「をみな」とをかかわらせている。現代人の感覚からすれば、女郎花が男山に生えているのを見て「憂し」と思ったなどという他愛ない連想が詩歌になるとは到底考えられない。だが、当時の歌人たちは「をとこ―をみな」の連想を生む言葉をそつなく組み合わせ、「をとこ―をみな」の対比を巧みに詠み込んだ和歌として評価したに違いない。僧正遍照を訪ねて京都から奈良へ出かける途中だったという状況の中で、男山や女郎花がうたい手にとってのっぴきならないものであったとは考えにくい。ただ、「男山」や「女郎花」が持っている「名」が連想させる「をとこ」「をみな」という言葉のとりあわせがうたい手の興味をひいたのである。竹岡正夫によれば、この和歌のあらわす心は、

美女という名のつく女郎花が、男という名のついた男山に立っているのを、気にくわぬ、いやな女と思ってい

るのである。(10)

というが、この場合は、男山に立っている女郎花（すなわち美女）はすでに他の男と言い交わしているだろう、という解釈になるはずである。「男山」に立っている「女郎花」を、「をみな」という名から、すでに他の男と言い交わしていて自分の手に届かない美女という意味を与えた。そこにこの和歌の眼目がある。言い換えれば、この和歌を形成しているものは「名」であり「言葉」であった。

女郎花は万葉仮名でも「佳人部為」「美人陪師」などと表記されており、すでに美しい女性のイメージが込められていた。ただ、万葉集の時代には、

手に取れば袖さへにほふをみなへしこの白露に散らまく惜しも　（万葉巻十　二一一五）

のように、単に秋の景物として詠まれている場合が多く、三代集以降のようには固定化した発想を生むまでにはなっていなかった。(11)平安時代になり、大和言葉への自覚が高まったことから、名への意識も高まり、女郎花を妖しく美しい女性とする発想が生み出されたのである。

女郎花という「名」に対する意識と、仮名表記による語構成への自覚が、女としての女郎花にさらなる意味を付与することとなった。

をみなへし　　　　　　　とものり
白露を玉にぬくやとささがにの花にも葉にもいとをみなへし　（古今巻十物名　四三七）

蜘蛛が女郎花の花や葉に糸をかけ渡した景色を詠みながら、「糸を皆綜し」に「をみなへし」を隠した物名の歌である。「いとをみなへし」という仮名連鎖に「をみなへし」が隠されているわけだが、このように表記されることによって、逆に「をみなへし」という仮名連鎖に「綜し（糸をはたおり機にかけること）」が含まれていることがクローズ

アップされた。女郎花は野に立つ美女であるが、同時に機を織る女というイメージも与えられる。

（おなじ八年八条の右大将のきたの方、本院の北方七十賀せらるる時の屏風の歌、大将おほせたまふときに）

野の花

秋の野のちくさの花はをみなへしまじりておれる錦なりけり
（貫之集第三　三四六）

秋の野に咲く種々の花は女郎花が中にまじって織りなした錦のようだという見立ての和歌である。ここで、野に咲く種々の花の中で女郎花だけが特別に扱われているのは、女郎花が「をみな」であり、「綜し」という語句を含むことによって機を織る女とみなされるからに他ならない[12]。

このように、仮名表記を前提として、ある語句甲（をみなへし）の仮名連鎖の中に別の語乙（綜し）が含まれることによって、甲に乙の性質が付与されるという言語観のもとに和歌を詠むのは、後に述べるように、貫之集における貫之歌の特色の一つである。が、ここでは古今集の段階において、このような掛詞がどのような様相にあったかについて、もう少し詳しく検討してみたい。

Aと同様に鶯を掛詞に詠み込んだものとして、

（題しらず）　よみ人しらず

I我のみや世をうぐひすとなきわびむ人の心の花とちりなば
（古今巻十五恋歌五　七九八）

のような例を挙げることができる。「うぐひす」の「う」に「憂」を掛けて、「自分だけがこの世がつらいと（鶯のようになって）泣くのだろうか」と詠んだものである。この歌の場合、掛詞はどのような構成になっていて鶯はどのように鳴いているだろうか。一見すると、この場合もAと同じように「うくひす」という仮名連鎖に「鶯」と「憂く干ず」を掛け合わせ「我」になずらえられた「鶯」は「この世はつらい涙が干ない」と鳴いていると解釈できそうにみえる。事実、新日本古典文学大系ではそのように理解している。しかし、

（題しらず）　　　　　　　　　　　　　　　　　　　　　きせんほうし

Jわがいほは宮このたつみしかぞすむ世をうぢ山と人はいふなり　　（古今巻十八雑歌下九八三）

（題しらず）　　　　　　　　　　　　　　　　　　　　　よみ人しらず

Kおほかたはわが名もみなとこぎいでなむ世をうみべたに見るめすくなし　　（古今巻十三恋歌三　六六九）

文屋のやすひでみかはのぞうになりて、あがた見にはえいでたたじやといひやれりける返事に

よめる　　　　　　　　　　　　　　　　　　　　　　　　小野小町

Lわびぬれば身をうき草のねをたえてさそふ水あらばいなむとぞ思ふ　　（古今巻十八雑歌下　九三八）

で「世をう（憂）」「身をう（憂）」とあることから、「〜をう……」という和歌言説の様式を想定できるとすれば、Iの場合も掛詞の構造は「世をう（憂）ぐひす」であって、「世をうぐひす（憂く干ず）」ではないということになる。当然、鶯の鳴き声は「この世はつらい」であり、「この世はつらい涙が干ない」ではない。

I以下の歌で、「うぐひす」「うぢ山」「うみ」「うき草」は憂いを抱えた存在として詠み込まれているが、その根拠はこれらが「う（憂）」という音（仮名）を持っている点にある。だが、「う」を含むものが必ず憂いを抱えた存在になるわけではない。それを可能にしているのが、「世（身）をう……」という掛詞を含んだ和歌言説の様式なのである。

「世（身）をう……」は、「世（身）」を「う……」が憂く思っていることを表している。「うぐひす」「うぢ山」「うみ」「うき草」は「世（身）をう……」という様式の中で「憂」と掛けられることによって「世（身）」を憂く思う我

が身の比喩として一首の中に位置づけられる。

このように、言葉によって事象が意味づけられ、関連づけられるということの特質は、Lの「うき草」の場合により明確にみることができる。浮き草はもともと根なし草の頼りなさをともなったものとしてとらえられており、漢詩文の中でも、

君如影兮隨形、賤妾如水浮萍。明月不能常盈、誰能無根保榮、良時冉冉代征。（君は影の形に隨ふが如く、賤妾は水の萍を浮ぶるが如し。明月常には盈つる能はず、誰か能く根無くして榮を保たん。良時は冉冉として代々(かはるがはる)征く）。

（『玉台新詠』巻九・傅玄・擬北樂府三首・歴九秋篇・董逃行／『藝文類聚』巻四十二、樂部二・樂府にもあり）

雜詩五首　曹植

攬衣出中閨、逍遥歩兩楹。　衣を攬りて中閨を出で、逍遥して兩楹に歩す。
閑房何寂寞、緑草被階庭。　閑房何ぞ寂寞たる、緑草階庭に被る。
空室自生風、百鳥翔南征。　空室自ら風を生じ、百鳥翔けて南征す。
春思安可忘、憂慼與我并。　春思安くんぞ忘る可けん、憂慼我と并さる。
佳人在遠道、妾身獨單煢。　佳人遠道に在り、妾身獨り單煢なり。
懽會難再遇、蘭芝不重榮。　懽會再び遇ひ難し、蘭芝は重ねて榮えず。
人皆棄舊愛、君豈若平生。　人皆舊愛を棄つ、君豈に平生の若くなるや。
寄松爲女蘿、依水如浮萍。　松に寄せて女蘿と為り、水に依りて浮萍の如し。
束身奉衿帶、朝夕不墮傾。　身を束ねて衿帯を奉じ、朝夕墮傾せず。
儻終顧盻恩、永副我中情。　儻くは顧盻の恩を終へ、永く我が中情に副はんことを。

（『玉台新詠』巻二／『藝文類聚』巻三十二・人部十六・閨情にもあり）

のように頼りないものとして描かれてきた。しかし、それだけでなく「身をう（憂）き草」という様式で「憂」と掛けられることによって、憂いを抱えながら根なし草として漂っているものとして一首の中に位置づけられる。それは、掛詞が音を媒介として事象に人事的な意味を付与することでもある。この場合、掛詞という和歌言説の様式は「浮き草」という言葉の背景にある漢詩文によって作り出されているイメージをもまるごと包含しているのである。

　このように、掛詞という仮名を前提とした「和」の言説が、漢詩文という世界言語ともいえる異言語を包括し、かつ超越していく経緯は、

M春ごとに絶えせぬものは青柳のかぜにくりいだす糸にぞありける　（古今和歌六帖　四一五七）

といった例に端的にみることができる。春になって青柳がのばす糸のような新芽が春風に吹き乱れる様子は、

青柳（あをやぎ）の糸の細（くは）しさ春風に乱れぬい間に見せむ児もがも　（万葉巻十　一八五一）

をはじめ、貫之の有名な古今集歌、

（歌たてまつれとおほせられし時によみてたてまつれる　つらゆき）

あをやぎのいとよりかくる春しもぞみだれて花のほころびにける　（古今巻一　春歌上　二六）

など、万葉以来数多く詠まれており、漢詩文にも、

桃花紅若點、柳葉亂如絲。絲條轉暮光、影落暮陰長。（桃花紅にして點の若く、柳葉亂れて絲の如し。絲條暮光轉じ、影落ちて暮陰長し）。　（『玉台新詠』巻七・皇太子簡文・戯作謝恵連體十三韻詩）

樹暖枝條弱、山晴彩翠奇。峯攢石緑點、柳宛麹塵絲。（樹暖にして枝條弱く、山晴れて彩翠奇なり。峯は石緑の點を攢

め、柳は麴塵の絲を宛す）。　　（『白氏文集』巻十三・代書詩一百韻寄微之）

山桃復野桃　日曝紅錦之幅
門柳復岸柳　風宛麴塵之絲
逐処花皆好　　齊名　　（『和漢朗詠集』春興・二一）

青糸繆出陶門柳　白玉装成庾嶺梅　　江相公　　（『和漢朗詠集』梅・九〇）

といった例があり、特にMの歌は、

　天津橋　　白居易

津橋東北斗亭西、到此令人詩思迷。眉月晩生神女浦、瞼波春傍窈娘堤。柳絲嫋嫋風繰出、草縷茸茸雨剪齊。報道前驅少呼喝、恐驚黄鳥不成啼。（津橋の東北斗亭の西、此に到りて人をして詩思迷はしむ。眉月晩に生ず神女の浦、瞼波春傍ふ窈娘の堤。柳絲嫋嫋として風繰出し、草縷茸茸として雨剪り齊しうす。前驅に報道して少しく呼喝せしむ、恐くは黄鳥を驚かして啼を成さざらんことを）。

（『白氏文集』巻二八／「柳絲嫋嫋風繰出、草縷茸茸雨剪齊」は『千載佳句』四四にもあり）

を本文にしたと考えられる。ところが、田中喜美春はMについて、「かぜ」には糸を巻く「桛」が掛けられているとして、

　青柳が紡ぎ出した糸の行く先が「かぜ」に表されていると考えなければならない。そうなると、「に」は帰着を意味する助詞と解するほかあるまいし、「かぜ」は糸に関連する体言で、風と掛詞になっていなければならなくなる。この条件を満たすのは「桛」しかあるまい[13]。

と論じている。たしかに、白居易の詩句は「風繰リ出し」（風が繰り出す）であり、Mは「かぜにくりいだす」となっている。田中の論じるように「かぜ」に「風」と「桛」が掛けられているとするならば、Mは漢詩文の言説を取

り入れながら、それを超えた意味を作り出しているといえる。そして、それを可能にしているのが掛詞という、仮名を前提とした「和」の言説であった。

Ⅳ　掛詞が作り出す言葉のネットワーク

前節では、ある語句甲が別の語乙を含むことによって、乙の性質も付与されるという掛詞のはたらきについて論述した。ここではさらに、掛詞によって意味が二重化された語句が一首の中で緊密な言葉のネットワークを作り出すメカニズムについて検討する。

（題しらず）　　　　　　　　　　　　　　　　よみ人しらず

Kおほかたはわが名もみなとこぎいでなむ世をうみべたに見るめすくなし　　（古今巻十三恋歌三　六六九）

この歌をすっきりとパラフレーズすることは難しいが、この世を憂いと思っていると、海辺に海松布が少ないようにあなたと会う「見る目」も少ない、海人が海松布を求めて水門を漕ぎ出していくように、私もわが名を気にしないで思い切って振る舞おう、というような解釈で大過ないだろう。「みるめ」には「海松布」と男女が会う「見る目」が掛けられて、海松布が少ない海辺は逢瀬の少ないことの喩えとなっているが、「世をう（憂）みべた」という和歌言説の様式によって、「憂」を含む「うみべた」は憂いに満ちた存在となる。こうして、「うみべた」は「海松布」と「見る目」の少ない憂きものとして、恋の不可能性を表すものへと転位する。

（題しらず）　　　　　　　　　　　　　　　　をののこまち

みるめなきわが身をうらと知らねばやかれなであまのあしたゆくくる　　（古今巻十三恋歌三　六二三）

では、「うら」に「浦」と「憂ら」を掛けたとし、「ら」は「形容詞の語幹について、状態を表す名詞を作る接尾辞」という説明をしているものもある。[14] しかし、これまで考えてきた流れからすれば「わが身をう（憂）ら」であって、「浦」が「憂」を含むゆえに我が身を憂く思う自分の比喩となることは明らかであろう。同じ理由から、「うら」に「恨ら」が掛けられていると考えることもできない。

「みるめなきわが身を浦と」は、「男と会う機会のない我が身」を「浦」に喩えたものである。「浦」には「海松布」が少なく、それが「見る目」がないことにつながっているわけだが、「わが身をう（憂）ら」という掛詞の様式があることによって「浦」は我が身を憂く思っていることになり、「浦」「海松布」「見る目」が恋の不可能性のために憂き状態にあることと密接な繋がりを持つようになるのである。

「浦」にしろ「海松布」にしろ、それはこの世の事物に言葉で名を与えたものである。それは、外界に対する人間の側からの意味づけでもあった。そして、前にも述べたようにその名は本来そのものの実体を表すものであった。だが、その名は音の共通部分からまったく別のものに読み替えうる互換性を持っていた。そして、読み替えられたもう一つの名も、同じ音を持つがゆえにそのものの属性を表しているとみなされた。すなわち、「海松布」は「みるめ」であるゆえに「見る目」でもあるという関係である。こうしたものの「名」の性質を様式として方法化したのが、

風俗（くにぶり）の諺（ことわざ）に、筑波岳（つくはね）に黒雲挂（くろくもかか）り、衣袖漬の国（ころもでひたちのくに）と云ふは、是れなり。
（『常陸国風土記』総記）

風俗の諺に、握飯筑波の国（にぎりいひつくはのくに）と云ふ。
（『常陸国風土記』筑波の郡）

風俗の説（ことば）に、薦枕多珂の国（こもまくらたかのくに）と云ふ。
（『常陸国風土記』多珂の郡）

のような、非日常の様式化された呪言の律文であった。そして、この様式が掛詞の根底を作り出している。

ところで、Aの場合で「うくひす」という仮名連鎖に「憂く干ず」と「鶯（うぐひす）」が掛けられているということは、清濁の違いは問題にしていないということになる。これは、清濁を書き分けない仮名で書かれることが前提となっており、こうした場合言葉の音声性は仮名というエクリチュールの形象性にすり変わっているか、仮名で書くことを前提とした音声性であることに留意する必要がある。

さて、次にこれまでみてきた掛詞が一首の中で緊密な言葉のネットワークを作っていく経緯をたどってみる。

（題しらず　　よみ人しらず）

Nうきめのみおひてなかるる浦なればかりにのみこそあまはよるらめ　（古今巻十五恋歌五　七五五）

「うきめ」に「浮き海布（浮いている海草）」と「憂き目」、「なかるる」に「流るる」と「泣かるる」、「かりに」に「刈りに」と「仮に」のように、三重の掛詞が用いられている。表面的には、「浮き海布」だけが生えて流れている浦なので海人はそれを刈るためだけによってくるということだが、掛詞によって、つらい思いばかりして泣かれてばかりいるので、あの人はいいかげんなかりそめの気持ちだけで訪れてくるのだという二重の文脈を響きあわせている。

ところで、「うきめ」は必ずしもこのように掛詞として用いられるわけではなく、

うりむゐんにてさくらの花をよめる　　そうく法し

いざさくら我もちりなむひとさかりありなば人にうきめ見えなむ　（古今巻二春歌下　七七）

のように「憂き目」としてのみ用いられる場合もある。第三部第一章「掛詞論Ⅰ――掛詞の生み出す言葉の重層性――」でも論述したように、「うきめ」が掛詞として用いられるのは、Nや、

題しらず　（よみ人しらず）

我を君なにはの浦に有りしかばうきめをみつのあまとなりにき（古今巻十八雑歌下　九七三）

のように、「浦」や「あま」といった海辺の景にかかわるものと結びつけられた場合である。「うきめ」の「め」が「海藻」に通じることは、「みるめ」が「海松布」に通じるのと同様、周知のことであった。ただ、前章でも述べたように「みるめ」は「みる（見る）」が男女の逢うことを表す意味が強いため、ストレートに恋に結びつけられやすかった。古今集中の六例すべてが恋の和歌である。そして、「海松布」との関連によって、五例が海とのかかわりの中で掛詞としてうたわれている。(15) これと同様に、「うきめ」も海との関連で「うら」「あま」と結びつけられた時に掛詞となっている。「うきめ」は「浮き海布」と「憂き目」の意味を持ちうるが、他の言葉との関連においてはじめて掛詞として機能させられるのである。このことは、「うきめ」が「海布」を呼びおこすことから、海にかかわる言葉がその周りに集められてくるのだといいかえてもよい。この二つは表裏一体のことでもある。

これまで述べてきたことと関わらせてNについていうならば、「浮き海布」「浦」「あま」といったものや、「憂き目」「流るる」「泣かるる」「刈りに」「仮に」といった事柄は言葉を媒介として関連づけることができるという言語観のもとに詠まれているということができる。そのようにして結びつけられた事柄が緊密な言葉のネットワークを形成しながら和歌の世界を構築しているのである。

Ｖ　貫之集の切り開いたもの

貫之集の和歌は、多くの掛詞が用いられていることにその特色の一端をみることができる。その中には万葉集から古今集までの和歌言説の水準に照らして、馴染みの薄いものもいくつかある。

（延喜十七年の冬なかつかさの宮の御屏風の歌）

子日

春霞たなびくまつの年あらばいづれの春かのべにこざらん　（貫之集第一　九一）

子の日の小松引きの行事を詠んだもので、小松引きの松のような長寿があるならば、いつの年でも寿命を延べに野辺に出かけようというもの。「春霞たなびく」に「引く松」、「のべ」に「野辺」と「延べ」を掛けている。(16)この掛詞の働きによって、春霞が「たなびく」ことが松を「引く」ことを引き起こし、松を引く「野辺」に行けば寿命を「延べ」ることができると詠んでいる。古今集には年中行事の歌は採用しない方針があったらしく、子の日の行事を詠んだ歌を比較することはできないが、春霞や野辺を詠んだ歌でこのような掛詞が用いられたものを、古今集までの歌に見いだすことはできない。

この歌を考える時には、これが屏風歌として詠まれたことを念頭におかなければならない。貫之集の詞書きからは、子日の行事を描いた屏風の具体的な図柄は分からない。一般的なこととしては、

子日　子日の小松引を画いたもので、若菜摘と同じく春の野が主となってゐる。「春霞たなび」き、「小松いとちひさきおほ」く生ひたる野辺を舞台に、或は「松のもとにつれてあそびゐたる所」……と云ふ様に人物の群を配した画面を持つてゐた。(17)

というように考えられている。貫之集に収められた、その他の子日の歌をみると、

（延長四年九月法皇の御六十賀、京極のみやす所のつかうまつり給ふ時の御屏風のうた十一首）

子日

花ににずのどけきものは春霞たなびくのべの松にぞ有りける　（貫之集第一　一九〇）

（延喜の末よりこなた延長七年よりあなた、うちうちの仰にてたてまつれる御屏風の歌廿七首）

春

久しさをねがふ身なれば春霞たなびく松をいかでとぞみる　（貫之集第三　二八二）

立春になって春霞がたなびく野辺で人々が小松の根を引いているという場面が想像できる。場合によっては、春霞は松の枝にかかってたなびいている場合や、人々が野辺に集まって戯れている場合もあるかもしれない。

貫之集の屏風歌はそのような子日の行事の様子を掛詞や縁語を駆使して言葉で再現する。行事を構成している重要な要素を言葉に替え、掛詞や縁語という言葉のネットワークとして結びつけることによって、屏風に描かれた行事を実現させるのである。もちろん、屏風歌は実際に屏風を見て歌を詠んだかどうか明らかではなく、題だけ与えられて詠んだというケースもあった。しかし、このような月次屏風の場合、描かれる主題は共通しており、和歌は屏風絵と関連しながら屏風の持ち主を寿ぐ役割りを果たしていた。いうなれば、和歌と屏風絵との往還作用を通して、寿的（呪的）な空間が形成されたのである。

貫之集の和歌はその他にも、古今集時代から用いられてきた掛詞の用法をさらに拡大することによって、緊密な言葉のネットワークを作りあげるとともに、仮名というエクリチュールの形象性を生かした次の様な言説をも生み出した。

（天慶二年四月右大将殿御屏風の歌廿首）

やまのほとりにしてしぐれす

雨なれどしぐれといへば紅にこのはのしみてちらぬ日はなし　（貫之集第四　三九二）

古代には時雨が木の葉を紅葉させると考えられており、第四部第二章「〈紅葉の歌〉攷」でも論述したように、万葉集以来多くの歌が「紅葉」と「時雨」の関係を詠んできた。だが、ここでは「しくれと言へばくれなゐに」とあるように、時雨は「くれ」を含むから「くれなゐ」を実現するのだという趣向で詠まれている。(18) 時雨の語を「しくれ」という仮名連鎖に解体したうえで、「くれなゐ」に関連づけ、時雨が木の葉を色づかせる根拠を明らかにするというのは、貫之集が切り開いた新しい和歌言説の可能性であった。では、こうした言説はどのようにして可能になったのであろうか。もちろん、古今集以後の貫之が専門歌人として修辞技法を工夫し、和歌言説の可能性をひろげていった所産ともいうことができる。しかし、こうしたレトリックがいかに革新的にみえたとしても、時代の言葉の共同性からまったく自由に和歌言説の「革新」が実現されたということはできない。本章がこれまで述べてきたような和歌言説の特質・言葉の呪術性を尖鋭的に方法化することによって、複雑に錯綜するこのような言葉のネットワークが作りあげられたのである。それは、革新と言うよりは尖鋭的な総合化とも言うべきものであった。

Ⅵ　おわりに

本章では、一般的には同音異義語を用いた機知的な修辞技法と考えられてきた掛詞について、尖鋭的な詩的言語の側面からではなく、この世の事象を意味づけ関連させていく言葉の力という側面から論じてきた。この世にある諸々の事柄は、言葉に替えることができる。そしてそれらは言葉を媒介として密接な関係性を持ちながら和歌という言語世界を作りあげている。それは、掛詞の中に「言葉」の呪力といった古代的なものをみようとすることでもある。同じように一首を重層化し、錯綜する意味のネットワークを作り出す古今集時代の掛詞にあって、抽象度の高い漢詩文的な言葉に支えられた観念性と、「古代性」とが層をなして存在しているのである。

注

（1）時枝誠記『國語學原論』（岩波書店　一九四一年十二月十日）
（2）鈴木日出男『古代和歌史論』（東京大学出版会　一九九〇年十月二十五日）
（3）竹岡正夫『古今和歌集全評釈　上　補訂版』（右文書院　昭和五十六年二月十日）
（4）片桐洋一『古今和歌集全評釈　中』（講談社　一九九八年二月十日）
（5）小松英雄『仮名文の原理』（笠間書院　昭和六十三年八月三十一日）
（6）西郷信綱『増補　詩の発生　文学における原始・古代の意味』（未来社　一九六四年三月二十五日）
（7）三谷邦明『物語文学の方法Ⅰ』（有精堂　一九八九年三月三十日）
（8）植垣節也校注・訳『新編日本古典文学全集　風土記』（小学館　一九九七年十月二十日）
（9）注（8）に同じ。
（10）注（3）に同じ。
（11）平田喜信・身崎壽『和歌植物表現辞典』（東京堂出版　平成六年七月十日）
（12）田中喜美春他著『和歌文学大系十九　貫之集／躬恒集／友則集／忠岑集』（明治書院　平成九年十一月十日）
（13）田中喜美春「貫之の和歌民業論」（『國語と國文學』第七十三巻第一号　平成八年一月号）
（14）小沢正夫・松田成穂校注・訳『新編日本古典文学全集　古今和歌集』（小学館　一九九四年十一月二十日）
（15）残りの一例も「涙の川」という、水にかかわるものとの関係で詠まれている。
（16）注（12）に同じ。
（17）家永三郎『上代倭絵全史　改訂版』（墨水書房　昭和四十一年五月十日）
（18）注（12）に同じ。

第三章　見立て論

Ⅰ　規定の難しい「見立て」という概念

「見立て」は、和歌の修辞技法の一つとして、序詞・掛詞・縁語と同様に扱われることが多い。だが、実際には「見立て」はそれほど自明の概念ではない。その概念規定はもとより、どのようなものが「見立て」に含まれ、どのようなものは「見立て」に含まれないという範囲の基準が明確でないからである[1]。同じ和歌を見立てと認定する論者もいれば、見立てと認定しない論者もいる[2]。「擬人法」の用いられた和歌を「見立て」と認定する論者もいれば[3]、「擬人法」を「見立て」と区別しようとする論者もいる[4]。

入門書などでは、「見立て」についてごく簡単に「比喩の中でも特に『見る』作用に属する発想法および表現法を『見立て』という」と説明している[5]。だが、この規定はきびしくない。「『見る』作用に属する発想法および表現法」が比喩一般に対してどのように位置づけられるかが明確にされていないため、「見立て」といわゆる比喩の関係が曖昧になってしまうからである。この場合は「見立て」の「見」に引きずられて、「見る作用に属する発想法および表現法」が「見立て」であるといった、循環論法のような説明が導き出されてきたのではなかろうか。

鈴木宏子は、「見立て」に関する従来の諸説を検討し、「〈見立て〉とは、視覚的印象を中心とする知覚上の類似に基づいて、実在する事物Aを非実在の事物Bと見なす表現である」と述べ、「見立て」には「自然と人事を結ぶ見立て」と「自然物相互の見立て」があると論じている。(6) この規定が、非常に限定されたものではあるが、現段階における「見立て」の概念規定の、最も整ったものではある。

ところで、鈴木は「見立て」において「視覚的印象を中心とする知覚上の類似」と「実在の事物を非実在の事物とみなすこと」を重要な要件としている。たとえば、鈴木も例歌として挙げている、

寛平御時きさいの宮の歌合の歌　　とものり

三吉野の山べにさけるさくら花雪かとのみぞあやまたれける　（古今巻一春歌上　六〇）

という友則の和歌は、歌合せの歌であり実景を詠んだものかどうかは明らかではないが、眼前に見える「三吉野の山べにさけるさくら花」（実在の事物）を「知覚上の類似」に基づいて、そこには存在しない（「詠者の脳裏に思い描かれた虚像、非実在の景物」としての）「雪」（非実在の事物）に喩えるという位相で詠まれたものである。こうした喩えは比喩としてごく普通のあり方であり、このように説明すれば「見立て」とはいかなるものか明快のような感じがするだろう。しかし、見立ての歌には、

北山に紅葉をらむとてまかれりける時によめる　　つらゆき

見る人もなくてちりぬるおく山の紅葉はよるのにしきなりけり　（古今巻五秋歌下　二九七）

のように、視覚（知覚）的な印象というよりも第四部第二章「〈紅葉の歌〉攷――古今集前夜における和歌の文芸化」

で論述したような「紅葉」を「錦」に喩える文学的な累積と、

富貴不帰故郷、如衣繍夜行、誰知之者。（富貴にして故郷に帰らざるは、繍を衣て夜行くが如し、誰か之を知る者ぞ）。（『史記』項羽本紀）

という漢詩文に基づく故事をふまえて、誰にも見てもらえずに散ってしまう「おく山の紅葉」を目立たず甲斐のない存在である「よるのにしき」に喩えたものもある。この場合には、「おく山の紅葉」は確かに「実在の事物」で「よるのにしき」は「非実在の事物」であるが、これらを比喩として結びつけているのは知覚的な類似というよりも（もちろん知覚的な類似性がないわけではないが）、漢詩文などによる文学的連想である。いいかえれば、そうした文学的連想の累積が、喩えるものと喩えられるものを等価のものとして結びつけ、比喩であることを保証しているのである。

結論を先取りすることになるが、後に論述するように、「見立て」における事物と事物の結びつきは漢詩文的類型に基づくものが多い。このことは「見立て」においては、事物の「実在」「非実在」や、喩えるものと喩えられるものとの知覚的類似性が重要なのではなく、事物と事物を結びつける関係性こそが重要だということを示している。本章では、「見立て」における、この関係性のありかたについて論述する。

とはいえ、「見立て」に関する従来の論稿や、[7]「見立て」の例歌として挙げられたものの中から、「見立て」について最大公約数的なことを抽出するとすれば、それは、事物と事物の類似（知覚的類似だけでなく、文学的連想に支えられた類似性も含めて）を詠んでいるということになろう。そこで、やや便宜的にではあるが、ここでは、右の友則の和歌のように、「事物と事物の類似を詠むことを眼目にした和歌」を「見立て」の和歌であるとして、とりあえず先に進むことにしたい。

Ⅱ 「見立て」の周辺、および「喩」

一 評語としての「見立て」

今仮りに、和歌における「見立て」を「事物と事物の類似を詠むことを眼目にしたもの」と規定すると、古今集の時代には「見立て」という用語はもとより、そのような修辞技巧を指す言葉はなかった。「見立つ」は、「見送る」「後見する」の意であり、「見做す」の意で用いられてはいなかった。

折口信夫[8]や西田長男[9]のように、『古事記』上巻の、

於其島天降坐而、見立天之御柱、見立八尋殿。(其の島に天降り坐して、天の御柱を見立て、八尋殿を見立てき)。(『古事記』上巻)

にみられる「見立」を「見做す」の意とする説もあるが、これは毛利正守が詳細に論じているように認めがたい。[10]

評語としての「見立て」の起源は俳諧にある。貞門派の俳書『毛吹草』は「可宜句躰之品、」の一つに「見たて」の項目を立て、

一見たて

川岸の洞は螢の瓦燈かな

波たては輪違なれや水の月

ふりましる雪に霰やさねき綿

水かねかあられたはしる氷面鏡
　おなしやうなる岩ほ岩かね
苔むしろ色やさなから青疊
　六月よりも思ふ正月
ふり〳〵のなりにむきたる眞桑瓜
　寒き事正直なれや冬の空
軒のつらゝは更にさげ針
（『毛吹草』）

といった例句を挙げている。事物と事物の類似性そのものを中心にすえたところにこれらの句の眼目がある。言い換えれば、貞門派の「見立て」とは事物と事物の類似性の発見的提示が原義であった。

また、北村季吟の手になる古今集の諸注集成である『教端抄』では、三三二番歌、

やまとのくににまかれりける時に、ゆきのふりけるを見てよめる
坂上これのり
あさぼらけありあけの月と見るまでによしののさとにふれるしらゆき
（古今巻六冬歌　三三二）

の項に、

雅章卿（飛鳥井雅章・一六一一～一六七九）聞書云……よくみたてたる心あらはれたり[11]

とあるが、これも近世になってからの評語である。

もちろん、「見立て」に相当する言葉や概念がなかったとはいえ、当時の歌人が、現代の私達が用いる「見立て」に相当する和歌を詠まなかったわけではない。そのような修辞を持った和歌は数多く詠まれている。

当然、当時の歌人には「見立て」の歌を詠むという意識はなかった。だが、「見立て」という用語・概念とはまったく別の理由から、彼等は「事物と事物の類似を詠むことを眼目した和歌」を詠んだのである。その理由については後述するとして、ここでは、評語としての「見立て」と、それに関わるいくつかの事柄について検討する。

二　古今和歌集仮名序における「比喩」と「見立て」につながる観念の萌芽

すでに述べたように、古今集の時代に「見立て」という概念はなく、当時の歌人に「見立て」の和歌を詠むという意識はなかったはずだ。もちろん、それでも現在私達が「見立て」と呼んでいるものに該当する和歌はいくつも詠まれている。だが、それは「序詞」という概念を持たなかった万葉歌人達が「序詞」を用いて歌を詠んだというのとは意味あいが違う。「序詞」は、事物を表す言葉からはじめて心を表す言葉に転換するという、歌が発生のときからひきずってきた様式として、歌そのものを規制していたからである。私達は古今集の和歌に対して、何百年も後にできた概念をあてはめて、「これは〈見立て〉の和歌だ」と分類しているに過ぎない。

世中にある人ことわざしげきものなれば、心におもふことを見るものきくものにつけていひいだせるなり
（『古今和歌集』仮名序）

という古今和歌集仮名序の言葉に端的にあらわれているように、和歌にとって、ごく普通の修辞は、ものに付託して心をあらわす型の「比喩」であった。人は、生活する中でたくさん経験する「こと」や「わざ」によって触発された「おもふこと」を「見るものきくもの」に託して詠む。それが和歌だというのである。

古今和歌集の仮名序には、次のような、付託型の「比喩」に関する記述がある。

さざれいしにたとへつくば山にかけてきみをねがひ……ふじのけぶりによそへて人をこひ……

このように、仮名序は専ら、思うことを表すために何かを引き合いに出すような詠みぶりを、一般的な和歌言説のあり方と考えていたといえよう。いいかえれば、神の意思の表れである景を解釈することが「こころ」であった歌の始源に源を発する、伝統的な寄物陳思歌に和歌の本質をみていたともいえる。

（『古今和歌集』仮名序）

もっとも、仮名序には次のような一節もある。

秋のゆふべ竜田河にながるるもみぢをばみかどのおほむめににしきと見たまひ、春のあしたよしのの山のさくらは人まろが心にはくもかとのみなむおぼえける

（『古今和歌集』仮名序）

ここには「心におもふこと」を「見るものきくもの」に託して表すしかたの「比喩」ではない「比喩」への認識がある。事物と事物の類似を詠むことが眼目となる和歌に対する認識である。更にいえば、傍線部の「おほむめににしきと見たまひ」とか「心にはくもかとのみなむおぼえける」は、おそらく自覚してはいないだろうが、事物と事物の類似を詠むことが、そのように詠む主体の側の「見る作用」「感じる作用」の問題であること、すなわち「（発見的）認識」の問題であることに触れたものである。これが、仮名序にあらわれた「見立て」的なものに対する認識の萌芽といえよう。

三　評語としての「似物」――『俊頼髄脳』の場合――

事物Aと事物Bを対置させ、AをBとの類似において結びつけるという和歌の技巧を表わす言葉としては、平安時代以降「似物」という用語が用いられてきた。

「似物」の用例としては、まず『俊頼髄脳』に述べられたものを挙げることができる。

又歌にはにせ物といふ事あり。さくらを白雲によせ、ちる花をば雪にたぐへ、梅の花をばいもが衣によそへ、うの花をばまがきしまのなみかと疑ひ、紅葉をばにしきにくらぶ……いはひの心をば松と竹との末のよにくらべ、鶴龜のよはひとあらそひなどする……

（『俊頼髄脳』）

『俊頼髄脳』がいう「似物」はどのような内容を含んでいるだろうか。たとえば、「さくらを白雲によせ、ちる花をば雪にたぐへ」という一節は、当時盛んに詠まれた「桜」を「白雲」や「雪」に喩えることを眼目にした和歌（現在の、所謂「見立て」の和歌）の存在を背景にしている。この場合、『俊頼髄脳』のいう「似物」は、現在の私達がいう「見立て」に一致しているといえる。

では、「いはひの心をば松と竹との末のよにくらべ、鶴龜のよはひとあらそひなどする」というような場合はどうだろうか。

よしみねのつねなりがよそぢの賀にむすめにかはりてよみ侍りける

そせい法し

よろづ世を松にぞ君をいはひつるちとせのかげにすまむと思へば

（古今巻七賀歌　三五六）

承平四年中宮の賀し侍ける時の屏風に

斎宮内侍

色かへぬ松と竹とのすゑの世をいづれひさしと君のみぞ見む

（拾遺巻第五賀　二七五）

などのように、祝賀の気持ちをあらわすために、松（常磐の齢いを持つ）や竹（長いよ・節・世を誇る）・鶴亀（千年万年生きる）をひきあいに出して、祝賀の対象が末長く栄えると詠むようなケースである。特に後者は、いつまでも色を変えず緑色である松と竹の行く末の世を、どちらが久しいか、あなたさまだけが長寿を保って見ることができるだろうと中宮の長寿を寿いだもので、「いはひの心をば松と竹との末のよにくらべ」た歌の例の一つである。これらの場合は、松や竹の「よ（世・節）」や「鶴（亀）」をひきあいに出すことによって長寿を祝うことに眼目がある。これは、古今和歌集仮名序にみられた「心におもふことを見るものきくものにつけていひいだせる」ものの範疇にはいるだろう。

仁和の御時大嘗会の歌　　　　　　よみ人しらず

がまふののたまのを山にすむつるの千とせは君がみよのかずなり　　　　　（拾遺巻第五賀　二六五）

は光孝天皇の大嘗祭の時の歌とされるもので、「鶴の千年の寿命は、そのまま帝の御代の年数の長さである」というように、「鶴の千歳」と「君が御代」をはっきりと等価のものとして結びつけている。しかし、こうした例を「見立て」とみなすにはややためらいが残る。このようにしてみると、『俊頼髄脳』における「似物」は、事物を事物に喩えることを眼目とする和歌を中心としながらも、若干広い意味あいを含んでいることが分かる。ただ、『俊頼髄脳』が「似物」として挙げる列挙のしかたをみると、「さくらを白雲によせ」「ちる花をば雲にたぐへ」などという言い方からも伺えるように、「似物」とは「事物」と「事物」を等しいものとして結びつけるものだという意識が明確にあったとみてもよいだろう。

四　評語としての「似物」――『和歌初學抄』の場合――

歌論書において、「似物」についてまとまった記述のあるものとしては、この他に『和歌初學抄』がある。『和歌初學抄』は、和歌の技法の一つとして「似物」を挙げ、

似　物

又物ににせてよむこともあり。それもにせきたる物をよむべき也。

月はひるに、す。霜　雪　水　鏡　古歌云、
　ひるなれやみぞまがへつる月かげをけふとやいはむきのふとやいはむ
露は玉　螢
　あきの、におくしらつゆはたまなれやつらぬきかくるくものいとすぢ
雪は花　白雲　シラガ　月　浪　ユフ　霜
　ふゆごもりおもひかけぬをこのまより花とみるまでゆきぞふりける
（『和歌初學抄』）

のように説明している。ここでは、「似物」とは、「事物」と「事物」をその外見の類似性をもって結びつけるものだという判断基準が明確に示されている。「事物」に付託することによって「心におもふこと」を表す型の比喩とは区別されているのである。ここに挙げられている例は、すべて、「事物」と「事物」の組みあわせである。また、それぞれに引かれている例歌も、「事物」と「事物」をその類似性に基づいて詠むことを眼目にしたものばかりで、「いはひの心をば、松と竹との末のよにくらべ……」というように「松や竹」の「よ（世・節）」をひきあいに出すことによって長寿を祝うことに眼目があるような和歌ではない。

また、『和歌初學抄』に挙げられた例の中には、純粋に視覚的印象に基づいた結びつきというよりも、「花―錦」「菊―星」のように漢詩文に導かれて結びつけられたものや、「女郎花―女」のように音の類似を元に結びつけられたものもある。だが、このように比喩として関係づけられることによって、逆にそうした結びつきも視覚的印象に類似性があることが発見されるのである。『和歌初學抄』において、「似物」は「事物」と「事物」をその類似性に基づいて結びつけて詠むものだという認識が明確にされたのである。

五　古今集の和歌における「見立て」

前項で検討したように、「似物」が視覚的類似に基づいた「事物」と「事物」の関係を詠むものであるとするならば、それは現在用いられる「見立て」に重ね合わせうる概念であるといえよう。

それでは、「見立て」は「比喩」一般からどのようにして区別されるのだろうか。比喩とは比喩するもの（比喩）に対して比喩されるもの（意味）が優位に立っているものであり、見立てはこの双方に重い関心が向けられているという説がある。たとえば、北住敏夫は比喩とは、

　上総の末の珠名娘子を詠む一首　并せて短歌

しなが鳥　安房に継ぎたる　梓弓　末の珠名は　胸別の　広き我妹　腰細の　すがる娘子の　その姿の　きらぎらしきに　花のごと　笑みて立てれば　玉桙の　道行き人は　己が行く　道は行かずて　呼ばなくに　門に至りぬ……
（万葉巻九　一七三八）

の「花のごと　咲みて立てれば」や、

かけまくは　あやに恐し　足日女　神の尊　韓国を　向け平らげて　御心を　鎮めたまふと　い取らして　斎ひたまひし　ま玉なす　二つの石を　世の人に　示したまひて　万代に　言ひ継ぐがねと……
（万葉巻五　八一三）

の「ま玉なす　二つの石」といった言説のように「対象の特色を他のものを借り用ゐて鮮明ならしめる」もので、一方見立ては、「ある対象の性質を明かにするために他のものが単に利用されるのではなく、当の対象と共に、それと類似した他のものにも重い関心が向けられてゐる」ものと論じている。(12) しかし、本当にそのようなしかたで区別

してもよいのだろうか。

確かに、比喩においては比喩するもの（比喩）に対して比喩されるもの（意味）が優位に立っている。しかし、だからといって「比喩するもの」が単に「利用」されているに過ぎないということにはならないし、「見立て」が「比喩」と比較して「比喩するもの」と「比喩されるもの」の双方に重い「関心」が向けられていることが際だっているとも思えない。

本来、比喩とは喩えるものと喩えられるものの外延と内包を等価のものとして結びつけたものである。それゆえ、第二部第一章「古今和歌集歌の言葉」でも述べたように、たとえば、

彼女はバラのような人だ。

という比喩では、「彼女」を「バラ」の全体像、すなわち「鮮やかな色あい」であるとか、「美しいがトゲがある」などといった、「バラ」から表象されるもの全体とのかかわりの中で、「バラ」と等価のものとしてとらえなければならない。また、比喩には、喩えるものと喩えられるものとの間に相互規定性がある。「彼女」は「バラ」に喩えられることによって、「バラ」の持つイメージを付与される。だが、同時に「バラ」の方も「彼女」と結びつけられることによって、発話者が「彼女」に対して持つイメージが投影され、「彼女」の持つ性質が付与され人間化される。「彼女はバラのような人だ」は、典型的な比喩（直喩）である。一方、

北山に紅葉をらむとてまかれりける時によめる

つらゆき

見る人もなくてちりぬるおく山の紅葉はよるのにしきなりけり　（古今巻五秋歌下　二九七）

は、典型的な「見立て」の和歌である。一方は「比喩」であり、もう一方は「見立て」と呼ばれて異論はないと考

えられるが、この二つは、貫之の歌に繋辞がない（隠喩）とはいえ構文として見るならばほとんど同じ構造を持っている。このことから、「比喩」と「見立て」とを構文のレベルで区別することはできないといえるだろう。また、比喩における喩えるものと喩えられるものとの相互規定性を考慮するならば、喩えるものと喩えられるもののどちらにより深い関心が向けられているかといった視点では、やはり、比喩と見立ての相違を明らかにすることはできない。

そうではなく、比喩を扱うにあたって、喩えるものと喩えられるものとの「喩」としての関係[13]に着目した時に、「見立て」という概念が持ち出されてきた。特に事物と事物を「喩」として結びつけるときの、その関係を成り立たせている認識を、人々は「見立て」と呼んできたとみるべきなのである。別に「見立て」という、「比喩」という修辞技法に並置しうるような「修辞技法」があったわけではない。この、認識のしかたを指す概念である「見立て」を、修辞技法の概念としての「比喩」と同じレベルで論じようとしたために、これまでのいくつかの「見立て」論は、徒らな混乱に陥ってしまったのである。

古今集の時代になって数多く詠まれるようになった、事物と事物を比喩によって結びつけることを眼目とした和歌、そのように結びつける「喩」的な関係によって開かれた新しい認識の枠組の中で戯れる和歌を「見立ての和歌」と呼ぶのが、最も実際に即したいき方なのではないだろうか。

Ⅲ 「見立て」の和歌を生み出したもの

一 漢詩文の「倚傍」

万葉集までの歌では、「寄物陳思」という言葉に端的に示されているように、歌における比喩は、

娘子らを袖布留山の瑞垣の久しき時ゆ思ひけり我は （万葉巻十一 二四一五）

といった、物に付託して心を表すものが中心であった。もちろん、万葉集の中にも「事物」と「事物」を比喩として結びつけた歌が存在しなかったわけではない。だが、「事物」と「事物」を比喩として結びつけ、その関係性に着目して詠まれる歌が輩出するようになったのは、たしかに古今集の時代になってからであった。このことは、「見立て」の和歌と漢詩文との間に密接な関係があることを示している。

一体に、AをBに喩える（見立てる）修辞は六朝詩以来に多いといわれているが、特に、AとBとの間に新たな関係を見いだして結びつけるところに、六朝詩の特色がある。六朝時代の詩人たちは、詠物詩の盛行と「形似」「巧似」の風潮の中で、新奇な言辞と発想を追求していた。そのような六朝時代の詩風について、『文心雕龍』は、

宋初文詠、體有因革、莊老告退、而山水方滋、儷采百字之偶、爭價一句之奇、情必極貌以寫物、辭必窮力而追新、此近世之所競也。（宋初の文詠、體因革有り、莊老退を告げて、山水方に滋し、采を百字の偶に儷べ、價を一句の奇に爭ふ、情は必ず貌を極めて以て物を寫し、辭は必ず力を窮めて新を追ふ、此れ近世の競ふ所なり）。

（『文心雕龍』明詩第六）

と記している。AをBに喩える修辞とは、漢詩の六義の「比」や「興」に相当する。単純化を恐れずにいえば、「比」は直喩・「興」は隠喩である。『毛詩正義』は「比」と「興」について、『周禮』鄭玄注にある鄭司農（鄭衆）の説[14]をひいて、

鄭司農云、比者比方於物。諸言如者皆比辭也。司農又云、興者託事於物、則興者起也。取譬引類起發己心。（鄭司農云はく、比とは物に比方するなり。諸の如と言ふは皆比の辭なり。司農又云はく、興とは事を物に託すなり。則ち興とは起なり。譬を取りて類を引き、己の心を起發するなり）。（『毛詩正義』）

と記している。『文心雕龍』は「興」に比べて「比」をあまり高く評価していないようだが、「比」や「興」といった比喩的な修辞について、

贊曰、詩人比興、觸物圓覽。物雖胡越、合則肝膽。擬容取心、斷辭必敢。攢雜詠歌、如川之渙。（贊に曰く、詩人の比興は、物に觸れて圓覽す。物は胡越なりと雖も、合すれば則ち肝膽なり。容に擬し心を取るに、斷辭必ず敢なれ。攢雜して詠歌すれば、川の渙たるが如し[15]）。（『文心雕龍』比興第三十六）

と述べている。この、胡と越のように遠く隔たったものでも、適切な比喩をすれば肝と膽のように親しいものになるというのは、比喩の特質をよく表している。そして、AとBとの間に新たな関係を見いだして結びつけるところに、新奇さを追求したのが、主に六朝時代の漢詩の特色である。小西甚一は六朝時代の漢詩の特質が「倚傍」にあると論じた[16]。「倚傍」とは、把握したものを把握したときの語でいわず、他の考えた語で置き換える方法をいう。そこでは、「何をいうか」にではなく「いかにいうか」にその言説の眼目がある。これは、事物を言葉の次元に解体して、意味を新たに再構築することでもあるといえよう。

見立ての典型的な構文に、「〜〜を……と見る」「〜〜を……とあやまつ」「〜〜を……とあざむく」「〜〜は……なりけり」といったものがある。

寛平御時きさいの宮の歌合のうた　　ふぢはらのおきかぜ
白波に秋のこのはのうかべるをあまのながせる舟かとぞ見る　（古今巻五秋歌下　三〇一）

寛平御時きくの花をよませたまうける　　としゆきの朝臣
久方の雲のうへにて見る菊はあまつほしとぞあやまたれける　（古今巻五秋歌下　二六九）
この歌は、まだ殿上ゆるされざりける時にめしあげられてつかうまつれるとなむ

はちすのつゆを見てよめる　　僧正へんぜう
はちすばのにごりにしまぬ心もてなにかはつゆを玉とあざむく　（古今巻三夏歌　一六五）

しもついづもでらに人のわざしける日、真せい法しのだうしにていへりける事を歌によみてをののこまちがもとにつかはしける　　あべのきよゆきの朝臣
つつめども袖にたまらぬ白玉は人を見ぬめの涙なりけり　（古今巻十二恋歌二　五五六）

これらの構文は、「似」「如」（『毛詩正義』に「諸言レ如者皆比辞也」とあるように「比」の典型的な用語）」「疑」「若」「誤」といった、漢詩文特有の比喩に由来する。

微風搖庭樹、細雪下簾隙。縈空如霧轉、凝階似花積。（微風は庭樹を搖がし、細雪は簾隙に下る。空に縈るは霧の轉ず

るが如く、階に凝るは花の積むに似たり）。

（『藝文類聚』巻二・天部下・雪・梁呉均・詠雪詩／『初學記』巻第二・雪第二にもあり）

搖茲扇似月、掩此涙如珠。今懷固無已、故情今有餘。（茲の扇の月に似たるを搖かし、此の涙の珠の如くなるを掩ふ。今懷固より已むこと無し、故情今餘り有り）。

（『玉台新詠』巻七・湘東王繹・戲作艷詩）

騰空類星隕、拂樹若花生。屏疑神火照、簾似夜珠明。（空に騰りては星隕に類し、樹を拂ひては花の生るるが若し。屏は神火の照るかと疑ひ、簾は夜珠の明りに似る）。

（『初學記』巻三十・螢第十四・梁簡文帝・詠螢火詩／『藝文類聚』巻九十七・蟲豸部・螢火にもあり）

新裂齊紈素、鮮潔如霜雪。裁成合歡扇、團團似明月。（新に齊の紈素を裂けば、鮮潔にして霜雪の如し。裁ちて合歡の扇と成せば、團團として明月に似たり）。

（『文選』巻二七・班婕妤・怨歌行／『玉台新詠』巻一、『初學記』巻一・月第三、同巻二・雪第二、同巻二・霜第三、『藝文類聚』巻二・天部下・雪、同巻四一・樂部一・論樂、同巻六九・服飾部上・扇にもあり）

金風扇素節、丹霞啓陰期。騰雲似涌煙、密雨如散絲。（金風は素節に扇ぎ、丹霞は陰期を啓く。騰雲は涌煙に似、密雨は散絲の如し）。

（『文選』巻二九・張景陽・雜詩／『藝文類聚』巻二・天部下・雨、『初學記』巻一・天第一、同巻三・秋第三にもあり）

遍覽古今集、都無秋雪詩。陽春先唱後、陰嶺未消時。草訝霜凝重、松疑鶴散遲。清光莫獨占、亦對白雲司。（遍く古今の集を覽るに、都て秋雪の詩無し。陽春先づ唱て後、陰嶺未だ消えざる時。草は霜の凝つて重きかと訝り、松には鶴の散ずること遲きかと疑ふ。清光獨り占ること莫く、亦對す白雲の司）。

（『白氏文集』巻第一六・和劉郎中望終南山秋雪）

右は、「似」「如」「疑」「若」「誤」等を用いた比喩を、当時の詩人や歌人たちが参照していたと考えられる『初學記』『藝文類聚』『玉台新詠』『文選』『白氏文集』（いずれも『日本國見在書目録』にその名を見る）からランダムに抜き出したものである。このような、漢詩文的な比喩の構文を学ぶことを通して、当時の歌人たちは事物と事物の間に類似の関係を見いだし、それを詩的言語における認識の枠組とすることが和歌として成り立つことを覚えた。新しい構文や修辞技法を知るということは、その言葉のしくみにみあったしかたで、それまでとは異なった物の見方を可能にする。いいかえれば、新しい言葉が、新たな認識の枠組を開くのである。

もちろん、新しい言葉をもたらした漢詩文的な比喩は、このような直喩に相当するものだけではなく、

蟬去野風秋

なくせみのこゑたかくのみきこゆるは野にふく風の秋ぞしらるる（千里集　一二三）

心緒逢秋一似灰

ものを思ふ心の秋にあひぬればひとつはひとぞみえわたりける（千里集　四一）

月照波心一顆珠

てる月は浪の心に照されてひとつたまとぞみえわたりける（千里集　七〇）

といった、漢文訓読の語法に影響されたとみられる、まったく新しい比喩の言説を生み出した。これらは、漢詩の一句をもとに和歌を詠んだ句題和歌とよばれるもので、おのおの、

脈脈廣川流。驅馬歴長洲。鵲飛山月曙。蟬噪野風秋。（脈脈として廣き川流れ、驅馬長洲を歴す。鵲は飛ぶ山月の曙、蟬噪ぎて野の風は秋）。（『全唐詩』巻四十・上官儀・入朝洛堤歩月）

百花亭上晩徘徊、雲影陰晴掩復開。日色悠揚映山盡、雨聲蕭颯渡江來。鬢毛遇病雙如雪、心緒逢秋一似灰。向

夜欲歸愁未了、滿湖明月小船迴。（百花亭上晩に徘徊すれば、雲影陰晴掩うて復た開く。日色悠揚として山に映じて盡き、雨聲蕭颯として江を渡つて來る。鬢毛病に遇うて雙ながら雪の如く、心緒秋に逢うて一に灰に似たり。夜に向んとして歸らんと欲して愁ひ未だ了らず、滿湖の明月小船迴る）。（『白氏文集』巻第十六・百花亭晩望夜歸）

湖上春來似畫圖、亂峯圍繞水平鋪。松排山面千重翠、月點波心一顆珠。碧毯線頭抽早稻、青羅裙帶展新蒲。未能抛得杭州去、一半勾留是此湖。（湖上は春來りて畫圖に似たり、亂峯圍繞して水平かに鋪く。松は山面に排す千重の翠、月は波心に點ず一顆の珠。碧毯の線頭早稻を抽き、青羅の裙帶新蒲を展ぶ。未だ杭州を抛ち得て去る能はず、一半勾留す是れ此の湖）。（『白氏文集』巻第二十三・春題湖上）

という漢詩の一句を題にしている。しかし、ここでは単に漢詩の一句を題にしたというだけでなく、「風の秋」「心の秋」「浪の心」という、漢文を訓読した語法に基づく言説で詠まれている点に重要な意味がある。

吉本隆明は、

（題しらず　　　　読人しらず）
はやきせに見るめおひせばわが袖の涙の河にうゑましものを　（古今巻十一恋歌一　五三一）

中務のみこの家の池に舟をつくりておろしはじめてあそびける日、法皇御覧じにおはしましたりけり、ゆふさりつかたかへりおはしまさむとしけるをりによみてたてまつりける　　伊勢
水のうへにうかべる舟の君ならばここぞとまりいはましものを　（古今巻十七雑歌上　九二〇）

のような隠喩について、次のように論じている。

こういう暗喩が観念と物とのあいだに成り立ったのは、表現の秩序が自然の秩序の外側に信じられたからであ

る……自然にことよせて心をうたうというのではこういう暗喩はできない。自然の構造と人間の心の構造のあいだに、まったく別個に同型のイメージが喚びおこされたとき、はじめてこういう暗喩は成りたったのである。[17]

第二部第一章「古今和歌集歌の言葉」でも別の文脈の中で論述したことであるが、吉本のいう「自然の秩序の外側に信じられ」ている「表現の秩序」とは、いいかえれば、詩的言語としての和歌の言葉のあり方に相当する。漢詩文的な比喩のあり方が、このような、AとBとの間に新たな関係を見いだして、言葉の次元でじかに結びつける言説を生み出したのである。もちろん、ここで例にとられている和歌にも、漢詩文の中に同様の先例が存在するし、[18]

その他にも、

　　仁和の中将のみやすん所の家に歌合せむとしける時によめる
　　　　　　　　　　　　　　　　　　　　そせい

をしと思ふ心は糸によられなむちる花ごとにぬきてとどめむ　（古今巻二春歌下　一一四）

秋夜如歳、秋情若糸。（秋夜は歳の如く、秋情は糸の若し）。（『初學記』巻二十五・燈第十三・梁・江淹・燈賦）

心緒亂如糸、空懷疇昔時。（心緒亂れて糸の如く、空しく昔時を懷疇す）。（『隋書』・孫萬壽・遠戍江南寄京邑親友）

　　しもついづもでらに人のわざしける日、真せい法しのだうしにていへりける事を歌によみてを
　　ののこまちがもとにつかはしける　　　　　あべのきよゆきの朝臣

つつめども袖にたまらぬ白玉は人を見ぬめの涙なりけり

　　返し　　　　　　　　　　　　　　　　こまち

おろかなる涙ぞそでに玉はなす我はせきあへずたきつせなれば　（古今巻十二恋歌二　五五六・五五七）

搖茲扇似月、掩此涙如珠。（茲の扇の月に似たるを搖かし、此の涙の珠の如くなるを掩ふ）。

（『玉台新詠』巻七・湘東王繹・戯作艶詩）

洞房明月夜、對此涙如珠。（洞房明月の夜、此に對して涙珠の如し）。

（『玉台新詠』巻九・陸厥・李夫人及貴人歌一首／『藝文類聚』巻四十三・樂部三・歌にもあり）

夜涙如眞珠、雙雙墮明月。（夜の涙眞珠の如く、雙雙として明月に墮つ）。

（『白氏文集』巻十・夜聞歌者。『白居易集箋校』によると、宋本・那波本・汪本では「涙似眞珠」とある）

のように、漢詩文の世界に類型的な取り合わせを和歌に移入したと考えられるものも多い。とはいえ、そのように結びつけるやり方がそれまでの和語の伝統とは異質なものであるという意味で、新しい認識の枠組を生み出す比喩という位置づけは変わらないはずだ。

このことは、単に漢文訓読の構文を和歌の中に取り入れたとか、漢詩文を典拠として和歌に取り入れたというだけのことにとどまらない。このような漢詩文的な比喩の言説が和歌に与えたものが、詩的言語のレベルにおいて、事物と事物の間に新たな関係の枠組を設定することを可能にしたということが重要なのである。

Ⅳ　まとめ――認識の枠組みとしての「見立て」――

古今集の時代に数多く生み出された、いわゆる見立ての和歌は、AとBとの間に関係を設定しながら、しかもそれが一首の眼目であるかのようにして詠まれている。当時の歌人たちは、和歌が漢詩文と触れることによって生み出された、事物に対する新しい意味づけを可能とする認識の枠組と戯れることによって、現在私たちが「見立て」と呼ぶような和歌を生み出していったのである。

詩的な言葉の中には、新奇な言葉・高貴な言葉・古めかしい言葉などを含めることができる。そして、このように新奇な言葉（この場合は見立ての構文）を用いることによって、新たな認識の枠組・事物に対する新しい意味づけが可能になるのである。もちろん、ここでいう「新たな認識の枠組・事物に対する新しい意味づけ」が、漢詩文的な領域においては類型的なものであったとしても、それがそれまでの和語の伝統には馴染まないものであったという意味で新奇なものだという位置づけは変わらないであろう。

注

（1）神作光一・院生研究グループ「『古今集』『新古今集』の見立ての手法一覧」（『文学論藻』第五十九号　昭和六十年二月十日）は、視覚による譬喩に限定して「見立ての手法」の和歌を分類整理しようと試みている。また、小西甚一「古今集的表現の成立」（『日本学士院紀要』七巻三号　昭和二十四年三月）・小島憲之『上代日本文學と中国文學　下　―出典論を中心とする比較文學的考察―』（塙書房　昭和四十年三月三十日）などは、「……と見る」「……とあやまつ」のような言説のあるものを「見立て」の典型的なものととらえ、古代和歌を心物対応構造という視点からとらえる鈴木日出男『古代和歌史論』（東京大学出版会　一九九〇年十月二十五日）は、広義の比喩の問題として扱おうとしている。

（2）たとえば、

題しらず　　　　よみ人しらず

心ざしふかくそめてし折りければきえあへぬ雪の花と見ゆらむ

ある人のいはく、さきのおほきおほいまうちぎみの歌なり（古今巻一春歌上　七）

の和歌を、小沢正夫『古今集の世界』（昭和三十六年六月二十五日　塙書房）は「もみじを錦に見立てたりした趣向歌とはその発生の地盤を異にするもので、写実から出発する『万葉』の歌風に近いものと考えたい」とし、神作光一・院生研究グループ先掲（1）の分類は「見立て」と認定している。

（3）鈴木日出男先掲（1）論文や平野由紀子「古今和歌集における『擬人』について」（『國文』第六十二号　昭和六十年一月十日）では、「見立て」と「擬人」を同一の次元にあるものとみなしている。

（4）小町谷照彦『古今和歌集』（旺文社　一九八二年六月二十五日）解説では、「事物を類似した他の事物によそえて表現するのが見立てであり……自然を人事に引き寄せるのが擬人法である」とある。

（5）赤羽淑「比喩と象徴」（『別冊國文學　古今集新古今集必携』學燈社　一九八一年三月十日）

（6）鈴木宏子「〈雪と花の見立て〉考―万葉から古今集へ―」（『國語と國文學』第六十四巻第九号　昭和六十二年九月）

（7）その他、主に和歌の「見立て」に関する論稿としては、北住敏夫「古代和歌における見立ての技法」（『文化』第三十三巻第一号　一九六九年七月三十日）・片桐洋一「『見立て』とその時代―古今集表現史の一章として―」（『論集　和歌とレトリック』笠間書院　昭和六十一年九月三十日）・井川裕子「見立て」（『一冊の講座古今和歌集』有精堂　一九八七年三月一日）・尼ケ崎彬『日本のレトリック』（筑摩書房　一九八八年一月三十日）・鈴木宏子「〈もみじと錦の見立て〉の周辺―和歌と漢詩文の間―」（『古典和歌論叢』明治書院　昭和六十三年四月三十日）・渡辺秀夫『平安朝文学と漢文世界』（勉誠社　平成三年一月二十二日）などが挙げられる。

（8）折口信夫「神道に現れた民族論理」（『折口信夫全集　第三巻　古代研究（民俗學篇2）』中央公論社　昭和五十年十一月十日）に、

　昔の日本人が、すべての事を聯想的に見た事は、又、譬喩的に物を見させる事でもあつた。「天の御柱をみたて」るといふ事などは、私は、現實に柱を建てたのではなく、あるものを柱と見立てゝ、祝福したのであると見たい。

とあり、同じく折口信夫「古代人の思考の基礎」（『折口信夫全集　第三巻　古代研究（民俗學篇2）』）にも、

　日本紀を見ると、いざなぎ・いざなみの二神が、天御柱をみたてゝ、八尋殿を造られたとある。これ迄の考へでは、柱を擇つて立て、そして、御殿を造つたとしてゐるが、みたてると言ふことは、柱にみなして立てる、と言ふ意である。假りに、見立てるのである……柱を立てると、建て物が出來た、と想像し得たのである。

とある。

（9）西田長男「『見立て』の民族論理――折口信夫博士の偉大さ――」（『國學院雑誌』第六十九巻第十一号　昭和四十三年十一月）

（10）毛利正守「古事記の『見立て』について」（『古事記年報』十三　昭和四十四年度）

（11）片桐洋一編『初雁文庫本古今和歌集教端抄』（新典社　昭和五十四年八月十日）

（12）北住敏夫「古代和歌における見立ての技法」（『文化』第三十三巻第一号　一九六九年七月三十日）

（13）近年、「比喩」と「喩」を弁別することが試みられている。「比喩」がAをBに喩える修辞技法により大きく傾いた概念であるのに対し、「喩」はAとBの関係性に注目した用語である。なお、「喩」の問題をとりあげた論稿として河添房江『源氏物語の喩と王権』（有精堂　一九九二年十一月五日）がある。

（14）『周禮注疏』（阮元校勘『十三經注疏附校勘記　第三巻　重栞宋本周禮注疏附校勘記』中文出版社　一九七一年九月）の「春官・大師」の鄭玄注に鄭司農（鄭衆）の説として「比者比方於物也。興者託事於物」とある。

（15）戸田浩暁『新釈漢文大系第六十五巻　文心雕龍　下』（明治書院　昭和五十三年六月十日）では「如川之渙」の箇所を、黄侃『札記』に「渙」では韻を失するので「澮」に作るべきであるとあるのに従って「如川之澮」としているが、ここでは底本に従って「如川之渙」とした。

（16）小西甚一「古今集的表現の成立」（『日本学士院紀要』七巻三号　昭和二十四年三月）

（17）吉本隆明『初期歌謡論』（河出書房新社　昭和五十二年六月二十五日）

（18）「涙川」については、「猶有涙成河」（『全唐詩』巻二百十七・杜甫・得舎弟消息）、「細水涓涓似涙流」（『白氏文集』巻二十七・小橋柳）など。また、「舟―君」については、『荘子』（山木）に「虚舟」を自由の境地に喩える件りがあり（『古今餘材抄』）、「宦途似風水、君心如虚舟。汎然而不有、進退得自由」（『白氏文集』巻五・贈呉丹）、「心似虚舟浮水上、身同宿鳥寄林間」（『白氏文集』巻三十二・詠懐）、「無情水任方圓器、不繫舟隨去住風」（『白氏文集』巻三十六・偶吟）などの先行テクストがある。

第四章　縁語論

Ⅰ　はじめに

縁語は、掛詞や序詞、見立てとともに和歌の主要な修辞の一つとして言及されることが多い。だが、縁語そのものについてまとまって論じた論文は思いのほか少ない(1)。掛詞の発達の途上に成立した縁語は、掛詞に付随して生み出されるレトリックとみなされ、それだけをとりあげるまでもないと考えられているのだろうか。

従来の縁語についての論考は、主に、縁語が掛詞とともに六歌仙時代から発達してきたことや、修辞技法としての縁語が和歌の中で果たす機能について着目し、和歌を詠むことにとって縁語とは何かという視点から、縁語そのものの本質について論及されることは少ない。本章では和歌にとって縁語とは何かを問うことを通して、縁語の本質を明らかにすることをめざしたい。

単純化を恐れずにいえば、縁語とは一首の中で複数の語が意識的に関連づけられたもので、例えば、古今集だけでなく伊勢物語にも収められている有名な、

あづまの方へ友とする人ひとりふたりいざなひていきけり、みかはのくにやつはしといふ所にいたれりけるに、その河のほとりにかきつはたいとおもしろくさけりけるを見て、木のかげにおりゐて、かきつはたといふいつもじをくのかしらにすゑてたびの心をよまむとてよめる

在原業平朝臣

1唐衣きつつなれにしつましあればはるばるきぬるたびをしぞ思ふ　（古今巻九羇旅歌　四一〇）

という和歌における「衣―なれ―つま―はる」のような言葉の結びつきをさす。「なれ（褻れ―褻る）」は「着なれたものになる・身体にあうようになる」、「つま（褄）」は「着物の端の部分」、「はる（張る）」は「着物を張ってほす」の意で、いずれも「衣」に関連する語として結びつけられ、一首の中にちりばめられている。同時に、「なれ」は「男女がなじむ・親しむ」の意の「なれ（馴れ）」、「つま」は「妻」、「はる」は「はるばる」の掛詞ともなっており、「何度も着て柔らかくなって身になれた衣の褄のように馴れ親しんだ妻」という比喩を構成している。馴れ親しんだ妻を繰り返し身につけて身体に馴染んだ衣で表すという肉感的な比喩が縁語掛詞仕立ての修辞によって、ごく自然に構成されている。多くの場合で縁語が掛詞とともに用いられることがわかる特徴的な作品といえよう。ついでにつけくわえるならば、この和歌の場合、各句の頭の文字をとると「かきつはた」という題ができる（このような手法

を後世「折り句」と呼んでいる)。

このようにして示せば、縁語とは何か明快に説明できたように見えるが、実際には縁語はそれほど自明の概念ではない。ちなみに、これまでの縁語に関する先行の研究では、

(1)縁語は、「鈴鹿山うき世をよそに振り捨てていかになりゆくわが身なるらん」(新古今一六一一)の「鈴」「振る」「鳴る」などのように、一首の主意とは無関係に、核になる一つの語と意味上密接な関係をもつ言葉を一語以上使用することで表現に変化やおもしろみをつける技法をいう。[2]

(2)一首の中である語が用いられると、その語と密接な関係を持つ語を選び用いることで、連想による気分的な連接をはかる手法。[3]

のように説明している。しかし、この「一つの語と意味上密接な関係をもつ言葉」とか「ある語……と密接な関係を持つ語を選び用いること」という「密接な関係」をどのように認定するか、その範囲が明確でないのである。

いま、仮に縁語について現時点では最もまとまった論述をしている鈴木日出男の「縁語の意義」という論文[4]で、縁語を用いたとされる和歌について、他の注釈書がどのように認定しているかを調べてみる。比較の対象としたのは、

A、片桐洋一『古今和歌集全評釈』[5]
B、竹岡正雄『古今和歌集全評釈』[6]
C、小町谷照彦『古今和歌集』[7]
D、新編日本古典文学全集『古今和歌集』[8]
E、新日本古典文学大系『古今和歌集』[9]

の五つの注釈書である。

（題しらず）　　　　　　　　　　　在原元方

2逢ふ事のなぎさにしよる波なればうらみてのみぞ立ちかへりける　（古今巻十三恋歌三　六二六）

鈴木は「波」「立ちかへる」を縁語と認定しているが、AとBには縁語に関する注記はなく、C、D、Eが縁語と認定している（但し、「立ちかへる」ではなく、「立ち」の部分のみを「波」の縁語としている）。また、

（題しらず）　　　　　　　　　　　よみ人しらず

3かねてより風にさきだつ波なれや逢ふ事なきにまだき立つらむ　（古今巻十三恋歌三　六二七）

について、鈴木は「風」「波」「立つ」を縁語としているが、この三語を縁語と認定したものはない。Dが「立つ」を「波」の縁語としているのみで、他はこの和歌について縁語を認定してはいない。このようにしてみていくと、CとDは比較的広い範囲で縁語をとらえようとし、AやEは縁語という概念の認定に対して慎重であることが伺われる。そのことは、

（歌たてまつれとおほせられし時によみてたてまつれる　　つらゆき）

4あをやぎのいとよりかくる春しもぞみだれて花のほころびにける　（古今巻一春歌上　二六）

という、縁語を用いていることがほとんど定説となっているような和歌に対しても、Aが「『糸』『撚り』『掛くる』『乱れ』というように「糸」に縁がある語が続く……」、Eが「糸・撚る・掛く・乱る・ほころぶがひびきあう」というように、これらの語群を関連づけながら、しかも縁語という用語を用いないでいることからも明らかであろう。

では、このようにそれぞれの注釈書で縁語の認定のしかたが異なっていることをどのように考えればよいのだろうか。こうした場合、どの説が正しくてどの説が間違っているのかという視点から考えるのはあまり生産的なこと

ではない。そもそも、縁語の範囲を一概に決めることはできないからである。

この、縁語の認定のしかたにゆらぎがあるという点に関しては、すでに、

⑴縁語関係をどの範囲まで認めるかには、ある程度の制限があるが、その判断がはっきりしないうえ、時代による変動もあり、一概には決定できないところに問題がある。(10)

⑵初期の自然発生的なものから徐々に意識化されてきたものだけに、縁語関係の認定には明確な基準は乏しく、社会的慣用の積み重ねを経て歌語として一定の定質性を獲得した表象関連について言われる。(11)

のように指摘されている。だが、この問題は縁語には明確な基準がないというよりは、一歩進んでいえば、縁語はある程度解釈する側の問題なのである。例えば、3の、

（題しらず）　　よみ人しらず

3かねてより風にさきだつ波なれや逢ふ事なきにまだき立つらむ　（古今巻十三恋歌三　六二七）

の和歌に関して「風」「波」「立つ」を縁語と認定しても歌の心は読めるし、「波」と「立つ」を縁語と認定しても読める。あるいはまったく縁語を認定しないとしても、歌が読めないわけではない。どこからどこまでを「縁語」と認定するかは、まったく読者の側に委ねられているといってもいいほどである。同じ「波」と「立つ」という語の組みであっても、CとEは、

（題しらず）　　在原元方

2逢ふ事のなぎさにしよる波なればうらみてのみぞ立ちかへりける　（古今巻十三恋歌三　六二六）

2の場合は縁語と認定し、3では縁語とは認めていないということが起こるように、和歌を解釈する側が何を縁語と認定するかによって縁語は決定される。

それは、本来無関係であるものを関係づける呪術のようなものでもある。関係ないものを無理に関係づける行為であるから、読者がそれを分かっても分からなくてもいい。しかし、たとえば1で「唐衣の褄」と「妻」のように関係ないものの間に関係性を作り出すところにその歌の創造性が存在するのである。

Ⅲ 「よせ」「たより」ということ

中世には、現在私達が縁語と呼ぼうとしているものを「よせ」とか「たより」、「縁の詞」「うへした」などという概念でとらえていた。たとえば『八雲口傳』(『詠歌一体』)では、

歌にはよせあるがよき事
衣には、たつ、きる、うら。舟には、さす、わたる。橋には、わたす、たゆ。
かやうの事ありたきなり。
(『八雲口傳(詠歌一体)』)

とある。その他にも、『三五記 鷺本』に、

歌はよせあるが宜しき事
衣にはたつ、うら、船にはさす、わたる、橋には渡す、たゆ、かやうのたぐひのあるがよきなるべし。その具足もなきはわろし。かくは申せども、おちきたるがよきなり。あながちにもとめ集めて、数を盡さむとしたるはわろきなり。たとへば、糸にはよる、ほそし、たゆ、ふし、ひくなど皆よみ入れたるが、秀句歌とてみぐるしき物にて侍るなり。
(『三五記 鷺本』)

『和歌大綱』に、

えんの詞とは秀句にはあらず。たゞ事のたよりある事也。たとへば、つゆとあらば、なくとつくるやうなる事也。（『和歌大綱』）

『和歌肝要』に、

また縁の詞といふは、

春の田にすきいりぬべき翁かなかの水ぐちに水をいればや

春の田といへば、すき入と縁をあらせ、水口といひつれば、水を入ればやと縁をあらす。かやうの事を縁の字とも、上下ともいふなり。（『和歌肝要』）

『冷泉家和歌秘々口傳』に、

えんの詞とは秀句にはあらで、たゞことのたよりある事なり。たとへば、おきつなみたちこそまされなどいふやうの事也。（『冷泉家和歌秘々口傳』）

『初學一葉』に、

問云、二條家のよみ方に、歌は縁のことばあるをよしとす。衣にはたつといひ、うらといひ、糸にはよるとつゞけ、くるといふやうの事なりといへり。（『初學一葉』）

などとある。このようにして、数ある歌語の中から縁のある言葉が分節されるようになった頃の歌人たちは意識的に「よせ」のある和歌をよもうとしていたともいえるが、「よせ」という概念はもとより「縁語」という言葉を持たなかった古今集の時代の歌人たちは、別に「縁語」という概念を用いた和歌を詠もうとして詠んでいたわけではなかった。

例えば、2や3の歌でみたように「波―立つ」という歌語の組み合わせは古今集以前から常套句のようにして用いられてきた。

海人小舟帆かも張れると見るまでに鞆の浦廻に波立てり見ゆ　（万葉巻七　一一八二）

大き海の水底とよみ立つ波の寄せむと思へる磯のさやけさ　（万葉巻七　一二〇一）

では、波は「立つ」ものとして詠まれている。そして「波」が「立つ」ものだという連想の上に、

（和銅五年壬子の夏四月、長田王を伊勢の斎宮に遣はす時に、山辺の御井にして作る歌）

5海の底奥津白浪立田山いつか越えなむ妹があたり見む　（万葉巻一　八三）

（右の二首は、今案ふるに、御井にして作るに似ず。けだし、当時に誦める古歌か。）

題しらず　よみ人しらず

6風吹けばおきつ白波たつた山よはにや君がひとりこゆらむ　（古今巻十八雑歌下　九九四）

の「おきつしらなみたつたやま」にみられるような「なみ―立つ・たつ―た山」という同音語を利用した連接も生み出される。また、古今集撰者時代の作品ではあるが、貫之に、

秋たつ日、うへのをのこどもかものかはらにかはせうえうしけるともにまかりてよめる　つらゆき

7河風のすずしくもあるかうちよする波とともにや秋は立つらむ　（古今巻四秋歌上　一七〇）

と、「波が立つ」ことと「立秋」を「たつ」という掛詞によって結びつけたものがある。「河風のすずしくもあるか」とあるのは、単に川面を渡ってくる風だから涼しいというだけではなく、立秋の日の風だから涼しいのである。

みな月のつごもりの日よめる　（みつね）

夏と秋と行きかふそらのかよひぢはかたへすずしき風やふくらむ　（古今巻三夏歌　一六八）

秋立つ日よめる　　　　　　　　　　　　藤原敏行朝臣

あききぬとめにはさやかに見えねども風のおとにぞおどろかれぬる　　（古今巻四秋歌上　一六九）

古今集でも夏歌の末尾と秋歌の冒頭に風が詠まれているように、秋は風とともに訪れてくるとされた。そしてそれは漢詩文から導き出された季節観でもあった。

孟秋之月、日在翼、昏建星中、旦畢中……涼風至、白露降、寒蟬鳴、鷹乃祭鳥、用始行戮。（孟秋の月、日翼に在り、昏に建星中し、旦に畢中す……涼風至り、白露降り、寒蟬鳴き、鷹乃ち鳥を祭り、用て始めて戮を行ふ）。（『禮記』月令）

夏盡炎氣微、火息涼風生。緑草未傾色、白露已盈庭。（夏盡き炎氣微かに、火息んで涼風生ず。緑草未だ色を傾けざるに、白露已に庭に盈つ）。（『藝文類聚』巻三・歳時上・秋・宋孝武帝・初秋詩）

茲晨戒流火、商飆早已驚。雲天改夏色、木葉動秋聲。（茲に晨流火を戒め、商飆早くも已に驚かす。雲天夏色を改め、木葉秋聲を動かす）。（『初學記』巻三・秋第三・周弘譲・立秋詩）

煩暑鬱未退、涼飆潛已起。寒温與盛衰、遞相爲表裏。（煩暑鬱として未だ退かず、涼飆潛んで已に起る。寒温と盛衰と、遞ひに表裏を相ひ爲せり）。（『白氏文集』・巻二十一・一落葉）

また、風が吹くことによって「波」が「立つ」というのも、5や6をはじめ、

秋風に川波立ちぬしましくは八十の舟津にみ舟留めよ　　（万葉巻十　二〇四六）

風吹きて川波立ちぬ引き舟に渡りも来ませ夜の更けぬ間に　　（万葉巻十　二〇五四）

にみられるように、万葉集以来数多く詠まれてきた。このように、

●「波」は「立つ」ものだということ。

●「風」が吹くことによって「波」が「立つ」ということ。
●「立秋」(「秋」が「立つ」こと)によって「風」が吹くこと。
という幾つもの事柄を「たつ」という同音の語を媒介とすることによって相互に関連するものとして結びつけたのが7の歌であった。「たつ」によって表される事象が相互に関連するものとして生起するとされる(12)。そして、それを保障しているのが「たつ」という同じ音を共有していることであった。第三部第二章「掛詞論Ⅱ――掛詞の基層――」で論じたように、ものの名はその実体を表すように名づけられたとするならば、共通する音を持つものは、その実体にも共通したものがあるということになる。秋になって「風」が吹くことによって川面に「波」が「立つ」、「波」が「立つ」と同時に「秋」が「立つ」というように、「波」と「秋」が不可分のものとして「立つ」と詠まれたのである。

右にみてきたように、古今集以前から「波」を「立つ」と結びつける常套句は存在した。そして引用した多くの例歌からもわかるように、歌人たちも歌を詠むに際して、その常套句を用いて歌を詠んだ。だが、そのようにして詠まれた歌が、

(題しらず) 在原元方

2逢ふ事のなぎさにしよる波なればうらみてのみぞ立ちかへりける (古今巻十三恋歌三 六二六)

のように、今日「縁語」を用いた歌と解釈されるからといって、当時の歌人が「縁語」という概念を用いた歌を詠もうとしたことにはならない。

中世の歌学で「よせ」の例としてあげられているものをみていくと、それらの言葉の組み合わせが歌の歴史の中で一定の共同性を獲得しているものであることに気がつく。歌人はそのように密接に関連しあう言葉のネットワー

クの中で、言葉を結びつけながら和歌を詠んだ。この、密接に関連する言葉のネットワークを、中世の歌人たちは「よせ」「たより」などと呼び、現在の私達は「縁語」と呼んでいるのである。

では、「よせ」「たより」という考え方はいつごろ成立したのであろうか。「内裏和歌合（天徳四年三月三十日）」には、「よせ」「たより」に関して次のような記述が残されている。

九番　藤　左　朝忠

むらさきににほふふぢなみうちはへてまつにぞちよのいろはかかれる

右勝　兼盛

われゆきていろみるばかりすみよしのきしのふぢなみをりなつくしそ

左歌、みづなくてふぢなみといふことは、ふるきうたにをりをりあり、されど、たづぬる人なければ、とどまれるなるべし、うたあはせにはいかがあらん、ことによせぬはあるまじ、いはれなし、なほ、みづ、いけ、きしなどぞよすべかりける、歌がらはきよげなり

右歌、おなじなみあるに、きしによせたれば、たよりあり、かうぞふるきにもある、ふぢなみとおしなべていふことにはあらず、御気色もさやうにぞみゆる、少臣問源大納言云、尤難也、しばらくぢに疑之、右方人申云、左歌のふぢなみみづによらず、いかがと愁申、事理可然、仍以右為勝

（「内裏和歌合（天徳四年三月三十日）」）

朝忠の和歌は水に関連する言葉に寄せずに藤波を詠んでいる。それに対して兼盛の和歌は同じように「藤波」を詠んでいても「岸」に「よせ」ていて「たより」があるので勝ちとなった。ここからは、「よせ」「たより」という意識が天徳年間には始まっていたことがわかる。それは掛詞と並んで発達してきたレトリックであった。だが、それ

は必ずしも絶対的なものではなかった。もし、それが不可欠なものであるならば朝忠も当然そのようにしただろう。それよりも、この和歌の眼目は「松」に「藤」というめでたい取り合わせを詠んだところにあるはずだ。「松」と「藤」は王権とそれを補佐する摂関家を象徴し、天皇家と藤原氏がともに栄えていることを称賛しているのである。古歌には水に関する言葉がなくて藤波を詠んだものも多く、この判詞を引用している『八雲御抄』は「さしもなき難」であるとしている。ところで、右方の兼盛の和歌も「住吉」の「ふぢなみ」を詠んでいる。住吉は

住吉にくにのつかさの臨時祭し侍りける、舞人にて、かはらけとりてよみ侍りける

（つらゆき）

おとにのみきき渡りつる住吉の松のちとせをけふ見つるかな　（拾遺巻八雑上　四五六）

など多くの和歌に詠まれているように「松」の名所である。兼盛の和歌も王権と藤原氏を賛美したものであることを見落とすことはできない。

また、この「内裏和歌合（天徳四年三月三十日）」の判詞を引用している「宰相中将源朝臣国信卿家歌合（康和二年）」には、「よせ」「たより」というものの性質を如実に表しているエピソードが収められている。

七番　　左　勝　　隆源

いつのまにひなどしらみち（ママ）しら浪のかへる空よりこひしかるらん

右　　仲実朝臣

白浪にほかくる舟もあるものをけさのおきをばなににたとへん

左歌に、水天（无か）して白波とよまれたるは、証歌やはべるらん、かへるよそにはあらで、うはの空にぞみ給ふれ、と右人人申さるれば、水天（无か）して白浪とよむことは、けふにはじまれる事にあらず、げにおぼつかなう

もおぼしめすらん、かへる事いはむとて、かりに波よするなり、証歌またなきにあらず、きのつらゆきがわかれををしむうたに、まちつけてもろともにこそかへるなれ波よりさきに人のたつらん、とよまれたれば、さらにとがにあらず、とあるを、つらゆきがうたをともかくも申すべきにあらず、但、歌合歌にや、さらずは、猶、証歌ならずや侍らん、近くは、天徳四年内裏の歌合せに、水天（无か）して発浪とよまれたるを、証歌もにあらねども（ママ）、なほ歌合にはさるべきなり、と判かきに侍れば、なほうたがひなきにあらず、と申せば、これはあながちの事をもとめらるるにこそ侍めれ（以下略）。

（「宰相中将源朝臣国信卿家歌合（康和二年）」）

隆源の歌について、右方の人々が「水」に関連する事柄を詠まずに「白波」と詠んだ（「白波」に「水」に関する「よせ」「たより」がない）ことを難じたのに対し、左方は「かへる事いはむとてかりに波よするなり」、すなわち、「帰る」ことをいうために「波」に「よせ」たのだと反論している。「水」に関連させないで「白波」を詠むのが不自然だというのももっともな批評ではあるが、「帰る」ことをいうために「波」によせたのだという「波―かへる」という結びつきも、

家にふぢの花のさけりけるを、人のたちとまりて見けるをよめる　　みつね

わがやどにさける藤波たちかへりすぎがてにのみ人の見るらむ（古今巻二春歌下　一二〇）

（題しらず）　　在原元方

2逢ふ事のなぎさにしよる波なればうらみてのみぞ立ちかへりける（古今巻十三恋歌三　六二六）

をはじめとして数多くの先例を有し、歌の言葉としての累積を持つ、十分根拠のある反論である。そして、この二

つの立場の相対的な関係において、どちらが正しいということは、ついには決めることができないのである。このことは、「よせ」とか「たより」ということが、実は個的な幻想であって、それを誰が共有しているかという問題にすぎないことを如実に表している。

また、左方が「水」を詠まないで「波」を詠むのは今にはじまったことではないと、

（天慶二年四月右大将殿御屏風の歌廿首）

男女舟にのりてあそぶ

待ちつけてもろともにこそかへるさの浪より先に人の立つらん（貫之集第四　三八四）

という貫之の歌を例にあげたのに対し、右方は、貫之の歌の善し悪しをとやかくいうことはできないが、それが歌合せの歌でなければ「證歌」にはならないと反論し、「内裏和歌合（天徳四年三月三十日）」の判詞に「なほ歌合にはさるべきなり」（実際には「うたあはせにはいかがあらん」とある）とあることを根拠にしている。これは、歌合のようなハレの歌に関してはハレの歌を證歌としなければならないという認識があったことを示す。貫之の和歌は屏風歌であるからハレの歌ではあるが、屏風歌は虚構だから證歌にはならないと主張しているのである。

「内裏和歌合（天徳四年三月三十日）」と「宰相中将源朝臣国信卿家歌合（康和二年）」の二つの場合を例に「よせ」「たより」のありかたを検討してきたが、ここから分かることは、同じものを題に詠んだとしても、人によってよせ方はいかようにも違ってくるということ。というよりも、違ってもかまわないのである。だがいずれの場合にもいえることは、歌人たちに、作歌態度においてよせた方がいいという意識が共通していることである。

では、なぜ歌はよせた方がいいのだろうか。このことが「縁語」的な修辞が生み出された理由と重なるはずである。それについてはⅥにおいて論述する。

縁語を作歌の問題としてとらえているのが『悦目抄』である。[13] この、藤原基俊に仮託した中世の歌論書は、『俊頼髄脳』『八雲御抄』『十訓抄』『簸河上』『和歌大綱』などを要約したもので、現代では偽書として顧みられることも少ないが、中世以降の伝本も多種にわたり、近世には「正保二年『悦目抄』」「寛文六年『更科記』」『群書類従』本といった刊本も出版されるなど、広く愛好された。[14] それは『悦目抄』が、詠歌の心得を技術的な側面から解説しているからである。その中に、歌は掛詞や縁語を中心にして詠むべきだという項目がある。

> 歌をよまんには歌を先だつる事あるべからず。先づ題につきて縁の字をもとめよ……縁の字なくば、縁の詞を尋ねて置くべし。縁の字詞を求めずして、歌を先だつる事は、材木なくして家をつくらんがごとしと云へり。縁の字と云ふは秀句也。縁の詞と云ふはさる事のたよりある事なり。たとへば秀句と云ふは物をかねたる也。浪のよる〳〵めもあはずとつゞけつれば、浪のよするともよるの夜なども兼ねたるなり。是體の物を縁の字とは云ふなり。縁の字の詞と云ふは、秀句にはあらで、たゞことの便有る事なり。譬へば奥津浪立ちこそまされなどといふやうなる事なり。
>
> （『悦目抄』）

歌を詠むのにあたって、先に歌を考えてはいけない。先ず、歌題について関連する「縁の字」を考えなさい、「縁の字」が思いつかなければ「縁の詞」を探して置きなさいというのである。「縁の字」とは「秀句」すなわち掛詞のことで「浪のよる〳〵めもあはず」のように「（浪が）寄る」と「夜」の二義を兼ねたもの。また、「縁の詞」とは「奥津浪立ちこそまされ」の「（奥津）浪―立つ」という組み合わせのように「たより」のある歌語の組み合わせ、すなわち「縁語」に相当する。そして、「縁の字」や「縁の詞」を考えずに歌を詠もうとするのは、材木なしに家を作ろうとするようなものだとあるのは、『悦目抄』が掛詞や縁語を歌の骨格をなすものととらえていることを示している。このことは、次の箇所にもはっきりと述べられている。

歌をば必ず上の句からよまんと思ふべからず。上よりよまる、歌もあり、中よりよまる、歌もあり、すそよりよまる、歌もあるを、よまれぬ所よりよまんとすれば、終日終夜案ずれども出こぬものなり。縁の字にても詞にてもまうけたらん物をあて、見るに、はまりてあらばいで來たらん所をたねとしてよみつくもの也、秘事なり。（『悦目抄』）

「縁の字」であれ「縁の詞」であれ、思いついたものをあてはめて、うまくあてはまるようならば、それを種として歌を詠むものだというのは、歌が掛詞や縁語といった歌の「言葉」を元にして成り立つものとみなしていることを示している。そうであるならば、歌は必ずしも上の句から詠まなければならないということにはならない。例えば、歌の真ん中にあてはまる適切な「縁の字」「縁の詞」を思いついたとすれば、それを種として上の句や下の句を作ればいい。逆にいえば、「縁の字」「縁の詞」のない歌は歌の作法（さくほう）をふまえていないということになる。核となる言葉がないからである。

歌に又善悪あり。例へば口傳に云、是ぞ歌のわろき本として、くびきれ歌にてよむまじき體をしるす歌

五月雨にしらぬ杣木のながれきておのれとわたす谷の梯

此五月雨に知らぬ杣木とよめれば縁の字も詞もなく、きれたる物なり。腰をれたるものはふ〱も行くべし。頸切れたる物は命が有るまじき程に、尤もいましめ、わろしとすと云へり。よむべからず。此五月雨の歌の本證の題には、かやうにぞよむべきとて師匠にて侍りし人のをしへ侍りし。

五月雨はふるの高橋水こえて浪ばかりこそ立ちわたりけれ

此歌ぞ五月雨に縁の字詞あひかねて侍る歌なる。これにて心得つべし。

（『悦目抄』）

ここでは「五月雨」を題に詠んだ二つの歌を比較して、歌は「縁の字」「縁の詞」を核として詠むべきことを述べている。「五月雨にしらぬ杣木の」には「縁の字」も「縁の詞」もないので言葉の続きがらがなめらかでない（「きれたる物なり」）。歌の冒頭が「きれたる物」なので「くびきれ歌」となる。それに対して、「五月雨はふるの高橋」では、「ふる」が「五月雨は降る」と「布留の高橋」の掛詞（縁の字）であると同時に、「五月雨」と「降る」が縁語（縁の詞）なので言葉の続きがらもなめらかで、「五月雨―降る・布留の高橋」の語が緊密に結びつけられた歌句となっている。題の「五月雨」を中心として集められた「五月雨―降る・布留の高橋」という「縁の字」「縁の詞」が核となって「五月雨が降って水かさが増し、水面が布留川にかけた橋桁の高い橋を越してしまった」という構想を生み出し、そこから「今では浪だけが橋を越している」という下句を導き出している。いわば、言葉によって歌の構想が生成されているのである。

この歌は平安後期の歌人藤原資隆の作で、その家集『禅林瘀葉集』に「五月雨」の題で収められている。この歌と類想・類似する歌として、先後関係は不明だが、

五月雨を　　　　二条院讃岐

いそのかみふるのたかはしたかしとも見えずなりゆくさみだれのころ

（万代和歌集巻第三夏歌　六八五）

というものがある。藤原資隆は生没年は未詳だが、一一六〇年に清輔朝臣家歌合に出詠したのをはじめ、歌人としては主に一一六〇年～一一八〇年頃に活躍し、一一八五年までは存命していた。二条院讃岐も生没年は未詳であるが、源頼政の娘で、一一四一年～一二一七年頃に生存していた。二人の経歴を総合すると、年長らしい資隆の歌が

先行すると考えるのが自然であろう。しかし、讃岐の歌は、

8石上布留の高橋高々に妹が待つらむ夜そ更けにける（万葉巻十二　二九九七）

という万葉歌と「いそのかみふるのたかはしたか」まで歌句も共通しており、五月雨が降って「ふるの高橋」が見えなくなっているという構想の詠みぶりがストレートなので、讃岐の歌の方が先行し、資隆がそれをふまえて詠んだと考えることもできそうである。

いずれにしても、管見の限りでは、この歌以前に「五月雨―降る・布留の高橋」と結びつけた歌句は見いだせず、これ以降、

題しらず　大江宗秀

日かずへて浪やこすらん五月雨は雲間もみえずふるのたか橋（続千載巻第三夏歌　二八七）

橋五月雨といふことを　藤原基任

五月雨のふるの高はしたかしともみかさまさりてみえぬ比かな（新拾遺巻三夏歌　二六四）

嘉元百首歌の中に、橋　万秋門院

かくて世にふるのたか橋行末も君をぞたえずたのみわたらん（新続古今巻第十九雑歌下　二〇一七）

（冬日陪大上皇仙洞応製百首和歌／夏部／五月雨）（従四位上守大蔵卿兼行春宮亮丹後守臣藤原朝臣範光上）

日にそへて水かさまされば五月雨にふるの高橋名のみなりけり（正治後度百首　一一二）

といった例に見られるように、「五月雨―ふるの高橋」という言説は、数多く生み出されている。『悦目抄』等で優れた歌の例として挙げられたことをはじめ、平安後期の歌人三十六人の作品を選んで歌合せ形式に番えた『治承三

十六人歌合』に選ばれており、ある意味では一つのエポックメーキングをなしたものともいえる。また、室町時代の作品であるが、

（冬日同詠百首和歌／夏十五首／五月雨　征夷大将軍源尊氏）

日数経て波やこすらん五月雨のふるのたか橋人ぞわたらぬ　（延文百首　一六二七）

（春日同詠百首和歌／夏十五首／五月雨　左近衛権中将藤原雅冬）

さみだれのふるのたか橋水こえてゆききの人や道をかふらん　（延文百首　三〇二七）

という例がある。足利尊氏といった武人までもが、百首歌で五月雨を題にした時に、「五月雨―ふるの高橋」という言説を取り入れて、五月雨で増水したために布留の高橋がみえなくなる、という主旨の歌を詠んでいることからも、資隆の歌・『悦目抄』系歌論の影響の大きさをみることができる。

ところで、尼ケ崎彬は、この資隆の歌に対して、

五月雨が降り、水嵩が増して高く架けた橋を越えてしまった。今やこの古い橋を渡っているのは波ばかりだ。(15)

という釈を付している。尼ケ崎は「ふるの高橋」を「降る」と「古い橋」の掛詞としてこう解釈しているが、

8石上布留の高橋高々に妹が待つらむ夜そ更けにける　（万葉巻十二　二九九七）

という万葉歌の存在もあわせて考えると、ここからは本来的には「布留」を読み取らなければならない。もちろん、資隆の歌を、

五月雨や。ふるのたかはし水越えて。なみばかりこそ。たちわたりけれ。

という形で引いている『和歌大綱』では、「雨のふるとも、橋のふるきとも、聞えたる様なる事也」とあるように、「ふるの高橋」を「降る」と「古い橋」の掛詞ととらえる考え方は古くからあるし、

（題しらず）　　　　　　　　　　　　　　　　　　をののこまち

9今はとてわが身時雨にふりぬれば言の葉さへにうつろひにけり　　（古今巻十五恋歌五　七八二）

と「降る」と「古」を掛ける掛詞や、

題しらず　　　　　　　　　　　　　　　　　　よみ人しらず

10いそのかみふるからをののもとがしは本の心はわすられなくに　　（古今巻十七雑歌上　八八六）

のように「布留」と「古」を掛ける掛詞は、多く詠まれており、「ふるの高橋」に「古い」というニュアンスを読み取ることは間違いではない。この場合も、「ふる」に「降る・古・布留」を掛けた様々なプレテクストを響き合わせながら読むことによって、「五月雨が降っている布留川の高橋」をおさえた上で、それは「古い橋」であるということは可能である。だが、雨が降って水面が上がり波ばかりが橋を越しているという全体の構想の中で、「五月雨―降る・ふるの高橋」に「布留」をさしおいて「古」だけをみることは、やはり十分でないといわざるをえない。

とはいえ、右にみたように「布留」に「古」が掛けられた例は多く残されており、「ふるの高橋」を歌に詠むのに「古」さを主題にしようと考えることがあるのもまた自然なことである。資隆の後、源実朝や藤原実教が、

（名所恋の心をよめる）

磯上ふるのたかはしふりぬともともとつ人にはこひやわたらむ　　（金槐集　四五六）

（夏日同詠百首応製和歌／雑二十首／橋　　正二位臣藤原朝臣実教上）

としへぬる名にこそ有りけれいにしへは何とかいひしふるの高橋　　（嘉元百首　一一八三）

と詠んだ例がある。また、

嘉元百首歌の中に、橋　　　　　　　　　　　　　　　万秋門院

かくて世にふるのたか橋行末も君をぞたえずたのみわたらん　（新続古今巻第十九雑歌下　二〇一七）

題しらず　権少僧都実誉

年月をふるのたかはしいたづらにおもひ出なくて世をやわたらん　（続千載巻第十七雑歌中　一九四一）

百首歌たてまつりし時、雑歌　前内大臣

苔むして人のゆききのあともなしわたらでとしやふるのたかはし　（風雅巻第十六雑歌中　一七二九）

のように、「ふる」に「経（ふ）」を掛けて「世に経る」「年（月）を経る」としたものが生み出されるのも同様の経緯による。

では、この資隆の歌の歌い出しはどのように位置づけたらよいだろうか。すでに述べたように、資隆の歌以前に「五月雨—降る・布留の高橋」を結びつけた歌句は見いだせない。確かに「五月雨はふるの高橋」という歌句は前例のないものではあるが、「ふるの……（ふるの高橋）」、「……（の・は）ふる」、「雨—降る」、「ふる（降る—古し）」の掛詞という観点からみると、この言説は様々なプレテクストの網の目の上に成り立っていることがわかる。まず、「ふるの高橋」であるが、これはすでに、

8石上布留の高橋高々に妹が待つらむ夜そ更けにける　（万葉巻十二　二九九七）

でみたように万葉集に歌われた名所である。この他にも「いそのかみ布留・古（き）」を掛けた例、

ならのいそのかみでらにて郭公のなくをよめる　（そせい）

いそのかみふるき宮この郭公声ばかりこそむかしなりけれ　（古今巻三夏歌　一四四）

題しらず　よみ人しらず

10いそのかみふるからをののもとがしは本の心はわすられなくに　（古今巻十七雑歌上　八八六）

「いそのかみふる」の「いそのかみ」を「五月雨」にかえた例（「五月雨の降る・布留の社」）、

（夏十首　　待賢門院安芸）

五月雨のふるの社のほととぎす三笠の山をさしてなくなり　（久安百首　一二二四）

「降る」と「古」を掛けた例、

（題しらず）　　をののこまち

9今はとてわが身時雨にふりぬれば言の葉さへにうつろひにけり　（古今巻十五恋歌五　七八二）

皇后宮権大夫師時八条の家にて歌合しけるに、五月雨の心をよめる

五月雨はふるからをのの忘水おしひたすらのぬまえとぞみる　（散木奇歌集　二九四）

をみることができる。すなわち、このような様式の中で、「五月雨」を題にして「縁の字」「縁の詞」が形成され、それを核として一首がつむぎ出されたのである。「縁の字」「縁の詞」とは単に単語のレベルで関連があるということではない。そのようにして関連づけられる言葉の背後には、歌の歴史を通して関連づけられてきた累積が存在する。コンテクストやプレテクスト、歌の言葉として積み重ねられてきた意味あいなどを含めて「縁」という。そして、「縁の字」「縁の詞」を種にして歌を詠むとは、プレテクストによって歌を詠むことでもある。

ところで、反復と差異というタームがある。言語が言語であるためには反復されることが必要である。しかし、文学的な言説においては反復だけではなく、差異が求められる。すでに述べてきたように、歌は和歌言説の累積を背景として生み出されているのだが、それは単に反復を繰り返しているのではなく、同時に差異性をも作り出していることに留意しなければならない。「ふるの……（ふるの高橋）」、「……（の・は）ふる」、「雨―降る」、「ふる（降る―古し）」というプレテクストの網の上に成り立ちながらも、単なるその反復ではなく、そうした様式的な言説を異

化することによって「五月雨はふるの高橋」という、先例のない言説を紡ぎ出したところに、資隆の歌の新しさがあった。資隆の歌の後、「五月雨―ふるの高橋」という言説が数多く生み出され、『悦目抄』にもひかれるほど高く評価された理由は、まさにこの点にあったといえるだろう。

『悦目抄』は、掛詞や縁語を「縁の字」「縁の詞」と呼び、これらが作歌の核をなすものと位置づけた。いわば、歌を詠むことが言説の問題だとはっきりいっているところに、この歌論書の特色がある。これは、中世歌論にあらわれたインターテクスチュアリティと評価できるのではないだろうか。

Ｖ　縁語的修辞の本質

すでにⅡで引用したように、寺田純子は、縁語について「一首の主意とは無関係に、核になる一つの語と意味上密接な関係をもつ言葉を一語以上使用することで表現に変化やおもしろみをつける技法」であるとして、

伊勢にまかりける時よめる　　　西行法師

11すずか山うき世をよそにふりすてていかになりゆく我が身なるらむ　（新古今巻十七雑歌中　一六一三）

の「鈴―振る―鳴る」を例にあげている。確かに平安時代の和歌において「鈴鹿山」が詠まれた場合、「鈴鹿山」の「鈴」にちなんで「ふる（振る・経る・古る）」「なる（鳴る・成る）」が結びつけて詠まれることが多かった。しかしそれは決して一首の主意と「無関係」なものとして詠み込まれていたのではなかった。すでに第三部第二章「掛詞論Ⅱ――掛詞の基層」で論述したように、名はその実体を表すように名づけられたという言語観があるとするならば、「鈴鹿山」は「鈴」という名を持つがゆえに、鈴と同じように「ふる」ことによって「音」が「なる」という属性を

持つことになる。そして、「ふる」「なる」は同じ音を持つ「経る・古る」「成る」にも通じるのであり、音を通して「鈴鹿山」は「経る・古る」や「成る」に関わる属性も付与されるのである。

天暦十一年九月十五日斎宮くだり侍けるに、内よりすずりてうじてたまはすとて

御製

12思ふ事なるといふなるすずか山こえてうれしきさかひとぞきく（拾遺巻第八雑上　四九四）

円融院御時斎宮くだり侍りけるに、母の前斎宮もろともにこえ侍りて

斎宮女御

13世にふれば又もこえけりすずか山昔の今になるにやあるらん（拾遺巻第八雑上　四九五）

12は伊勢の斎宮として楽子内親王が下向したおりに村上天皇が詠んだもので、音が「鳴る」という名を持つ「鈴鹿山」は「なる」という音にちなんで、天皇である自分が思うことが「成る（成就する）」という喜ばしい山であると、斎宮が鈴鹿山を越えて伊勢へ下ることを慶祝している。また、13では、かつて伊勢の斎宮として鈴鹿山を越えた前斎宮が、娘が伊勢の斎宮として下向するのに同行して再び鈴鹿山を越えることの感慨を詠んだものである。「鈴」を振ると当然のように音が鳴ることと、長生きして（「世に経れば」）鈴鹿山を再び越えた時に、かつて自分が同じように鈴鹿山を越えた昔が今によみがえってきたように感じられた（「昔の今に成るにやあるらん」）ということを重ね合わせている。そして、この一見唐突ともいえる二重の文脈の結びつきを自然なものとして成り立たせているのが、「鈴」「ふる（振る・経る・古る）」「なる（鳴る・成る）」という共通の音を媒介とした言葉の結びつきであった。これらの語句は有機的に結びつきながら一首全体を構築している。決して「一首の主意とは無関係」に配置されているわけではない。

11の西行の歌は、『散木奇歌集』にある、

伊勢に侍りける比、みやこのかたよりしりたる人のもとより扇にそへておくりて侍りける

14おともせでこゆるにしるしすずか山ふりすててけるわが身なりとは　（散木奇歌集　一四〇八）

を本歌としたものであり、鈴を「振る」と「（音が）鳴る」ことと、この世を「振り」捨てて鈴という名を持つ鈴鹿山を越えていく我が身はどのように「成る」のかという感慨が重ねあわされている。11も14も「ふり」に「（世を）振り（捨つ）」を掛けて出離の感慨を詠んだところに平安末期の時代性が表れているが、「鈴」「ふる（振る）」「なる（鳴る・成る）」という共通の音によって二重の文脈が重ね合わされている点では12、13と同様といえよう。

そして、この構造は「縁語」はもとより「よせ」「たより」という概念すら持たなかった古今集の歌人の歌においても、基本的には変わらない。Ⅱの冒頭でふれた、

1唐衣きつつなれにしつましあればはるばるきぬるたびをしぞ思ふ　（古今巻九羇旅歌　四一〇）

を例にとれば、「衣―なれ（褻れ・馴れ）―つま（褄・妻）―はる（張る・遥々）」が「衣」に関連する語として結びつけられながら、馴れ親しんだ妻を繰り返し身につけて身体に馴染んだ衣で表すという比喩が構成されている。こうした比喩が可能になるのは、すでに論じたように、同じ音を持つものが共通する性質を持つとみなす言語観が根本にあるからである。だが、それと同時に見落としてはならないのは、この言説の背後にあるプレテクストの累積である。田中喜美春が論じたように、「衣」は万葉集以来、馴れ親しんだ女性を表すものとして用いられていた。[16]

衣に寄する

15橡の衣は人皆事なしと言ひし時より着欲しく思ほゆ　（万葉巻七　一三一一）

16凡ろかに我し思はば下に着てなれにし衣を取りて着めやも　（万葉巻七　一三一二）

いずれも、譬喩歌の項目に分類されている。物に寄せた比喩形式の恋の歌である。15の「橡の衣」は下層階級の女性を暗示し、そういう女性が無難なのだときいてから自分のものにしたいと思うようになったというもの。16では「なれにし衣」は一度深くなじんだ女性を暗示し、その女性に再び恋の言葉を贈ることを歌っている。このような、「衣」を女性に喩える和歌言説の累積の上に、同じ音を持つ言葉の連鎖が二重の文脈を生み出しているのが1なのである。

1は「かきつはた」を題に詠み込んだ「折り句」の歌であるが、「かきつはた」もまた、万葉集以来、美しい女性を暗示するものとして歌われてきた(17)。

（草に寄する）

17常ならぬ人国山の秋津野のかきつはたをし夢に見しかも　（万葉巻七　一三四五）

（花に寄する）

18住吉の浅沢小野のかきつはた衣に摺り付け着む日知らずも　（万葉巻七　一三六一）

これも譬喩歌である。17では美しい女性を夢に見たと歌い、18ではかきつはたを衣に摺り染めにして着るように、美しい女性を自分のものにしたいと歌っている。この他にも容貌をほめていう「につらふ」にかかる枕詞として用いられた、

（草に寄する）

我（あれ）のみやかく恋すらむかきつはたにつらふ妹はいかにかあるらむ　（万葉巻十　一九八六）

のような例もある。このようにしてみると、この「かきつはた」は決してアトランダムに選ばれたものではないことが分かる。1の詞書きで「かきつはた」が咲いているのを見て「かきつはた」を題に旅の心を詠もうということ

になったというのは、美しい女性を暗示する「かきつはた」によって都の妻を思い出し、妻を思う歌を詠むことになったということを意味している。「旅の心」とは旅にあって家郷の妻を思う「心」に他ならない。かきつはたという景物はこの和歌の修辞を大きく縁取る重要な契機となっている。だから、ここで題になるのはかきつはた以外にはありえなかった。どんな花でもよかったわけではない。

　このように、1の和歌は「かきつはた＝女性」「衣＝女性」という和歌言説の累積の上に成り立っているのであるが、ここでも、さきほど資隆の和歌についてみた反復と差異の関係をみることができるのはいうまでもない。

〈図〉

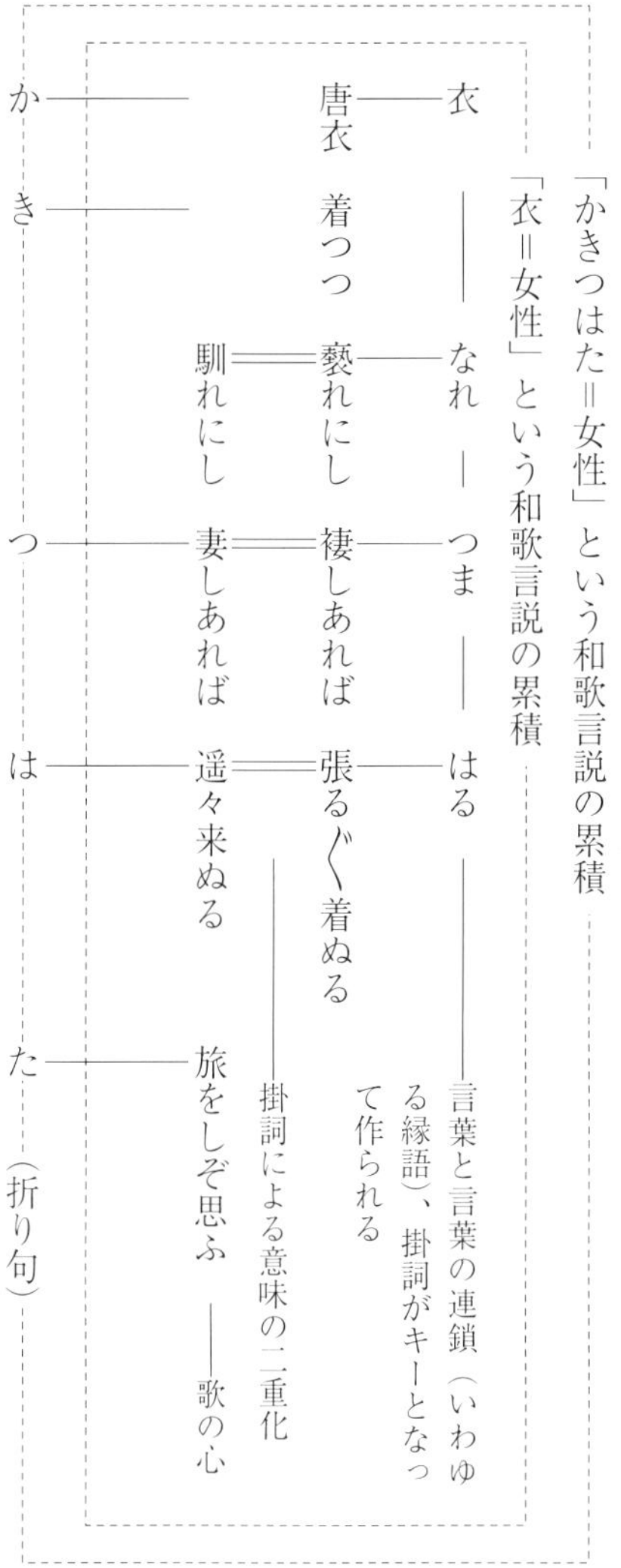

右にみたような、和歌言説の累積と同じ音を持つ言葉の連鎖が生み出す二重性とが1の和歌を構成するしくみを示すならば、前頁の図のようになる。[18]

これからも、いわゆる「縁語」と呼びうる言葉と言葉の連鎖が掛詞を背景に生成してきたことは明らかである。そして、掛詞や縁語が同じ音を持つものが共通する性質を持つとみなす言語観によって成り立っていることは、これまで述べてきた通りである。だが、それだけでは縁語は決して生み出されなかった。同じ音を持つものに共通の性質を見いだしながら関連させていくという立体的な修辞が可能になるためには、仮名で「書く」ことがどうしても不可欠であった。仮名は漢字の表意性を捨象して表音性を抽出したものであるが、仮名で書き読むという方法が、音を書き写すというレベルから一段飛躍した水準に言語の質をおしあげた。「書く」ことには表裏一体に「読む」ことが結びついており、仮名によって書き読むことを通して歌の言葉の一つ一つが分析的にうかびあがってくるところに多義的なものを意識的に構築していく契機が生まれるのであり、一つの言葉に多義的な意味あいをこめたまま複雑にからみあう文脈を展開させることも可能になった。そして、仮名で書くことと掛詞が可能にした歌の言葉の二重化の中で、言葉と言葉の連鎖が一首に深みや彩りを与えるものとして成長していったのが、いわゆる「縁語」と呼ばれる修辞である。和歌言説の累積を抱え込んだ言葉と言葉のネットワークが歌に二重性を与え、立体的なものにする。このことには、縁語・掛詞を論じることによって歌を詠むことを言説の問題として論じ、和歌言説のインターテクスチュアリティにまで踏み込んだ『悦目抄』も、ついにふれることはできなかった。

Ⅵ　縁語的修辞を求めたもの

仮名で書くことが縁語・掛詞を可能にしたとして、なぜ歌はこのような修辞を必要としたのであろうか。仮名で書くことは縁語・掛詞仕立ての和歌を生み出す前提条件であっても、歌がそれを必要とした理由にはならない。そこにはまた、それ独自の理由があったはずである。

その理由は、歌が五七五七七という定型に制約されたものだという厳然とした事実と深く結びついている。三十一文字の限られた詩型の中でより多くの事柄を詠むためには、同音異義語を駆使することによって文脈を二重化し複雑にすることが必要だったのである。だが、このことはもう少し微妙なところまで考えておかなければならない。限られた字数の中でより多くのことをいうために二重の文脈を駆使するというならば、それは散文でも成り立つものだからである。そうであるならば、私たちは歌がまさに歌であるという点にその理由を求めなければならないだろう。

歌が縁語的な修辞を必要とした最も大きな理由、それは歌の求心性ともいうべきものであった。歌が散文と異なるのは、一つのまとまりを持っていなければならないという点にある。散文のように言葉を散らしてしまえば歌にならないので、歌はどこかで中心になるテーマをしぼる必要がある。その求心性を与える方法が、縁語であり掛詞なのである。このことは『悦目抄』が歌は「縁の字」「縁の詞」を核にして詠むべきだとしたことと、はからずも通底しているといえよう。

そもそも、その発生の時から歌を歌として成り立たせていたのは、音声に出して歌うということであった。その音楽性が歌の持つリズムを支えていた。だが、歌われるという歌唱性が失われると、歌は五七五七七という定型の持つリズムに依存せざるをえなくなった。おそらくこれが、歌における定型成立の根本をなす本質であろう。定型の確立によって、歌は各句が意味的に密接に結びつけられるようになった。そして、上下の対立や繰り返しの構造が崩壊し、歌の言葉は単線的な言説へとかわっていったというのが、末期万葉の正述心緒歌に至る歌の流れであった。

大和へに　行くは誰が夫
隠り処の　下よ延へつつ　行くは誰が夫
（『古事記』下巻　歌謡五六）

のような繰り返しの詞句を持つ歌唱性の強い歌謡では、その歌唱性が歌のリズムを支えていた。また、

（五年戊辰、大宰少弐石川足人朝臣遷任し、筑前の蘆城の駅家に餞する歌三首）
大和路の島の浦廻に寄する波間もなけむ我が恋ひまくは
（万葉巻四　五五一）

のように上句に事物を表す言葉をおいて下句で心を表すという、典型的な寄物陳思歌は、上下の転換という構造によって安定した形を得ることができていた。だが、

19夕さらば君に逢はむと思へこそ日の暮るらくも嬉しかりけれ
（万葉巻十一　二九二二）

のような、正述心緒歌では初期の歌謡が持っていた上下の対立はほとんど崩壊し、上から下までひと続きの全体性の中に一首が構成されている。上句で事物を表す言葉を置くのが寄物陳思歌であるのだが、それが対象化された自己の内面の表出に置きかえられたものが正述心緒歌である。この、上下の対立が崩壊して全体がなだらかな叙述になっていくという過程こそが、歌が歌唱性によるリズムはもとより、定型の持つリズムさえ失い単線化していく過程だった。

とはいえ、歌の言葉は完全に単線化してしまったわけではない。すでに第二部第二章「仮名言葉の文学としての和歌」、第三部第一章「掛詞論Ⅰ」でも述べたように、歌にとって仮名で書くことが本質にかかわるものになった時、「書く」という行為は、うかびあがってくる一つ一つの音をとらえかえしながら多義的な言葉を関連させることによ

って、歌に中心を与えていく方法を生み出した。

例えば、19の正述心緒歌は、なだらかに詠みくだされ扁平な印象を与えるのに対し、

（題しらず）　在原元方

2逢ふ事のなぎさにしよる波なればうらみてのみぞ立ちかへりける　（古今巻十三恋歌三　六二六）

では、「あふことのなき（無き・渚）」「うらみ（浦見・恨み）」という掛詞や「渚―波―立ちかへり」という縁語が核となって一首を構成することによって、歌全体に求心性が与えられている。

「あふことの無き・渚」は、訪れてもつれない相手の女性、「（渚にし）寄る波」は一首の歌い手である自己を喩えたもの。自己を波に喩えて、それが「逢ふことの無き・渚」に行って、「浦」を見ただけで空しく帰っていった（すなわち、「恨み」を持って立ち帰った）というのである。ここには、「渚に寄る波は浦を見ただけで立ち帰っていく」という文脈と、「逢うことのない相手の女性を訪れた自分は、空しく恨みを抱いただけで帰っていく」という文脈が二重化されながら響き合わされている。そして、この二重の文脈を、「なき（無き・渚）」「うらみ（浦見・恨み）」という掛詞と、「渚―波―立ちかへり」という縁語の連鎖が核となって結びあわせている。いわば、掛詞と縁語を中心にして、空しく帰らなければならない男の嘆きを描き出しているのである。ここに、掛詞と縁語によって意味の凝縮が生み出される経緯をみることができる。

中世の歌論で、

一、むねこしすそといふ事は、はじめの五七のうつりはむね、中の五七のにほひは腰、七七のうつりはすそ也。

たとへば、

五月雨や。ふる（むね）のたかはし水越えて。なみ（こし）ばかりこそ。たち（すそ）わたりけれ。

此三所にえんの字にても、えんの詞にてもすゑべし。（『和歌大綱』）

というように、掛詞・縁語を「むね・こし・すそ」にすえて詠むべきだという記述があるのも、歌の中で掛詞や縁語が意味の凝縮された核を形成することとはからずも通底しているであろう。

縁語や掛詞が用いられるのが、見立てといった漢詩文の影響を強く受けた構文による四季歌ではなく、人事詠である恋歌を中心としているというのも、この修辞が単線化しようとする歌の言葉に中心を与えようとする叙情詩の方法として生成してきたことを暗示している。

縁語は掛詞とともに歌に二重性を与えるものである。その二重性を与える修辞が三十一文字の定型の中で歌に求心性を与えるという逆説の中に、歌の特質が如実に表れているのである。

Ⅶ　おわりに

正岡子規は『十たび歌よみに与ふる書』において縁語について、

縁語を多く用ふるは和歌の弊なり、縁語も場合によりては善けれど普通には縁語、かけ合せなどあればそれがために歌の趣を損ずる者に候。縱し言ひおほせたりとて此種の美は美の中の下等なる者と存候。無暗に縁語を入れたがる歌よみは無暗に駄洒落を並べたがる半可通と同じく、御当人は大得意なれども側より見れば品の悪き事夥しく候。縁語に巧を弄せんよりは真率に言ひながしたるが余程上品に相見え申候。[19]

と述べている。子規の提唱する近代的な写生ということからすれば、縁語などは「駄洒落」と同じで、美としては下等なものにすぎないということになる。だが、一方中世の歌人たちは常に「よせ」「たより」のある歌を詠むことに心を砕いていた。その言葉はプレテクストとしての和歌言説の累積を背景にしたものでありながら、歌合せの判詞にみられるように、必ずしも他者に共有されたわけではなかった。このことは、「よせ」「たより」のある歌の言葉を選択するのも歌人の個的な幻想であると同時に、それを解釈するのも受け手の個的な幻想によるということを示している。この個的な幻想は、無意識・発想・イデオロギー・社会的立場・個的な体験などさまざまな要素によって織りこめられており、他者と共有する部分はあるにしても個々に異なっている。歌の歴史はこうしてつむぎ出された和歌言説の累積、いうなれば個的な幻想の累積として存在しているのである。

そして、子規もまた子規の個的な幻想に基づいて、彼の前にあった和歌言説の累積を無化してみせようとした。それが写生という幻想だったのである。

注

（1）小沢正夫『古今集の世界　増補版』（塙書房　昭和五十三年五月三十日）、菊地靖彦「掛詞・縁語――『古今集』におけるその様相――」（『論集　和歌とレトリック』笠間書院　昭和六十一年九月三十日）、平沢竜介『古今歌風の成立』（笠間書院　平成十一年一月十一日）などにおいても、縁語は掛詞に付随してあつかわれている。

（2）寺田純子「縁語・掛詞・序詞」（『別冊國文学　古今集新古今集必携』學燈社　一九八一年三月十日）

（3）犬養廉他編『和歌大辞典』（明治書院　昭和六十一年三月二十日）

（4）鈴木日出男『古代和歌史論』（東京大学出版会　一九九〇年十月二十五日）

（5）片桐洋一『古今和歌集全評釈　上中下』（講談社　一九九八年二月十日）

（6）竹岡正夫『古今和歌集全評釈　上下　増訂版』（右文書院　昭和五十六年二月十日）

（7）小町谷照彦『現代語訳対照　古今和歌集』（旺文社　一九八二年六月二十五日）

（8）小沢正夫・松田成穂校注・訳『新編日本古典文学全集　古今和歌集』（小学館　一九九四年十一月二十日）
（9）小島憲之・新井栄蔵校注『新日本古典文学大系　古今和歌集』（岩波書店　一九八九年二月二十日）
（10）注（2）に同じ。
（11）注（3）に同じ。
（12）田中喜美春「万葉から古今へ」（『和歌文学論集2　古今集とその前後』風間書房　平成六年十月三十一日）
（13）『悦目抄』をとりあげて縁語を論じたものとしては、尼ヶ崎彬『日本のレトリック―演技する言葉』（筑摩書房　一九八八年一月三十日）、尼ヶ崎彬『縁の美学　歌の道の詩学Ⅱ』（勁草書房　一九九五年十月三十日）がある。本章でも『悦目抄』をはじめ尼ヶ崎がとりあげたのと同じ和歌をとりあげて縁語について論じているが、本章でこれらをとりあげた目的や論旨は尼ヶ崎論とは異なっており、導かれた結論もまた異なったものであることを付言しておく。
（14）日本古典文学大辞典編集委員会編『日本古典文学大辞典』（岩波書店　一九八三年十月二十日）
（15）尼ヶ崎彬『日本のレトリック―演技する言葉』（筑摩書房　一九八八年一月三十日）
（16）田中喜美春『貫之集全釈』（風間書房　平成九年一月三十日）
（17）注（16）に同じ。また、平田喜信・身崎壽『和歌植物表現辞典』（東京堂出版　平成六年七月十日）にも同様の指摘がある。
（18）この図を作成するにあたっては、尼ヶ崎彬『日本のレトリック―演技する言葉』（筑摩書房　一九八八年一月三十日）の一五三ページに示された図を参照した。ただし、この図はあくまで本章の論旨に沿って作成したものである。
（19）『日本近代文学大系　正岡子規集』（角川書店　昭和四十七年十二月二十日）

第四部　和歌文学の言説

第一章　歌い手論

――歌う主体と和歌主体の成立、あるいは一義性の文学としての和歌――

I

一九七〇年代から八〇年代にかけて、古代文学の分野でいわゆる「表現論」が研究テーマとして取り上げられつつあった頃、歌は言語表現として自立していないという議論があった。この「言語表現として自立していない」という言い方には大ざっぱにいって二つのニュアンスがあった。一つは、

> 文学は言語表現を本質とする。したがって言語表現そのものの質を見極めることが文学を論じることになる。
>
> 神謡の表現は繰り返し述べているように、村落共同体の神話的幻想に支えられてあるのであり、言語表現として自立していない。言語表現としての自立こそが文学の発生といいうる。したがって語り物や謡い物のような個幻想の表現でないものも文学作品たりうるのである(1)。

と論じられているように、共同体の神話的幻想に支えられてある神謡などは、言葉が言語外的なものに奉仕しており（呪歌）、言語表現が言語表現自体を目的として詠まれていないので言語表現として自立していないということで

ある。これについて、少し補足しておけば、神謡は文学の母胎であり、個体が表出する言葉は神謡の言葉にのっとることによって普遍性を獲得することができた。すなわち、「神話的幻想によって支えられていた神謡が、言語表現の様式となることによって、個幻想の表現をも支えることとなった」[2]のである。このように考えることによって、個体が表出する言葉に普遍性を与えるものを「様式」と位置づけ、「様式」という観点から歌の言葉をとらえようとする「様式論」が多くの実りをもたらすことができた。そして、「様式論」の中から出た、言葉と言葉の結びつきそのものにこだわろうとする試みが「表現論」として古代文学の研究課題となったのが八〇年代だった。

二つめは、はじめのこととまったく無関係というわけではなく、歌の言葉が何に支えられているかという問題と深く関わっているのであるが、歌が時と状況を変えるとまったく違ったものに読めてしまうことについて「自立していない」といったものである。このことは、それまでにも色々な形で言及されていた。例えば、吉本隆明は次に示すような問題意識を表明している。

ある時代の歌は、べつの後の時代からは、その歌の意図したところを超えて読み込まれることがありうる。そうだとすれば深読みされた部分は、もともと歌にはなかった解釈があらたにつけ加えられたのだろうか。あるいは作者が意図したと否とにかかわらず、歌そのものに内在していた可能性が、ひき出されたことを意味するのだろうか。早急に結論することができないが、後世はいつも古典にたいして現在の場所から振舞っている。また古典は、いつも同時代の場所へ遡行しなければ「本たい」をあかさないという強制力を働かしつづけていることもたしかである。[3]

こうした問題提起に対して、八〇年代の読者論を経過した現在では、テクストの意味は読者の解釈行為を通して現象するという立場をもってこたえることができるが、吉本はまた別の場所で、

ひむがしの五条わたりに人をしりおきてまかりかよひけり、しのびなる所なりければかどより
しもえいらでかきのくづれよりかよひけるを、たびかさなりければあるじききつけてかのみち
に夜ごとに人をふせてまもらすれば、いきけれどえあはでのみかえりてよみてやりける

なりひらの朝臣

ひとしれぬわがかよひぢの関守はよひよひごとにうちもねななむ　（古今巻十三恋歌三　六三二）

を取り上げている。この歌を「前詞」とかかわりなく解釈すると、忍びあいのために誰にも知られない野中の暗い通い路を歩いてゆくと、たまたま関所の関守たちがいつも眼覚めて佇っている影がみえる。まるでじぶんの忍ぶ恋を見張っているかのように。宵々ごとに通うじぶんの姿を知られたくないから眠ってくれればよいものを。

というように、暗い野中か人里のあいだの通い路のイメージになり、「前詞」と関連させて解釈すると、人にわからない垣塀の崩れたところから忍んでゆく道には、まるで関守のように、女の身うちの者たちがじぶんを見張っている。毎夜ごとにいる見張りたちは、眠ってしまってくれたらよいものを。

と、まったく異なったイメージで理解することができる。そして、女を藤原高子とし男を在原業平として伝記的な事柄をあてはめながら推論をつけくわえることもできる。このように、古今集の歌には「〈前詞〉との関係で左右される〈歌〉の解釈可能性の幅」があるというのである。(4) この例を引き合いに出して、歌が言語表現として自立していないことを主張する発言を研究会の場で耳にしたこともある。

しかし、このことは一人称現在の文学である歌にとっては、ある意味では本質的なものであった。

歌は、ある状況における歌い手の感慨を言語化したものである。そうして言語化された言葉はその状況において一義的に了解される。歌を「同化の文学」であると規定する三谷邦明は、「〈ウタ〉は比喩を伴っているものの、一義的な意味作用しか表出できない」としたうえで、

この〈ウタ〉の一義性は、詞書的な時空指定や作者名等によって規定されるのであって、それを欠落させると、例えば、吉本隆明が『古代歌謡論』(ママ)で……記しているように、別の了解も可能なのである。しかし、その場合でも、異なった場＝時空や作者主体に同化して、その主体に沿って一義的に了解するのであって、吉本隆明の場合も、一般例に場を解消し、好き者の立場から解釈したものであって、他の解釈も可能なはずであるが、どの場合も、現在・同化・主体・一義性等の〈ウタ〉の特性は変化しないのである。(5)

と論じている。歌が状況によって解釈が異なってくるというのは、「解釈可能性の幅」などではなく、ましてや多義性でもない。状況や詞書きが歌の解釈を規定しているのである。というより、その状況の中で読者がどう解釈するかにかかわっているとさえいえるであろう。歌については、読者は個々の状況における歌い手に寄り添って解釈するのだが、歌の解釈の場において、その歌い手の主体や状況が仮構されることもあるという可能性が顧みられない時代が長く続いてきた。

歌い手が仮構された主体であることを認めないために、古くから解釈に混乱がもたらされた例として、

歌たてまつれとおほせられし時によみてたてまつれる

つらゆき

わがせこが衣はるさめふるごとにのべのみどりぞいろまさりける　（古今巻一　春歌上　二五）

を挙げることができる。紀貫之が詠んだ歌に「わがせこ」という言葉が用いられたためか、すでに中世において、

ワカセコカトハ我妻トカケリ背子トモカケリ　万葉一云流経妻吹風之寒夜尓吾勢能君者獨苦宿良武　又ワカセコトハ若女トカケル事モアリ日本記ノ説也日本記云八方御嶋知食乙男若女二神御代ト云リ。
（『毘沙門堂本　古今集注』(6)）

のように、「せこ」を「妻」と解釈した例をみることができる。また、契沖も『古今餘材抄』で、

せこも妻のごとく夫婦に通する故に、神代紀には吾妹をあかなせのみこと、よみ、和名集には備中國賀夜郡庭妹世尓比あり。此郷の名もせといふ詞女に通する證なり。万葉集には夫婦に通するのみならす親族朋友にもよめり今は女をさせり。
（『古今餘材抄』）

と述べ、万葉集では「我妹子」が用いられていた歌が「我妹子」を「わがせこ」に替えた形で古今和歌六帖に収められているので、古今集の頃には「我妹子」を「わがせこ」と呼んでいたのだろうかなどと述べているなど(7)、「せこ」という語の解釈に様々な混乱がもたらされてきた。日本古典文学全集が、

「わがせこが衣」までが「はる（春）」の序詞。「梓弓おして（二〇）」と同手法。「わがせこ」は妻から夫をさす場合が多いが、ここは夫から妻をさすと解したい。「が」は主語を表わす。なお、この序詞は女性が春の戸外で衣を洗張りしている実景を暗示する有心の序である。

として、「わが妻が衣を張る季節になったが、その春雨が降るたびごとに、野辺の草木はしだいに色濃くなってゆく」という口語訳を付しているのも(8)、その最たる例であろう。だが、これは賀茂真淵が、

＊我せこは男を指て女の云なりしかるを是は貫之の妹をば指て我せこといひたるなりと云はわろしこは女の心になりてよめるなり衣を洗ひはり染などするは女の手わざなるをいかにおもひえぬにや。（『古今和歌集打聴』[9]）

＊女より男をさして我せこといふ詞なれは女の歌にいひなしたる體也……春雨といはんとて衣はる雨とつゝけ衣はるといはんとて男の衣を女のはるものなれは我せこか衣はるさめとつゝけたる斗にてきはめて貫之か妻によるは哥は實事のみいふ事にあらさる所に感もある事也大様に見るへし。（『続万葉集論』[10]）

と述べ、歌は「實事」だけをいうものではないとしているように、これは女の立場になって詠んだ「虚構の歌」というべきである。[11]

同化の文学である歌は、享受者が歌い手に寄り添うことによって解釈される。それと同時に、歌は一人称現在の文学であるために、歌い手の主体と実在の歌人とが重ね合わせて受け取られやすいという傾向を持っている。「わがせこが……」の歌に関していうと、男性官人である紀貫之が詠んだ歌であり、歌い手と歌人が一致するということを絶対化するならば、男性が男性を「わがせこ」と呼ぶことはありえないから、辻褄を合わせるためには「わがせこ」の意味を変えて「妻」の意だと考えるしかない。だが、歌い手の主体を無媒介に歌人と結びつけるのでなく、歌い手や歌の状況を仮構するという点で虚構を認めることができるならば、事情はおのずと異なってくる。

貫之の歌は季節の歌なので、この経緯があまりはっきりしなかったのであるが、古今集に多く収められている僧侶が詠んだ恋歌には、この問題が象徴的にあらわれている。

（題しらず）　僧正へんぜう
わがやどは道もなきまであれにけりつれなき人をまつとせしまに　（古今巻十五恋歌五　七七〇）

題しらず　（兼芸法師）[12]

秋の田のいねてふ事もかけなくに何をうしとか人のかるらむ（古今巻十五恋歌五　八〇三）

僧侶が詠んだ恋の歌ということで、「わがやどは……」の歌については、

註、此歌ハ笠置寺ノ定空僧都ノ弟子万寿王ト云童ヲ契テマチケルニ度々コサリケルニ読ル歌也此童ハ長良卿ノ孫侍従秋經ノ子也。（『毘沙門堂本　古今集注』）

そして、「秋の田の……」には、

註、此歌心ハ去ト云事モ我ハカケテモイハヌニナニトテ人ノカル、ヤラムト読リ　去ヲ稲ニソヘ別ヲ苅ニソヘタリトミユコノ歌ハ中原ノ通時カ子ノ童相ナレテ侍シカ程ナク別シニヨメリ。（『毘沙門堂本　古今集注』）

のように男色の歌と解釈している『毘沙門堂本　古今集注』のような古注もある。(13)

歌の主体と実在の歌人を一致していると考えるならば、歌人は女色を断つべき僧侶であるのだから、僧侶が詠んだ恋歌、それは男色の歌のはずだということになる。歌の主体に虚構を認めないとすれば男色が盛んであった中世（『毘沙門堂本　古今集注』が成立したのは鎌倉時代と考えられている）にあっては、それがごく当然の解釈になるだろう。こうした解釈は、現在では荒唐無稽なものとして顧みられることは少ないが、かといってあながち取りあげる価値がまったくないというわけでもない。この問題は、歌を解釈するにあたって何を前景・特権化するかがカギを握っていることを象徴的に示している。

これらの歌は、待つ女の歌という様式で詠まれている。遍照の歌は、訪れてくれないつれないあなたを待っているうちに、私の家は草が生い茂って道も見えないほどまで荒れ果ててしまった。ということで、待つ女の歌である。伝統的な男女の贈答歌という観点からいえば、たとえば「自分は忙しくていけなかった」とか「あなたが冷たいので行くのがはばかられる」といった贈歌に対する切り返しともみえる。また、兼芸法師の歌は、私が飽きたから去

ねと言葉をかけたわけでもないのに、何が気にいらなくてあなたは遠ざかっていったのだろう、ということで、やはり女歌の持つ否定的な詠みぶり、すなわち「贈答歌における切り返しの発想が、相手のみならず自己に対しても否定的であろうとする発想に転ずるところに生ずる、きわめて内省的な表現」(14)に特徴がある。

このようにして、僧侶が、というよりも男性歌人が女歌を詠むようになったのは、平安時代初期の漢風謳歌時代の閨怨詩の流行が強く影響している。この頃、神泉苑などで漢詩文を詠み合い、鑑賞し合ったり唱和しあう催しが盛んにおこなわれたことが勅撰漢詩集などからうかがうことができる。閨怨詩は、男性が女性の立場に立って空閨にある寂しさを詠んだものである(空閨にある女性に対する感慨を詠んだものもある)。

奉和春閨怨。一首　朝鹿取

妾本長安恣驕奢。衣香面色一似花。十五能歌公主第。二十工舞季倫家。使君南來愛風聲。春日東嫁洛陽城。洛陽城東桃與李。一紅一白蹊自成。錦褥玳筵親惠密。南鶼東鰈還是輕。賤妾中心歡未盡。良人上馬遠從征。出門唯見揚鞭去。行路不知幾日程。尚懷報國恩義重。誰念春閨愁怨情。紗窓閉。別鶴唳。似登隴首腸已絶。非入楚宮腰忽細。水上浮萍豈有根。風前飛絮本無帶。如萍如絮往來返。秋去春還積年歲。守空閨。妾獨啼。虚座塵暗。空階草萋。池前悵看鴛比翼。梁上慙對燕雙栖。涙如玉箸流無斷。髪似飛蓬亂復低。丈夫何時凱歌歸。不堪獨見落花飛。落花飛盡顏欲老。早返應見片時好。

(『文華秀麗集』巻中　五二　艶情)

(「春閨の怨」に和し奉る。一首。　朝野鹿取

妾(われ)は本長安にして驕奢を恣にし、衣香面色一に花に似たり。十五にして能く歌ふ公主が第、二十にして工に舞ふ季倫が家。使君南より來りて風聲を愛で、春日東に嫁ぐ洛陽城。洛陽城東桃と李と、一は紅く一は白く蹊自らに成る。錦褥玳筵親惠密び、南鶼東鰈も還りて是れ輕し。賤妾中心の歡び未だ盡きぬに、良人上馬して遠く

征に従ふ。門を出でて唯見るは鞭を揚げて去るのみ、行路知られず幾日の程。尚し懐ふ報國恩義の重きことを、誰か念はむ春閨愁怨の情を。紗窓閉ぢ、別鶴唳く。隴首に登るに似て腸已に絶え、楚宮に入るに非ぬに腰忽ちに細し。水上の浮萍豈に根有らむや、風前の飛絮本より帯無し。萍の如く絮の如く往來返り、秋去り春還り年歳を積む。空閨を守り、妾獨り啼く。虚座塵暗く、空階草萋し。池前看るを悵む鴛の比翼を、梁上對かふも慙づ燕の雙栖に。涙は玉箸の如く流れて斷つこと無く、髪は飛蓬に似て亂れて復た低し。丈夫何れの時にか凱歌して歸らむ、獨り落花の飛ぶことを見るに堪へず。落花飛び盡くし顔老いなむとす、早く返りて應に見るべし片時の好きを）。

これは『文華秀麗集』に収められている有名な閨怨詩で、長安で美しいと評判だった自分は、南の方からやってきた州の長官に請われて洛陽へ嫁いだが、結婚の喜びを十分味わわないうちに夫は遠くへ従軍してしまった、自分の容貌が美しいうちに早く帰ってきて欲しいという、空閨にある女性の悲しみを詠んだものである。「妾」は楽府詩や雑言体の詩などでよく用いられる(15)、女の一人称を表す語である。「妾」が用いられていることからも、この詩が女の立場に立って詠まれたことが明らかであろう。

「わがやどは……」「秋の田の……」の歌は、閨怨詩に相当するものを和歌で作ろうとした試みであるが、空閨にある女の心を和語で歌にしようとすれば、漢詩とは異なった、切り返しという女歌の様式が表面に出てくる点に漢詩文と和歌の出会いのあり方が象徴的にあらわれているといえるだろう。

男性が女性の立場に立ってよむ閨怨詩は、中国では六朝時代から多くなり、日本では勅撰漢詩集の時代に流行した。歌人が虚構の人物になって歌を詠むことは、既に万葉集の時代から七夕の歌が七夕の遊宴を前提として詠まれていたが、男が女の立場になって待つ女の歌を詠んだかどうかははっきりしない。万葉集時代に男が「わがせこ」

と歌った例としては、

　藤原宇合卿の歌一首

我が背子を何時そ今かと待つなへに面やは見えむ秋の風吹く　（万葉巻八　一五三五）

があるが、これを僧正遍照や兼芸法師の歌のように和歌による閨怨詩と同じに考えることができるかどうかは微妙なところである。藤原宇合の歌の前後には七夕の歌が多く収められており、題詞には七夕ということは触れられていないが、これは織女の立場になって詠んだ七夕の歌と考えた方がよいだろう。ここには、七夕の伝説の日本的な変容の姿を見ることができる。

七夕の伝説は、

　七夕観織女一首　　王鑒

牽牛悲殊館、織女悼離家。　牽牛は殊館を悲しみ、織女は離家を悼む。
一稔期一霄、此期良可嘉。　一稔に一霄を期す、此の期良に嘉す可し。
赫奕玄門開、飛閣鬱嵯峨。　赫奕として玄門開き、飛閣鬱として嵯峨たり。
隠隠驅千乘、闐闐越星河。　隠隠として千乗を驅り、闐闐として星河を越ゆ。
六龍奮瑤轡、文螭負瓊車。　六龍は瑤轡を奮ひ、文螭瓊車を負ふ。
火丹秉瑰燭、素女執瓊華。　火丹は瑰燭を秉り、素女は瓊華を執る。
絳旗若吐電、朱蓋如振霞。　絳旗電を吐くが若く、朱蓋霞を振ふが如し。
雲韶何嘈嗷、靈鼓鳴相和。　雲韶何ぞ嘈嗷たる、靈鼓鳴つて相和す。
亭軒紆高盼、眷余在岌峩。　軒を亭めて高盼を紆らし、余が岌峩に在るを眷みる。

澤因芳露霑、恩附蘭風加。　澤は芳露に因りて霑ひ、恩は蘭風に附きて加はる。
明發相從遊、翩翩鸞鷟羅。　明發まで相從遊し、翩翩として鸞鷟羅る。
同遊不同歡、念子憂怨多。　同遊して歡を同じくせず、子を念うて憂怨多しと。
敬因三祝末、以爾屬皇娥。　敬みて三祝の末に因りて、爾を以て皇娥に屬す。

（『玉台新詠』巻三／『初學記』巻第四・歳時部下・七月七日にもあり）

詠織女　　劉孝儀

金鈿已照耀、白日未蹉跎。　金鈿已に照耀するも、白日未だ蹉跎たらず。
欲待黄昏後、含嬌渡淺河。　黄昏の後を待ちて、嬌を含みて淺河を渡らんと欲す。

（『玉台新詠』巻十／『藝文類聚』巻四・歳時中・七月七日では劉孝威の作とあり、『初學記』巻第四・歳時部下・七月七日にも劉孝威の作とある）

などにみられるように、中国では織女が天の川を渡って牽牛のもとへ訪れるというものであった。それに対して、日本では折口信夫が、

日本紀天孫降臨章にある、

天孫又問曰、其於秀起浪穗之上、起八尋殿而、手玉玲瓏織紝之少女者、是誰之女子耶。答曰、大山祇神之女等。大號磐長姫、少號木華開耶姫。

とある八尋殿は、構への上からは殿であるが、様式からいへば、階上に造り出したかけづくりであつた、と見て異論はない筈である。此棚にゐて、はた織る少女が、即棚機つ女である。さすれば從來、機の一種に、たなばたといふものがあつた、と考へてゐたのは、單に空想になつて了ひさうだ。我々の古代には、かうした少女

が一人、或はそれを中心とした數人の少女が、夏秋交叉の時期を、邑落離れた棚の上に隔離せられて、新に、海或は海に通ずる川から、來り臨む若神の爲に、機を織つてゐたのであつた。(16)

と述べているような、機織り女が水の辺で機を織りながら神の訪れを待つという伝承や妻問い婚の習俗の影響もあって、牽牛が織女を訪れるものとして歌が詠まれている。

我が背子にうら恋ひ居れば天の川夜舟漕ぐなる梶の音聞ゆ　（万葉巻十　二〇一五）

君が舟今漕ぎ来らし天の川霧立ち渡るこの川の瀬に　（万葉巻十　二〇四五）

は、天の川を渡って訪れてくる牽牛の訪れを待つ織女の立場になって、その心を詠んだものであり、

天の川打橋渡せ妹が家道止まず通はむ時待たずとも　（万葉巻十　二〇五六）

天の川波は立つとも我が舟はいざ漕ぎ出でむ夜の更けぬ間に　（万葉巻十　二〇五九）

は、天の川を渡って織女のもとを訪れる牽牛の立場になって、その思いを詠んだものである。また、

天の川霧立ち渡り彦星の梶の音聞ゆ夜の更け行けば　（万葉巻十　二〇四四）

天の川川の音清し彦星の秋漕ぐ舟の波の騒きか　（万葉巻十　二〇四七）

は、七夕について第三者的に詠んだものであるが、ここでも天の川を渡っていくのは牽牛の方である。一方、『懐風藻』には七夕の詩が六篇あるが、そこに詠み込まれている七夕伝説は中国の七夕詩の範疇にあり、天の川を渡るのは織女となっている。例えば、

五言。七夕。一首。（大學頭従五位下山田史三方）

金漢星楡冷。銀河月桂秋。　金漢星楡冷しく、銀河月桂秋さぶ。

靈姿理雲鬢。仙駕度潢流。　靈姿雲鬢を理(をさ)め、仙駕潢流を度る。

窈窕鳴衣玉。玲瓏映彩舟。　窈窕衣玉を鳴らし、玲瓏彩舟に映（は）ゆ。

所悲明日夜。誰慰別離憂。　所悲（かなしき）は明日の夜、誰か別離の憂を慰めむ。　（『懐風藻』五二）

で、雲のようになびく美しい髪を整え、しとやかな様子で、衣の玉を鳴らしながら車に乗って天の川を渡っていくというのが織女の様子を表したものであることは明らかであろう。このように、同じ時期に日本で詠まれたものでも、漢詩では、七夕の伝説を中国のままに受け入れているところに、漢詩と歌の相違が端的にあらわれている。

さて、宇合の歌についてであるが、この中にある「秋の風」は、七夕の季節である秋がやってきたということでもあるが、同時に、待つ男の訪れの前兆としての「秋の風」としても歌われている。この歌に類似する詞句を持った歌として、額田王の、

額田王、近江天皇を思ひて作る歌一首
君待つと我（あ）が恋ひ居れば我が屋戸の簾動かし秋の風吹く　（万葉巻四　四八八）

がある（巻八・一六〇六に重出）。男の来訪を待っている女の所に秋風が吹いたり、簾が風に揺れたりするのは、六朝の閨怨詩に見られる様式であり、[17]

情詩二首　五言　張茂先
清風動帷簾、晨月燭幽房。　清風は帷簾を動かし、晨月は幽房を燭らす。

佳人處遐遠、蘭室無容光。　佳人は遐遠に處（を）りて、蘭室には容光無し。

襟懷擁虚景、輕衾覆空牀。　襟懐に虚景を擁し、輕衾にて空牀を覆ふ。

居歡惜夜促、在戚怨宵長。　歡に居ては夜の促（せは）しきを惜しみ、戚（うれひ）に在りては宵の長きを怨む。

撫枕獨嘯歎、感慨心内傷。　枕を撫して獨り嘯歎し、感慨して心は内に傷む。　（『文選』巻二九）

清商曲辭三・呉聲歌曲三・華山畿二十五首

夜相思、風吹窗簾動、言是所歡來。（夜相思ふ、風窗を吹きて簾動く、是れ歡しき所の來れると言ふ）。

（『樂府詩集』巻四六）

雜詩四首／雜詠和湘東王三首／秋夜　劉緩

樓上起秋風、絶望秋閨中。燭溜花行滿、香燃簽欲空。徒交兩行涙、倶浮妝上紅。（樓上秋風起る、絶望す秋閨の中。燭溜まりて花行（ゆくゆく）〻滿ち、香燃えて簽空しからんと欲す。徒に兩行の涙を交へ、倶に妝上の紅を浮かぶ）

（『玉台新詠』巻八／『藝文類聚』巻三二・人部十六・閨情にもあり）

近代呉歌九首／秋歌

秋風入窗裏、羅帳起飄颺。仰頭看明月、寄情千里光。（秋風窗裏に入る、羅帳起りて飄颺す。頭を仰がしめて明月を看、情を寄す千里の光に）。

（『玉台新詠』巻十）

額田王の歌は、こうした閨怨詩を念頭において詠まれたものとみなすことができる。藤原宇合は、織女の立場に立って牽牛の訪れを待つ七夕の歌を詠もうとしたときに、そうした漢詩そのものや、漢詩の発想をふまえた額田王の歌といった男の訪れを待つ女の歌という様式に則って歌を詠んだことになる。現存する資料の中では、奈良時代に作られた漢詩の中でいわゆる閨怨詩と呼べるものは残ってはいない。『懐風藻』に「秋夜閨情」と題された石上乙麻呂の漢詩があるが、

五言。秋夜閨情。一首。（従三位中納言兼中務卿石上朝臣乙麻呂）

他郷頻夜夢。談與麗人同。　他郷頻に夜夢み、談らふこと麗人と同じ。

寝裏歡如實。驚前恨泣空。　寝裏歡ぶること實の如く、驚前恨みて空（むなごと）に泣く。

空思向桂影。獨坐聴松風。　空しく思ひて桂影に向かひ、獨り坐て松風を聴く。
山川嶮易路。展轉憶閨中。　山川嶮易の路、展轉閨の中を憶ふ。
（『懐風藻』一一八）

これは、遠くはなれた異郷で閨の中の女を思い、女に会えないことを嘆くもので、男が女の立場から空閨にある悲しみを詠む閨怨詩とは異質なものと考えられている。とはいえ、当時の文人たちの中でも閨怨詩の表現についてはは理解されていたとみなすことはできる。ただ、何らかの理由で彼等はいわゆる閨怨詩は詠まなかったのだろう。『懐風藻』に残された漢詩をみると、その多くが「従駕」や「遊覧」「侍宴」の場での「応詔」の漢詩であることが分かる。当時はまだ、閨怨詩はそうした場で詠むべきものとは受け取られていなかったのだろう。とはいえ、閨怨詩の存在は周知のものであり、一部の文人たちの間で、閨怨詩の方法が、待つ女の思いを歌に詠むにあたって応用されたことが、先駆的なものとして残されたのだと考えられる。

宮中で閨怨詩が詠まれることが流行するようになったのは、やはり平安時代に入った勅撰漢詩集の時代である。そこでは、漢詩の作り手が虚構の女性になって詠んでいることを前提として享受する場があった。この他にも、虚構の人物や過去の人物になってその心を漢詩に詠んだ例は、『文華秀麗集』の中にも嵯峨天皇が長門宮における陳皇后を詠んだ、

長門怨。一首。　御製
日暮深宮裡。重門閉不開。　日暮深宮の裡、重門閉ぢて開かず。
秋風驚桂殿。曉月照蘭臺。　秋風桂殿を驚かし、曉月蘭臺を照らす。
對鏡容華改。調琴怨曲催。　鏡に對かへば容華改まり、琴を調ぶれば怨曲催す。
君恩難再望。買得長卿才。　君恩再たび望み難く、買ひ得たり長卿が才。
（『文華秀麗集』五六）

や、漢の成帝に愛されたが後に趙飛燕のために寵を失い皇太后の住む長信宮の女官となった班婕妤の思いを詠んだ、

婕妤怨。一首。　御製

昭陽辞御寵。長信獨離居。　　昭陽御寵を辞し、長信獨り離居す。
團扇含愁詠。秋風怨有餘。　　團扇愁を含みて詠ひ、秋風怨餘有り。
閑階人跡絶。冷帳月光虚。　　閑階人跡絶え、冷帳月光虚し。
久罷後庭望。形將歳時除。　　久に罷みぬ後庭の望、形歳時と除かむ。

（『文華秀麗集』五八）

などがあり、文人たちがそれに唱和した「奉和長門怨。一首。巨識人（巨勢識人）」「奉和婕妤怨。一首。巨識人」「奉和婕妤怨。一首。桑腹赤（桑原腹赤）」といった漢詩も残されている。

そして、こうした漢詩文を、詠み合い、唱和しあった場が存在した。漢風謳歌時代が過ぎて和歌が宮中における主要な文化となってからは、それは和歌を詠み合い、披講して鑑賞しあう場に移行した。古今集の詞書きで「歌を奉れ」といわれて詠んだというような場合、その歌は必ずそうした場で披露されて鑑賞されたのである。そこでは、漢詩を鑑賞し合う遊宴で文人たちが虚構の人物になって漢詩を作ったのと同じように、歌人が虚構の人物になって歌を詠むことが求められていた。

虚構の人物になって歌を詠むということに関していえば、屏風歌において、屏風に描かれた人物の立場に立った歌が多く詠まれるようになってきた。

仁和御屏風に、七月七日女の河あみたる所　　平定文
水のあやをおりたちてきむぬぎちらしたなばたつめに衣かすよは
（拾遺巻第十七雑秋　一〇九一）

仁和御屏風というから光孝天皇の御代という比較的早い時代に詠まれたものであるが、河で水浴びしている女の立

場から、その心を詠んだものである。このように、屏風歌は絵画に描かれた人物になって歌を詠むことを方法化した。そして、「伊勢集」や「貫之集」の屏風歌に特徴的にみられる、屏風に物語じたてで描かれた絵画の登場人物の立場から物語の展開に合わせた歌を詠む「屏風絵物語」[18]を生み出したのであった。

また、宇多天皇の時代に内裏菊合という行事が催されたが、この時に詠出された歌は、洲浜に置かれた人形の立場になって詠まれて洲浜に結びつけられていた。

仙宮に菊をわけて人のいたれるかたをよめる　素性法師
ぬれてほす山ぢの菊のつゆのまにいつかちとせを我はへにけむ　（古今巻五秋歌下　二七二）

こうした和歌が詠出され鑑賞された場について、片桐洋一は、

男の作者が女の立場に立ってよんだ歌……それが女の立場に立っての詠であることを人々が知った上で鑑賞する「場」、言いなおせば、和歌が作者とかかわりなく、いわば虚構の世界において自立し得る「享受」の場が存在していた……。[19]

と論じている。そこでは、歌というテクストを成り立たせている要素に関して、歌い手の主体と主体の置かれた状況を虚構として受け取ることが共通のこととして了解されていたはずである。だが、そうした解釈だけがテクストの享受における特権的な位置を占めるものではない。もし、その場における歌の享受だけが唯一絶対の享受のしかたであるとするならば、後世の読者にはただ、その時その場にいた人々の体験をそのままに追体験するという絶望的な道しか残されていないということになってしまう。後世さまざまに積み重ねられてきた多くの解釈は、一つだけが唯一絶対のもので、あとは単なる誤りということになってしまう。唯一の意味を求めるという視点からは、正解以外は誤りとして排除するという姿勢しか生み出さず、例えば、右にみた古注釈の解釈のような解釈が出てくる

との意味を問う視点は生み出されない。荒唐無稽な解釈に見えるかもしれないが、なぜそのような解釈が生み出されるのかが歌の本質と関わっているのではないかと考えることが重要なのである。

そうした観点から、「わがせこが……」の歌や、「わがやどは……」「秋の田の……」の歌に対する『毘沙門堂本古今集注』の解釈を見直すならば、それは、歌のテクストを成り立たせている要素のうち歌人という要素の伝記的状況をひたすら肥大させて歌の解釈に結びつけたものだということがわかる。このように、歌というテクストは何を絶対視し、何を肥大化させるかということによって解釈が異なってくる。これは、まさしく書かれたテクストの特質である。

一人称現在の文学で、状況において一義的な意味内容を示す、同化の文学である歌が書かれたテクストとなった時に、そうした性質を所有することとなった。では、歌はなぜそうしたものとして存在しているのであろうか。

Ⅲ

ここでは、歌が一人称の文学として成立したことの意味について考察する。

折口信夫は「文学の発生点」を祭式において語られる「神授（と信ぜられた）の呪言」においた[20]。いわゆる、神の自叙がそれである。祭式は、自然の秩序や現実を抽象化し再構成した非日常の時空間であった。そして、非日常の場で語られる言葉であるがゆえに、神の言葉（呪言）は、非日常の様式化された言葉であった。その非日常性は、「疊語・對句・文意轉換[21]」を基本とした律文としてあらわれた。そこに、様式化された歌の発生が想定される。様式化された律文とは、例えば、

（仁多の郡）
仁多と号くる所以は、天の下造らしし大神大穴持命、詔りたまひしく、「この国は大きくも非ず小さくも非ず。川上は木の穂刺し加布。川下は阿志婆布這ひ度る。是は尓多志枳小国なり」と詔りたまひき。故、仁多と云ふ。

（『出雲国風土記』仁多の郡）

にみられる「大きくも非ず小さくも非ず」「川上は木の穂刺し加布。川下は阿志婆布這ひ度る」のような繰り返しの詞章をいう。折口信夫は、この律文化の要因を、祭式における巫覡の神がかり状態においた。そして、それが「神語」として固定化していく道筋を想定している。

　このように、発生の段階の歌が律文として想定されるのは、W・J・オングが「一次的な声の文化」における思考は「強いリズムがあって均衡がとれている型にしたがったり、反復とか対句を用いたり、頭韻や母音韻をふんだり（あだ名のような）形容句を冠したり、その他のきまり文句的な表現を用いたり」する性質を持っていると述べた[22]ことと符合する。

　とはいえ、ここでいう神の言葉（呪言）は様式化された言葉であり、巫覡が狂乱し、変態した時の錯乱した言葉そのままを指しているのではない。確かに、始源的には、神の言葉は神憑りした巫覡が口走る錯乱した言葉であったかもしれない。だが、よくいわれているように、それは神の言葉であるがゆえにそのままでは意味不明であり、人間に理解できる言葉に翻訳しなければならないものであった。この、神の言葉を翻訳したものが「神の呪言」である。そして、この「神の呪言」は始源的な「神の言葉」そのものではないから、祭式において「神の言葉」とみなされるために「神の言葉」であることを装わなければならなかった。それが「疊語・對句・文意轉換」を基本とした様式、さらにいえば、五七音の音数律とそれを基本とした繰り返しの構成である。

ところで、こうした繰り返しの詞章を折口は「疊語」と呼んでいるが、これについては、古くから「畳句」という呼び方があった。江戸時代の国学者、橘守部は『長歌撰格』『文章撰格』の中で「畳句」と「対句」について述べ、「対句」が対立する言葉を組みにするのに対し、「畳句」は同じことを重ねて詠むものであると論じている。(23) また、「畳句」という用語は既に平安時代から存在していた。管見では同じことを重ねて詠んだ詞章を「疊句」と呼んだ例は、喜撰法師の作と伝えられる『倭歌作式』から見ることができる。『倭歌作式』では、句ごとに同じ言葉を用いたために乱れたような感じのする歌を「落花」と呼んで歌病の一つとしたが、「疊句」と「連句」はその例とはしないとしている。

第四落花者、毎レ句交二於同文一、詠誦上中下文散亂也。如レ此云、

　のちのたのしきあしたの　　の與レの同聲也。

第四病者若雖レ不レ去又有二何過一。然而詠誦聲不二順由一也。誠是狂歌何下冷寒不レ去レ病、若言不二清美一如上。可レ去之中、疊句若連句者非レ例。疊句者如レ是云、

　思ひなき思ひにわたる思ひこそ思ひの中に思ひ出つ、

連句者如レ此云、

　春の野の、夏の野の、秋の野の、冬の野の、此等句也。

（『倭歌作式』）

その他に、いわゆる「四式」の中では『石見女式』が『倭歌作式』とほぼ同文をのせている。また、平安時代後期の『奥義抄』や『和歌童蒙抄』では別の歌を例としてあげているのをみることができる。

〔同事をかさねよむなり〕

　疊句歌

心こそ心をはかるこゝろなれ心のあだは心なりけり　（『奥義抄』）

四、落花　句ごとに同字をまぜて亂れたるなり。此外に疊句・連句といふことあり。

疊句　同事をかさねていふなり。

こゝろこそ心をはかる心なれ心のあだは心成りけり

といふなり。

連句　同文字をつゞけて云ふ也。春の野の、秋の野のと云ふなり。　（『和歌童蒙抄』）

さて、既に述べたように、繰り返しなどの律文は祭式において「神の言葉」とみなされるための様式であり、この様式化された言葉によって人は神を装い、従って、神に転移することが可能になった。そして、そうした繰り返しの詞章には、祭式の場や演劇の場などにおいて神を演じる者の所作という肉体性も大きく関係している。

意宇と号くる所以は、国引き坐しし八束水臣津野の命、詔りたまひしく、「八雲立つ出雲の国は、狭布の稚国なるかも。初国小さく作らせり。故れ、作り縫はむ」と詔りたまひて、「栲衾志羅紀の三埼を、国の余りありやと見れば、国の余りあり」と詔りたまひて、童女の胸鉏取らして、大魚の支太衝き別けて、波多須々支穂振り別けて、三身の綱打ち挂けて、霜黒葛闇や闇やに、河船の毛曽呂毛曽呂に、国来国来と引き来縫へる国は、去豆の折絶よりして、八穂尓支豆支の御埼なり。此くて、堅め立てし加志は、石見の国と出雲の国との堺なる、名は佐比売山、是なり。亦、持ち引ける綱は、薗の長浜、是なり……「今は国は引き訖へつ」と詔りたまひて、意宇の杜に、御杖衝き立てて、「意恵」と詔りたまひき。故れ、意宇と云ふ。　（『出雲国風土記』意宇の郡）

『出雲国風土記』（意宇郡）の有名な国引きの詞章である。八束水臣津野命が出雲の国は幅の狭い布のように未完成で小さい国なので他の国の土地を持ってきて縫いつけ大きくしようと言って新羅の岬（をはじめ隠岐、越の国の直江津の岬）から土地を切り取り、太い綱で引きよせて縫いつけたという内容である。国を引いた綱が一本となり、「栲衾志羅紀の三埼を……国来国来と引き来縫へる国は、去豆の折絶よりして、八穂尓支豆支の御埼なり」の部分が地名を替えて四回繰り返されていることから、元々は出雲地方の口承の伝承だった巨人伝説が、時を経て、出雲地方の地方権力（国造）の成長とともに出雲の国全体を覆う物語として整えられていったものと考えられている。

「栲衾志羅紀の三埼を、国の余りありやと見れば、国の余りあり」という八束水臣津野命の言葉や、土地を切り取って引き寄せてくる「童女の胸鉏取らして、大魚の支太衝き別けて、波多須々支穂振り別けて、三身の綱打ち挂けて、霜黒葛闇や闇やに、河船の毛曽呂毛曽呂に、国来国来と引き来縫へる国」という詞章は、高度に整備されたものではあるが、口承のなごりをとどめた様式化されたものであった。

石母田正はこの個所の詞章について、幅の広い鉏で大魚の鰓を衛くように山や岬を取り分ける「労働の力」「人間の力」「生産手段の力」が全面に押し出された、古代人の労働と生活に結びついた比喩によって形象されたものであり、「その労働が、貴重な生産要具である金鉏の所有者の支配する労働として存在し、したがって、その労働の支配者が一人の英雄神、または個人として集中的にあらわ」されたものであると論じている。[24] また、その声調についても、

（ある晴れた日に）ゆるやかに巨人が国を引いてくる後半の光景は、五・七調で整えられ、はげしい運動とたたかいをしめす前半部は、五言・七言ではなくて、四言句・六言句・八言句の方が文の声調を支配しているといえる。国引きの詞章全体においてもっとも緊密度の高い部分であるC（吉野注・「童女の胸鉏……引き来縫へる国は」のこと）は、その声調からだけみても、それが本来語られた文学またはその断片であることをしめしている。

のように述べている。だが、この繰り返しを含む詞章は、そうした理解をするだけでなく演劇的な所作を背景に置

いて考えた方がよりわかりやすい。

「栲衾志羅紀の三埼を、国の余りありやと見れば、国の余りあり」は、「国の余りありやと見れば」で神が遠くを眺め、思い通りの土地があることに気づいて「国の余りあり」と驚く所作。また、「童女の胸鉏取らして」以下も、それぞれ人々の生活と労働に基づいた演劇的所作があったことが考えられる。そうした神を演じる演劇的所作を伴った語りの肉体性が、繰り返しの詞章を生み出しているのであり、逆な言い方をすれば、繰り返しの様式化された語りの言葉であるがゆえに神を装うことができたのである。

次の節でも論じることになる「八千矛の神の歌」では、この演劇的な所作を伴った詞章の特質がもっと端的にあらわれている。

八千矛の　神の命は　八島国　妻娶きかねて　遠々し　高志の国に　賢し女を　有りと聞かして　麗し女を
有りと聞こして　さ呼ばひに　有り立たし　呼ばひに　有り通はせ　大刀が緒も　未だ解かずて　襲衣をも
未だ解かねば　嬢子の　寝すや板戸を　押そぶらひ　我が立たせれば　引こづらひ　我が立たせれば　青山に
鵺は鳴きぬ　さ野つ鳥　雉は響む　庭つ鳥　鶏は鳴く　心痛くも　鳴くなる鳥か　此の鳥も　打ち止めこせね
いしたふや　天馳使　事の　語り言も　此をば
（『古事記』上巻　歌謡二）

特に一人称に人称が転換した後の「大刀が緒も未だ解かずて……」以下では、歌い手が神の位置に立って自分の動作を歌いながら説明する。神の言葉が繰り返しの様式によってあらわされることが典型的に示された歌でもある。このようにして、歌は様式にのっとることによって神の言葉を装うものとして生み出された。

さて、こうして歌は歌い手が神を装うことを可能にするものとして発生し、後には前節で論じたように、男の僧侶が女になったり屏風絵に描かれた人物になって歌を詠んだりするというように、虚構の人物の立場に立って歌うものとしても存在した。だが、日常言語の世界においては自分が神であるとか、男なのに女であるというのは狂気とみなされるであろう。しかし、歌ではそれが可能になる。いわば歌は、そうした狂気が許される言語宇宙を作っているということができる。

Ⅳ

歌が一人称を基本的な人称として成立したのは、歌い手が神の位置に立って歌っている（神の位置に立つことを装うともいえる）ことを意味している。

是に、天皇、其の黒日売に恋ひて、大后を欺きて曰はく、「淡道島を見むと欲ふ」といひて、幸行しし時に、淡道島に坐して、遥かに望みて、歌ひて曰はく、

押し照るや　難波の崎よ　出で立ちて　我が国見れば　淡島　淤能碁呂島　檳榔の　島も見ゆ　離つ島見ゆ（歌謡五三）

乃ち、其の島より伝ひて、吉備国に幸行しき。（『古事記』下巻）

仁徳天皇が吉備国の黒日売に会うために難波の崎から出発して淡路島を通って吉備国に至ったが、その途中淡路島で我が国を遥かに見晴らして国見の歌を歌ったという話である。「其の島より伝ひて、吉備国に幸行しき」とあるのは、淡路島から島伝いに巡行していくことをあらわしており、神の巡行叙事と同じである[25]。村立てのために共同体に巡行してくる神が素晴らしい土地をみつけて土地讃めをするという様式である。そして、「淡島・淤能碁呂島」とあることから、この歌はイザナキ・イザナミの国生み神話を背景としており、そういう神話的な重みを背負った国

を所有しているということである。この歌は、そうした巡行する神の視点から詠まれており、その視点をはっきりと示しているのが「我が国見れば……離つ島見ゆ」のような「……見れば〜〜見ゆ（……を見ると〜〜が見える）」という詞章である。この様式はかなり普遍的なものだったらしく、同様にして歌われた歌が他にもいくつか残っている。

一時に、天皇、近淡海国に越え幸しし時に、宇遅野の上に御立して、葛野を望みて、歌ひて曰はく、

千葉の　葛野を見れば　百千足る　家庭も見ゆ　国の秀も見ゆ　（『古事記』下巻　歌謡四一）

応神天皇が大和から近江に巡行した時に宇治で国見をして歌った歌である。葛野を遥かに見やると、たくさんの満ち足りた村里や、国の高く秀でたところが見えると言葉にすることによって、自らが支配する土地の繁栄を寿いでいる。

三谷邦明が論じているように、古代においては、「見る」という行為は「食べる」「知る」「聞く」とともに、所有・支配・占有という意味性を伴っている。[26]「支配」するという概念を持つ「めす（召す）」は、「食べる」ということであるが、「見る＋す」でもある。

藤原宮の役民が作る歌

やすみしし　我が大君　高照らす　日の皇子　荒たへの　藤原が上に　食す国を　見したまはむと　みあらかは　高知らさむと　神ながら　思ほすなへに　天地も　依りてあれこそ　石走る　近江の国の　衣手の　田上山の　真木さく　檜のつまでを　もののふの　八十宇治川に　玉藻なす　浮かべ流せれ……

（万葉巻一　五〇）

八年丙子の夏六月、吉野の離宮に幸せる時に、山部宿禰赤人が詔に応へて作る歌一首　并せて短歌

やすみしし　我が大君の　見したまふ　吉野の宮は　山高み　雲そたなびく　川速み　瀬の音そ清き　神さびて　見れば貴く　宜しなへ　見ればさやけし　この山の　尽きばのみこそ　この川の　絶えばのみこそ　ももしきの　大宮所　止む時もあらめ　（万葉巻六　一〇〇五）

などの例からもわかるように、〈見る〉ことは〈食べる〉ことであって、〈所有・支配・占有〉することなのである。特に、「藤原宮の役民が作る歌」からは「食す国」を「見す」とあるように、〈見る〉ことと〈食べる〉ことと〈支配する〉ことが密接に関連していることが明瞭にうかがえる。

　また、中西進は「……見れば〜〜見ゆ」について、

　能動的に「見れば」受動的に「見える」という構造、これこそが国見の本義にかなうのであろうと私は思う。「見る」ということが本来的にはもっとも確実な知覚であって、タマの発現によって支配することだと考えられるからである。(27)

と述べて、そこに王者の行為としての国見が成立することを論じている。そして、古橋信孝は「見る」は神の動作の表現であるとして、「……見れば〜〜見ゆ」について、

「……見れば」は、神がいろいろの土地を巡って見てきたが、ここの土地に来て見てみるという内容になり、他から選んでいることを意味し、「……見ゆ」が最もすばらしく見えると讃めているという構造になっている。したがって〈見る〉という一人称の行為がすでに見られたものへの讃美の表現であったとかんがえることができる。それは神の行動だったからである。(28)

と述べ、それが神の巡行を内包し、最高にすばらしいものを表現する様式であると論じている。おそらく、歌い手は「……見れば〜〜見ゆ」と歌うことで神の位置に立つことができたのであろう。「……見れば〜〜見ゆ」は歌い手

が一人称の「われ」として神の位置に立っていることを示す様式となっている。そして、このことは万葉集巻一の二番歌、舒明天皇の国見歌とされる有名な、

天皇、香具山に登りて望国（くにみ）したまふ時の御製歌

大和には　群山あれど　とりよろふ　天の香具山　登り立ち　国見をすれば　国原は　煙立ち立つ　海原は
かまめ立ち立つ　うまし国そ　あきづ島　大和の国は　（万葉巻一　二）

という歌に関しても同様にいえる。この歌は、「舒明朝に歌われた国ぼめ歌。宮廷歌人の作であろう[29]」といわれているが、これも国見をする神の視点から歌われたものである。

こうした、巡行する神の視点で歌うという様式を持った歌の中に、歌い手である「われ」があらわれてくるものがある。たとえば、いわゆる「行路死人歌」と呼ばれているものである。

讃岐の狭岑（さみね）の島にして、石の中の死人（しにひと）を見て、柿本朝臣人麻呂が作る歌一首　并せて短歌

玉藻よし　讃岐の国は　国からか　見れども飽かぬ　神からか　ここだ貴き　天地　日月と共に　足り行かむ
神の御面（みおも）と　継ぎ来る　中の湊ゆ　船浮（う）けて　我が漕ぎ来れば　時つ風　雲居に吹くに　沖見れば　とゐ波立
ち　辺を見れば　白波騒く　いなさとり　海を恐（かしこ）み　行く船の　梶引き折りて　をちこちの　島は多けど　名
ぐはし　狭岑の島の　荒磯面（ありそも）に　廬（いほ）りて見れば　波の音の　繁き浜辺を　しきたへの　枕になして　荒床（あらとこ）に
ころ臥す君が　家知らば　行きても告げむ　妻知らば　来も問はましを　玉桙の　道だに知らず　おほほしく
待ちか恋ふらむ　愛しき妻らは　（万葉巻二　二二〇）

「中の湊ゆ／船浮けて／我が漕ぎ来れば」というように、旅人の「われ」が讃岐の「中の湊」から出発して狭岑島で行路死人を発見する経過が歌われている。このように、どこからどこを通ってどこへ至ったか地名を列挙して（道行

き）歌うのは、神が村立てのために巡行する「巡行叙事」の様式であり、その土地が素晴らしい土地であると讃めるのも、旅の安全を祈る旅の歌の様式である。

ここには、土地讃めと旅の歌の様式化された詞章が取り入れられており、旅人の「われ」には巡行する神が重ねられている。いいかえれば、歌い手である「われ」とは神の位置に立つ存在なのである。そして、神が共同体に巡行してくるものだということは、折口が「まれびと」として論じたように、共同体にとって神が外部者であることを示している。外部者であるがゆえに尊く、特別な力を持った（死者を鎮魂できる）存在でもある。

歌い手は、死者を歌うことによって共同体にとって危険な存在である異常な死をとげた死者の魂を鎮め、共同体の内部に収めようとする。そして、それは境界に立つ者にのみ可能なことでもある。多田一臣が「行路死人歌」の歌い手である「われ」について、

「われ」が、うたい手（語り手）として、禁忌の死者の世界を、この日常世界の聞き手たちの前に現前させる役割をもっていた……うたい手（語り手）である「われ」は、禁忌の対象世界と聞き手との間に身を置きながら、その媒介者としての立場を、叙事に介入することで示していくのである。(30)

と論じているように、歌い手とは境界領域に立って、歌うべきものと距離を置きながら歌うものの現前性を回復しようとする存在である。

歌い手の「われ」が歌うべきものと距離を置くことによって成立しているということに関連して取りあげなければならないのが、前節でもふれた有名な「八千矛の神」の歌である。歌い手の「われ」が歌うべきものと距離を置くということは、「われ」が自らの素姓を名乗らなければならないということにもつながっていく。

八千矛の　神の命は　八島国　妻娶きかねて　遠々し　高志の国に　賢し女を　有りと聞かして　麗し女を

有りと聞こして　さ呼ばひに　有り立たし　呼ばひに　有り通はせ　大刀が緒も　未だ解かずて　襲衣をも
未だ解かねば　嬢子の　寝すや板戸を　押そぶらひ　我が立たせれば　引こづらひ　我が立たせれば　青山に
鵺は鳴きぬ　さ野つ鳥　雉は響む　庭つ鳥　鶏は鳴く　心痛くも　鳴くなる鳥か　此の鳥も　打ち止めこせね
いしたふや　天馳使　事の　語り言も　此をば　（『古事記』上巻　歌謡二）

この歌については、「八千矛の　神の命は……有り通はせ」と三人称で始まって、途中から「我が立たせれば」と一人称になる人称転換がこれまで多くの議論の対象となってきた。新編日本古典文学全集では、

この歌は本来、神に成り代って歌われるもので、まず第三者的に状況を説明して歌う立場を確保し、その上で自ら神となって歌うというスタイルである。(31)

という注釈を付しているが、これは元々鳥の所作などの演劇的動作を伴ったものだった。古事記では大国主の物語の中にあてはめられているが、実は女にふられる滑稽なかまけわざだったのである。

歌い手が巡行する神の位置に立つものであることは既に述べたが、それは同時に、遊行する宗教者や芸能者とも通じるものである。この歌は、そうした芸能者によって演じられたものであろう。芸能者が自分の演じる登場人物を三人称で説明し、続いて一人称、つまり自分になっていくという流れでできている。神であるのに自分が何者かをいわなければならないということは、神の現前性がなくなったことを意味している。叙事文芸の始源として想定される神話を「現在的体験を基準とした文芸」であるとし、「古代祭祀の中で語られた、所謂カタリゴト・フルゴトは、現前性を基盤として成り立つものであった」とする三谷邦明は、この八千矛の神の歌について、

八千矛神の神語歌の、「押そぶらひ　我が立たせれば　引こづらひ　我が立たせれば」等といった一人称の語りは、そうした現前性を端的に示していると言えよう……神語歌の「我（わ）」というカタリゴトの源初性を象徴する

言葉さえもが、その歌謡において、「八千矛の　神の命は」と三人称で語り出され、既に〈晴〉の世界での本来的な姿を喪失し、特に「いしたふや　海人駈使　事の　語り言も　こをば」という、「これがこの事件を伝える語りごとですよ」という、語りの内容を過去化する、〈褻〉の日常的な場からの説明的な批評が付言されている……[32]。

と論じているが、語り事とは神楽の零落した姿でもあり、神の現前性が信頼できなくなった時の産物である。もし仮に、神の現前性が生きている純粋な神事というものが想定できるとするならば、神事に集う共同体の成員はすべてを了解しているわけだから、神は自分が何者かを説明する必要はなかったはずだ。神の現前性の崩壊と観客の成立が純粋な神事から芸能への移行をもたらした。この歌にはその移行の瞬間が凝縮されている。

　この八千矛の神の歌の冒頭が三人称の叙事詩的な方法で作られていることは重要である。三人称による叙述は、伝承の過去化の契機でもある。

V

　既に述べたように、歌は一人称現在の文学であるが、長歌や伝承歌謡といわれているものには叙事詩的な方法でできている詞章を含んでいるものがある。三人称の叙述によって過去のできごととして描こうとしているものである。

　　葛飾の真間の娘子（をとめ）を詠む歌一首　并せて短歌

鶏が鳴く　東の国に　古（いにしへ）に　ありけることと　今までに　絶えず言ひける　葛飾の　真間の手児名が　麻衣に

青衿着け　ひたさ麻を　裳には織り着て　髪だにも　掻きは梳らず　沓をだに　はかず行けども　錦綾の　中に包める　斎ひ児も　妹に及かめや　望月の　足れる面わに　花のごと　笑みて立てれば　夏虫の　火に入るがごと　湊入りに　船漕ぐごとく　行きかぐれ　人の言ふ時　いくばくも　生けらぬものを　なにすとか　身をたな知りて　波の音の　騒く湊の　奥つ城に　妹が臥やせる　遠き代に　ありけることを　昨日しも　見けむがごとも　思ほゆるかも

反歌

葛飾の真間の井を見れば立ち平し水汲ましけむ手児名し思ほゆ　（万葉巻九　一八〇七・一八〇八）

高橋虫麻呂の有名な、真間娘子伝説を詠んだ長歌であるが、その特徴は「古にありけること」「遠き代にありけること」のように「けり」を用いて真間娘子の事跡を過去の出来事として三人称として描いている点にある。それによって、この伝説の部分は伝説として自立する物語的な方法の萌芽が見られる。この「けり」の働きについて、三谷邦明は、

「けり」という助動詞……によって、虫麻呂は、歌の対象となっている伝説を、過去化すると共に、過去であるが故に、それと同化できる、回想が可能となる世界として措定しているのである。[33]

と論じている。「けり」という三人称過去の助動詞で叙述することによって、語りの叙事となる可能性を生み出したのである。

語りの叙事ということに関してここで注意しておかなければならないのは、このようにして三人称で描いているということは、同時にその背後に語り手（この場合は「歌い手」か）である「われ」が存在しているということである。この語りのあり方について、「けり」を通して検討する。

春日政治が「けり」の語源は「来アリ」であり「過去から動作が繼續して現在に存在することを表す」として、

「前カラシ（アリ）續ケテ今ニアル」といふ義のケリは、多く存在の義が重く取られる方向に用ゐられて行つた……更に目前現實の事象については、その存在（現實）を強調する義に用ゐられる……この強調の用法の中の一種とも見るべきものが、所謂詠嘆の用法と呼ばれるもので……今まで氣附かなかつたことを、今それと氣附いた時に發するケリが、これに當るやうである。(34)

と論じているように、(35)「けり」は元来存在を表すものであった。そして、助動詞をあつかう際には人称の問題が大きく関わってくるのであり、ここで三人称で描写されているということが重要な意味を持っている。「けり」は、一人称と三人称とでは意味が異なってくるのである。

一人称で用いられた「けり」は、

吾は、いなしこめ、しこめき穢き国に到りて在りけり。（吾者、到二於伊那志許米上、志許米岐此九字以レ音。穢国一而在祁理）。

（『古事記』上巻）

のような例で、これはイザナキが黄泉の国から戻った時に、自分は今まで穢れた国に行っていたものだということで、黄泉の国に行った動作が過去から継続して現在に存在することを今の時点で表している。それに今気づいたということになれば、それは所謂「気づきの〈けり〉」ということになる。

歌に用いられる「けり」も基本的には「気づきの〈けり〉」である。

九月のしぐれの雨に濡れ通り春日の山は色付きにけり　（万葉巻十　二一八〇）

このころの暁露（あかときつゆ）に我がやどの萩の下葉は色付きにけり　（万葉巻十　二一八二）

というように、一人称の文学である歌においては、歌う対象のあり方に今気づいたという歌い手の発する「けり」

が、詠嘆となる。

そして、この「気づきの〈けり〉」が三人称で用いられると、それは語り手（歌い手）が気づき発見したということになる。先にあげた高橋虫麻呂の歌では、真間娘子を三人称的に述べる語り手（歌い手）の存在が想定される。真間娘子の事跡は「古にありけること」「遠き代にありけること」、すなわち過去の出来事として語り手（歌い手）に発見され語られ（歌われ）ている。一人称に用いられていた「けり」が三人称に用いられることによって「語りの〈けり〉」が成立したのである。(36)

では、ここで真間娘子の事跡はどのように扱われているだろうか。「古に／ありけることと／今までに／絶えず言ひける」と、それが過去のことであると全体の枠組を設定することから始まっている。そして、出来事の中身を語る時には、その説話面における現在で語られる。これは、高橋虫麻呂の歌において、真間娘子の伝承が語りとして独立して扱われていることを示していよう。出来事を過去のこととして提示し、出来事自体は現在で語り、聞くものを話に中に同化させていく語り手が想定される。ここに「語りの〈けり〉」の成立を見ることができる。

ただ、この場合には真間娘子の事跡は事実として扱われており、『竹取物語』など平安時代以降の物語文学が「昔……ありけり」という枠組を作ることによって虚構を方法化したのとは異なっている。春日政治は、この枠組としての「昔……ありけり」について、

只説話の初を書出す際、必ず過去時の副詞を用ゐてゐると共に、之に應ずるにケリを以てするのが常になつてゐて、そのケリは過去に見なければならない……ケリは説話面の現在に即いて用ゐられてゐるのに、この起首に（若しくは結尾にも）過去と解すべきケリが用ゐられるのである。この古點の叙事様式がキの匡郭になつてゐるのに比して、物語類のそれは一様にケリで到底してゐるのに、そのケリが匡郭の部と内面とによって、時を

異にしてゐるのである。(37)

と、経典の古點と違い、物語では説話面の現在で「けり」を過去の意味では用いないのに冒頭の「昔―けり」に過去の意味で用いていると述べているが、いわばこれが物語文学における「虚構の〈けり〉」の成立を意味している。

真間娘子の歌では、右にみたような「語りの〈けり〉」によって縁取られた伝説の語りのあとに「昨日しも見けむがごとも思ほゆるかも」という歌い手の感慨をつけ加えて終わっている。実はここに、歌が語りを含み込むことの限界を見ることができる。というよりも、そこに歌の本性が示されているのである。これらの歌には、歌が語りをとりこむことがどこまで達成できるかという問題が如実にあらわれている。

平安時代以降の散文の物語では、主体が拡散し、物語の言説は多義的な解釈を許すものとなった。たとえば、『源氏物語』の「宇治十帖」における薫を、性的関係のない男女関係を求めた理想的な男性と見ることもできるし、自己の思い込みにとらわれたために思いを寄せる女に振られてしまう滑稽な男性とも見ることができる。テクストはそうした多義性、いわば重層的な意味決定のはざまで揺れ動いている。それが、散文による物語の特質である。しかし、ここでは語られた伝説に対して、高橋虫麻呂は「昨日しも見けむがごとも思ほゆるかも」という歌い手としての「われ」の位置からの感慨を付け加えることによって一人称的なものとして所有してしまう。それは、歌い手の側からの意味づけであり、テクストに対する一義的な意味規定であるともいえる。この歌い手の「われ」の位置からの意味づけが歌の特色であり、ここに歌と物語の違いをみることができる。

さらにいえば、「昨日しも見けむがごとも思ほゆるかも」という感慨をつけくわえる歌い手は、既に述べたように歌うべきものと聞き手の間にあって歌うべきものを現前させようとするものであった。ということは、歌い手は「われ」の側から「昨日しも見けむがごとも思ほゆるかも」と歌うことによって聞き手にも共感を強要するということでもある。これが、同化を強いる歌の特性の一つだといってもよいだろう。

Ⅵ

たとえ語りの叙事を取り込んだ長歌であっても、歌はその叙事の内容を歌い手の視点からの感慨をよむことによって一義的に規定する。歌い手である「われ」の視点からの意味づけであり感慨であることが、歌が一人称現在の文学で、状況における一義的な意味をあらわすということの根拠となっているといえよう。歌うべきものと受け手の間に立って歌うべきものを現前する歌い手の感慨であるから、享受者は歌に同化しなければ歌を了解することができない。これが歌の本質である。

祭式や芸能の場で発せられたオーラルな歌、いわば「声の文化」としての歌においては、享受者はこうした一義的な意味規定を自明のものとして了解することができた。というよりも、歌われた歌は常に状況とともに存在するものであって、その「歌う主体」を多層的に解釈することはできないのである。祭祀儀礼における歌われた歌の「歌う主体」は、既に論じてきたように、神の視点に立つものであった。享受者は、神の視点からの言葉として同化的に一義的に了解した。

こうした歌が、はじめにみたように、どんな状況を想定するかで多様に解釈することが可能になるのはなぜか。それが、基本的に歌われたものであった歌と、書かれたテクストとなった和歌との違いである。

古今集時代以降の和歌は「文字の文化」の中にあり、明らかに書かれたテクストとして存在している。事前に詠んだ和歌を歌合わせの場や天皇や院の前で披講することもあれば、身分の低い歌人の歌を宮中で披講したのは歌人とは別の者であった。また屏風歌では、歌人は屏風絵がおりなす物語にあわせて、ある時は男になり、ある時は女になりかわって歌を詠んだ。それは、神の位置に立つ歌い手が歌の対象を神の視点から規定することによって所有するものだというところに歌の本質があることと同義ともいえる。神は歌い手に憑依し、屏風絵の人物も歌い手に憑依する（それは同時にその逆でもあって、歌い手は神に憑依し、屏風絵の人物に憑依する）のである。だが、そうして歌われた歌が、歌集の中の一首として鑑賞されることもあった。それによって、僧正遍照や兼芸法師の歌のように多層的に解釈されることもあった。そうしたことがおこるのは書かれたテクストだからである。そして、文字化されたテクストであれば、その主体を何重にもとることができる。既に何度も述べたように、歌の主体は確かに（その状況において）一つではあるが、何を前景化するかによって主体を多層的にとることができる。そして、個々に想定した状況の中では主体や歌の意味は一義的に規定される。これが書かれたテクストである和歌の和歌主体のありかただといえよう。

祭祀の場や芸能の場といった状況と切り離して存在することができない「声の歌」は一義的な意味作用がおこなわれ、享受者は一義的に同化する。一方、書かれたテクストとしての和歌は多層的に解釈することができるが、それは意味が拡散化した重層的な意味決定を強いるものではなく、個々の層においては一義的な意味作用がおこなわれ、享受者は一義的に同化する。書かれることによって多層化したが根本は同じで、歌が一人称現在の同化を強いる文学という点では変わらない。それは、歌が歌い手である「われ」の視点からの意味づけであり感慨であること。さらにいえば、歌うべきものと受け手の間に立って歌うべきものを現前する歌い手の感慨であることに由来する。これが歌の根源的な特色である。

注

（1）古橋信孝『古代歌謡論』（冬樹社　昭和五十七年一月二十日）
（2）注（1）に同じ。
（3）吉本隆明『初期歌謡論』（河出書房新社　昭和五十二年六月二十五日）
（4）注（3）に同じ。
（5）三谷邦明「伊勢物語の表現構造――同化の文学あるいは事実と虚構の出会い――」（『物語文学の方法Ⅰ』有精堂　一九八九年三月三十日）
（6）片桐洋一編『毘沙門堂本　古今集注』（八木書店　平成十年十月二十八日）。なお、異体字を活字化するにあたっては、吉澤義則編『未刊國文古註釈大系　第四巻』（帝国教育会出版部　昭和十三年六月二十日）を参考にした。
（7）久松潜一他校訂『契沖全集　第八巻』（岩波書店　昭和四十八年三月三十日）
（8）小沢正夫校注・訳『日本古典文学全集　古今和歌集』（小学館　昭和四十六年四月十日）
（9）賀茂百樹校訂『賀茂眞淵全集　第七巻』（吉川弘文館　昭和四年十二月二十日）
（10）賀茂百樹校訂『賀茂眞淵全集　第六巻』（吉川弘文館　昭和四年八月三十一日）
（11）片桐洋一「古今集における和歌の享受」（『古今和歌集の研究』明治書院　平成三年十一月二十日）。なお、本居宣長は『古今集遠鏡』で契沖と賀茂真淵の説を対照して「わがせこがの説、打聞よろし、妻が夫の衣をはるといふ詞也、餘材誤れり」（『本居宣長全集　第三巻』筑摩書房　昭和四十四年一月二十五日）と述べている。
（12）『新編国歌大観』の底本である伊達家旧蔵本をはじめ定家本系統の諸本では、この和歌の作者が記載されておらず、古今集の記載のルールに従えば作者は八〇二番歌の素性法師ということになる。しかし、それ以外の諸本では、例えば、「大江切」「黒川本掲載の基俊本復元本文」「元永本」「逸翁美術館所蔵雅俗山荘本」「静嘉堂文庫所蔵寛親本」「飛鳥井雅経筆本」「永暦二年俊成本」「建久二年俊成本」で「けむげいほうし」、「志香須賀文庫華山天皇御本」「関戸家旧蔵伝行成筆本」「伝公任筆本」「伝為明筆六条家本」「宮本長則氏蔵清輔筆永治本」「尊経閣文庫前田家清輔本」「天理図書館所蔵清輔本」「伏見宮本」

「伝後鳥羽院筆本」で「兼藝」とあり（片桐洋一『古今和歌集全評釈　中』講談社　一九九八年二月十日）、『新編国歌大観』の古今和歌集解説においても「古写本の多くには『兼芸法師』の作者名があり、定家本固有の誤りのようである」とあるので、本稿でも作者を「兼芸法師」とした。なお、本稿で引用した『毘沙門堂本　古今集注』でも、この和歌の作者は「ケムケイ法師」となっている。

（13）片桐洋一編『毘沙門堂本　古今集注』（八木書店　平成十年十月二十八日）。なお、『毘沙門堂本　古今集注』の流れを汲むと考えられる室町期の注釈書である『古今和歌集三條抄』（徳江元正編『室町文學纂集　第二輯　古今和歌集三條抄』三弥井書店　一九九〇年十月三十一日）でも、「わが屋戸は……」の歌について「此哥ハ定空僧都か弟子万壽ト云兒ヲ約束シテコサリケレハ讀リ　彼兒ハ秋經カ子也」また「秋の田の……」には「仲原通時カ子ノ兒ヲ戀テ讀リ　稲に寝ヲソヘ苅ニ枯ヲソヘタリ」という解釈を付している。

（14）鈴木日出男「女歌の本性」（『古代和歌史論』東京大学出版会　一九九〇年十月二十五日）

（15）小島憲之『国風暗黒時代の文学　中（中）――弘仁期の文学を中心として――』（塙書房　昭和五十四年一月三十日）

（16）折口信夫「たなばたと盆祭りと」（『折口信夫全集　第三巻　古代研究（民俗學篇）』中央公論社　昭和五十年十一月十日）

（17）辰巳正明『万葉集と中国文学　第二』（笠間書院　一九九三年五月十日）

（18）岡一男『古典と作家』（国研出版　一九九一年十一月十七日）

（19）片桐洋一「古今集における和歌の享受」（『古今和歌集の研究』明治書院　平成三年十一月二十日）

（20）折口信夫「國文學の發生（第四稿）」（『折口信夫全集　第一巻　古代研究（國文學篇）』中央公論社　昭和五十年九月十日）

（21）折口信夫「國文學の發生（第一稿）」（『折口信夫全集　第一巻　古代研究（國文學篇）』中央公論社　昭和五十年九月十日）

（22）W・J・オング著／桜井直文他訳『声の文化と文字の文化』（藤原書店　一九九一年十月三十日）

（23）久曽神昇編『日本歌学大系　別巻九』（風間書房　平成四年七月十五日）

（24）石母田正「古代文学成立の一過程――『出雲国風土記』所収「国引き」の詞章の分析――」（『神話と文学』岩波書店　二〇〇〇年一月十四日）

(25) 古橋信孝『古代和歌の発生　歌の呪性と様式』（東京大学出版会　一九八八年一月十日）
(26) 三谷邦明「胃袋と文学（一）―試論・日本古代文学と〈味わう〉こと―」（『文芸と批評』第三巻第一号　昭和四十四年六月）、「胃袋と文学（二）―試論・日本古代文学と〈味わう〉こと―」（『文芸と批評』第三巻第二号　昭和四十四年十月）
(27) 中西進「見る――古代的知覚」（『文学』第四十三巻第四号　一九七五年四月）
(28) 注（25）に同じ。
(29) 中西進訳注『万葉集一』（講談社　昭和五十三年八月十五日）
(30) 多田一臣「行路死人歌と伝説歌をめぐって――万葉歌の表現を考える」（古代文学会セミナー委員会編『セミナー古代文学'88　総括・表現論』一九八九年十一月三十日）
(31) 山口佳紀・神野志隆光校注・訳『新編日本古典文学全集　古事記』（小学館　一九九七年六月二十日）
(32) 三谷邦明「古代叙事文芸の時間と表現――物語的言説の展開あるいは源氏物語における時間意識の構造――」（『物語文学の方法Ⅰ』有精堂　一九八九年三月三十日）
(33) 注（32）に同じ。
(34) 春日政治「西大寺本金光明最勝王経の国語学的研究」（『春日政治著作集　別巻』勉誠社　昭和六十年六月十五日）
(35) 三谷邦明「源氏物語の言説区分――物語文学の言説生成あるいは橋姫・椎本巻の言説分析――」（『源氏物語研究集成　第三巻　源氏物語の表現と文体　上』風間書房　平成十年十一月）
(36) 注（35）に同じ。
(37) 注（34）に同じ。

第二章 〈紅葉の歌〉攷

——古今集前夜における和歌の文芸化——

I

宇多天皇が宮廷の文化を領導した寛平期は、和歌の文芸化が特に進んだ時代であった。是貞親王歌合・寛平御時后宮歌合などの歌合せや、寛平御時菊合といった行事が行われ、新撰万葉集（寛平五・八九三）や大江千里の句題和歌が撰進された。また、屏風歌が目立ってくるのもこの時期のことである。

寛平御時后宮歌合で名前が判明している歌人のうち最も歌数が多いのが藤原興風である。友則・忠岑と並んで、寛平期を代表する歌人の一人といえよう。古今集や後撰集には、興風が宇多天皇の召しにあずかって献上した和歌がいくつか残されている。

寛平御時ふるきうたたてまつれとおほせられければ、たつた河もみぢばながるといふ歌をかきて、そのおなじ心をよめりける　　おきかぜ

Aみ山よりおちくる水の色見てぞ秋は限と思ひしりぬる　（古今巻五秋歌下　三一〇）

天皇が古歌の献上を求めたのに対し、興風が古歌と「おなじ心」の自作を添えたというものである。同様のケースとしては、後撰集にも、

寛平御時、花の色霞にこめて見せずといふ心をよみてたてまつれとおほせられければ

藤原興風

山風の花のかかどふふもとには春の霞ぞほだしなりける（後撰巻二春中　七三）

という作品がある。このように、古歌と同じ心に和歌を詠むというのは、句題和歌で漢詩文の一節にあわせて和歌を詠んだのや、新撰万葉集で和歌に漢詩を添えたのとパラレルな、文芸的な営為といえよう。

本章では、紅葉を詠んだ歌を手がかりとして、古今集前夜における和歌の文芸化のあり方について考察する。(1)

Ⅱ

Aの詞書きにある「たつた河もみぢばながるといふ歌」とは、

（題しらず　よみ人しらず）

Bたつた河もみぢば流る神なびのみむろの山に時雨ふるらし（古今巻五秋歌下　二八四）

又は、あすかがはもみぢばながる　此歌右注人丸歌、他本同

を指すとみなされている。龍田川に紅葉が流れているのを見て、「神奈備の三室の山」に時雨が降っているだろうと想像している歌である。よみ人しらずの歌で、龍田川と紅葉が結びつけて詠まれている。平安時代、龍田川は紅葉の名所として有名になるわけだが、詞書きからは、この歌が寛平期にはすでに「古歌」となっていたことがわかる。

片桐洋一はこの歌について、

目の前の物をそのままに詠むのではなく、その目の前の物を媒介として遠い彼方に心を遊ばせるこのような詠みぶりは平安時代和歌の根本につながるものがあった……。[2]

と述べている。だが、このような合理主義的な解釈はいったん留保しておく必要がある。「らし」は、他界について強い確信を伴った推量を示す語である。[3] そして、その確信の根拠は、他界からこちら側にいやおうなしに依り憑いてくる「感覚」にある。Bでは龍田川に紅葉が流れているのを見て、神奈備の三室の山に時雨が降っていることを感じている。では、紅葉とか時雨とはどのようなものか。紅葉は秋の代表的な景物であるが、古代では、農耕にとって重要な春と秋は神が去来する大切な時期であった。

神奈備の三室の山は、神が依り憑く山という意味を持つ。山は神の霊威にふれて紅葉するのだ。そして、時雨や露・霜は紅葉の色づくのを促進する。神の世界からもたらされる雨は季節の変化をもたらす不可思議な呪力をもっていた。雨が季節の変化をもたらしたことを歌う歌は、万葉集の時代から数多く詠まれている。特に、

春雨に争ひかねて我がやどの桜の花は咲きそめにけり　（万葉巻十　一八六九）

春雨はいたくな降りそ桜花いまだ見なくに散らまく惜しも　（万葉巻十　一八七〇）

九月のしぐれの雨に濡れ通り春日の山は色付きにけり　（万巻葉十　二一八〇）

さ夜更けてしぐれな降りそ秋萩の本葉の黄葉散らまく惜しも　（万葉巻十　二二一五）

とあるように、雨は花を咲かせ（散らせ）、山を紅葉させ（紅葉を散らせ）る不可思議な呪力を持っていた。改めていい直せば、Bとは龍田川に紅葉が流れているのを見ること（視覚）から、神奈備の三室の山に神の霊威のあらわれである紅葉を色づかせる時雨が降っていることを感じている歌なのである。そして、このようにして、紅葉を歌うこ

とは、神の霊威を祝福することでもある。Bの「時雨降るらし」は、「時雨が降って紅葉を散らしたので紅葉も終わりだ」という意味ではなく、「時雨が降って山が紅葉している、それほど神の霊威が盛んである」と歌っているのだ。本来的にいえば、「紅葉になる」と歌うことも、「時雨が降る」「紅葉が散る」と歌うことも等価なのである。

万葉から平安初期の和歌を瞥見すると、異文を含めて、Bに類似する歌として次のようなものを見いだすことができる。

C飛鳥川もみち葉流る葛城の山の木の葉は今し散るらし　（万葉巻十　二二一〇）

あすかがはもみぢばながるかづらきの山のこのははいまかちるらん　（家持集　一二七）

Dあすかがは紅葉ばながるかづらきの山には今ぞ時雨ふるらし　（古今和歌六帖　八五二）

みかどたつた河のわたりにおはしします御ともにつかうまつりて

Eたつた河もみぢばながる神なびのみむろの山にしぐれふるらし　（人丸集　一七八）

ならのみかど

たつたがはもみぢばながる神なびのみむろの山にしぐれふるらし　（古今和歌六帖　四〇九〇）

（題しらず　よみ人しらず）

Bたつた河もみぢば流る神なびのみむろの山に時雨ふるらし

又は、あすかがはもみぢばながる　此歌右注人丸歌、他本同　（古今巻五秋歌下　二八四）

Cの飛鳥川は葛城山との位置関係から、大和の飛鳥川ではなく河内のそれと考えられている。Cは「山の木の葉は散っているだろう」と歌い、Dは「山には時雨が降っているだろう」と歌っている。この変容について高野正美は、Cの流伝の過程で別の類型をも取り込んで成ったのがDであろうと推定している[4]。高野の推定はおそらくその通りであろう。ただ、このような変容が生まれたのは、これらの歌の詞句が置換可能な質を持っていたからに他ならない。飛鳥川の景から、葛城山が紅葉して散っている様子、すなわち神の霊威にあふれている様子を感じていることを歌っている点では等価といえる。

また高野は、E以降「飛鳥川」が「龍田川」に変容しているのは、龍田が紅葉の名所として歌枕化しつつある時期に龍田に改変されたもので、古今集の時代の趣向に合わせての改変であると述べている。しかし、そのように改変される要因は万葉の時代に既に用意されていた。

Ⅲ

古今集では龍田川は紅葉の名所として詠まれている。紅葉以外のテーマで龍田川が詠まれたのは、古今集中、

題しらず　　　　　　　　　　　　　みはるのありすけ

あやなくてまだきなきなのたつた河わたらでやまむ物ならなくに　　（古今巻十三恋歌三　六二九）

の一例のみである。だが、龍田川は万葉集では歌われておらず、もっぱら龍田山が歌われていた。そして、万葉集の時代には龍田山は「紅葉・黄葉」を連想させるものではなかったというのが一般的な理解である。平安時代以降のように歌枕化していなかったという意味では確かにその通りだが、万葉期の龍田についてはもう少し用心深く扱う必要がある。

龍田山は、河内国から大和国への重要な交通路であったらしく、龍田山を越えて行くということがモチーフとしてうたわれることが多かった。

（和銅五年壬子の夏四月、長田王を伊勢の斎宮に遣はす時に、山辺の御井にして作る歌）

海の底沖つ白波竜田山いつか越えなむ妹があたり見む

右の二首は、今案ふるに、御井にして作るに似ず。けだし、当時に誦める古歌か。　（万葉巻一　八三）

（筑紫に廻り来り、海路（うみつぢ）にて京（みやこ）に入らむとし、播磨国の家島（いへしま）に至りし時に作る歌五首）

大伴の三津の泊まりに船泊てて竜田の山をいつか越え行かむ　（万葉巻十五　三七二二）

龍田山を越えて行くと歌うときに桜の花が歌われる例がある。その場合、桜の花が散るのを惜しむことが歌われる。

独り竜田山の桜花を惜しむ歌一首

竜田山見つつ越え来し桜花散りか過ぎなむ我が帰るとに　（万葉巻二十　四三九五）

龍田山の桜を散らすのは風であるが、次のFで龍田彦に桜を散らすなと呼びかけていることから分かるように、その風を吹かせているのは龍田の神であった。龍田の神は風の神であり、延喜式巻八の龍田風神祭祝詞に風神祭の起源が語られているが、日本書紀の天武天皇四年四月十日に美濃王と佐伯連廣足を龍田に遣わして風神を祠らせたとあるのがその初見である。龍田は飛鳥から見て大和の戌亥の隅という神聖な方角に位置していることも重要な意味を持っているだろう。

（春三月に、諸の卿大夫等の、難波に下る時の歌二首　并せて短歌）

白雲の　竜田の山の　滝の上の　小桜の嶺に　咲きををる　桜の花は　山高み　風し止まねば　春雨の　継ぎてし降れば　上枝（ほつえ）は　散り過ぎにけり　下枝（しづえ）に　残れる花は　しましくは　散りなまがひそ　草枕　旅行く君が　帰り来るまで

反歌

F我が行きは七日は過ぎじ竜田彦ゆめこの花を風にな散らし　（万葉巻九　一七四七・一七四八）

古代人にとって、桜は美的な鑑賞の対象ではなく呪術的な意味あいをもった存在であった。折口信夫が桜の呪術的な働きについて、

奈良朝の歌は、櫻の花を賞めて居ない。鑑賞用ではなく、寧、實用的のもの、即、占ひの爲に植ゑたのであつた……櫻は暗示の爲に重んぜられた。一年の生産の前觸れとして重んぜられたのである。花が散ると、前兆が悪いものとして、櫻の花でも早く散つてくれるのを迷惑とした。其心持ちが、段々變化して行つて、櫻の花が散らない事を欲する努力になつて行くのである。櫻の花の散るのが惜しまれたのは其爲である。(5)

と述べているように、桜の花は秋の豊饒を占うものであり、花見（桜狩）は後にふれる紅葉狩と同様、国見的な要素をもった行事であった。よく知られているように、桜の「サ」は「五月・早乙女」などの「サ」と同じで神が依り憑いて霊威にあふれた状態を意味し（稲の神を指すという説もある）、「クラ」は場所を意味するので、「サクラ」は神が依り憑いて霊威にあふれた木のことをいう（「サ」を稲の神と考えるなら、稲の神が依り憑いた木ということになる）。また、桜が散ると疫病が流行するとも考えられており、陰暦の三月の桜の花の散る頃に、悪疫の流行を防ぐために行疫神をまつる鎮花祭も行われていた。

龍田越えという旅の途次で桜の花に散らないで欲しいと歌うのは、桜の散る不吉さを除き旅の安全を祈る呪術であった。決して偶然目に入った季節の景物を歌にしたわけではなかった。

四年壬申、藤原宇合卿、西海道の節度使に遣はさるる時に、高橋連虫麻呂が作る歌一首　并せて短歌

白雲の　竜田の山の　露霜に　色付く時に　うち越えて　旅行く君は　五百重山　い行きさくみ　賊守る　筑紫に至り　山のそき　野のそき見よと　伴の部を　班ち遣はし　山彦の　応へむ極み　たにぐくの　さ渡る極

み　国状を　見したまひて　冬ごもり　春さり行かば　飛ぶ鳥の　早く来まさね　竜田道の　岡辺の道に　丹つつじの　にほはむ時の　桜花　咲きなむ時に　山たづの　迎へ参ゐ出む　君が来まさば

反歌一首

千万の軍なりとも言挙げせず取りて来ぬべき士とそ思ふ

右、補任の文を検すに、八月十七日に東山・山陰・西海の節度使を任ず。（万葉巻六　九七一・九七二）

龍田山が色づく頃に旅立つ藤原宇合を桜の花が咲く頃に迎えにいこうという内容。左注では宇合が西海道の節度使に任じられたのは天平四年八月十七日だが、続日本紀によれば十月十一日（太陽暦の十一月七日）に「節度使に白銅の印を給ふ」とあるように、実際に旅立ったのは十一月の紅葉の頃だったと考えられる。だが、ここで龍田山の紅葉や桜の花が歌われたのは、単に宇合の旅立ちや帰京の時期を表したというよりも、桜や紅葉の呪力を取り入れようとしたというような、もっと密接なつながりのあることを意味してはいないだろうか。

春と秋の代表的な景物である桜花と紅葉を対句として詠み込んでいる歌は多い。既に述べたように、古代では、農耕にとって重要な春と秋は神が去来する大切な時期であった。山の木の葉は神の霊威にふれて紅葉する。紅葉を歌うことは、神の霊威を祝福することでもあった。人麻呂の吉野讃歌に、

（吉野宮に幸せる時に、柿本朝臣人麻呂が作る歌）

やすみしし　我が大君　神ながら　神さびせすと　吉野川　激つ河内に　高殿を　高知りまして　登り立ち　国見をせせば　たたなはる　青垣山　やまつみの　奉る御調と　春へには　花かざし持ち　秋立てば　黄葉かざせり……（万葉巻一　三八）

とあるのをはじめ、春の花と同じように、紅葉を挿頭にすると歌う歌は多く、

かむとけの　日香空の　九月の　しぐれの降れば　雁がねも　いまだ来鳴かぬ　神奈備の　清き御田屋の　垣内田の　池の堤の　百足らず　三十槻が枝に　みづ枝さす　秋のもみち葉　巻き持てる　小鈴もゆらに　たわやめに　我はあれども　引き攀ぢて　みねもとををに　ふさ手折り　我は持ちて行く　君がかざしに

反歌

ひとりのみ見れば恋しみ神奈備の山のもみち葉手折り来り君　（万葉巻十三　三二二三・三二二四）

のように、神奈備の紅葉を挿頭にする神事のあったことを想像させる歌もある。その背景には、紅葉が稲の実りの豊饒を象徴する農耕儀礼があった。民俗学の分野では、神は春に田の神として訪れ秋に山の神として帰っていくと考えられているが、桜の花と紅葉をめでることはこれとパラレルな構造をもっている。「紅葉狩り」は「花見（桜狩り）」と同様国見的な要素を持った行事なのである。だから、BやCの、

（題しらず　　よみ人しらず）

Bたつた河もみぢば流る神なびのみむろの山に時雨ふるらし

又は、あすかがはもみぢばながる　此歌右注人丸歌、他本同　（古今巻五秋歌下　二八四）

C飛鳥川もみち葉流る葛城の山の木の葉は今し散るらし　（万葉巻十　二二一〇）

のような、眼前の（龍田川や飛鳥川）の景を見て、山に時雨が降っているだろうと歌う歌は、この世（の川）に紅葉が流れていることから、神が山に帰っていったことを歌うもので、この世と山（異郷）を対比しているともいえる。そして、そこには当然この世と山（異郷）の距離があるわけで、それが歌の中で眼前の景をみて山を想像するという距離感としてあらわれてくる。

また、秋が神が山に帰っていく時だということからいえば、歌に秋を詠むということには、神が里から去ってい

ったことへの送別の意味合いがこめられている。そこには、田の神との別れのような、ある種の悲しみがこめられているわけで、それが秋の悲しみを歌う悲秋の歌に反映していると考えることができる。一般的に、悲秋の歌は漢詩文の影響という側面からのみ論じられることが多いが、こうした、田の神との別れによって抒情性が生み出されていることも見落とすことはできない。そしてまた、田の神を無事に送ることができれば、また春に訪れてくれるのであるから、そこには悲しみと同時に再び訪れてくれることへの期待も生まれるのである。

季節の変化は、まず異郷との境界である山に訪れた。季節の変化とともに、紅葉はまず山に訪れる。

（藤原朝臣八束の歌二首）

春日野にしぐれ降る見ゆ明日よりは黄葉かざさむ高円の山　（万葉巻八　一五七一）

春日野に時雨が降ることから高円山が紅葉すると歌っているわけだが、時雨に宿る呪力にふれて紅葉するのはまず山なのである。そもそも山は神が去来する所であるが、中でも「神なび山」と呼ばれた山は、「神のいる山」という名の通り、次に示す例のように特に紅葉とは縁が深かった。

かむとけの　日香空の　九月の　しぐれの降れば　雁がねも　いまだ来鳴かぬ　神奈備の　清き御田屋の　垣内田の　池の堤の　百足らず　三十槻が枝に　みづ枝さす　秋のもみち葉　巻き持てる　小鈴もゆらに　たわやめに　我はあれども　引き攀ぢて　みねもとををに　ふさ手折り　我は持ちて行く　君がかざしに

反歌

ひとりのみ見れば恋しみ神奈備の山のもみち葉手折り来り君　（万葉巻十三　三二二三・三二二四）

里人の　我に告ぐらく　汝が恋ふる　愛し夫（うるはしづま）は　もみち葉の　散りまがひたる　神奈備の　この山辺から〈或本に云ふ、「その山辺」〉　ぬばたまの　黒馬に乗りて　川の瀬を　七瀬渡りて　うらぶれて　夫は逢ひきと　人

そ告げつる　（万葉巻十三　三三〇三）

ところで、後者は相聞に分類されているが、巻七の挽歌の

秋山の黄葉はあれどうらぶれて入りにし妹は待てど来まさず　（万葉巻七　一四〇九）

と詞句の類似があることから、本来は挽歌であったとする説もある。人の死後その霊魂が山中に迷い込むと考えられており、

秋山の黄葉を繁み惑ひぬる妹を求めむ山道知らずも〈一に云ふ、「路知らずして」〉　（万葉巻二　二〇八）

もみち葉の散りなむ山に宿りぬる君を待つらむ人しかなしも

（右の三首、葛井連子老が作る挽歌）　（万葉巻十五　三六九三）

のように、秋山の紅葉を求めて山に分け入るとか、紅葉の山に宿ると表されたのである。

さて、山は神が去来する場所であり最も紅葉に縁の深い場所であるが、中でも神なび山と呼ばれた山は神の霊威に最も近く接する場所であり、特に紅葉と深く関係した。万葉集の神奈備は、所在が特定できるもののほとんどが飛鳥のそれであるが、二例のみ龍田の神奈備を歌った例がある。

上野誠は、推古天皇の豊浦宮以来、平城宮に遷都されるまで、天皇の宮のほとんどが飛鳥・藤原の近辺に営まれた結果、神なびといえば飛鳥の特定の場所を指し示すようになったのだと論じている。[6] 平城京の生活者にとっても、単にカムナビといえば、飛鳥の神なびを指す時代が続いたのだが、中には、

鏡王女の歌一首

神奈備の磐瀬の杜の呼子鳥いたくな鳴きそ我が恋増さる　（万葉巻八　一四一九）

志貴皇子の御歌一首

神奈備の磐瀬の杜のほととぎす毛無の岡にいつか来鳴かむ　（万葉巻八　一四六六）

のように、龍田にあると考えられる土地を神なびと呼んだ例もあって、平安時代にはAをはじめとして龍田を指すものとなった。また、既に述べたように龍田には龍田神社があり、龍田姫を祭神としていた。龍田山一帯は平城京の西にあたる。五行説では西は「秋」にあたるため、龍田姫は秋をつかさどる神とされた。このことも、「龍田―神なび―紅葉」の結びつきが形成されるにあたって大きく関わっているであろう。

さらにいえば、万葉集には、

雁がねの来鳴きしなへに韓衣竜田の山はもみちそめたり　（万葉巻十　二一九四）

という例がある。木々が色づきはじめた龍田山を「韓衣竜田の山」と歌っている。原文では「韓衣裁田之山」とあるのは、龍田山が紅葉した景色を「衣」ととらえる意識があったからに他ならない。このような言説の累積があって、龍田（山・川）の紅葉を錦に喩える歌が生み出されたのである。

Ⅳ

「紅葉」を「錦繡」になぞらえることは平安和歌における類型的な発想であった。この傾向は、平安時代になってから盛んになった。万葉集に、

大津皇子の御歌一首

G経もなく緯も定めず娘子らが織るもみち葉に霜な降りそね　（万葉巻八　一五一二）

という歌があり、漢詩文の影響を受けて紅葉を錦に喩えた最も早い例として挙げられることが多い。大津皇子には、

『懐風藻』に同趣の漢詩が残されている。

七言。述志。一首。　（大津皇子）

H天紙風筆畫雲鶴、山機霜杼織葉錦。（天紙風筆雲鶴を畫き、山機霜杼葉錦を織らむ）。

（『懐風藻』六）

二句目が表現しているのは、山が布を織るはたとなり、霜が横糸を巻きつける杼となって錦を織るということである。この詩句の類句として、

芳屏畫春草。仙杼織朝霞。（芳屏は春草を畫き、仙杼は朝霞を織る）。

（『全唐詩』巻五十六・王勃・林塘懐友）

I凝霜ヲ作銀鏡之節　露杼乃ヒ織錦葉ヲ　時尓云々。（霜を凝して銀鏡を作るの節、露の杼の錦葉を織る時に、云々）。

（『東大寺諷誦文稿』[7]）

などが挙げられているが、[8]前者は「仙杼」の「杼」が共通しているのみで、「仙杼」が織るものは「朝霞」となっている。一方、後者は平安時代初期に成立したと考えられており、大津皇子よりも後の時代のものではあるが、「露杼」が「錦」を「織」るとあり、「黄葉」を「錦」に喩える発想が共通している。

「経もなく緯も定めず娘子らが織るもみち葉に霜な降りそね」の作者である大津皇子が「天紙風筆畫雲鶴。山機霜杼織葉錦」という漢詩も作っていることから、この歌も漢詩文の影響によるものとみなされている。しかし、この言説に漢詩文の直接的な影響が認められるか否かは微妙なところであろう。万葉的な歌のあり方からいえば、これは神の降臨する山で神を迎える神女の神衣織りという神話的な背景を持った言説でもある。[9]神女が神衣を織るというのは、七夕の織姫の例のほか、古事記で天照大御神が忌服屋で天の服織女に神衣を織らせたという話から伺うことができる。既に述べたように、山が紅葉するのは降臨する神の霊威にふれたためであるが、Gではその紅葉を神を迎える神女が神のために織った神衣に喩えたのである。紅葉を錦に喩えるのを明確にしようとすれば「娘子らが

織れる錦に」というように表現することも可能だったはずだ。そうしなかったのは、紅葉を錦に喩えるということが当時の歌の共同性にそぐわなかったからかもしれないし、偶然そう歌われなかっただけかもしれず、結論を出すことは難しい。一方、それが漢詩では「山が機となり、霜が杼となって葉の錦を織る」となっている。このような比喩の構成は、漢詩文的な発想に基づいている。そして、その発想は、紅葉を神衣とみなすような認識によって日本化されたものであった。

『源氏物語』に、

唐土には、春の花の錦にしくものなしと言ひはべめり、大和言の葉には、秋のあはれをとりたてて思へる、（『源氏物語』薄雲）

とあるように、中国文学においては花が錦になぞらえられることが一般的であった。「花」を「錦」になぞらえるものとしては、古今集の、

花ざかりに京を見やりてよめる　（そせい法し）
みわたせば柳桜をこきまぜて宮こぞ春の錦なりける　（古今巻一春歌上　五六）

が有名であり、

春至花如錦、夏近葉成帷。（春至りては花錦の如く、夏近くして葉帷を成す）。（『藝文類聚』巻八十八・木部上・陳李爽・賦得芳樹詩）

桐落秋蛙散、桃舒花錦芳。（桐落ちて秋の蛙散り、桃舒びて花の錦芳し）。（『初學記』巻七・井第六・蘇味道・詠井）

のように、漢詩文の中に多くの先例をみいだすことができる。万葉集でも、

（久邇の新京を讃むる歌二首　并せて短歌）

我が大君　神の尊の……うぐひすの　来鳴く春へは　巌には　山下光り　錦なす　花咲きをり　さ雄鹿の
妻呼ぶ秋は　天霧らふ　しぐれを疾み　さにつらふ　黄葉散りつつ……　（万葉巻六　一〇五三）

という例があり、咲き乱れる花を錦に喩えるこの言説は、漢詩文的な発想に基づいたものである。一方漢詩文の世界では、紅葉は、

愛菊高人吟逸韻、悲秋病客感衰懐。黄花助興方攜酒、紅葉添愁正満階。（菊を愛する高人は逸韻を吟じ、秋を悲しむ病客は衰懐を感ず。黄花は興を助けて方に酒を攜へ、紅葉は愁を添へて正に階に満つ）。（『白氏文集』巻三十二・酬皇甫郎中對新菊見憶／「黄花助興方攜酒、紅葉添愁正満階」は『千載佳句』一九八、にも収められている）

のように、生命の衰えを表象し憂愁の気分を誘うものとして描かれてきたため[10]、錦に喩えられることは少なかった。それが日本では、HIをはじめ、『常陸国風土記』にも、

春にその村を経れば、百の艸に□の花あり、秋にその路を過ぐれば、千の樹に錦の葉あり。神仙の幽り居む境、霊異の化誕るる地と謂ふべし。佳麗しきことの豊かなる、悉くには記すべからず。
（『常陸国風土記』香島の郡）

のような例が見いだされる。特に『常陸国風土記』の一節は鹿島神宮の近傍の村の豊かな様子を記したものだが、花ではなく秋の紅葉を錦に喩えているのが日本的な特色と言っても差し支えないだろう。このことから、初期の段階で既に漢文脈においては紅葉を錦に喩えることが可能となっていたことがわかる。こうした漢詩文の日本的な変容のもとで紅葉と錦の比喩が育まれていった。

不散輌（チラネドモ）　兼手曾惜敷（カネテゾヲシキ）　黄葉葉者（モミヂバハ）　今者限之（イマハカギリノ）　色砥見都例者（イロトミツレバ）
野樹班班紅錦装（やじゆはんぱんとしてこうきんをよそほふ）　惜来爽候欲闌光（をしみきたるさうこうのたけなはならんとほつするのひかり）
（新撰万葉集上巻　一〇五）

年前黄葉再難得　争使涼風莫吹傷　（新撰万葉集上巻　一〇六）

秋霧者　今朝者那起曾　竜田山　婆婆曾之黄葉　与曾丹店将見　（新撰万葉集上巻　一二三）

山谷幽閑秋霧深　朝陽不見幾千尋
杳冥若有天容出　霽後偸看錦葉林　（新撰万葉集上巻　一二四）

新撰万葉集は和歌に和歌の心を翻案した漢詩を添えて対比したものである。その中に、和歌では紅葉を錦に喩えてはいないが、漢詩では「錦」「紅錦」「錦葉」と明確に紅葉を錦に喩えている例が何組かある。紅葉の色の鮮やかさを表そうとすれば、漢文脈においてはごく自然に「錦」「紅錦」と比喩できたのである。

昌泰元年十月二十日から十一月一日にかけての、宇多上皇の宮滝行幸の記録として『競狩記』（紀長谷雄）、『片野御幸記略』『宮滝御幸記略』（菅原道真）が残されているが、この時の紅葉の景観が、紀長谷雄の『競狩記』には、

于レ時秋収既竟、田畝盡空。人馬亂踏、有二何一愁一。況復山顔點レ紅、林頂被レ錦。（時に秋収まりて既に竟り、田畝盡く空し。人馬亂踏すとも、何一愁有らんや。況むや復た山顔紅を點じ、林頂錦を被る）(11)。

と、山は紅をさし林は錦を被ったようだと記述されている。このような記録的な散文においても、紅葉はごく自然に錦に喩えられるのである。

Gは古今集の時代にも大津皇子の伝承とともに巷間に流布していた。そして、古今和歌六帖の「紅葉」の項に

たてもなくぬきもさだめぬをとめらがおれるもみぢにしもふるなゆめ　（古今和歌六帖　四〇九一）

というかたちで採録されている。このことからも、平安朝和歌において「紅葉」と「錦繍」の取り合わせが生み出されるにあたって、Gが大きな位置を占めていたことが伺える。

（題しらず）　　せきを

J霜のたてつゆのぬきこそよわからし山の錦のおればかつちる　（古今巻五秋歌下　二九一）

は、霜や露が木々を紅葉させる（紅葉を散らす）という自然観を前提にGをふまえて霜と露を経緯に喩え、さらに紅葉を錦に喩えている。たとえば、万葉集では霜や露が木々を紅葉させたり、散らしたりすると歌う歌は、

妻隠る矢野の神山露霜ににほひそめたり散らまく惜しも　（万葉巻十　二一七八）

まそ鏡南淵山は今日もかも白露置きて黄葉散るらむ　（万葉巻十　二二〇六）

のように、露や霜の霊威に触れて木々が色づくのを歌うことによって、神の降臨と豊饒を祝福しようとするものであった。当然、その詞句は「露や霜に触れるから木々は色づく（散る）」というようにストレートに歌われた。そのように歌うことが祝福する様式だからである。一方、Jは既に、紅葉を錦に喩えることを前提としている。霜と露を縦糸横糸に喩え、消えやすい霜や露の織り糸は弱いのだろう、紅葉の錦はすぐに破れて散ってしまうという趣向でまとめている。この歌を成り立たせているのは、⑴霜や露によって木々が色づいて散る。⑵木々を紅葉させる霜や露を縦糸横糸に喩える。⑶霜や露の糸が弱いと歌う。⑷紅葉を錦に喩える、という四つの要素である。このうち⑴は万葉集以来の紅葉の歌の共同性を引き継いでいる。⑵は当時伝承されていたGに基づいている。見ればわかるように、Gには霜や露を「経緯」に喩えた言説は含まれていない。しかし霜や露によって紅葉が色づくという共同性と「経もなく緯も定めず」という繰り返しの言説が結びつくことを考えるならば、「霜のたて露のぬき」という言いまわしは難しくない。⑶は⑴と⑵の延長上にあるが、同時に霜や露は消えやすいという言葉の共同性を引き継いでいる。そして⑷は、既に述べたように漢詩文に基づいている。これは、霜や露によって木々が色づいて散ることを、霜や露の持つ言葉の共同性を含めて紅葉を錦として見る視点から解釈して再構成したということを意味している。紅葉を詠むことの背景には、神の降臨と豊饒を祝福することがあったが、同時に和歌は宮廷の文芸として、歌

が累積させてきた歌の言葉の共同性や、漢詩文に基づいた詩的な語句の取り合わせを総合させながら、それまでの歌を解釈しなおして再構成する方法を生み出していったのである。

藤原関雄は小野篁と同時代を生きた、古今集歌人の中でも最初期に属する人物である。仁寿三（八五三）年に歿した関雄を寛平期の歌人たちと同様に論じるべきでないのはいうまでもない。しかし、古今集目録や文徳実録によれば文章生に及第して文章道を学び、勅撰漢詩集にも詩を残しているほど漢詩文に親しんだ関雄の歌に対するスタンスが、ある面で寛平期の歌人のあり方を先駆的に先取りしていると考えることは可能だろう。

Ｖ

「紅葉＝錦……龍田（川・山）」という結びつきは、これまで述べてきたような「紅葉」に関わる連想の糸、大津皇子の歌・漢詩などの伝承、竜田の神の信仰、更には、

二条の后の春宮のみやす所と申しける時に、御屏風にたつた河にもみぢながれたるかたをかけりけるを題にてよめる　　そせい

Ｋもみぢばのながれてとまるみなとには紅深き浪や立つらむ　　なりひらの朝臣

Ｌちはやぶる神世もきかず竜田河唐紅に水くくるとは　　（古今巻五秋歌下　二九三・二九四）

に見られるような絵画の流行が総合して生み出された。こうした文芸としての歌の言葉の歌枕化は、前節で述べたように、歌が累積させてきた言葉の共同性や、漢詩文に基づいた詩的な語句の取り合わせを総合させながら、それ

までの歌を解釈しなおして再構成する方法を基盤として宮廷の文芸として成長していった。それは、当時の文芸の総合的な流れでもあった。

右の、KLで素性や業平が題にしたという屏風には、龍田川に紅葉が流れている様子が描かれていた。龍田川に紅葉が流れているということは、その上流の山は紅葉が色づき、盛んに散っていることを意味している。だから、本来的には龍田川に紅葉が流れている絵を描くのは、山が神の霊威にふれ豊饒の象徴である紅葉が色づいていることを祝福することであった。いわば、Bの歌「たつた河もみぢば流る神なびのみむろの山に時雨ふるらし」と同じ働きをしている。それに対して、素性は川の下流の流れが停滞している河口では深い紅色の波が立っているだろうと想像し、業平は龍田川を錦に喩えることをふまえて、紅葉の流れる様子を唐紅色に括り染めにしているのだと解釈した。後者について言えば、川を錦のようだとするものとしては、

兩江如濆錦。雙峰似畫眉。（兩江は錦を濆すが如く、雙峰は眉を畫くに似る）。（北周・庾信・上益州上柱國趙王詩・『先秦漢魏晉南北朝詩』北周詩巻二　庾信）

という例があり、[12]紅葉を染めもの（纈纈染）の鮮やかな色に喩えたものとして、

黄夾纈林寒有葉、碧瑠璃水淨無風。（黄夾纈の林は寒くして葉有り、碧瑠璃の水は淨くして風無し）。（『白氏文集』巻二十四・泛太湖書事寄微之／『和漢朗詠集』三〇二・『千載佳句』二一五にも「黄纈纈林寒有葉、碧瑠璃水淨無風」として収められている）

という例がある。[13]業平のこの和歌も、屏風が表現しているものを紅葉を錦にみなす視点から解釈して再構成しているという点では、興風のAの歌や関雄のJの歌と同じといえよう。そしてこのような歌の、宮廷の文芸としての助走期間があって、本稿の冒頭に記した、寛平期の和漢にわたる総合的な宮廷文芸が生み出されたのであった。

Ⅵ

詠作年代は不明だが、古今集撰者の一人である貫之には、

　秋のはつる心をたつた河に思ひやりてよめる

　　　　　　　　　　　　　　　　つらゆき

年ごとにもみぢばながす竜田河みなとや秋のとまりなるらむ　（古今巻五秋歌下　三一一）

という、Kをふまえたと考えられる歌がある。Kは紅葉に染められた川の水が流れていった果てを「紅深き浪」と形容したところに一首の眼目がある。一方、貫之のこの歌は詞書きからも分かるように題詠である。「秋のはつる心」を詠むにあたって龍田川や紅葉が取り上げられたということは、この取り合わせが秋の歌題として最もポピュラーなものの一つであったことを示している。そして、この場合は、秋という時の流れを龍田川の流れという空間的なものになぞらえ、その終着点である河口（みなと）に秋が行きついているとするところに眼目がある。

Bと同じように龍田川の上流の山が紅葉で色づいていることを祝福する屏風の絵。屏風の絵を解釈して川の下流の様子を想像することによって再構成した素性の歌。そして、そのKをふまえて龍田川の空間性を秋という季節の時間性と関連させて再構成した貫之の歌。このようにして、歌の言葉は文芸としての累積性を獲得していったのである。

同想の和歌として、

（秋のはて）　　　　　　　　　　或本みつね

紅葉ばの流れてよどむみなとをぞくれゆく秋のとまりとは見る　（古今和歌六帖　二〇四）
（紅葉　つらゆき十一首）

もみぢばのながるるときはたつた川みなとよりこそ秋はゆくらめ　（古今和歌六帖　四〇六一）

のようなものがある。このように、同想の和歌がいくつも詠まれるということは、秋が流れて河口（みなと）にいきつくと詠むことが一つの型となっていたことを示す。歌人たちは「秋—紅葉—龍田」という型を詠むことを通して、「秋の河口（みなと）」という型を生み出した。「秋—紅葉—龍田」という型を詠むことはある意味でその型に対する解釈を示すことでもある。そして、その解釈がさらに新たなる型を生み出していくという和歌言説のメカニズムがここにはある。このようにして歌は類型を取り込みつつ、しかも変奏しながら自らを歌の累積につけ加えていく。歌語とか歌枕といったものは本質的にそういう性格を持っているといえよう。

歌語・歌枕は歌の累積の上に作られてきた類型である。そして、古今的な和歌においては、そういった歌の累積の中から何を選んで三十一文字を構築するかということが和歌を詠むことの中心課題になっていた。この時、歌は、言葉を選んで構成することが和歌の美を作ることなのだという段階にあった。歌人が和歌を詠むということは、歌を支えている言葉の累積性と対話し、同時に自らもその中に参加していくこと、言葉の共同性を再生産していくことに他ならなかったのである。

注

（1）「もみち」は万葉集では「黄葉」と表記されている。本章では表記の混乱を避けるため万葉集の引用文中では「黄葉」と表記し、本文中では一般的に「紅葉」と表記する。

（2）片桐洋一『古今和歌集全評釈　上』（講談社　一九九八年二月十日）

（3）清水章男「らし」（古代語誌刊行会編『古代語誌――古代語を読むⅡ』桜楓社　一九八九年十一月十日）

（4）高野正美『万葉歌の形成と形象』（笠間書院　一九九四年十一月一日）

（5）折口信夫「花の話」（『折口信夫全集　第二巻　古代研究（民俗學篇1）』中央公論社　昭和五十年十月十日）

（6）上野誠『古代日本の文芸空間』（雄山閣　一九九七年十一月五日）

（7）『東大寺諷誦文稿』は佐藤達次郎旧蔵本である『紙本墨書華厳文義要決　巻第一　一巻』の紙背に記された文献である。この文書は、昭和十三年七月に国宝に指定されたが、昭和二十年四月十四日に戦災で焼失した。昭和十四年八月に表裏とも二色刷のコロタイプ版の複製が刊行されており、このコロタイプ版からの影印が、中田祝夫『改訂新版　東大寺諷誦文稿の国語学的研究』（風間書房　昭和五十四年九月三十日）、中田祝夫『勉誠社文庫12　東大寺諷誦文稿』（勉誠社　一九七六年十一月）、築島裕監修『古典籍索引叢書　第八巻　東大寺諷誦文稿』（汲古書院　平成十三年三月十五日）に収められている。

（8）小島憲之校注『日本古典文学大系　懐風藻・文華秀麗集・本朝文粋』（岩波書店　一九六四年六月五日）補注。但し、『日本古典文学大系』では、『東大寺諷誦文稿』のこの箇所を「凝霜作二銀鏡之節一、露杼織二錦葉之時一」としている。この二句を対句とみなして後の句に「之」を補ったものであろう。なお、ここに付された返り点に従って試みに訓読をすると「霜を凝して銀鏡の節を作り、露の杼の錦葉の時を織る」となるが、これは、たとえば中田祝夫『改訂新版　東大寺諷誦文稿の国語学的研究』の訓み下し文に「霜ヲ凝（して）銀鏡（を）作（る）〔之〕節（に）、露（の）杼ノ錦葉を織（る）時ニ、云々」とあるのに従うべきで、『日本古典文学大系』の返り点のつけ方は不適切であると考えられる。

（9）古橋信孝『古代和歌の発生　歌の呪性と様式』（東京大学出版会　一九八八年一月十日）

（10）鈴木宏子「〈もみじと錦の見立て〉の周辺」（犬飼廉編『王朝和歌論叢』明治書院　昭和六十三年四月三十日）

（11）川口久雄校注『日本古典文学大系　菅家文草・菅家後集』（岩波書店　一九六六年十月五日）

（12）渡辺秀夫『平安朝文学と漢文世界』（勉誠社　平成三年一月二十二日）

（13）渡辺秀夫『詩歌の森――日本語のイメージ』（大修館書店　一九九五年五月一日）

第三章　あやかしのすすき

——任氏の物語と招く袖の想像力、あるいは見立てによる新たなる意味の生成——

Ⅰ　「はなすすき」と任氏の物語

古今和歌集の二四三番歌、

寛平御時きさいの宮の歌合のうた　　ありはらのむねやな
秋の野の草のたもとかはなすすきほにいでて招く袖と見ゆらむ
（古今巻五秋歌上　二四三）

は、『新撰万葉集』で、

秋日遊人愛遠方（しうじついうじんゑんぱうをあいす）　逍遥野外見蘆芒（やぐわいにせうえうしてろばうをみる）
白花揺動似招袖（しろきはなのゆれうごきまねくそでににたり）　疑是鄭生任氏芳（うたがふらくはこれていせいにんしのかんばしさかと）
（新撰万葉集上巻　一〇四）

という、任氏を題材とした漢詩と結びつけられていることもあって、任氏の物語[1]を念頭において詠まれたものだという説が根強い。特に、この和歌と任氏の物語との関連性をはっきりと論じたのは小島憲之であった。

白衣を着た美人任氏が鄭子を招いて話しかける……その情景をこの歌に思い浮かべなければ、作者の意図が十

分理解されたとは言えない。(2)

また、鈴木日出男も、棟梁の和歌と新撰万葉集の漢詩を関連させて、

狐の化身した白衣の美女任氏との恋に溺れるという話（唐代伝奇「任氏伝」や白楽天「任氏怨歌行」などによる）をふまえた詩であり、歌である……詩も和歌も、物語的な怪異性を漂わせ、どことなく不気味な光景を描いている……いわば秋の野を、妖しい恋の幻想的な心象風景として仕立てあげているというべきであろう。(3)

と論じている。

この棟梁の和歌と新撰万葉集の漢詩、そして任氏の物語との関係はどのようにとらえたらよいのだろうか。寛平御時后宮歌合が新撰万葉集の撰集を想定したものであるとしても、(4)棟梁の和歌と新撰万葉集の漢詩とは成立を異にしている。とするならば、成立を異にしている和歌と漢詩が、どちらも任氏の物語を念頭に置いていたといえるのだろうか。

たしかに、テクストは常にその時代の言語水準において、他のテクストとのかかわりの中で享受されるものであるから、成立を異にしている和歌と漢詩を関連させて読むことは決して無意味ではない。その意味で、鈴木のように「秋の野を、妖しい恋の心象風景として仕立てあげている」と読む読み方にも首肯しうる点があるといえるだろう。

しかし、小島が「その情景をこの歌に思い浮かべなければ、作者の意図が十分理解されたとは言えない」と述べたように、ある歌人がある時ある和歌を作ったという一回性の問題に還元するならば、この和歌と任氏伝の関係には疑問が残るといわざるをえないだろう。この問題について、結論をいえば、棟梁の和歌と任氏の物語を関連づける決定的な証拠のようなものはなく、かといって、否定することもできないが、何らかの関係があると考えてもよ

いのではないかといったところにならざるをえない。たとえば、棟梁の他の和歌も漢詩文的なものとのかかわりの中で詠まれている。

（寛平御時きさいの宮のうたあはせのうた）　在原棟梁
春たてど花もにほはぬ山ざとはものうかるねに鶯ぞなく　（古今巻一春歌上　十五）
花寒懶發鳥慵啼、信馬閑行到日西。（花は寒くして懶く發き鳥は慵く啼く、馬に信せて閑行して日西するに到る）。（『白氏文集』巻二十八・魏王堤）

寛平御時きさいの宮の歌合のうた　在原むねやな
白雪のやへふりしけるかへる山かへるがへるもおいにけるかな　（古今巻十七雑歌上　九〇二）
一種共翁頭似雪、翁無衣食又如何。（一種翁と共に頭雪に似たり、翁は衣食無し又如何）。（『白氏文集』巻三十五・偶題鄧公）
人生莫遣頭如雪、縦得春風亦不消。（人生遣ること莫くして頭雪の如く、縦ひ春風を得るとも亦た消えず）。（『全唐詩』巻六六八・高蟾・春）

寛平御時きさいの宮の歌合のうた　在原むねやな
秋風に綻びぬらしふぢばかまつづりさせてふ蟋蟀なく　（古今巻十九雑体　一〇二〇）
莫恠紅巾遮面笑、春風吹綻牡丹花。（恠しむ莫かれ紅巾面を遮って笑めるを、春風吹き綻ばす牡丹の花）。（『千載佳句』四四一・白居易・春詞／現存する「白氏文集」には収められていないため『白居易集箋校』では『千載佳句』から引用している）
萸房暗綻紅珠朶、茗椀寒供白露芽。（萸房暗に綻ぶ紅珠の朶、茗椀寒に供す白露の芽）。（『全唐詩』巻四一三・元稹・奉和

嚴司空重陽日同崔常侍崔郎中及諸公登龍山落帽臺佳宴／『千載佳句』二五三では「萸房暗綻紅珠朶、茗援寒供白露芽」とある）。

詩義疏曰蟋蟀似蝗而小……幽州人謂之趣織、督促之言也。（詩義疏に曰はく蟋蟀は蝗に似て小なり……幽州の人之を織を趣すと謂ふ、督促の言なり）。

（『藝文類聚』巻九十七・蟲豸部・蟋蟀）

同じ寛平御時后宮歌合で詠まれた和歌が、このように漢詩文的な世界を詠み込んでおり、「秋の野の……」の和歌だけが漢詩文的な世界と無関係とは考えられない。また、新撰万葉集の漢詩の作者がこの和歌の「ほにいでてまねく」「はなすすき」から任氏の白い衣を思い浮かべたということは、それだけ任氏の物語が当時の詩歌人たちに馴染んでいたことを示すはずだからである。だが、それらはあくまで状況証拠に過ぎない。

ここでは、任氏の物語がこの和歌の下敷きになっているか否かという一義的な読みをめざすのではなく、任氏の物語を含めて、この和歌をとらえようとした時にどのような視点が可能かという立場からアプローチしてみたい。

Ⅱ　棟梁の和歌に任氏の姿をみる

『源氏物語』の夕顔の物語と任氏の物語の関連を論じた論稿[5]の多くは、夕顔の白さ・すすきの白さ・任氏の白衣とを関連づけてとらえ、この結びつきの出発点となった棟梁の和歌に対しても、その見方をあてはめてとらえている。しかし、いうまでもないことだが、それまでに「すすき」が詠まれた歌はもちろん、棟梁の和歌には「白」というニュアンスは詠まれていない。「すすき」は「白」を連想させるというよりも、むしろ「赤」を連想させるものであった。「花すすき」は万葉集では「はだすすき」「はたすすき」と詠まれている。多田一臣が、

表面に現れたばかりのススキの花穂に、紫褐色を呈するものがある。紫褐色はあきらかに赤色の範疇に属する。

そのススキがハダススキと呼ばれていたのではないか。ハダは膚に等しいだろう。理想の美女の形容に「朱らひく膚には触れず」（一一・二三九九）「ほつもり　赤ら嬢子を」（応神記歌謡四三）など、その膚の赤みを讃めた例のあることも参考になる。(6)

と、すすきの花穂の赤色と、赤みがさした美女の「膚」、そして「はだすすき」の「はだ」を関連づけて論じているように、「をばな」がすすきの花穂の開いた状態を指すのに対して、「はだすすき」「はたすすき」は花穂が現れ出た直後の赤みがかった状態を指すのが本来のありかたであった。そして、和歌の世界では、すすきは「ほにいづ」「招く」「袖」という連想を数多く生み出したが、「白い花」「白い袖・袂」「白衣」という方向には向かわなかった。「はなすすき」を詠んだ和歌で、白衣のニュアンスを含んでいるものとして、平安時代の作品では、

しろたへのいもがそでしてあきののにほにいでてまねくはなすすきかな　（躬恒集　一〇七）

をみいだす程度である。また、鎌倉時代の歌合であるが、建長三年九月の「影供歌合」に、

旅人のあさたつ野べの花薄たが白妙の袖とみゆらん　（影供建　九四）

とある。ここでは、「旅人とそれを見送る袖」「野辺という境界領域の袖」「はなすすきを白い袖に喩える」という、いくつかの要素が総合されているが、その他にこのようにして明確に「はなすすき」と「白（い衣）」が結びつけられた例はほとんどみることができない。

「すすき」を白い花とみ、それを任氏の白い衣と解釈したのは、新撰万葉集の解釈であり、その「解釈」が物語の世界に取り込まれ、同時に日中の様々なプレテクストを吸収しながら、すすきの白さ・任氏の白衣・夕顔の白さへと広がる物語的な想像を生み出していったのである。とはいえ、棟梁の和歌から夕顔へ至る任氏の面影をたどることは決して無意味なことではない。

棟梁の和歌では「花すすき」とあり、新撰万葉集には「白花」とあるように、この系譜には「花」に喩えるという要素がある。『千載佳句』の「任氏行」逸文が、

燕脂漠々桃花淺シ　青黛微々柳葉新ナリ　任氏行。白

（燕脂漠々桃花淺し、青黛微々柳葉新なり）。

（『千載佳句』上巻四四二・人事部・美女）

と、燕脂の紅で装いを凝らした任氏の美貌を「桃花」で表しているように、任氏は「花の顔」を持った美女とされていた(7)。任氏の物語をもとにした源英明の詩、

洗花顔

写得楊妃湯後靨（うつしえたりやうひのゆのちのゑくぼ）　摸成任氏汗来唇（ほしなせりじんしがあせのきたるくちびる）

（『新撰朗詠集』上春　七五　源英明）

でも、任氏の美貌が「花顔」「花面」と表されている(8)。また、白居易の新楽府「古塚狐」では、

古塚狐、妖且老、化爲婦人顔色好……或歌或舞或悲啼、翠眉不擧花顔低。忽然一笑千萬態、見者十人八九迷。

（古塚狐、妖にして且つ老なり、化して婦人と爲り顔色好なり……或は歌ひ或は舞ひ或は悲啼す、翠眉擧げず花顔低し。忽然と一笑千萬態、見る者十人に八九が迷ふなり）。（『白氏文集』巻四・古塚狐。『白居易集箋校』では「花顔」を「花鈿」としているが、「宋本」「全唐詩」をはじめ諸本が「花顔」としている）。

と、妖狐の化けた美女が「花顔」の語で表されている。これも、妖狐譚と「花顔」との関連を示している(9)。このような流れがあって、『源氏物語』では、

切懸だつ物に、いと青やかなる葛の心地よげに這ひかかれるに、白き花ぞ、おのれひとり笑みの眉ひらけたる……「かの白く咲けるをなむ、夕顔と申しはべる。花の名は人めきて、かうあやしき垣根になん咲きはべりける」

（『源氏物語』「夕顔」巻）

のように、夕顔という花に喩えられる美女の物語として形象されているのである。

次に、「白い衣・白い袖」に関係する言説を抽出してみる。棟梁の和歌では「花すすき」は単に「袖」とされているにすぎない。ところが、『新撰万葉集』の漢詩では、「白花揺動似招袖」と「白」い「花」が「袖」に喩えられている。このことは、「任氏伝」で、

鄭子乘驢而南。入昇平之北門。偶値三婦人行於道中。中有白衣者。容色姝麗。……白衣時時盼睞。……白衣笑曰。……（鄭子は驢に乗りて南し、昇平の北門に入る。偶三婦人の道中を行くに値ふ。中に白衣の者有り、容色姝麗なり。……白衣時時盼睞し、……白衣笑ひて曰はく。……）。

（『太平廣記』巻第四五二）

のように任氏を「白衣」と表したことや、『全唐詩外編』で紹介された「任氏行」逸文で、

任氏行　句二

蘭膏新沐雲鬟滑。　蘭膏新たに沐して雲鬟滑らかなり。
寶釵斜墜青絲髮。　寶釵斜めに墜つ青絲の髪。
蟬鬢尚隨雲勢動。　蟬鬢尚ほ雲勢の動くに隨ふ。
素衣猶帶月光來。　素衣猶ほ月光を帶びて來る。

（『全唐詩外編』巻二十一）

のように、「素衣猶帶月光來」[10]とあることと関連していよう。[11]『源氏物語』にも、

白き袷、薄色のなよよかなるを重ねて、はれやかならぬ姿いとらうたげにあえかなる心地して……

（『源氏物語』「夕顔」巻）

という、月の光の中での夕顔（白き袷）の描写がある。その他、

森かと見ゆる木の下を、疎ましげのわたりやと見入れたるに、白き物のひろごりたるぞ見ゆる。「かれは何ぞ」

と、立ちとまりて、灯を明くなして見れば、もののゐたる姿なり。「狐の変化したる。憎し。見あらはさむ」とて、一人はいますこし歩みよる。（『源氏物語』「手習」巻）

のように、白い衣の女性を狐の変化と見違える場面もあるが、これも、「任氏伝」をはじめ、『太平廣記』（巻四五〇・祁縣民／『宣室志』を出典とする）といった狐の変化が白い衣をまとって登場する妖狐譚との関連が想定される。[12] また、すすきが白い袖に喩えられているわけではないが、『落窪物語』にも、少将から、

穂に出でていふかひあらば花すゝきそよとも風にうちなびきなむ

という和歌を贈られる姫君が、

落窪をさしのぞきたりつれば、いと頼み少なげなる。白き袷一つをこそ着てゐたりつれ。子どもの古着やある。着せたまへ。夜いかに寒からむ。（『落窪物語』巻一）

のように、「白き袷」を着ているという記述がある。

そして、「はなすすき」が「招く」という要素。すすきが招くという発想は、この家の垣穂より、いとめでたく色清らなる尾花、折れ返り招く……若小君

見る人の招くなるらむ花薄わが袖ぞとは言はぬものから

とて立ち寄り給ひて、折り給ふに、この女の見ゆ。（『うつほ物語』「俊蔭」巻）

という『うつほ物語』の若小君物語にも引きつがれている。[13] これらは、棟梁の和歌の「花すすきほにいでてまねく袖」が、新撰万葉集では「白花揺動似招袖」と女妖任氏の招く袖として解釈されたことと関連づけられるのと同時に、

狐始來時。于屋曲角鶏棲間作好婦形。自稱阿紫。招我。如此非一。忽然便隨去。（狐始め來たる時、屋曲角鶏の棲

間に好き婦の形を作る。自ら阿紫と稱ひ、我を招く。此の如く一に非ず。忽然と便ち隨つて去る）。
（『太平廣記』巻四四七・陳羡／『捜神記』にもあり）

のように、狐が「招く」とする妖狐譚の型が影を落としているとみなすことができる。[14]

このように、「すすき」を白い花とみ、それを任氏の白い衣と解釈した新撰万葉集の解釈が、日中の様々なテクストを吸収しながら、すすきの白さ・任氏の白衣・夕顔の白さへと広がる物語的な想像を生み出していった連鎖をたどることができる。そして、このことは、「すすき」を白い花とみ、それを任氏の白い衣とみなす解釈をあてはめることによって棟梁の和歌に任氏の面影を見ることが可能になることをあらわしている。「すすきの白さ・任氏の白衣・夕顔の白さ」と連鎖するテクストを響き合わせることが、棟梁がこの和歌を詠んだ時に任氏の物語を思い浮かべていたかどうかという一義的な解釈の問題を超越させる。「読む」ということの中には、後出するテクストもプレテクストとして読むことも含まれているというように、[15]『源氏物語』の夕顔の物語と任氏の物語の関連を論じながら棟梁の和歌と任氏の物語を結びつけた多くの論稿は、この、後出するテクストをプレテクストとして響き合わせて読むことができるという「読み」の特質を如実に示すことになった。

Ⅲ　古注釈の解釈

前節でみたように、あるテクストを読むのにいくつかのテクストを響き合わせて読むことが可能になるならば、棟梁の和歌は古注釈のようにして読むこともできるはずである。歌学の世界では、棟梁の和歌は必ずしも任氏と結びつけて解釈されていたわけではない。古今集の古注釈からは、この和歌がまったく別の解釈をして読まれていた

ことがうかがえる。多くの古注釈は、

＊秋風に打なびきたる尾花のまねくやうなれば、思ひよせたる也。ただ景気の様なり。

（近衛尚通本『両度聞書』一四三番歌の項）[16]

のように、素直に風になびくすすきの穂の様子が人を招く姿に似ているからだという解釈をしている。が、中に次のような解釈をしているものがある。

＊草ノ袂ト云者小花ノ風ニ吹レテマネクニ似リトテタモト、云也但小花ノ人ヲマネク事本文上ニアリ　燕雀二丈ノ薄花ノ事也此小花ハツネニ男ノ方ヲマネキケル也

（『毘沙門堂本　古今集注』一四三番歌の項）

＊花ス、キノ人ヲマネクコト本文苑雀二丈之薄花速ニ迷二後心一ト云夏ノ部ニ委見タリ苑雀野ニ行テ死オトコノ妻珠尋アリクニ苑雀カカハネヲ生トホルス、キオトコヲマネキケリ其ヨリヲハナ人ヲマネクト云リ

（同・五四九番歌の項）[17]

特に、「苑雀野ニ行テ死オトコノ妻珠尋アリクニ苑雀カカハネヲ生トホルス、キオトコヲマネキケリ其ヨリヲハナ人ヲマネクト云リ」とあるのは注目に値する。「すすき」の和歌をこのように読むことによって、棟梁の和歌を、小野小町の伝説と結びつけて読むことの可能性を示しているといえるだろう。しかし、実際には和歌の歴史はそのようには進まず、「見立て」としての解釈に従って進んでいった。

Ⅳ「はなすすき」の和歌文学史——万葉まで

棟梁の和歌にうたわれているものから、はなすすきにかかわる要素を取り出してみると、「A、〈はなすすき―ほ〉

という音の連接」「B、はなすすきを袖・袂に喩える」「C、はなすすきが招く」の三点を挙げることができる。次に、これらの要素が歌の歴史の中でどのように流れていったかを検討する。

右のA～Cの要素のうち、明確に万葉まで逆上ることができるのは、Aの「はなすすき―ほ」という音の連接である。

我妹子に逢坂山のはだすすき穂には咲き出でず恋ひ渡るかも　（万葉巻十　二二八三）

（娘子等が和ふる歌九首）

はだすすき穂にはな出でそと思ひたる心は知らゆ我も寄りなむ〈七〉　（万葉巻十六　三八〇〇）

この、「はだすすき―ほ」という音の連接は、たとえば『日本書紀』の、

幡荻穂に出し吾や、尾田の吾田節の淡郡に居す神有り。　（『日本書紀』神功皇后摂政前紀）

のように、神が姿を現すという神話的幻想を背景に持った、様式化された言説である。これは、すすきの穂に類似した稲穂の豊饒を予祝することと無関係ではあるまい。また、「はだすすき―ほ」のように掛詞的に音の連鎖としてつなげられるのは、祭式における口唱の律文のなごりであり、

大魚（おふを）の支太（きだ）衝（つ）き別（わ）けて、波多須々支穂（はたすすきほ）振（ふ）り別（わ）けて、三身（みつみ）の綱（つな）うち挂（か）けて……　（『出雲国風土記』意宇の郡）

のように、国引神話の詞章としても用いられている。

右に挙げた万葉集の例では、「はたすすき・はだすすき」は、神が現れるように姿を現すことの様式化された言説であったが、

（内舎人石川朝臣広成の歌二首）

めづらしき君が家なるはだすすき穂に出づる秋の過ぐらく惜しも　（万葉巻八　一六〇一）

長逝せる弟を哀傷する歌一首　并せて短歌

天離る　鄙治めにと……はしきよし　汝弟の命　なにしかも　時しはあらむを　はだすすき　穂に出づる秋の萩の花　にほへるやどを……

（万葉巻十七　三九五七）

のような、後期万葉の歌では、「はだすすき穂に出づる秋」というように、季節をあらわすものとして歌われる傾向を強めている。

ところで、このような音の連接による結びつきは、万葉では、

（博通法師、紀伊国に行きて三穂の岩屋を見て作る歌三首）

はだすすき久米の若子がいましける〈一に云ふ、「けむ」〉三穂の岩屋は見れど飽かぬかも〈一に云ふ、「荒れにけるかも」〉

（万葉巻三　三〇七）

かの児ろと寝ずやなりなむはだすすき浦野の山に月片寄るも

（万葉巻十四　三五六五）

のように、「はだすすき―くめ〈はだすすき―み穂〉という説もある）」「はだすすき―うら」といったものもあるが、この結びつきは平安以降「はなすすき―ほ」に固定されていく。

V　平安期の和歌における「はなすすき」

平安期の和歌においては、A～Cの要素をすべて見いだすことができる。「はなすすき―ほ」という音の連接は、口唱の律文の名残をとどめた言説だったが、この、「はなすすき」と「ほ」の結びつきが固定化されたため、「はなすすき―ほ」という音の連接の形をとらなくなり、様々なバリエーションを生む。

題しらず　　　　　　　　　　　　平貞文

今よりはうゑてだに見じ花すすきほにいづる秋はわびしかりけり　（古今巻五秋歌上　二四二）

のような場合は、万葉以来の「はなすすき—ほ」という音の連接の延長上にある。但し、はなすすきが秋の景物として明確に位置づけられている。次の和歌も同様に考えられる。

題しらず　　　　　　　　　　　　小野道風朝臣

ほにはいでぬいかにかせまし花すすき身を秋風にすてやはててん　（後撰巻五秋上　二六七）

（題しらず　　　　　　　　　　　よみ人も）

秋風にあひとしあへば花すすきいづれともなくほにぞいでける　（後撰巻七秋下　三五二）

ここでも「はなすすき」は秋の景物として位置づけられている。が、同時に「はなすすき—ほ」という音の連接が倒置・切断されている。一方、このような「はなすすき」は「ほ」に出るものだという固定化が、様々な連想を生み出すことになる。

題しらず　　　　　　　　　　　　よみ人も

はなすすきほにいでやすき草なれば身にならんとはたのまれなくに　（後撰巻七秋下　三五四）

ここでは、「花すすき」は「ほ」に出るものだという固定化した観念が詠み込まれている。また、「ほ」に出た「すすき」を、

秋ごろ

わすれじとむすびしのべのはなすすきほのかにもみでかれもしぬべき

かへし

むすびおきしたもとだにみぬはなすすきかくるともかれじ君がとかずは　（敦忠集　一一四・一一五）

のように、「むすぶ」と詠む場合もある。草を結ぶのは魂を結びつける呪術である。

「はなすすき―ほ」が固定化して、「ほにいづ」だけでなく「ほのか」といった語に連接される。こういったケースの方が連想の幅は大きくひろげられることが多い。

（天徳三年九月十八日にかうしに、中宮の女房歌合せむといふによめる）

花すすき

月影にほのかに見ゆる華すすきかぜのたよりにむすびつるかな　（元真集　六一）

この、元真の和歌には「はなすすき」にちなむいくつかの連想が総合されている。それは、

＊はなすすき―ほ　→　ほのか

＊はなすすきは風になびく　→　かぜのたより

＊風になびくはなすすきは結ばれる　→　かぜのたよりに結ぶ

などの連想である。この和歌は、和歌言説が「言葉の累積性」と対話しながら生成されていくことを如実に実証した例として挙げることができるだろう。

次に、Ｂの「はなすすき」を袖・袂に喩えることについて検討したい。すすきを袖・袂に喩えるという例は、万葉にはない。すすき・尾花が袖や袂に喩えられたこともないし、袖や袂が草花によって喩えられたという例もない。すすきが袖や袂に喩えられるのは、Ｃのすすきが招くとの関連で生み出されたと考えてもよいだろう。

それでは、Ｃの「はなすすき」が「招く」ということについてはどうだろうか。万葉までに、すすきが「招く」と歌われた例はない。それに対して、平安朝の和歌においては、すすきが様々なものを「招く」と詠んだものが非

常に多い。

はじめに、すすきが「人を招く」と詠んだ例を挙げる。

我まねくそでともしらではなすすきいろかはるとぞおもひわびつる　（伊勢集　三二一）

（あき）

すぎがてにのべにきぬべしはなすすきこれかれまねくそでとみゆれば　（躬恒集　四六六）

野草留人といふことをよめる　平忠盛朝臣

ゆく人をまねくか野辺のはなすすきこよひもここにたびねせよとや　（金葉二度本巻三秋部　二三八）

平忠盛の和歌では、「野の草が人を留める」ということが題になっており、さらに、その「人を留める」とされた「草」として「はなすすき」が詠まれている。ここに、「はなすすき」に関する固定化した観念を見ることができる。

人ではないものを招くと詠んだものとしては、

いづかたにありときかばか花すすきはかなきそらをまねきたてらん　（伊勢集　四六）

という例があり、ここでは、「すすき」は「はかなきそら」を「招」いている。また、

題しらず　よしただ

まねくとて立ちもとまらぬ秋ゆゑにあはれかたよる花すすきかな　（拾遺巻第三秋　二一三）

では、はなすすきは秋を招いており、招いても秋はたちどまらないと詠んでいる。

ところで、すすきは屏風絵の画材として描かれることが多かった。そして、屏風歌でも、すすきが招くと詠まれている。

（延喜十三年十月内侍屏風のうた、うちのおほせにてたてまつる）

野に人あまたある所、秋
まねくとてきつるかひなく花すすきほに出でて風のはかるなりけり
（貫之集第一　一一三）
（同じ七年右大臣殿屏風のうた）
人の家のすだれの本に女いでゐたるに、かきのもとに男たちてものいひいる、かきのつらにすすき生ひたり
いでてとふ人のなきかな花薄われればかりかとまねくなりけり
（貫之集第三　三六九）

また、すすきが招くということは、歌合の題としても取り上げられている。

花薄招人　左
はなすすきまねくたもとのあまたあればゆきもやられずあきののみち
右　勝
はなすすきまねくたもとやたゆからんはかるのかぜにかへるひとなみ
（河原院歌合　九・十）

右にみたように、すすきを袖や袂に喩え、すすきが袖や袂を振って「招く」と詠むことは、平安朝を通しておこなわれてきた。そして、古今集時代の歌人の作品を見ていくと、「はなすすき」が「招く」としたものは、貫之、伊勢、躬恒といった、古今集撰者や古今集に多数入集している有力歌人の和歌に特に多い。これらの歌人たちが招くすすきを多く詠んだのは、棟梁の和歌が新撰万葉集や古今集に採られるほど伝播力の強いものだったこともあるが、平安朝を通して招くすすきが詠み続けられたことの背後には、これらの有力な歌人たちが同様にして招くすすきの和歌を詠んだということも関係しているだろう。

ちなみに、八代集において、「招く」という語が用いられた和歌は、

古今集　↓　二首
後撰集　↓　一首
拾遺集　↓　三首
後拾遺集↓　三首
金葉集　↓　一首
詞花集　↓　一首
千載集　↓　一首
新古今集↓　〇首

の十二首であるが、その全てに「すすき」が詠み込まれている。この結果からも、「すすき」と「招く」のつながりが固定化した平安朝和歌の傾向を照らし出すことができるだろう。

Ⅵ　棟梁の和歌を成り立たせているもの

既に述べたように、「はなすすき―ほ」の連接は万葉から平安朝和歌まで連続しているが、それに、すすきを袖や袂に喩え、「招く」とする要素が加わるのが平安朝和歌の特徴である。そして、現在残されている文献からいえることでしかないが、「はなすすき」に関して言えば、たしかにこの棟梁の和歌がターニングポイントになっているといえる。

では、この棟梁歌はどれほど独自なものなのだろうか。

小島憲之などが論じているように、任氏の物語を思い浮かべて、それを和歌に移入したと考えてもよいのだろうか。

逆に、棟梁歌を成り立たせているものには、それまでの言語水準から説明できるものも多い。棟梁歌を構成している要素を、はなすすきに限らず、分析的に抜き出してみると、「⑴〈はなすすき―ほ〉の連接」「⑵はなすすきが招く（季節の草花が招く）」「⑶袖を振る（袖を振って招く）」「⑷場面は秋の野」「⑸はなすすきを袖・袂に喩える」「⑹〈……と見る〉という見立ての構文」といった要素が挙げられる。

以下、この点について検討していきたい。

⑴の「はなすすき―ほ」の連接については、前節までに論述した。

⑵のはなすすきが招く（季節の草花が招く）という要素についてだが、万葉には、草花が「招く」と歌われたケースは見当らない。しかし、万葉においても、季節の歌には季節の草花が「季節の到来」や「人・動物の訪れ」を「待」っているとか、あるいは、季節や人・動物が草花を訪れると歌われることが非常に多い。たとえば、森朝男は、鳥獣と季節の花との取り合せの根底に「神婚観念」があるとし、

季節の花・動物の取り合せの究極には、両者を相愛の男女とする見立てがあった……その根底を窺えば……神婚観念である。神が来訪して巫女に婚する、その神婚の神の位置に鳥や鹿を、そして巫女の位置に花を置いているのではないだろうか。[18]

と論じている。このような例は、

春の野に鳴くやうぐひすなつけむと我が家の園に梅が花咲く　算師志氏大道（万葉巻五　八三七）

去年の春逢へりし君に恋ひにてし桜の花は迎へけらしも（万葉巻八　一四三〇）

など、万葉集に数多く見いだすことができる。これらのことから、花・花の咲くことには、人を招き、人に逢わしめる呪力が宿っていることを見ることができる。

また、棟梁歌では、袖を「振る」とはなっていないが、「招く袖」という言葉は、袖を振って招くことを連想させる。これは万葉集にも数多く歌われている。袖を振ることは、魂を招く、あるいは、奮い立たせる呪的行為であった[19]。

恋しけば袖も振らむを武蔵野のうけらが花の色に出なゆめ　（万葉巻十四　三三七六）

袖はもともと魂の宿る大切な場所であり、その袖を振ることは相手（対象）の魂を呼び求める意味をもつ。袖を振ることは、相手を思いその魂を呼び求めることだったのである。そして、袖を振る行為は、人と別れるとき、旅立つときなどに相手の魂を呼び求めるためにおこなわれる。それは、家郷を離れていくとき、すなわち家郷を離れて異郷へ行くときにおこなわれる。いわば、境界領域においてなされる行為であった。

石見のや高角山の木の間より我が振る袖を妹見つらむか　（万葉巻二　一三二）

ここでは、高角山の木々の間から袖を振ると歌い、自分が袖を振るのを妻が見ただろうかと家郷の妻を思いやっている。歌い手は「高角山の木の際」という境界領域で袖を振るのである。

以上みてきたように、「季節の草花が招く」ということと、「袖を振って招く」ということは、万葉以来の和歌言説の水準に位置づけられる。歌の言葉の水準がここまで達していれば、「はなすすきを（招く）袖・袂に喩える」という所まではあと一歩の距離にある。

棟梁の和歌では、(4)「場面は秋の野」になっている。右に述べたように、袖を振って対象の魂を招くのは境界領域においてなされる行為であった。万葉集には、「野」で「袖を振る」とはっきりと示された例は、

天皇、蒲生野に遊猟する時に、額田王の作る歌
あかねさす紫野行き標野行き野守は見ずや君が袖振る　（万葉巻一　二〇）

の一つしか無いが、「野」もまた境界領域であった。古橋信孝が、

野は生活空間の外にある。そして木や草が生えていた。そこに住むのは……異郷の民……そして鳥や獣が住んでいた。鳥獣も異類だ……そういう野だから、神の降臨する場所でもあり……異郷あるいは異郷とこの世とが接触する特殊な空間だった……。[20]

と、境界領域としての「野」について述べたように、野は、神と人、人と人とが出会う場所であった。さらに、

昔、欽明天皇是は磯城嶋の金刺の宮に国食しし天皇、天国押開広庭の命ぞ。の御世に、三乃の国大乃の郡の人、妻とすべき好き嬢を覓めて路を乗りて行きき。時に曠野の中に姝しき女遇へり。[21]　（『日本霊異記』上巻二）

などにみられるように、結婚すべき相手と出会うのが野や市や道であったのもこのことと関係があるだろう。これは、外婚制ともかかわりがあるはずである。

棟梁の和歌は「秋の野」の「はなすすき」を「ほにいでて招く袖」と歌っている。棟梁歌は「はなすすき」が招くと擬人化しているが、このように、霊的なものの出現する場として秋の「野」はふさわしい場面である。また、袖を振って招く場所としても、秋の「野」という境界領域はふさわしい場所であろう。

このように、棟梁の和歌を成り立たせているものの多くは、万葉以来の和歌言説の水準に位置づけることができる。そして、このように読むと、「招く」「はなすすき」は、Ⅱでみたような、任氏の面影とはまた違った（古代的な）姿をあらわしてくるのである。

Ⅶ　棟梁の和歌を見立てとして位置づける

前節でみたように、棟梁の和歌を成り立たせているものは、それまでの言語水準から説明できるものが多い。しかし、「(6)〈……と見る〉」という、比喩・見立てを構成する漢詩文的な修辞技法を問題とすることによって、これまで述べてきたような読みとはまた異なった解釈を試みることができる。

第三部第三章「見立て論」でも論じたように、典型的な見立ての構文である「……と見る」「……かとあやまつ」「……とあざむく」「……なりけり」は、「似」「如」「疑」「若」「誤」といった、漢詩文特有の比喩に由来する。このような、漢詩文的な比喩の構文を学ぶことを通して、当時の歌人たちは事物と事物の間に類似の関係を見いだし、それを詩的言語における認識の枠組とすることが和歌として成り立つことを覚えた。新しい構文や修辞技法を知るということは、その言葉のしくみにみあったしかたで、それまでとは異なった物の見方を可能にする。いいかえれば、新しい言葉が、新たな認識の枠組を開くのである。当時の歌人たちは、和歌が漢詩文と触れることによって生み出された、事物に対する新しい意味づけを可能とする認識の枠組と戯れることによって、

寛平御時きくの花をよませたまうける　　　としゆきの朝臣

久方の雲のうへにて見る菊はあまつほしとぞあやまたれける

この歌は、まだ殿上ゆるされざりける時にめしあげられてつかうまつれるとなむ　（古今巻五秋歌下　二六九）

寛平御時きさいの宮の歌合のうた　　　ふぢはらのおきかぜ

白浪に秋のこのはのうかべるをあまのながせる舟かとぞ見る　（古今巻五秋歌下　三〇一）

のような、現在私たちが「見立て」と呼ぶ和歌の言説を生み出していったのである。このような「見立て」の言説は、和歌がハレの文芸として漢詩に拮抗しつつあった宇多朝歌壇において輩出した。事物と事物の関係性を詠むことが、新たに和歌の題材として定着したのである。ここに挙げた「菊─星」「葉─舟」の組みをはじめ、「見立て」の和歌に詠まれた事物の多くは、たしかに漢詩文に類型の多い取り合わせであった。だがそうであっても、そのような事物への意味づけが、それまでの和歌の伝統に馴染まないものであったという意味で、和歌にとっての「新しい」認識の枠組みであったという位置づけは変わらないだろう。これが、寛平期の和歌に育まれた新しい特徴であった。そして、この時期に結びつけられた事物の組みは、例えば「もみぢ─錦」のように歌語として固定化していったのである。(22)

本章のテーマである棟梁の和歌は、まさにこの寛平期に詠まれたものである。このような寛平期の和歌の雰囲気の中に置いた時に、棟梁の和歌は、任氏の物語を念頭に詠んだかどうかという個別的な問題を超えて、漢詩文的なものとのかかわりの中で育まれていった、事物と事物の間に新たな関係を生み出すことを可能にする認識の枠組の中で詠まれたものであると位置づけることができよう。

既に述べたように、棟梁の和歌を成り立たせている要素は、万葉以来の伝統的な和歌言説の水準にある。それを、言葉の次元で再構成し、「はなすすき」を「招く袖」と意味づけているのである。これは、言い換えれば新しい意味の発見・提示でもある。そして、このようにして和歌を詠むということは、常に新しい意味を生成していくことであるといえるだろう。かくして、この棟梁の和歌は、「はなすすき」に「招く袖」という意味を与えることによって、平安朝和歌において「招くすすき」として累積されていく言葉の始源となっているのである。

Ⅷ　おわりに

本章では、古今和歌集二四三番歌について、それぞれ相互に関連するところもあるが、いくつかの視点からの異なった解釈を試みた。ここで提示した解釈は、本来的にはそのどれか一つが特権的な位置に立つのではなく、このようないくつかの読みが古今和歌集二四三番歌という一首の中でせめぎあっているのだが、和歌の歴史の中では「見立て」による「招く袖」という意味づけが主流となり、物語的想像力の世界では任氏の面影をからませていった。

すでに述べたように、本章の記述は、小島憲之が棟梁の和歌に対して「白衣を着た美人任氏が鄭子を招いて話しかける……情景をこの歌に思い浮かべなければ、作者の意図が十分理解されたとは言えない」と論じたことをはじめ、棟梁の和歌と任氏の物語を一義的に結びつけている現在の研究状況への異議申し立てであった。この、長いあいだ日本の文学研究において中心的位置を占めてきた「作者の意図」という神話をいかにして解体するかが、いま重要な課題なのである。テクストは様々なプレテクストに織りなされて生成する。そして、このテクストの背後に抱え込まれた混沌によって、「作者の意図」は崩壊させられざるをえないだろう。

本稿で、「はなすすき」を古代的に読み、あるいは「はなすすき」の中に任氏の姿を探り、更に、見立てという古今的な和歌の側からとらえようとしたのは、この、テクストの背後にある混沌とした世界をえぐり出そうとする試みだった。テクストの「意味」は、テクストと読者の間に、「読む」ことを通してしか生成しないからである。

そして、和歌文学においては、このような「読者（享受者）」が次の表現者であるという関係が大きな意味を占めている。個々の和歌言説の背後に、この、《〈（テクスト→享受→言説＝テクスト）→享受→言説＝テクスト〉→享受→

言説＝テクスト》という錯綜した関係をみなければならないのである。

　棟梁は、万葉以来の「すすき」にかかわる要素、見立て、漢詩文的な比喩を総合して、「すすき」に対して「招く袖」という「意味」を与えた。棟梁の和歌はその背後に、それまでの様々な要素を混沌として抱え込みながら、同時に、「すすき」と「招く」「袖」との結びつきの始源となっている。そして、貫之・躬恒・伊勢といった有力な古今集歌人が、お互いに影響しあいながら、棟梁の和歌をもとにした「招く」「すすき」の和歌を詠んだ。それが、平安時代に「招く」「すすき」の和歌を生み出した最も大きな要因だったといえよう。

　貫之・躬恒・伊勢たちは、棟梁の和歌の享受者である。そして彼等は、棟梁の和歌やその背後にあるものを解釈・選択して、「招くすすき」の和歌を詠んだ。その解釈・選択が多くの「招くすすき」の和歌を生み出していった。ここに、享受者の読み（＝詠み）が更なる読み（＝詠み）を生み出していく、和歌が生成されていくダイナミックな構造が端的にあらわれているといえるのではないだろうか。このようにして、「言葉」は「累積性」を与えられていく。

　すでに述べてきたように、棟梁の和歌は「はなすすき」を「草の袂」に喩えたものである。そして、この和歌を漢詩に移しかえた『新撰万葉集』の漢詩では、「蘆芒」を「白花」に喩えている。だが、棟梁の和歌には、この「白花」の「白」のイメージがない。このことは、『新撰万葉集』という、棟梁の和歌に関する解釈としては最初期の段階に、すでに棟梁の和歌に対する「誤読」がひそんでいたことを示している（本質的にあらゆる「読み」は「誤読」であり、一義的な「正解」などは存在しない）。そして、この「はなすすき」に「白花」「白い袖」という意味を与えた新撰万葉集の解釈（誤読）が、すすきの白さ・任氏の白衣・夕顔の白さへと広がる物語的な想像を生み出していった。

　私達は、棟梁の和歌と『新撰万葉集』の漢詩との関係の中に、「すすき」の和歌言説を〈読む〉享受者のとらえ方が、「すすき」に関する新しい言説を切り開いていくテクスト相互関連性が、すでに端的に現象しているのをみることができる。

注

（1）唐代伝奇「任氏伝」（沈既濟）。現存するものは『太平廣記』巻四五二所収による。また、「任氏伝」をもとにしたとみられる「任氏怨歌行（任氏行）」（白居易）は、「慈覺大師在唐送進録」（『大正新脩大藏經　第五十五巻目録部』大正新脩大藏經刊行會　昭和三年十一月十五日）／『大日本仏教全書　仏教書籍目録第二』（佛書刊行會　大正三年一月廿五日）／『華芳餘輝』に所収）にその名を見るが、現在は散逸して『千載佳句』『全唐詩外編』（中華書局　一九八二年七月。なお一九九二年十月に『全唐詩續拾』と合わせ『全唐詩補編』として出版された）に若干の逸文を残すのみとなっている。なお、『全唐詩外編』では「任氏行」は宋代に作られた類書である『錦綉萬花谷十七』によったことが注記されている。

（2）小島憲之「古今集的表現の成立」（『國文學　解釈と鑑賞』一九七〇年二月号）。ところで、小島がどのテキストをもとにしてこのように論じたのか判然としないが、現存する「任氏伝」（『太平廣記』巻四五二所収）では、「白衣を着た美人任氏が鄭子を招いて話しかける」とはなっていない。「任氏伝」の冒頭は

鄭子乘驢而南。入昇平之北門。偶値三婦人行於道中。中有白衣者。容色姝麗。鄭子見之驚悦。策其驢。忽先之。忽後之、將挑而未敢。白衣時時盼睞。意有所受。鄭子戯之曰。美艷若此。而徒行。何也。白衣笑曰。有乘不解相假。不徒行何爲。鄭子曰。劣乘不足以代佳人之歩。今輒以相奉。某得歩從足矣。相視大笑。同行者更相眩誘。稍已狎昵。鄭子隨之。（鄭子は驢に乘りて南し、昇平の北門を入る。偶三婦人の道中を行くに値ふ。中に白衣の者有り。容色姝麗なり。鄭子之を見て驚悦し、其の驢に策ち、忽ち之に先んじ、忽ち之に後れ、將に挑まんとして未だ敢へてせず。白衣も時時盼睞し、意に受くる所有り。鄭子之に戯れて曰く、美艷なること此の若くにして、徒行するは何ぞや、と。白衣笑ひて曰く、乘有るも相假すことを解せず。徒行せずして何をか爲さん、と。鄭子曰く。劣乘は以て佳人の歩に代ふるに足らざるも、今輒ち以て相奉ぜん。某は歩して從ふことを得ば足れり、と。相視て大いに笑ふ。同行する者更相眩誘し、稍く已に狎昵す。鄭子之に隨ふ）。

というものであるが、ここで、任氏は鄭子に向かって流し目はするが、はじめに話しかけるのは男のほうからであり、任氏は自分から男を招いて話しかけてはいない。また、流し目をするのは任氏ばかりではなく、連れの女もかわるがわる目で誘い掛けている。

（3）鈴木日出男『古代和歌史論』（東京大学出版会　一九九〇年十月二十五日）

（4）萩谷朴編『平安朝歌合大成　第一巻』（同朋舎出版　一九五七年一月二十日）

（5）新間一美「もう一人の夕顔――帚木三帖と任氏の物語」（『論集中古文学5　源氏物語の人物と構造』笠間書院　昭和五十七年五月十日）／新間一美「夕顔の誕生と漢詩文―『花の顔』をめぐって」（『源氏物語の探究　第十輯』風間書房　昭和六十年十月十五日）／高橋亨『物語文芸の表現史』（名古屋大学出版会　一九八七年十一月二十五日）／新間一美「日中妖狐譚と源氏物語夕顔巻――任氏行逸文に関連して」（『甲南大学紀要　文学編七二』平成元年三月十五日）など。また、余田充「『任氏伝』の一受容形態――『新撰万葉集』上巻秋十の解」（『四国女子大学紀要』第一巻第二号　昭和五十七年）／高橋亨「絵と物語の想像力――宇津保物語の型と表現」（『中古文学』第三十二号　昭和五十八年）／三田村雅子「若小君物語の位相―宇津保物語における文脈の差異と統合」（『玉藻』第二十一号　昭和六十年）／小島憲之・新井栄藏校注『新日本古典文学大系　古今和歌集』（岩波書店　一九八九年）／渡辺秀夫『平安朝文学と漢文世界』（勉誠社　平成三年）にも同様の指摘がある。なお、「任氏伝」「任氏怨歌行（任氏行）」についてふれたものとして、金子彦二郎『平安時代文學と白氏文集』（培風館　昭和十八年）／太田晶二郎「白氏詩文の渡来について」（『國文學　解釈と鑑賞』昭和三十一年六月）／近藤春雄「唐代小説について――東城老父伝・任氏伝・李章武伝」（『愛知県立大学文学部論集　第十八号』昭和四十二年）／内田泉之助・乾一夫『新釈漢文大系　唐代伝奇』（明治書院　昭和四十六年）／藤井貞和『源氏物語の始源と現在』（三一書房　一九七二年）／小島憲之『國風暗黒時代の文學　中（上）――弘仁期の文學を中心として』（塙書房　昭和四十八年）／内田知也『隋唐小説研究』（木耳社　昭和五十二年）／前野直彬『中国小説史考』（秋山書店　昭和五十年）／小島憲之『古今集以前』（塙書房　昭和五十一年）／川口久雄『三訂　平安朝日本漢文学史の研究　中篇』（明治書院　昭和五十七年）／小峯和明「大江匡房の狐媚記――漢文学と巷説のはざまで」（『中世文学研究』第十一号　昭和六十年）／富永一登「狐説話の展開——六朝志怪から唐代小説へ」（『学大国文』第二十九号　一九八六年）などがある。

（6）多田一臣『大伴家持——古代和歌表現の基層』（至文堂　平成六年三月二十日）

（7）新間一美「もう一人の夕顔——帚木三帖と任氏の物語」（『論集中古文学5　源氏物語の人物と構造』笠間書院　昭和五十七年五月十日）／新間一美「夕顔の誕生と漢詩文——『花の顔』をめぐって」（『源氏物語の探求　第十輯』風間書房　昭和六十年十月十五日）／新間一美「日中妖狐潭と源氏物語夕顔巻——任氏行逸文に関連して」（『甲南大学紀要　文学編七二』平成元年三月十五日）

（8）この詩の他の句が『作文大体』に残されていることが、柳沢良一によって紹介されている（「『新撰朗詠集』注解稿（7）」『金沢女子大学紀要』第一集　一九八七年十二月二十一日）。『作文大体』によれば、この詩は、

春雨何因細脚頻　　為下過二花面一洗中紅塵上

（頷聯亡失）

写得楊妃湯後靨　　摸成任氏汗来唇

花情若聴二吾微誨一　　莫下恃二妖姿一妄折上人

（小沢正夫「作文大体注解（下）」『中京大学文学部紀要』十九巻三、四号　昭和六十年三月一日）。

というものである。ここには、任氏は楊貴妃と並ぶほどの美女という認識があらわれている。天宝年間に活躍し、馬嵬で死んでいる点など、任氏の描かれかたには楊貴妃と共通するものがある。沈既済には楊貴妃に似せて任氏の姿を描こうとする意図があったと考えられている（余田充先掲「『任氏伝』の一受容形態——『新撰万葉集』上巻秋歌十の解」および、新間一美先掲「日中妖狐譚と源氏物語夕顔巻——任氏行逸文に関連して」）。

（9）注（7）に同じ。

（10）『全唐詩外編』の「任氏行」逸文に「素衣猶帯月光來」とあるように、素衣（白い衣）と白い月光とは深い結びつきがある。

だいしらず　　藤原国行

しろたへのころものそでをしもかとてはらへばつきのひかりなりけり（後拾遺第四秋上　二六〇）

という和歌があるように、「（白い）袖・衣」と「月の光」、「霜」と「月の光」の結びつきが、和歌と漢詩文に共通する題材として膾炙していたらしい。さらにいえば、「霜」と「月の光」の結びつきについては、『作文大体』にも

夜月似二秋霜一題、前中書王詩云、二八秋天望二漢河一、月如二霜色一夜更過。

とある。ただ、『佩文韻府』や『文選』の中には「白い袖」（素衣・素袖）と月の結びつきはみあたらないようである。

(11) 新間一美「日中妖狐譚と源氏物語夕顔巻――任氏行逸文に関連して」（『甲南大学紀要　文学編七二』平成元年三月十五日）

(12) 内田知也『隋唐小説研究』（木耳社　昭和五十二年一月十五日）が「中国の古い説話によれば、狐はしばしば美女、もしくは白衣の美女に化けて、男を魅惑する」と述べ、その例として「祁縣民」の物語などをあげている。こうした指摘を踏まえ、高橋亨『物語文芸の表現史』（名古屋大学出版会　一九八七年十一月二十五日）、や新間一美「日中妖狐譚と源氏物語夕顔巻――任氏行逸文に関連して」（『甲南大学紀要　文学編七二』平成元年三月十五日）が、源氏物語と妖狐譚との関連について詳述している。

(13) 高橋亨『物語文芸の表現史』（名古屋大学出版会　一九八七年十一月二十五日）／三田村雅子「若小君物語の位相――宇津保物語における文脈の差異と統合」（『玉藻』第二二号　昭和六十年）

(14) 新間一美「夕顔の誕生と漢詩文――『花の顔』をめぐって」（『源氏物語の探求　第十輯』風間書房　昭和六十年十月十五日）

(15) 三谷邦明『物語文学の言説』（有精堂　一九九二年十月七日）第二部第二章にその可能性が示唆されている。なお、土田知則『間テクスト性の戦略』（夏目書房　二〇〇〇年五月二十日）にも同様の指摘がある。

(16) 片桐洋一『中世古今集注釈書解題　三』（赤尾照文堂　昭和五十六年八月十九日）

(17) 片桐洋一編『毘沙門堂本　古今集注』（八木書店　平成十年十月二十八日）。なお、異体字を活字化するにあたっては、吉澤義則編『未刊國文古註釈大系　第四巻』（帝国教育会出版部　昭和十三年六月二十日）を参考にした。

(18) 森朝男「雑歌から四季へ――梅花の宴歌の考察を通して」（『古代文学』三十号　一九九一年三月二日）

(19) 古代語誌刊行会編『古代語誌　古代語を読むⅡ』（桜楓社　一九八九年十一月十日）

(20) 古橋信孝編『ことばの古代生活誌』(河出書房新社　一九八九年一月十日)
(21) 古橋信孝『古代の恋愛生活　万葉集の恋歌を読む』(日本放送出版協会　昭和六十二年十月二十日)
(22) 本間洋一「王朝漢詩の表現覚書」(『和漢比較文学叢書3　中古文学と漢文学I』汲古書院　昭和六十一年十月)、鈴木宏子「〈もみじと錦の見立て〉の周辺—和歌と漢詩文の間」(『古典和歌論叢』明治書院　昭和六十三年四月三十日)に、「もみぢ—錦」の結びつきは漢詩・和歌ともに寛平期に定着したものだという指摘がある。

第四章　「わたつみの深き心」攷

Ⅰ　これまでの紀貫之の和歌の扱われ方

古今和歌集成立前夜から歌人としての足跡をしるしはじめ、古今集以後も歌壇の中心に位置し続けた貫之の作歌は約半世紀にわたる。現在も数多く発表されている貫之の和歌に関する論考は、概ね次の三種に分類することができる。

＊古今的歌風と関連させて、言葉の虚構という観点から論じたもの。
＊専門歌人としての屛風歌を中心としたもの。
＊漢詩文との関連を問うもの。及び、漢詩文との関連を問いながら、貫之が漢詩文的なものから脱して日本語としての和歌を確立したことを論じるもの。

『土左日記』は、貫之の和歌観とともにその批評性があらわれており、仮名日記文学の嚆矢として高く評価されている。『土左日記』所収の和歌についても、この時期の貫之の和歌の特質を知るものとして取り上げられることが多

い。しかし、その中でも、

　棹させど底ひも知らぬわたつみの深き心を君に見るかな
（『土左日記』）

という和歌については、今ではほとんど言及されることがない。修辞に複雑なところがなく歌意も単純ではっきりしているうえに、本文（典拠となる文章や詩句。漢籍をさす場合が多い）も古くから指摘され定説となっているので改めて言及するまでもないと考えられているのだろうか。

だが、この和歌の言説を子細に検討していくと、歌の言葉はどこから生み出されるのかということにつながる重要な問題が出てくる。これまでの貫之論の多くは、言葉の虚構にしろ、屛風歌にしろ漢詩文との関連にしても、貫之の和歌の特色を貫之という歌人「個人」の特色に収斂するものとして論じている。しかし、和歌の言葉は「時代の言葉」として存在していた。時代の言葉として歌人たちに共有され、時代の言葉としての意味をになっていた。そして、おのおのの歌人たちは和歌を詠む時には、その時代の意味から逃れることができなかった。

本章では、このあまり話題にされることのない和歌を取り上げることを通して、歌の言葉が背後に抱え込んでいる累積性について検討してみたい。

Ⅱ　問題のありどころ

『土左日記』によれば十二月二十七日、見送りにきた人々の厚情に感じた「行く人」は、

　棹させど底ひも知らぬわたつみの深き心を君に見るかな
（『土左日記』）

という和歌を詠んだ。この和歌については、北村季吟『土左日記抄』や人見卜幽『土左日記附説』で李白の「贈汪

倫」という詩を本文とした句題和歌であると指摘され、以来それが定説となっている。

贈汪倫　　　　　　　汪倫に贈る
李白乗舟将欲行　　　李白舟に乗って将に行かんとするや
忽聞岸上踏歌声　　　忽ちに聞く岸上踏歌の声
桃花潭水深千尺　　　桃花潭の水深きこと千尺
不及汪倫送我情　　　汪倫が我を送るの情に及ばず
（『全唐詩』巻一七一）

汪倫は今の安徽省涇県の桃花潭の近くに住む隠逸の士で、当時多くの詩人と交友があったという(1)。七五五年、李白が桃花潭に遊んだとき、汪倫は美酒をかもして歓待した。李白が舟に乗ってこの地を離れようとしたとき、突然踏歌が聞こえてきた。皆が出発する李白を見送りにきたのだ。踏歌は、江南地方の集団的な民間唱歌形式で、皆で手をつないで歌いながら両足で拍子を取る民謡の類である。感激した李白は即興詩を作り、桃花潭の淵の水は深さが千尺だというが、汪倫が私を見送ってくれる、その気持ちの深さには及びもつかないと詠んで汪倫に贈った。桃花潭は涇川の上流にあって、多くの渓流が注ぎ込み深い水をたたえているというが、その深さと汪倫の心の深さを対比させたのである。

では、「贈汪倫」を本文にしたという『土左日記』の方はどうだろうか、

鹿児の崎といふところに、守の兄弟、またこと人これかれ、酒なにと持て追ひ来て、磯に下りゐて別れがたきことをいふ。守の館の人々の中に、この来たる人々ぞ、心あるやうには、いはれほのめく。かく別れがたくいひて、かの人々の、くち網も諸持ちにて、この海辺にてになひ出だせる歌、
　惜しと思ふ人やとまると葦鴨のうち群れてこそわれは来にけれ

といひてありければ、いといたくめでて、行く人のよめりける、

棹させど底ひも知らぬわたつみの深き心を君に見るかな　（『土左日記』）

貫之の後任者である島田公鑒の兄弟をはじめとした人々が鹿児の崎にやってきて送別の席をもうけた。彼等は漁師が網を担ぎ出す時のように声をそろえ、足踏みして調子をあわせ送別の歌を歌った。そのようにしてまで見送ってくれる人々の厚情に対して、「行く人」が詠んだのが「棹させど……」の和歌である。

見送る人々が声を合わせて（足踏みをし）送別の歌を歌ったということ、李白は桃花潭という渓流で貫之は土佐の海という違いはあるにしても水の深さと心の深さを対比している点など、両者のシチュエーションには相い通じるものがある。貫之が李白の詩を念頭においていたことは明らかであろう。しかし、水の深さと人の思いの深さを対比するという点では、躬恒集（「書陵部蔵五〇一・一二三五禁裏本」）にみられる躬恒と忠岑の問答に、

みつね

わたつみのちいろのそことかきりなく　ふかきおもひにいつれまされり

たゝみね

ふかけれとちひろのそこはかすしりぬ　人のおもひはさほもさゝれす　（躬恒集・書陵部蔵禁裏本）

といった類想の和歌もあり[2]、人見卜幽『土左日記附説』に

或説に「続古今」忠岑の歌に「深けれど千尋の海も底知りぬ人の心ぞ棹もおよばぬ」と有に似たり[3]。

とあるように、忠岑の和歌を本歌としているという説は根強くあった。では、貫之の和歌は李白の詩と忠岑の和歌のいずれを本文（本歌）としたのだろうか。それとも、その両方をふまえたのだろうか。あるいは、もっと別の経緯があったのか。萩谷朴は李白の詩、忠岑の和歌の双方をひきながら、

李白の詩が、桃花潭の水深を千尺と限定し、汪倫の友情をそれに優るものと対比しているのに対し、貫之の和歌は、海の深さを無限なものとし、友情をその無限の深さと帰一せしめている。明らかに、李白の詩を超えようとする意識が働いている。卜幽『附説』は、「さをさせど」の一首の典拠として李白の詩の下二句を引くと共に、

　或説に「続古今」忠岑の歌に「深けれど千尋の海も底知りぬ人の心ぞ棹もおよばぬ」と有に似たり。

と「或説」を紹介しているが、前述したように、李白の詩の上二句に見る踏歌の縁で、貫之が、この忠岑の歌を唯一の本歌としたのではなく、むしろ、李白の原詩から直接に発想している上に、忠岑の歌が、李白の詩をそのままに単純な直喩表現で引用していることを批判超越する意味で、貫之が意識して隠喩表現を用いたのであるとしたら、それこそ、句題和歌とはいかに詠作すべきであるかとの規範を示そうとする歌論的意図が明白となろう(4)。

と論じている。確かに、言葉の上での親縁性という観点から言えば、貫之は忠岑の和歌と李白の詩の双方を念頭に置きつつも、それらを超越しようとする意識をもってこの和歌を詠んだという萩谷の指摘は、一見申し分が無いようにみえる。だが、重要なのは忠岑の和歌や李白の詩とどのような関係にあるかといった、直接的・個別的な問題ではない。この和歌の言説は当時の、すなわち古今集撰者の時代の歌の言葉のあり方と深い関わりを持っており、それがどのようにして生み出されたかと問うことは、和歌はどのようにして詠まれるのかという問題につながっていく。

Ⅲ　貫之の和歌の修辞

　この和歌について、その和歌としての修辞の特質を分析的に抜き出すと概ね次のようなポイントを挙げることができる。

①海の深さの限りなさを示すものとして「棹」で「さす」ことが引き合いにされている。
②棹をさしてさぐっても底が知れないことが「わたつみ」の形容となっている。
③棹をさしてさぐっても底が知れないわたつみが「深き」の序詞になっている。
④棹をさしてさぐっても底が知れない「わたつみ」が「深き心」の形容となっている。
⑤相手の厚情を「深き心」と詠んでいること。

ここにみられる、人の思いの深さを海の深さに喩えるような修辞は、現代の私たちの感覚からしてもごく自然なものであり、違和感なく受け入れられるものであるが、この観念連合はいつどのようにして形成されたのだろうか。

また、この和歌の修辞について、注釈書は、

＊上三句は「深き」の序詞。／「さを」「さす」「そこひ」「ふかき」は「わたつみ」の縁語。(5)
＊船を棹をさして探っても際限もわからぬほどに深い海、ちょうどそのように深い御親切を、あなた方からしみじみと感じとることですよ。「そこひ」は、はて・かぎりの意。「さを」「さす」「そこひ」「ふかき」は「わたつみ」の縁語。(6)
＊上三句は「深き」にかかる序詞。(7)

のように論じている。いづれも述べていることに違いはないが、特に、「さを」「さす」「そこひ」「ふかき」は「わたつみ」の縁語、とある点に着目したい。これらの結びつきはどのようにしてできたのか。そして、これらの語句の関係を「縁語」と呼ぶことは、はたして理にかなっているといえるだろうか。

こうした観点から、貫之の和歌を中心に万葉歌と平安初期の和歌を検討していくと、おぼろげながらではあるが、次のような道筋をたどることができる。

⑴「わたつみ」は元来海の底と深いつながりがあり、数は少ないが万葉の時代から海の深さが相手を思う気持ちの比喩として詠まれている。海の深さと心の深さを対比する言説は、古今集前後の時期に数多く輩出した。

⑵「深き心・思ひ」は恋の思いを表すのが和歌の言葉の共同性であるが、貫之は見送りの人の厚情の深さを詠んでいる。これは、プレテキストと状況に対する貫之の解釈である。

⑶右に述べたように「わたつみ」は本来的に海の底と深いつながりを持っているが、平安期の和歌の世界では、海の底の「みるめ」が詠まれ、恋の思いと結びつけられていく。

⑷更に、「みるめ」とのかかわりから、海人がよまれる。海人も恋の歌の道具立てである。

⑸船の「棹」は万葉の時代から歌に詠まれているが、万葉集では「棹をさす」ことは単に船を操ることの意味で用いられている。棹をさして水底の深さを測るという意味で詠まれるのは古今集の時代の貫之と忠岑に限られている。特に貫之はいくつかの和歌で「棹をさす」という言説をおのおの状況に合わせて詠みかえている。

⑹このような結びつきが形成されるにあたっては、古今集撰者時代の歌人たちの動向が影響している。すなわち、伊勢、躬恒、忠岑、貫之、友則といった撰者時代の歌人たちが歌語を共有しながら和歌を詠みあった時代の雰囲気が深く影をおとしている。

貫之は、このように複雑にからまりあう「時代の言葉」のネットワークの中から、「棹させど……」の和歌を詠んだ。それは、「時代の言葉」の生み出したものであると同時に、「時代の言葉」とシチュエーションに対する貫之の解釈でもあった。いわば、和歌言説はプレテキストとプレテキストに対する歌人の解釈が生み出すのであり、読むことが同時に詠むことである和歌言説のダイナミズムがここに如実に現れている。

Ⅳ　「わたつみ」の意味するもの

「わたつみ」については、本来は「海神」を意味しのちに海そのものを言うようになったというのが一般的な解釈である。「わた」が「海」で、「つ」は連体格の助詞、「み」は霊異なるものを意味する。同じような語構成の言葉として「やまつみ」（山の神）がある。「わた」が「海」をあらわすということに関して言えば、「わたの底」「わたの原」という語があることからも裏づけられる。「わたの底」の例として、

（和銅五年壬子の夏四月、長田王を伊勢の斎宮に遣はす時に、山辺の御井にして作る歌）
海底奥津白浪（ワタノソコオキツシラナミ）竜田山いつか越えなむ妹があたり見む　（万葉巻一　八三）
（右の二首は、今案ふるに、御井にして作るに似ず。けだし、当時に誦める古歌か。）

（中臣女郎が大伴宿禰家持に贈る歌五首）
海底奥乎深目手（ワタノソコオキヲフカメテ）我が思へる君には逢はむ年は経ぬとも　（万葉巻四　六七六）

という例は数多く上げることができる。特に、後者に関しては古今和歌六帖に同じものがあり、「海底」が「ワタノソコ」とよまれていたことを裏づけている。また、

かけまくは　あやに恐し　足日女　神の尊　韓国を　向け平らげて　御心を　鎮めたまふと　い取らして　斎ひたまひし　ま玉なす　二つの石を　世の人に　示したまひて　万代に　言ひ継ぐがねと　和多能曽許（ワタノソコ）　意枳（オキ）都布可延乃（ツフカエノ）　海上の　子負の原に　御手づから　置かしたまひて　神ながら　神さびいます　奇し御魂　今の現に　尊きろかむ　（万葉巻五　八一三）

のような一字一音表記の例（和多能曽許　意枳都布可延乃→海の底　沖つ深江の）からもこのことは確かめられるといえよう。

「わたつみ」が「海の神」の意として詠まれたものには、

（玉に寄する）

海神手纏持在（ワタツミノテニマキモテル）玉故に磯の浦廻に潜きするかも　（万葉巻七　一三〇一）

潜きする海人は告れども海神心不得（ワタツミノココロシエネバ）見ゆといはなくに　（万葉巻七　一三〇三）

といった例がある。これらの歌では「海の神が手にまいて持っている玉」「海の神の心を得ていないので」という脈絡で用いられており、ワタツミが「海の神」の意で用いられていることは明らかである。さらには、

和多都美乃宇美尓伊弖多流（ワタツミノウミニイデタル）飾磨川（しかまがは）絶えむ日にこそ我が恋止まめ　（万葉巻十五　三六〇五）

のように、「海神がつかさどる海」というニュアンスを経過して、

海若之奥尓（ワタツミノオキニ）生ひたる縄のりの名はかつて告らじ恋ひは死ぬとも　（万葉巻十二　三〇八〇）

和多都美能於伎津之良奈美（ワタツミノオキツシラナミ）立ち来らし海人娘子ども島隠る見ゆ　（万葉巻十五　三五九七）

と、「海」そのものをさすものとして用いられていく。

『土左日記』の「棹させど……」の和歌では、「わたつみの深き」というように、海の深さに焦点が当てられてい

る。海の深さと人の心の深さを対比する歌は古今集の時代前後に数多く詠まれている。

みつね

わたつみのちいろのそことかきりなく　ふかきおもひにいつれまされり

た丶みね

ふかけれとちひろのそこはかすしりぬ　人のおもひはさほもさ丶れす　（躬恒集・書陵部蔵禁裏本）

（題しらず　　よみ人しらず）

渡つ海のふかき心は有りながらうらみられぬる物にぞ有りける　（拾遺巻第十五恋五　九八三）

題しらず　　よみ人しらず

あふことの　まれなるいろに　おもひそめ　わが身はつねに　あまぐもの　はるる時なく　ふじのねの　もえつつとはに　おもへども　あふことかたし　なにしかも　人をうらみむ　わたつみの　おきをふかめて　おもひてし　おもひはいまは　いたづらに　なりぬべらなり……　（古今巻十九雑体　一〇〇一）

題しらず　　これのり

わたのそこかづきてしらん君がため思ふ心のふかさくらべに　（後撰巻十一恋三　七四五）

身よりあまれる人を思ひかけてつかはしける　　紀友則

玉もかるあまにはあらねどわたつみのそこひもしらず入る心かな　（後撰巻十二恋四　七九八）

では、「わたつみ」が「深き心」と対比されるのはどのような経緯からか。「わたつみ」の原義である「海の神」は元来「海の底」と深いつながりを持っている。すなわち、わたつみは海の沖の海底の海宮に住む神である。このことは、例えば記紀神話の彦火火出見尊（山幸）の逸話から読み取ることができる。この話は、古事記と日本書紀の双方に記載されているが、ここではわたつみの宮の位置がより明確に記述されている日本書紀の方を取りあげることにする。兄（海幸）の鉤をなくして途方にくれていた彦火火出見尊に鹽土老翁が策を授けて、無目籠に乗せると、無目籠は海の中に沈んで海神の宮へたどりつく。

＊乃ち無目籠を作り、彦火火出見尊を籠の中に内れ、海に沈む。即ち自然に可怜小汀有り（可怜、此には于麻師と云ふ。汀、此には波麻と云ふ）。是に、籠を棄てて遊行す。忽に海神の宮に至りたまふ。

（『日本書紀』神代下・第十段・正文）

＊其の竹を取り、大目麁籠を作り、火火出見尊を籠の中に内れ、海に投る。一に云はく、無目堅間を以ちて浮木に為り、細縄を以ちて火火出見尊を繋著けて沈む。所謂堅間は、是今の竹籠なりといふ。時に、海底に自づからに可怜小汀有り。乃ち汀の尋に進みます。忽に海神豊玉彦の宮に到ります。

（『日本書紀』神代下・第十段・一書第一）

このように、神話の世界では「わたつみ（海の神）」は、沖の彼方の海底に住むとされていたわけだが、万葉集では、その神話的幻想を背景として、「わたつみ」は「オキ（沖・奥）」と結びつけて詠まれている。

物に属けて思ひを発す歌一首　并せて短歌

朝されば　妹が手に巻く……我が心　明石の浦に　船泊めて　浮き寝をしつつ　和多都美能　於枳敝乎見礼婆
いざりする　海人の娘子は　小舟乗り　つららに浮けり……

（万葉巻十五　三六二七）

ここでは、「大海の沖合いを眺めると漁をする海人の娘たちが小舟に乗って浮かんでいる」というように「わたつみ」が「沖（沖合い）」に結びつけられている。一方、

和多都美能於伎都縄（ワタツミノオキツなは）のりくる時と妹が待つらむ月は経につつ　（万葉巻十五　三六六三）

では、「わたつみの沖つ縄のり（海の沖合いの底に生えている縄のように長いウミソウメン）」ということであるから、同じように一字一音表記で「わたつみ」と「おき」が結びつけられていても、単純に海の沖合いとだけ理解するのでは不十分であろう。同様に「縄のり」を詠んだ歌に、

海若之奥尓（ワタツミノオキニ）生ひたる縄のりの名はかつて告らじ恋ひは死ぬとも　（万葉巻十二　三〇八〇）

というものがある。注釈書ではこの歌は「わたつみの沖に」と読み下されているが、原文では「海若之　奥尓」というように「奥」という漢字が用いられている。このことから、この言説には「海の奥底」というニュアンスも同時に含まれているといえよう。

帰るさに妹に見せむに和多都美乃於伎都（ワタツミノオキツ）白玉拾ひて行かな　（万葉巻十五　三六一四）

「わたつみ」は「玉」と深い関わりをもち、山幸彦の説話でも「塩盈玉・塩乾玉」が登場するが、この場合は真珠などの玉とみなしてよい。とするならば、真珠などの玉は海底に沈んでいるわけだから、この「わたつみのおき」は、「海の沖合いの底」ということになる。一方、

或る娘子等が包める乾し鮑を贈りて、戯れて通観僧（つうくわんほふし）の呪願を請ふ時に、通観の作る歌一首

海若之奥尓（ワタツミノオキニ）持ち行きて放つともうれむそこれがよみがへりなむ　（万葉巻三　三二七）

では、「干したアワビは海の沖まで持っていって放したとしてもよみがえらない（枯れ果てた女陰はもう若くはならない）」ということで、「奥」が「海の沖合い」というニュアンスで用いられている。

以上のことから、「奥」は海の彼方について、「沖合い」という水平の方向に関しても「海の底」という垂直の方向に関してもあてはまる言葉だといえる。「沖」と「奥」とは同源の語なのである。「わたつみのおき」という言説

は、「海の沖合いの海の底」というニュアンスを含んだ言説ということができる。そして、このことは「海の神」である「わたつみ」の宮が海の彼方の海底にあるという神話的幻想を基盤としていることをも意味しているのである。「わたつみ」が「海の底」と深い繋がりを持つという神話的幻想によって、「わたつみ」が「深し」に結びついていくのであるが、万葉集の範囲では「わたつみ」が直接「深い」ことの引き合いに出された例はみあたらない。万葉の時代にはこれとは別に「わたのそこ」という「海底」を意味する言葉があり、

（中臣女郎が大伴宿禰家持に贈る歌五首）
海底奥乎（ワタノソコオキヲ）深めて我が思へる君には逢はむ年は経ぬとも　（万葉巻四　六七六）
海底奥乎（ワタノソコオキヲ）深めて生ふる藻のもとも今こそ恋はすべなき　（万葉巻十一　二七八一）
かけまくは　あやに恐し……ま玉なす　二つの石を　世の人に　示したまひて　万代に　言ひ継ぐがねと　和（ワ）
多能曽許（タノソコ）　意枳都布可延乃（オキツフカエノ）　海上の　子負の原に……　（万葉巻五　八一三）

のようにして「深し」と結びつけてよまれていた。これが平安時代にはいると、

題しらず　これのり
わたのそこかづきてしらん君がため思ふ心のふかさくらべに　（後撰巻十一恋三　七四五）
わたのそこおきをふかめてわがおもふきみにはあはんとしはへぬとも　（古今和歌六帖　一七五八）

のような例も稀には存在するが、「わたのそこ」は用いられなくなる。そして「わたのそこ」が表していたものを「わたつみ」あるいは「わたつうみ」が代替するようになる。例えば、右にみた「わたのそこ沖を深めて」という言説は、万葉でも古今和歌六帖でも用いられているが、古今集には、

題しらず　よみ人しらず

あふことの　まれなるいろに　おもひそめ　わが身はつねに　あまぐもの　はるる時なく　ふじのねの　もえつつとはに　おもへども　あふことかたし　なにしかも　人をうらみむ　わたつみの　おきをふかめて　おもひてし　おもひはいまは　いたづらに　なりぬべらなり……

（古今巻十九雑体　一〇〇一）

と「わたつみの沖を深めて」と詠まれた例がある。このように、万葉で「わたのそこ沖を深めて」とあるのに対して、「わたつみの沖を深めて」が等価となっているのである。やや時代は下るが、『倭歌作式』や『俊頼髄脳』といった歌論書では、

＊凡詠レ物神世異名在レ此。和歌之人何不レ知レ此。如レ先可レ云也。

若詠浪時　ちりくらしと云　若詠海底時　わたつうみと云……

（『倭歌作式』）

＊よろづの物にみな異名あり。これらをおぼえて、よまれざらむ折はつゞきよきさまにつゞくべきなり。

天、なかとみといふ……浪、ちるそらといふ　海の底、わたつうみといふ……

（『俊頼髄脳』）

というように、「海の底」の異名として「わたつうみ」が挙げられている。

Ⅴ　海の深さの比喩

次にこのようにして結びつけられた「海」と「深し」とがどのようにして詠まれているかについて検討したい。

海底奥乎深目手生ふる藻のもとも今こそ恋はすべなき（ワタノソコオキヲフカメテ）

（万葉巻十一　二七八一）

では「海の底沖を深めて生ふる藻の―もとも今こそ」というような序詞になっており、深い海の底に生えている藻が「海の底にこもっている」ことから、恋の思いが心のそこにこもっていることの比喩として用いられており、今

検討の対象としている「海の深さ」と「心の深さ」の比喩とはやや趣きを異にしているといえよう。しかし、

（中臣女郎が大伴宿禰家持に贈る歌五首）

海底奥乎深目手（ワタノソコオキヲフカメテ）我が思へる君には逢はむ年は経ぬとも　（万葉巻四　六七六）

では「大海の底のように奥深く心から慕うあなた」というように、「海の底の深さ」が「君」を思う心の深さの比喩となっており、平安時代になって数多く詠まれるこの種の言説のさきがけとして位置づけることができよう。

ところで、海の深さと対比させられる「深き心・思ひ」は、恋の思いである。そのことは次のような例からも明らかである。

題しらず　　これのり

わたのそこかづきてしらん君がため思ふ心のふかさくらべに　（後撰巻十一恋三　七四五）

あなたのためにと思う私の心の深さを海の深さと比べるために海に潜ろうという内容の和歌。恋の部におさめられていることからも、ここに詠まれている「心」が恋の思いとみなされていたことは明らかである。貫之集に、

いせのうみのあまとならばや君こふる心のふかさかづきくらべん　（貫之集第五恋　五八九）

という、是則の和歌の類歌がある。この場合は「君こふる」と恋の思いであることが明示されているが、それ以外にも「（伊勢の）あま」は恋の思いと結びつけて詠まれる歌語としての共同性を獲得しており、そのことにも海の深さと対比される「心のふかさ」は「恋の思い」であることの徴証をみることができる。

身よりあまれる人を思ひかけてつかはしける　　紀友則

玉もかるあまにはあらねどわたつみのそこひもしらず入る心かな　（後撰巻十一恋四　七九八）

ここでも「海人」が詠まれ、「海の底のような深さもわからぬほどの思いを入れ込んでしまう」と恋の思いが詠まれている。紀友則は九〇五年頃には歿したと考えられており、この和歌は海の深さと心の深さとを対比させた和歌の中で、古今集撰者時代のものとしては比較的早い時期に詠まれたものとみなすことができる。

古今和歌六帖には類想の和歌が多いが、特に第三巻の「うみ」の項には海の深さと心の深さを対比するものが多くおさめられている。

さをさせどそこひもしらぬわたつうみのふかき心をきみはしらなん　（古今和歌六帖　一七五五）

これは『土左日記』の歌の異伝歌と考えられるが、「ふかき心をきみはしらなん」となることによって、この「心」は恋の思いと解釈できる言説となっている。

わたのそこおきをふかめてわがおもふきみにはあはんとしはへぬとも　（古今和歌六帖　一七五八）

ちぢの川ながれてつどふわたつうみのみなそこふかくおもふころかな　（古今和歌六帖　一七六〇）

後者は、「わたのそこ」という言葉によって表されていた「海の底」が「わたつうみのみなそこ」というようにパラフレーズされているが、どちらも恋の思いを表す様式をふまえて詠まれた和歌といえる。以上のことから、海の深さに喩えられる心は「恋の思い」だったと考えてよい。とするならば、

みつね

わたつみのちいろのそことかきりなく　ふかきおもひにいつれまされり

たゝみね

ふかけれとちひろのそこはかすしりぬ　人のおもひはさほもさゝれす　（躬恒集・書陵部蔵禁裏本）

という躬恒と忠岑のやりとりは、『土左日記』の貫之歌との親縁性をみることができるとはいえ、元々は「恋の思い」

についての和歌のやりとりであったと考えてもいいのではないだろうか。

時代は下るが、「承暦二年四月廿八日内裏歌合」で「恋」という題で合わされた和歌は、

十五番　恋　左　　　　　　　　内蔵頭定綱朝臣

わたつみにみるめもとむるあまだにもちひろのそこにいらぬものかは

右勝　　　　　　　　　　　　　越前守家道朝臣

こひすともなみだのいろのなかりせばしばしは人にしられざらまし

右のひと、ひだりのうたはいづこにこひはあるぞ、あまだにちひろのそこにはいる、われもいらんとおもふらんもすずろがましき心ちすといふに、ひだりもみぎもみなわらひぬ、さねまさ、みるめこそはこひよといへば、さてはあまのみすべき事なりなどいふほどに、みぎかつとさだめられぬ、なにのみるめにかありけむ、ちひろのそこの心のあささもみな見えにけり　（承暦二年四月廿八日内裏歌合）

というものであったが、左方の和歌が「恋」という言葉が詠まれていないという理由で負けになった。「ひだりのうたはいづこにこひはあるぞ、あまだにちひろのそこにはいる、われもいらんとおもふらんもすずろがましき心ちする（左方の歌はどこに恋が詠まれているのか、海人でさえ千尋の底に潜るのだから自分も潜ろうと思うというのも思慮のない感じがする）」というのが左方の和歌に対する右方の難であった。

この歌合の重要な異文を収めている『袋草紙』では、この箇所は、

二十番　戀

左　　　　　　　　經信〻〻

わたつみにみるめもとむるあまだにもちひろのそこにいらぬものかは

右勝　　　　辨乳母

こひすともなみだのいろのなかりせばしばしは人にしられざらまし

戀と云事なしとて負了。

經信卿記云、右難無レ意云々。私案レ之、上古歌未レ有二一定一。有レ如二此體一。而未レ知人若有二此難一歟。呼嗟悲哉云々。又此事爲二不レ知事一之中、非レ意事等多由所レ記也。（經信卿記に云はく、「右難じて意なしと云々。私に之を案ずるに、上古の歌未だ一定有らず。此の體の如き有り。而れども未だ知らざる人若しくは此の難有るか。呼嗟悲しきかな」と云々。又此の事を知らざる事と爲すの中、意に非ざる事等の多き由を記す所なり）。（『袋草紙』）

となっている。作者が異なっているのは、代詠者を表面に出したもので、左方の和歌の実作者は源経信であった(8)。ここにある『經信卿記』というのは、源経信の日記『帥記』のことで、『袋草紙』には現存する『帥記』に欠けている箇所（承暦元年十一月十八日から承暦四年四月初まで）の一部が逸文として遺されている(9)。経信は左方が負けになったことについて、上古の歌にはこのような詠みぶりで恋を詠んだものが多かったのに、良く知らない人がこうした難をいうのだろうかと、このような難を受けたことを不本意なことと記している。また、歌合本文の「みるめこそはこひよ（みるめというのがそもそも恋なのですよ）」という藤原実政の言葉にもあるように、左方の和歌にちりばめられた「わたつみ」「みるめ」「あま」「千尋のそこ」は平安時代の和歌の伝統の中では恋の思いを表すものという共同性を獲得していた。ことさらに「恋」という言葉を用いなくとも「恋」の歌は可能だったはずだ。「みるめこそはこひよ」に対する右方の「さてはあまのみすべき事ななり（それでは恋とは海人だけがすることらしいな）」という反駁は、そうした和歌の言葉の伝統を無視した「未知人（未だ知らざる人）」の言葉であり、左方の和歌を負けにした難は、一面においてたしかに不当であったといえるだろう。

もっとも、このことについては、視点を変えるならば第三部第四章「縁語論」において、「内裏和歌合（天徳四年三月三十日）」「宰相中将源朝臣国信卿家歌合（康和二年）」の例をあげて、何を「縁語（よせ・たより）」と認定するかは個的な幻想であって、それを誰が共有しているかという問題にすぎないと述べたのと同様のことがいえるだろう。和歌の言葉の累積の中で「みるめ」は恋の思いを含意すると認めるならば、「みるめ」を詠むことが「恋」の思いを詠むことになるし（「みるめこそはこひょ」）、認めないならば左方の和歌に恋は詠まれていないということになる。「みるめ」が恋の思いを含意すると考えても和歌の心は読めるし、そう考えなくても読める。どう解釈するかはまったく読者の側に委ねられているといってもよい。そして、後者の立場に立てば、左方の和歌について「みるめこそはこひよ（みるめというのがそもそも恋なのですよ）」といわれても「さてはあまのみすべき事なり（それでは恋とは海人だけがすることらしいな）」という皮肉な言葉が出ることになるし、前者からすれば、そうした理屈にもならない理屈を言ったり左方を負けにする判定をした者は和歌の伝統をわきまえない「未知人」であり、「ちひろのそこの心のあささもみな見えにけり（心の底の浅さもよくわかったというものだ）」というように、全く正反対の評価をして、しかも両者は歩み寄ることがないということになる。この対立する解釈は、歩み寄ることもないが、どちらが正しいと最終的に決定することもできない。歌合での勝ち負けは、そうした解釈の質とは別の要素が決定していることも多いのである。こうした「解釈」の対立は、従来は「対手の作品には毛を吹いて疵を求め、自作の和歌には我田引水の牽強を敢えてする……強弁の歌論」だとか、「文芸批評とは係わりのない面に配慮」した判定としてとらえられてきた。[10] しかし、そのような一面的な受け取り方から距離を置けば、和歌言説がそうしたことを許すのはなぜなのかを問うことによって、テクスト論・読者論的視点から和歌言説の特質について改めて見直すことができるのである。

このように、和歌の言葉に含意されるニュアンスをどのように考えるかには解釈共同体の差異という問題があるという留保をつけながらではあるが、平安時代の和歌の言葉の伝統において、海の深さと対比させられる人の「思ひ」は、恋の思いであった。それに対して、『土左日記』の貫之の和歌では、見送る人々の親密な情けの深さを詠んでいる点でやや異なっている。いわば貫之は恋の思いを詠む様式で、見送る人の親愛の情の深さを詠んだのである。

ところで、そうだとすると「棹させど……」の和歌は『土左日記』の文脈を離れても同じように解釈できるのかということが、ここで重要な問題となってくる。文脈から切り離してそれだけを取り出したらどうなるかという観点からみるならば、この和歌を相手の情の深さを詠んだものとして一般化することはできても、そこから離別の情の深さを読み取ることは難しい。やはり、『土左日記』という文脈に置かれることによって離別の歌になっているといわざるをえないだろう。いわばコンテクストが意味を規定しているのである。

では、貫之が恋の思いを詠む様式で、見送る人の親愛の情の深さを詠んだという時の、「恋の思いを詠む様式」すなわち海の深さと対比される思いが恋の思いであるというのも文脈や部立てに規定されたものなのだろうか。もちろん、そういう部分もあるだろうが、中にはそれだけで恋の思いを詠んだと解釈しやすいものもある。たとえば、

身よりあまれる人を思ひかけてつかはしける

紀友則

玉もかるあまにはあらねどわたつみのそこひもしらず入る心かな　（後撰巻十一恋四　七九八）

いせのうみのあまとならばや君こふる心のふかさかづきくらべん　（貫之集第五恋　五八九）

などでは、「（いせの）あま」という恋の思いと結びつけて詠まれる共同性を持つ歌語があわせて詠み込まれていることによって、この「心」は恋の思いを表す言説として読める度合いが強くなっている。この、和歌言説としての「自立性」は「（伊勢の）海人―海の深さに対比される心の深さ」という言葉のネットワークが背後に抱えている累積

に依拠している。

こういったことは、これらの言説が一義的で絶対的な意味を持っているということではなく、相対的な傾向の問題としてあると考えるべきであろう。量的な問題が質的な問題に転化していくということ。それが言葉の累積（共同性）ではなかろうか。先に挙げた、

わたつみにみるめもとむるあまだにもちひろのそこにいらぬものかは　（承暦二年四月廿八日内裏歌合）

という和歌も、「海松布―見る目」「海人」「千尋の底に入る」という言葉の結びつきと、それらが背後に抱え込んでいる累積性によって恋の歌として成り立つのである（言葉のネットワーク）。

拾遺集で恋の部におさめられている、

（題しらず　　よみ人しらず）

渡つ海のふかき心は有りながらうらみられぬる物にぞ有りける　（拾遺巻第十五恋五　九八三）

は、愛情が解されず恨まれたことを嘆く歌と読め、古今和歌六帖でも「恋」の部の「うらみ」という項に分類されている。第三句が「おきながら」という本文もあり、「わたつみ」との関係からいうと、「わたつみ―沖・深き心―置きながら」という掛詞仕立てである方が自然で、かつ和歌の修辞技巧の側面からみても幅が広くなる。「渡つ海のふかき心」「うらみ―怨み・浦見」という歌の言葉の累積が生み出している共同性からすると、この和歌は恋の嘆きを詠んだものとみなすことができ、従ってこの和歌を「恋」の部に分類した拾遺集や古今和歌六帖の解釈は妥当なものであった。

ところが、この和歌は『大和物語』では、賀茂の斎院である娘（君子内親王）が、同じ姉妹なのに父親の愛情に差別があるので恨めしく思われる、と詠んだのに対して、宇多天皇が、自分は子供たちに大海のように深い愛情を平

等に注いでいるのに、不公平だと恨まれてしまったと返した和歌となっている。

斎院より内に、

おなじえをわきてしもおく秋なれば光もつらくおもほゆるかな

御返し、

花の色を見ても知りなむ初霜の心わきてはおかじとぞ思ふ

（『大和物語』五一段）

これも内の御返し

わたつみのふかき心はおきながらうらみられぬるものにぞありける

（『大和物語』五二段）

これだと、「わたつみのふかき心」は娘に対する父親の愛情で、「うらみ」は娘の父親に対する恨みということになる。文脈が変わったことが別の意味を構築してしまったのだ。和歌においては、その和歌の詠まれた状況や部立て、詞書きが意味を規定する。このことを『大和物語』との関連でいえば、散文が和歌を脱構築するのだともいえる。

では、『土左日記』の、

棹させど底ひも知らぬわたつみの深き心を君に見るかな

（『土左日記』）

の歌はどうか。そもそも和歌を状況や、文脈、詞書きから切り離して一般的状況下に解消した所で考えるというもとに問題があるわけだが、「深き心を君に見るかな」という言葉の続き方は、それだけでもこの時代の恋の歌の言説とは異質なものであるというのが第一感である。友人にせよ自分より高位の人物であるにせよ誰かの厚情を詠んだものという感じはするにしても、それが離別の歌として意味づけられるのは『土左日記』の文脈による。ここの部分に、海の深さと「深き思ひ」というある程度共同性を獲得した歌の言葉に対する貫之なりの「解釈」が刻み込まれているのである。それは「時代の言葉」の生み出したものであると同時に、「時代の言葉」とシチュエーションに対する貫之の解釈でもあった。いうなれば、歌の言葉に対する「解釈」が新たなる和歌の言葉を紡ぎ出してくるのであり、プレテキストとしての和歌の言葉を読むことが新たなる和歌を「詠む」ことへとつながっていくのである。

Ⅵ　「棹―さす」という言説

「棹をさす」とは本来的には「棹を使って舟を進める」という意味で用いられる（「時勢に棹さす」というような用法については今は措く）。そして、万葉集に歌われた「棹」は、舟を操るという本来の意味で用いられ、舟の進む道を決めるのに用いるものとして歌われている。

大君の　命恐み　見れど飽かぬ　奈良山越えて　真木積む　泉の川の　速き瀬を　棹さし渡り　ちはやぶる
宇治の渡りの　激つ瀬を　見つつ渡りて　近江道の　逢坂山に　手向して　我が越え行けば……
（万葉巻十三　三二四〇）

夏の夜は道たづたづし船に乗り川の瀬ごとに棹さし上れ
右の件の歌は、御船綱手を以て江を泝り、遊宴せし日に作る。伝誦する人は田辺史福麻呂これなり。
（万葉巻十八　四〇六二）

平安時代に入ってからは、万葉集時代のように単純に「棹を操って船を進める」という意で詠まれた例は少なくなる。拾遺集の、

三条右大臣の屏風に　（つらゆき）
玉もかるあまのゆき方さすさをの長くや人を怨渡らん
（拾遺巻第十九雑恋　一二七二）

や、貫之集にある、

（同四年正月右大将殿の御屏風の歌十二首）

人人ふねにのりてあじろにいけり

さをさしてきつる所は白波のよれどとまらぬあじろなりけり　（貫之集第四　四六七）

などは、一見「棹を操って船を進める」という意味で用いられているように見えるが、ここでは「棹をさして目標としてきた所」というように、「棹をつきたてる」の「挿す」と「目指す」の意の「指す」が重ね合わされている。特に後者に関しては、魚を取る漁具である網代は、漁師が魚を求めて近づいていくものであり（すなわち網代を「指して行く」）、

あじろへとさしてきつれどかはぎりのたつとまぎれにみちもゆかれず　（家持集　二四三）

のように詠まれた例もある。また、棹を挿すことが目指すことと重ねられて詠まれた例として、

ある人のもとにいきてさけなどのむに、かくきたるはことさらにはあらじなどいひて、たより なる心ばへをよめる

たよりとはおもはざらなんつりぶねのとまりをとこそさしてきにしか　（輔親集　一九四）

を挙げることができる。

同じく貫之集の、

（同じ御時のうちの仰事にて）

四月池のほとりの藤の花

水底に影さへ深き藤の花花の色にやさをはさすらん　（貫之集第四　四一四）

では、水の底まで映っている藤の花に「深い色が差す」ことと、その水底の藤の花に「棹を挿す」ことをかけ合わせている。色は差して濃くなることから「挿す」に通じる。「水底」「深き」「棹」「さす」は『土左日記』の和歌と共通しているが、これらは「藤」と関連の深い言葉でもある。「藤の花」は「淵の花」に通じることから水に縁を持つ花とされ、「水底」や「水の深さ」「色の深さ」と関わらせて詠まれている。

（同五年亭子院御屏風のれうにうた廿一首）

藤浪のかげしうつれば我がやどの池の底にも花ぞ咲きける　（貫之集第四　五〇六）

（延長四年きよつらの民部卿六十賀、つねすけの中納言北方せられける）

人、舟に乗りて藤花みたる所

折りつみてはやこぎかへれ藤の花春はふかくぞ色はみえける　（貫之集第二　一七七）

（延喜十六年斎院御屏風のれうの歌、内裏より仰うけ給はりて、六首）

池のほとりにさける藤の本に、女どものあそびて花のかげをみたる

藤の花色ふかけれやかげみれば池の水さへこむらさきなる　（貫之集第一　六二）

藤は藤波という言葉もあるように、水の底に影を映し、池の底で波打って咲いているのである。

延喜十二年定方左衛門督の賀の時の歌

水底に影をうつして藤の花千世まつとこそにほふべらなれ　（貫之集第六　六九六）

右に見たように、貫之は一人で「棹をさす」という言説を様々な状況に合わせていくつかの意味に詠みかえているが、その中に「棹をさして深さをはかる」ことと「藤の花」「淵」を関わらせて詠んだものがある。

やよひのしもの十日ばかりに、三条右大臣かねすけの朝臣の家にまかりて侍りけるに、ふぢの

花さけるやり水のほとりにて、かれこれおほみきたうべけるついでに

三条右大臣

限なき名におふふぢの花なればそこひもしらぬ色のふかさか

兼輔朝臣

色深くにほひし事は藤浪のたちもかへらで君とまれとか

貫之

さをさせどふかさもしらぬふちなれば色をば人もしらじとぞ思ふ

（後撰巻三春下　一二五〜一二七）

「藤の花」は藤原氏を象徴し、「淵」の「深さ」や「色」の「深さ」が藤原氏（兼輔一族）の繁栄の象徴として賛美されている。

「淵」には「魚が多く集まる所」の意から発展した「物の多く集まる所」に喩える意がある。人や物が多く集まって栄えている家という意で用いられたのであろう。また「淵」がつく漢語の熟語はすべて深みのある意の褒め言葉になっている。「藤」と「淵」を掛けて、兼輔一家の繁栄を讃美しているのである。(11)

というように、三条右大臣（藤原定方）の和歌は、淵と藤を掛けて兼輔一家の繁栄を賛美しているのだが、この「藤—淵—色—深し—藤原氏」という結びつきは、藤原定方のような高位の人物が詠んでいることからも伺えるように、ある意味では「時代の言葉」であった。また、よく知られているように、藤が千歳の松という王権にからまっているのは典型的な屏風絵の図柄であり藤原氏が常に皇室とともにあることを示すめでたい取り合わせとして、屏風絵や屏風歌に取り入れられていた。

一方、貫之の歌にある「さをさせどふかさもしらぬふち」の部分であるが、このように「棹」をさして「深さを

はかる・比べる」という詠み方は少ない。私が調査した範囲では、後撰集の貫之の和歌を除けば、

たゝみね
ふかけれとちひろのそこはかすしりぬ　人のおもひはさほもさゝれす　（躬恒集・書陵部蔵禁裏本）

棹させど底ひも知らぬわたつみの深き心を君に見るかな　（『土左日記』）

（「さをさせどそこひもしらぬわたつうみのふかき心をきみはしらなん」という古今和歌六帖の和歌は『土左日記』の異伝歌か）

の例を数えるのみである。

なお、後撰集のこの歌群（後撰巻三春下　一二五〜一二七）は、その作歌状況にいくつかの説があり、定方・兼輔・貫之の三人が唱和したものとする説[12]、定方と兼輔の唱和は宴の終わり頃のもので、貫之の和歌は二人の唱和とは別に宴たけなわの時に詠まれたものとする説[13]などがある。ここでは、貫之の和歌と定方と兼輔の唱和歌は、三首で一連の唱和歌として詠まれたのではないが、定方が兼輔邸を訪れた同じ行事の中で別々に詠まれたものとして扱うことにする。

躬恒と忠岑の歿年は明らかではないが、躬恒は九二四年、忠岑は九二六年頃まで生存していただろうと推定されている。また、藤原定方が歿したのが九三二年で、兼輔が歿したのは九三三年。そして、『土左日記』の成立が九三五年頃であった。躬恒—忠岑の問答歌と兼輔邸での唱和歌の先後関係は明らかにしがたいが、少なくともこれらが『土左日記』に先だっていることはいえるであろう。とするならば、これらについては次のような道筋をたどることができる。

前節で検討してきたような「海のように深く思う」という歌の言葉の共同性の中で、躬恒—忠岑の問答歌が「人のおもひ」の深さを「棹をさすことができないほど深い」と詠む和歌言説を切り開いた。一方、藤の花の色の深さ、

水の底に映る藤の花、藤＝藤原氏という共同性の中で、定方が藤の花（兼輔一族の繁栄）を「そこゐもしらぬ」と詠み、貫之も同じ状況の中で「棹をさしてさぐってもそこがしれないほどだ」と詠んだ。

そして数年後、貫之は『土左日記』の中で、見送る人々の厚情を「さおをさしても—そこがしれない」と詠んだのである。ここには、忠岑の切り開いた言説、定方の言説・貫之自身の言説が同時に流れ込んでいる。貫之は、自己の置かれた状況の中で和歌の言葉の累積性と対話し、自分なりの解釈をすることによってこの和歌言説を紡ぎだしたのである（貫之ら古今集の撰者たちはお互いに歌語を共有しあって和歌を詠んでおり、たとえ躬恒—忠岑の問答歌と兼輔邸での和歌の先後関係がどうであれ、本質的な論の展開は変わらない）。

では、忠岑はどのような経緯で「人の心は棹もさすことができないほど深い」と詠むことができたのだろうか。忠岑以前に「人の心の深さ」と「棹をさす」を結びつけた例をみいだすことはできない。漢詩文の中でも「棹」で水底の深さを測るとした例は寡聞にしてみいだすことができなかった。それでは、忠岑は独自にこの和歌言説を生み出したということが可能だろうか。あるいはその通りかもしれないが、こういったことは十分に用心をしてかかる必要があり、不用意に断言することはできない。たとえば、『土左日記』に、

みなそこのつきのうへよりこぐふねのさをにさはるはかつらなるらし　（『土左日記』）

という和歌がある。『土左日記』の本文によれば、この和歌は賈島の、

棹穿波底月　船圧水中天。（棹は穿つ波の底の月　船は圧ふ水中の天）。　（『土左日記』による）

という詩句[14]を踏まえたものだとあるが、この和歌には先行する類歌が存在する。

（秋歌とてよめる）　小野美材

秋の池の月のうへにこぐ船なれば桂の枝にさをやさはらん　（後撰巻六秋中　三二一）

がそれである。学者として高名な小野美材が賈島の詩句を知っていたことは十分考えられるし、この和歌が詠まれたのも彼が歿した九〇二年以前であることから、忠岑の知識の中に賈島の詩句と小野美材の和歌があったと想定することは可能である。「人の心は棹もさすことができないほど深い」ということと「棹が水の底の月を穿つ」とでは、内容的に若干の隔たりもあるようだが、「棹」で「水の底」を「さす・穿つ」という点ではあながち無関係だともいえない。直接の影響関係という視点で結びつけることは注意しなければならないが、一概に否定することも難しい。

ところで、歌の言葉の累積性ということと関連して、

（同じ御時のうちの仰事にて）

四月池のほとりの藤の花

水底に影さへ深き藤の花花の色にやさをはさすらん　（貫之集第四　四一四）

という天慶三年（九四〇年）の和歌についてふれておきたい。すでに述べたように、この和歌では水の底まで映っている藤の花に「深い色が差す」ことと、その水底の藤の花に「棹を挿す」ことがかけ合わせられている。結論を先取りしていうならば、この和歌は、藤の花に関する様々な和歌と、「棹をさす」という言説を持った和歌を経過した後に生み出されたものといえる。

たとえば、延喜十六年や延長四年の屏風歌では、水の近くの藤の花の色が濃いと詠み、水の色が濃いと詠んでいる。

（延長四年きよつらの民部卿六十賀、つねすけの中納言北方せられける）

人、舟に乗りて藤花みたる所

折りつみてはやこぎかへれ藤の花春はふかくぞ色はみえける　（貫之集第二　一七七）

（延喜十六年斎院御屛風のれうの歌、内裏より仰うけ給はりて、六首）

池のほとりにさける藤の本に、女どものあそびて花のかげをみたる

藤の花色ふかけれやかげみれば池の水さへこむらさきなる　（貫之集第一　六二）

延喜十二年定方左衛門督の賀の時の歌

水底に影をうつして藤の花千世まつとこそにほふべらなれ　（貫之集第六　六九六）

また、延喜十二年の和歌では藤の花が水底に影を映すと詠んでいる。これらは、「藤―水辺」「藤―色の深さ」「水底の藤の花の影」という共同性を背景にした言説であった。それが、兼輔邸の和歌で、

やよひのしもの十日ばかりに、三条右大臣かねすけの朝臣の家にまかりて侍りけるに、ふぢの花さけるやり水のほとりにて、かれこれおほみきたうべけるついでに

三条右大臣

限なき名におふふぢの花なればそこひもしらぬ色のふかさか

兼輔朝臣

色深くにほひし事は藤浪のたちもかへらで君とまれとか

貫之

さをさせどふかさもしらぬふちなれば色をば人もしらじとぞ思ふ　（後撰三春下　一二五〜一二七）

「藤―色の深さ―水底の影―水の深さ―棹をさしても底がしれない」というように修辞の幅がひろげられ、天慶三年の屛風歌では、

（同じ御時のうちの仰事にて）

四月池のほとりの藤の花

水底に影さへ深き藤の花花の色にやさをはさすらん　（貫之集第四　四一四）

「水底に藤の花が影を映している池→水が深く藤の花の影も色が深い→その池に棹をさす→藤の影に深い色がさす」と、より抽象度を増した和歌言説が生み出されている。これは、貫之が歌の言葉の累積性と対話しながら、解釈をすることによって生み出したものである。ここにも歌の言葉が生み出されていくメカニズムの端的なあらわれをみることができるといえよう。

Ⅶ　縁語ということ

すでにⅢで、『土左日記』の貫之歌について、注釈書が「さを・さす・そこひ・ふかき」が「わたつみ」の縁語であると述べていることに言及した。本章ではこれらの語句の関連について縁語という観点から検討したい。

例えば、寺田純子は縁語について、

縁語は、「鈴鹿山うき世をよそに振り捨てていかになりゆくわが身なるらん」（新古今一六一一）の「鈴」「振る」「鳴る」などのように、一首の主意とは無関係に、核になる一つの語と意味上密接な関係をもつ言葉を一語以上使用することで表現に変化やおもしろみをつける技法をいう(15)。

と述べている。縁語は「一首の主意とは無関係」に結びつけられた語群であると述べられているが、このような観点から「さを・さす・そこひ・ふかき―わたつみ」の関係を見るならば、これらの言葉が一首の主意と無関係であるとは認めがたい。それならば、これらの語群が縁語だという注釈書の指摘に問題があるのだろうか。

寺田も「縁語関係をどの範囲まで認めるかには、ある程度の制限があるが、その判断の基準がはっきりしないうえ、時代による変動もあり、一概には決定できない」と述べているが、第三部第四章「縁語論」で論述したように、縁語には明確な基準がない。というよりも、何を縁語と認定するかは歌を解釈する側に委ねられているのである。

中世には、現在私達が縁語と呼ぼうとしているものを「よせ」とか「たより」という概念でとらえていた。たとえば、『八雲口傳（詠歌一体）』では、

一、歌にはよせあるがよき事

衣には、たつ、きる。舟には、さす、わたる。橋には、わたす、たゆ。

かやうのことありたきなり

（『八雲口傳（詠歌一体）』）

とある。このようにして、数ある歌語の中から縁ある詞が分節されるようになった中世の歌人たちは意識的に「よせ」のある和歌を詠もうとしていたともいえるが、そのような概念のなかった古今集の時代の歌人たちは、別に意図的に「縁語」という概念を用いた和歌を詠もうとして詠んでいたわけではなかった。

そこで、中世の歌学で「よせ」の例として挙げられているものをみていくと、それらの言葉の組み合わせが歌の歴史の中で一定の共同性を獲得しているものであることに気がつく。『土左日記』の貫之歌に関していえば、すでにみてきたように、「さをさす」「そこひ・水底」「ふかき（深き心）」はそれまでの和歌の歴史の中で「わたつみ」と結びつけられることによって一定の意味を与えられてきた。いわば、時代の言葉である。貫之はそのように密接に関連しあう言葉のネットワークの中で、言葉を結びつけながら和歌を詠んだ。この、密接に関連する言葉のネットワークを、中世の歌人たちは「よせ」「たより」などと呼び、現在の私達は「縁語」と呼んでいるというわけなのである。

Ⅷ　撰者時代の「時代の言葉」としての和歌の言葉

この二十年来、古代文学の研究の場において、「発生」「様式」「制度」という視点を導入しようとする動きがあった。それは、文学の発生を問いつつ文学の祖型を想定し、それによって、古代文学をトータルに展望する視座に立とうとする試みであり、また、歌が生成される根拠を「様式・制度」といった「共同性」の側に置くことによって「作家・作者」という神話を解体しようとする試みであった。

しかし、歌が生み出されてくるメカニズムを問うということは、同時に「読み」という問題にも自覚的であることも要求する。特に、和歌の享受者が一方で表現者でもある和歌文学においては、享受することが詠むことに通じていることをはっきりさせる必要があるといえよう。

たとえば、テクストは、作家の「意図」を超えて、時代・社会・階級・イデオロギー・固有の体験・無意識・制度・伝統・発想・民俗等々、数え挙げることが不可能なさまざまな要素に織込められているように、テクストは様々なプレテクストの「テクスト相互関連性」の上に生成されている。そして、このようにして生み出されるテクストの「意味」は、決してテクスト自体の中に構造的に織り込まれているわけではなく、「読者の理解行為」によって生成されるのである。ところが、この「読者の理解行為」というものも単一なものではなく、様々な要因によって規定されている。夙にバフチンが「個人意識とは、社会的・イデオロギー的事実である[16]」と述べているように、個人の意識はすでに社会的に規定されているのである。文学を「読む」とは、このようなテクストと読者との対話であり、ぶつかりあいなのである。

そして、和歌文学においては、このような「読者（享受者）」が次の表現者であるという関係が大きな意味を占めている。個々の和歌言説の背後に、この、《〈（テクスト→享受→言説＝テクスト）→享受→言説＝テクスト〉→享受→言説＝テクスト》という錯綜した関係をみなければならない。

これまで多くの例を引用しながら述べてきたのは、和歌の言葉が累積性の上に成り立っているということであった。これは本質的には、発想の基盤としての様式が和歌の言葉を紡ぎだしていくことを意味している。だが、ここではそれに加えて、古今集撰者時代の「時代の言葉」という観点から当時の歌壇の問題として具体的に取り上げてきた。

古今集撰者時代の歌人の作品を検討していくと、その中にいくつか共通の歌語が用いられていることに気がつく。それらの言葉は、万葉集を起点を持つもの、詠み人知らずの歌に起点をもつもの、あるいは漢詩文に起点を持つものと様々であるが、彼らは人口に膾炙した和歌言説を競って詠みあった。たとえば、万葉集に起点を持つ歌語を誰かが取り入れて詠み、それが評判になれば他の歌人たちもその言葉を用いて和歌を詠む。そのようにして詠まれた累積の上に歌の言葉は「時代の言葉」としての意味を付与され、歌語として確立していくのである。

万葉集の「隠沼」という歌語は、現在は「こもりぬ」と訓じられているが、古今集の時代には「かくれぬ」とよまれていたらしい[17]。古今集の撰者の中でも最も年長で歌作の面でも他をリードしていた友則が、古今集に十年以上も先だって（寛平御時后宮歌合）この言葉を用いた歌を詠んでいるが、その後、忠岑や伊勢も同じ歌語を用いている。

寛平御時きさいの宮の歌合のうた　きのとものり
紅の色にはいでじかくれぬのしたにかよひてこひはしぬとも　（古今巻十三恋歌三　六六一）

（題しらず）　ただみね

かくれぬのしたよりおふるねぬなはのねぬなはたてじくるないとひそ　（古今巻十九雑躰　一〇三六）
かくれぬのそこのしたくさみがくれてしられぬこひはくるしかりけり　（伊勢集　三三三）

また、柳の枝を「糸」に喩える比喩も、多くの歌人が取り入れている。その中でも、

（歌たてまつれとおほせられし時によみてたてまつれる　つらゆき）
あをやぎのいとよりかくる春しもぞみだれて花のほころびにける　（古今巻一春歌上　二六）

という、古今集におさめられた貫之の歌が最も有名である。柳の枝を「糸」に喩えるのは、万葉集では、

青柳の糸の細しさ春風に乱れぬい間に見せむ児もがも　（万葉巻十　一八五一）

という例をみいだすことができるが、同時に、漢詩文の中にも、

桃花紅若點、柳葉亂如絲。（桃花紅にして點の若く、柳葉亂れて絲の如し）。
（『玉台新詠』巻七・皇太子簡文・戯作謝恵連體十三韻）

というものがある。貫之がこのように詠んだことから、躬恒や伊勢も、

はりかは
からころもぬふはりかはのあをやぎのいとよりかくるはるやみにこむ　（躬恒集　一六一）
（はる）
あをやぎのいとめもみえずはるごとに花のにしきをたれかをるらむ　（躬恒集　二二六）
春の心を　伊勢
あをやぎのいとよりはへておるはたをいづれの山の鶯かきる　（後撰巻二春中　五八）

というように、同様の修辞を取り入れた和歌を詠んだのであろう。

これらと同じ経緯を「わたつみの深き心」という言説にも見ることができる。古今集撰者時代の歌人で、この修辞を用いた和歌が残っているのは紀友則、躬恒、忠岑、深養父、伊勢、貫之である。

身よりあまれる人を思ひかけてつかはしける　　紀友則

玉もかるあまにはあらねどわたつみのそこひもしらず入る心かな　（後撰巻十二恋四　七九八）

すがたあやしと人のわらひければ　　（みつね）

伊勢の海のつりのうけなるさまなれどふかき心はそこにしづめり　（後撰巻十五雑一　一〇八五）

（ざふの思ひ　　おほしかふちのみつね）

わたつみをむすびてそこは見せつとも（人のこころをいかがたのまん）　（古今和歌六帖　二二三一）

みつね

わたつみのちいろのそことかきりなく　ふかきおもひにいつれまされり

たゝみね

ふかけれとちひろのそこはかすしりぬ　人のおもひはさほもさゝれす　（躬恒集・書陵部蔵禁裏本）

題しらず　　これのり

わたのそこかづきてしらん君がため思ふ心のふかさくらべに　（後撰巻十一恋三　七四五）

（うみ）　　これのり

わたのそこかづきてしらん人しれずおもふ心のふかさくらべに　（古今和歌六帖　一七五一）

（ふかやふひとさねくしてたいみつを卅首つゝよみ侍けるに人しれぬこひを）

よしのかは○○○○○○○○かくれたるふかき心をしる人のなさ　（躬恒集・書陵部蔵禁裏本及御所本）

返し　伊勢

わたつみとたのめし事もあせぬれば我ぞわが身のうらはうらむる　（後撰巻十恋二　六一八）

棹させど底ひも知らぬ　わたつみの深き心を君に見るかな　（『土左日記』）

（同年閏七月右衛門督殿屏風のれう十五首）

六月はらへ

御祓つつおもふ心は此川の底の深さにかよふべらなり　（貫之集第四　四〇三）

このように、作者名が記されたものに限ってみても、古今集撰者時代の多くの歌人たちが、同じようにして「海の深さ」と「心の深さ」を対比させた和歌を詠んでいる。本章では、『土左日記』の貫之歌の分析を当面の課題としていたため、古今集撰者時代の歌人の和歌のみを扱ったが、「海の深さ」と「心の深さ」を対比させた和歌はその後も平安時代を通じて数多く詠まれていく。第V節で検討したように、古今集が成立する頃には、海の深さに喩えられる「心・思ひ」が恋の思いを表すという共同性を獲得していた。しかし、それだけでは同様の修辞をもった和歌が平安朝を通して数多く輩出されるまでには至らなかったであろう。それだけではなく、友則・躬恒・忠岑・伊勢・貫之といった有力な古今集歌人が歌語を共有しあいながら和歌を詠みあったことが、「わたつみ―深き心」という言説を持った多くの和歌を生み出した最も大きな要因だったのである。

そして、これらの和歌を順を追って検討していくと、貫之以外の歌人の和歌では、海の深さに対比される「心・思ひ」は「恋の思い」であった。そこには、歌人たちが「わたつみ―ふかき心」という言説がそれまでの累積の上に獲得してきた共同性と対話しながら和歌を詠み、自らも共同性に参加していくことによって和歌の言葉の累積を重ねていくという歌の生成のメカニズムがあらわれている。しかし、このメカニズムは貫之の場合により端的にみることができる。

Ⅸ　読みが詠みに通じるメカニズム

貫之が「棹させど……」の和歌を詠んだとき、彼は同時にそれまでの和歌の享受者であった。そして、旅立つ者が見送る者の厚情に感じて和歌を詠むというシチュエーションの中で、それまでの和歌の言葉が積み上げてきたものを解釈（対話）して、貴方の厚情は棹をさしてさぐっても底が知れないほど深いというように、「わたつみ―深き心」の言説に「恋の思い」ではない新たな意味づけをおこなった。自己が置かれたシチュエーションの中で、多くの和歌の中から「さをさせどそこひもしらぬ」「わたつみのふかきこころ」という歌語の結びつきを選んだということ自体、すでに一つの解釈であり選択であるわけだが、その解釈・選択が新たな和歌言説を生み出していく。

ここに、享受者の読み（＝詠み）が更なる詠み（＝読み）を生み出していく、歌が生成されていく過程が端的にあらわれているといえよう。このようにして、「言葉」は累積性を与えられていくのである。

注

（1）筧久美子『鑑賞中国の古典　第十六巻　李白』（角川書店　昭和六十三年八月三十一日）

（2）この問答歌の引用は滝沢貞夫・酒井修編『校本凡河内躬恒歌集と総索引』（笠間書院　昭和五十八年七月五日）による。

（3）萩谷朴『土佐日記全注釈』（角川書店　昭和四十二年八月二十日）より引用した。

（4）注（3）に同じ。
（5）鈴木知太郎校注『土左日記』（岩波書店　一九七九年四月十六日）
（6）鈴木知太郎校注『日本古典文学大系　土左日記』（岩波書店　昭和三十二年十二月五日）
（7）注（3）に同じ。
（8）歌合本文と『袋草紙』における和歌の作者名の相違については、萩谷朴『平安朝歌合大成　増補新訂　第二巻』（同朋舎出版　一九九五年十一月十日）に「作者名の相違は勅撰集や私家集等の副文献資料を斟酌して、代詠者を表面に出したともいえよう」とある。なお、「わたつみにみるめもとむるあまだにもちひろのそこにいらぬものかは」の和歌については、源経信の家集である『経信集』に、

承暦二年内裏歌合に、人にかはりて
わたつみに見るめもとむるあまだにもちいろのそこにいらぬものかは（経信集　二二九）

とある。
（9）萩谷朴『平安朝歌合大成　増補新訂　第二巻』（同朋舎出版　一九九五年十一月十日）
（10）萩谷朴『平安朝歌合大成　第十巻』（同朋舎出版　一九七九年八月十日）
（11）片桐洋一校注『新日本古典文学大系　後撰和歌集』（岩波書店　一九九〇年四月二十日）
（12）注（11）に同じ。
（13）工藤重矩『平安朝律令社会の文学』（ぺりかん社　一九九三年七月十五日）
（14）『全唐詩』（巻七百九十一　聯句四）に「過海聯句」と題した、「沙鳥浮還沒。山雲斷復連高麗使。棹穿波底月。船壓水中天島」という聯句が残されている。
（15）寺田純子「縁語・掛詞・序詞」『別冊國文學　古今集新古今集必携』（學燈社　一九八一年三月十日）
（16）ミハイル・バフチン著／桑野隆訳『マルクス主義と言語哲学　改訳版』未来社　一九八九年四月二十日）
（17）片桐洋一『古今和歌集の研究』（明治書院　平成三年十一月二十日）

あとがき

大学生時代に和歌文学を読むことに関心を持ち、『言の葉の迷路――古代和歌表現史論』というタイトルで卒業論文を提出したのが、私の和歌文学研究の出発点であった。「言の葉の迷路」とは、迷路のようにいりくんだ和歌文学という「言葉の森」の中で、行き先もわからず途方にくれていることへの自嘲の意味をこめたものであったが、和歌文学の大きな森の中で手さぐりの状態を続けていることは今も変わりはない。遅々とした歩みではあったが、多くの方々からご恩を賜りながら、つたない研究の成果をこのようにして一冊の書にまとめることができた幸せを強く胸に感じている。

本書は、大学卒業以来、少しずつ続けてきた和歌文学の研究をまとめたものであり、横浜市立大学大学院国際文化研究科へ提出した博士論文をもとにしたものである。指導教授であり論文審査の主査をしてくださった三谷邦明先生には、その間、常に温かいご指導を賜った。また、論文の審査をしてくださった横浜市立大学の今西浩子先生・山田俊治先生・渡邊芳敬先生、学外審査委員として審査をしてくださった鈴木日出男先生からは、厳しいご指摘や課題とすべき点についてのご助言とともに、温かい励ましのお言葉を賜った。先生方に心から御礼を申し上げる。

本書を構成する論文をなすにあたっては、古代文学会・物語研究会・日本文学協会において学んだことが大きな糧となっている。論文発表の機会や・口頭発表の機会を与えていただいたおりに貴重なご助言を賜ったこと、それ以外の場面でも多くのことを教えていただいたことに深く御礼を申し上げる。学会に発表される研究からも多くの刺激を受けた。著書や論文をとおして、その研究成果を学んだ方も多い。そうした多くの方々の学恩に感謝したい。

また、鳴門教育大学ですごした修士課程の時代には、指導教官である松原一義先生から資料に対する厳密な姿勢の大切さを教えていただいた。中国文学がご専門で現東北大学の佐竹保子先生からは漢詩文の資料選定について多くのご助言を賜った。研究に対する夢と希望を持ち続けるよう励ましてくださった田辺健二先生をはじめ言語系国語コースの先生方には温かいご指導を賜った。仕事を離れて研究だけにすべての時間を使うことのできた充実した時の楽しい思い出とともに、先生方へ心から御礼を申し上げたい。

目標としていたひとつの区切りにようやくたどりつき、ほっとしたというのが正直な気持ちである。しかし、いうまでもなく、研究にはここまでやれば十分だというものがあるわけではない。また、本書を改めて見直すまでもなく、不十分なところや課題とすべきことが数多く残っている。博士論文はひとつの通過点にすぎないのだから、これからも不十分な点や新たな課題について研究を深める努力を怠ってはいけない、という三谷邦明先生のお言葉をかみしめながら、本書の完成を出発点としてさらに努力を続けていきたい。

本書の刊行にあたっても、三谷邦明先生よりひとかたならぬご尽力を賜った。心より御礼申し上げる。そして、本書の刊行を快くおひきうけくださった翰林書房社主今井肇氏のご芳情に厚く御礼を申し上げる。なお、本書は刊行にあたって平成十四年度財団法人横浜学術教育振興財団研究論文刊行費の助成を受けた。横浜学術教育振興財団に心から感謝申し上げる。

二〇〇二年一〇月

吉野樹紀

初出一覧

序章　書き下ろし

第一部　古代和歌の方法

第一章　書き下ろし

第二章　原題「寄物陳思歌における比喩表現――音と意味のダイナミズム、あるいは、比喩としてのウタ言葉の系譜」（鳴門教育大学国語教育学会『語文と教育』第六号　平成四年八月三十日）

第二部　古今和歌集歌の歌風

第一章　書き下ろし。ただし、「古今的表現の修辞について」（日本文学協会『日本文学』第三十四巻第三号　昭和六十年三月十日）を部分的にとりいれた。

第二章　原題「古今的表現の修辞について」（日本文学協会『日本文学』第三十四巻第三号　昭和六十年三月十日）

第三部　和歌文学の修辞技法

第一章　原題「掛詞論――生成する意味のダイナミズム――」（古代文学会『古代文学』第三十一号　平成四年三月七日）

第二章　原題「掛詞の基層」（横浜市立大学大学院国際文化研究科『国際文化研究紀要』第四号　平成十年十月二十日）
第三章　原題「古今和歌の『見立て』攷」（鳴門教育大学国語教育学会『語文と教育』第七号　平成五年八月三十日）
第四章　原題「縁語論」（横浜市立大学大学院国際文化研究科『国際文化研究紀要』第五号　平成十一年十月二十二日）

第四部　和歌文学の言説

第一章　原題「歌い手論――歌う主体と和歌主体の成立、あるいは一義性の文学としての和歌――」（横浜市立大学大学院国際文化研究科『国際文化研究紀要』第六号　平成十二年十月二十二日）
第二章　原題「〈紅葉の歌〉考――古今集前夜における和歌の文芸化の一側面について」（鳴門教育大学国語教育学会『語文と教育』第十二号　平成十年八月三十日）
第三章　原題「古今和歌集一四三番歌攷」（鳴門教育大学国語教育学会『語文と教育』第八号　平成六年八月三十日）
第四章　原題「〈わたつみの深き心〉攷」（横浜市立大学大学院国際文化研究科『国際文化研究紀要』第三号　平成九年十一月一日）

いずれも、本書に収めるにあたり、根本から見なおし大幅な修正をくわえた。

索引

①「和歌・歌謡索引」は、本書に引用した和歌・歌謡の索引である。和歌・歌謡は原則として第二句までを掲げたが、初句が同じものは第二句を行を改めて示した。第二句以降も同じものは、適宜行を改めて示すことによって、検索の便宜を図った。

②「書名・作品名略索引」は、本書に引用した文献のうち和歌・歌謡を除いたものの索引である。ただし、明治時代以降の著作は除外した。

和歌・歌謡索引

【ア行】

【カ行】

【サ行】

【タ行】

【ナ行】

【ハ行】

書名・作品名略索引

【ア行】

【カ行】

【著者略歴】
吉野樹紀（よしの・たつのり）
1959年生まれ。横浜市立大学文理学部卒業。鳴門教育大学大学院学校教育研究科修士課程修了。横浜市立大学大学院国際文化研究科博士課程満期退学。同課程修了。博士（学術）。鎌倉市立中学校・神奈川県立高等学校教諭を経て、現職、沖縄国際大学総合文化学部日本文化学科助教授。

古代の和歌言説

発行日	2003年3月20日　初版第一刷
著　者	吉野樹紀
発行人	今井　肇
発行所	翰林書房
	〒101-0051　東京都千代田区神田神保町1-14
	電　話　03-3294-0588
	FAX　03-3294-0278
	http://village.infoweb.ne.jp/~kanrin
	Eメール●kanrin@mb.infoweb.ne.jp
印刷・製本	アジプロ

落丁・乱丁本はお取替えいたします

ISBN4-87737-167-2